숭실대학교 동아시아 언어문화연구소 **문화총서** 8

아쿠타가와 류노스케芥川龍之介 문학에
나타난 소재활용 방법 연구

김정희 저

제이앤씨
Publishing Company

아쿠타가와 류노스케芥川龍之介 문학에
나타난 소재활용 방법 연구

『아쿠타가와 류노스케芥川龍之介 문학에 나타난 소재활용 방법 연구』는 1997년 일본 니가타新潟대학 박사학위 청구 논문으로 제출한 것과, 2014년 숭실대학교 박사학위 논문을 합친 결과물이다. 두 대학 재학 중에는 일본의 세이타 후미타케清田文武 교수와 한국의 이시준 교수의 따뜻한 지도와 격려를 받았다. 마음속 깊이 감사드린다.

나는 대학에서 불문학을 전공하였고, 아쿠타가와는 불문학에 심취했다. 그는 『불란서문학과 나佛蘭西文學と僕』에서 아나톨 프랑스Anatole France(1844-1924)의 『타이스』를 읽고 탄복하였다고 한다. 프랑스가 그에게 준 문학적 영향은 스토리의 수법, 구성, 소재의 이지적 처리와 문체이다. 두 사람 모두 도회인으로 해박한 지식, 회의주의, 풍자가 작품의 공통점이다.

19세기 말 예술을 대표하는 "베를렌, 랭보, 보들레르—이 시인들은 당시의 나에게는 우상 이상이었다"라고 작품 『그彼』에서 고백하고 있다.

나와 아쿠타가와와의 인연은 30년이 돼 간다. 왜 아쿠타가와 문학인가.

첫째, 名文과 기발한 발상, 意表를 찌르는 소재 등이 흥미로웠고, 작품의 구성, 반전, 유머나 야유, 예리한 경구, 명쾌한 문체는 나를 매료시켰다.

3

둘째, 『코鼻』, 『라쇼몬羅生門』 등 주로 고전에서 취재取材하여 현대적 주제로 재구성한 역사소설에 특색이 있었다.

셋째, 기독교나 성서를 소재의 대상으로만 본 것은 그의 한계였다. 그는 순교나 기적에 대해 어느 때는 존엄으로 보았고, 어느 때는 이교도적인 관찰자가 되기도 했다.

1993년 니가타대학 박사과정 전부터 아쿠타가와의 자살에 의문이 생겨, 만년의 작품 『겐카쿠 산방玄鶴山房』 『갓파河童』를 연구하였다. 이 작품들은 작가의 내면이 적나라하게 드러나 있기 때문이다. 어느 간호사에게 들은 이야기를 소재로 한 『겐카쿠 산방』은 어느 정도 명성을 얻었지만, 지금은 병상에 누워 육체적·정신적으로 신음하는 겐카쿠의 외로운 모습을 그리고 있다. 그 결과가 1994년 니가타대학원 『현대사회문화연구』 1호의 「『玄鶴山房』の世界」이다.

『갓파』는 아쿠타가와가 '걸리버 여행기式'이라고 말한 것처럼 '갓파'라는 가공의 동물을 통해 당시의 일본 사회를 풍자하였다. 『갓파』는 그 자신에 대한 혐오에서 탄생했다고 고백하고 있다. 예술가로서의 불안, 遺傳, 출산, 가족제도, 연애, 사후의 명성 등에 대해 해학과 기지에 찬 말 속에는 자살을 결의한 그의 눈물과 자조가 배어 있다. 특히 불면증·환각에 시달린 무신론자 詩人 갓파에게는 아쿠타가와 像이 두드러지게 투영되어 있다.

그 후 세이타 교수는 임진왜란이 배경인 『金將軍』의 연구를 권유했다. 다음은 『김장군』의 개요이다.

가토 기요마사加藤淸正와 고니시 유키나가小西行長는 수많은 병사와 함께 조선을 침략했다. 집이 불타 없어진 팔도의 백성은 부모는 자식을 잃고, 남편은 처를 빼앗겨 우왕좌왕하며 도망쳤다. 만약 이대로 팔짱을 끼고 왜군이 유린하도록 놓아둔다면 아름다운 팔도강산도 불타는 들판으로 변할 수밖에 없으리라. 그러나 王命을 받은 김장군은 고니시의 총애를 받고 있던 평양기생 계월향과 협력하여 왜장을 살해했다. 그다음 왜장의 아이를 임신한 계월향을 죽이고 뱃속의 아이를 끄집어냈다. 이는 조선에서 전해지는 고니시의 최후이다. 유키나가는 물론 조선의 전쟁터에서 죽지 않았다. 그러나 역사를 분식粉飾하는 것은 반드시 조선만은 아니다. 일본역사도 이런 전설로 가득 차 있다.

아쿠타가와는 유키나가가 조선에서 살해당하지 않았기 때문에 조선이 역사를 분식하고 있다고 지적한다. 또한 그는 김장군의 잔학한 살해에 대해 "영웅은 예로부터 센티멘털리즘을 발밑에 유린하는 괴물이다"라고 비판했다. 이 연구의 결과가 1996년 『環日本海研究年報』 3호의 「芥川の『金将軍』と朝鮮軍談小説『壬辰錄』」이다. 그러나 『임진록』의 출전설이 미흡했다.

2004년 한국국립중앙도서관에서 니시오카 겐지西岡健治가 『김장군』의 출전으로 처음 밝힌 미와 다마키三輪環의 『전설의 조선』의 「김응서」를 찾았다. 이 출전의 발견은 나의 소재연구의 계기가 되었다.

2007년 중국 저장성浙江省 닝보寧波대학에서 개최된 제2회 芥川龍之介학회에서 「芥川龍之介『金将軍』出典考」를 발표할 때, 아쿠타가와의 역사인식에 대해 "아쿠타가와는 일본의 역사 왜곡과 조선의 설화는 큰 차이가 있다는 것을 몰랐던 것 같다. 일본의 영웅창조는 승리자의 과장을 통해 국민의 전투 의욕 고양을 목적으로 하지만, 조선의 『임진록』・『전설의 조선』의 「김응서」의 영웅은 패잔병이 울분을 풀려고 쓴 허구라는 차이였다"라고 언급했다. 발표 후 자리에 돌아오니 메모가 있었다.

근대 문학자인 게이센조가쿠엔 대학惠泉女学園大学의 시노자키 미오코篠崎美生子 교수의 메모를 공개한다.

金靜姫 先生

ご発表、ありがとうございました。私は、
先生の歴史認識についてのお考えに賛成です。
芥川は、自分の権力性（当時の日本帝国の
有名な小説家であり、影響力が大きいということ）に
あまり気づいてないような気がします。
少なくとも、この小説を読んだ当時の日本人は、
日本の歴史歪曲の罪深さに思いいたることは
なかったでしょう。
私は常々、芥川をあまりに高く評価しすぎる
芥川研究の傾向に、違和感をもっています。
批判すべきことは批判すべきと存じます。
故に、先生のお話につよく共感しました。

私の勤務する大学の同僚に、崇実大学のことを
研究している教員がいます。そのため、
貴学の立派な歴史 ―― 抵抗の歴史を
知っております!!
また、お話をおきかせ下さい。

篠崎 美生子

　　김정희 선생님, 발표 감사합니다. 저는 선생님의 역사인식에 찬성합니
다. 아쿠타가와는 자신의 권력성(당시 일본제국의 유명한 소설가로 영향
력이 크다는 점)을 그다지 인식하지 못했던 것 같습니다. 적어도 이 소설
을 읽은 당시의 일본인은 일본의 역사 왜곡에 대한 큰 죄를 느끼지 못
했을 것입니다. 저는 항상 아쿠타가와를 지나치게 과대평가하는 아쿠타가
와 연구 경향에 위화감을 가지고 있었습니다. 비판해야 할 것은 비판해야
한다고 생각합니다. 따라서 선생님의 말씀에 깊이 공감하였습니다.

　나의 견해에 동감한 지식인을 만나 기뻤고, 비로소 출전을 찾았을 때는
환희가 찾아왔다.

『杜子春』의 출전은『당대총서唐代叢書』의『杜子春傳』이다. 두자춘은 선인이 되기 위해 철관자鐵冠子를 만난다. 선인은 어떤 상황에도 "말하지 말라"라고 명한다. 온갖 시련을 참았던 두자춘도 지옥에서 고통 받는 어머니를 보자 "어머니" 하고 외친다. 인간으로 회귀回歸하는 외침이다. 그래서 선인은 될 수 없었지만 "인간답게 정직하게 살겠다"라고 선언한다. 아쿠타가와는 선계 대신 인간세계로 무게를 바꾸었고, 어머니에 대한 孝를 부각시켰다.

『오가타 료사이 상신서』의 소재원은『日本西敎史』,『内政外敎衝突史』,『聖書』등으로 판단된다.

배교와 기적이 소재인『오가타 료사이 상신서』는 인륜과 신앙사이에서 갈등하는 시노俟를 그리고 있다.

의사 료사이에게 신자인 시노가 병에 걸린 딸의 진찰을 부탁하지만 배교가 조건이다. 시노는 품에서 십자가를 꺼내 세 번 밟아 이를 증명한다. 그러나 보람도 없이 딸이 죽어 시노는 실성한다. 다음 날 료사이는 길을 가다가 신부 일행의 기도 끝에 시노의 발광은 진정되고 딸의 소생을 목격한다. 아쿠타가와는 사자소생이라는 초현실적인 소재를 다루면서 리얼리티를 구현했다. 그는 딸의 목숨을 구할 수만 있다면 神도 버릴 수 있는 모성애를 주제로 하고 있다. 결과가『일본문학 속의 기독교』10호의「芥川龍之介『오가타 료사이 상신서』論」이다.

『봉교인의 죽음』의 원전은『聖人傳』의「聖마리나」이다. 아쿠타가와는 원전의 드라이한 줄거리에 픽션을 가해 예술적 효과를 높이었다. 나가사키長崎의 사원 산타 루치아에서 양육된 로렌조는 신심 깊은 소년이었다. 우산가게 딸이 임신했는데 상대가 로렌조라 하여 그는 사원에서 추방당해 고행한다. 딸의 출산 1년 후, 나가사키에 큰 화재가 났는데 아기는 불속에 있었다. 그 때 로렌조가 나타나 아기를 구했지만 그 자신은 숨이 끊길 듯 했다. 딸의 참회로 로렌조의 무죄는 밝혀졌지만, 유방이 보여 그가 여성임이 밝혀진다. 이 찰나의 감동에 의해 그녀의 生은 聖化된다. 작품의 테마인 찰나의 감동은 아쿠타가와의 인생 미학이며, 인간 평가이다. 결과가 『일본문학 속의 기독교』 8호의 「『봉교인의 죽음』의 출전과 소재」이다.

아쿠타가와 문학은 좌절, 패배, 에고이즘, 광기, 불안, 자살 등 인생의 어두운 면만 검토되는 경향이 있다. 확실히 아쿠타가와 문학에는 그런 요소가 있지만, 그것은 모두 인생을 밝게 하기 위한 격렬한 希求의 표현이었다. 그는 인간적 자각을 깨닫지 못해 사회 저변에서 짓밟히면서도 항의조차 못하는 힘없는 사람들에 대한 사랑을 강조했다. 아쿠타가와 문학의 근원은 인간성 회복이었다.

부록은 아쿠타가와의 수필 『오카와 강물』을, 주변인물로는 1고 동기생으로 동경대학 교수 야나이하라 다다오矢内原忠雄의 『조선통치의 방침』에 대해 논했다. 결과가 『일본문학 속의 기독교』 9호의 「矢内原忠雄의 「朝鮮統治의 方針」과 조선 민중의 실상」이다.

남편 정구호 회장의 지원과 서울일본인교회 요시다 고조吉田耕三 목사님의 격려와 기도에 감사드린다.

/ 제1장 /
서론

아쿠타가와 류노스케芥川龍之介 문학에
나타난 소재활용 방법 연구

· · ·

제1장 서론

1.1 아쿠타가와 문학의 시대적 배경

아쿠타가와 류노스케芥川龍之介의 작품을 분석하기 전에, 먼저 아쿠타가와가 살았던 시대와 사회적 환경에 대해 살펴보기로 한다. 왜냐하면 어떠한 작품이든 그 작품에는 많든 적든 시대상이 반영되기 때문이다.

아쿠타가와 류노스케는 1892년 일본의 수도 도쿄에서 태어났다. 그는 청일전쟁(1894), 러일전쟁(1904), 제1차 세계대전(1914), 관동대지진(1923) 등의 메이지明治·다이쇼大正 시기의 큰 사건들을 지켜보며 살았으며, 1927년 세상을 떠났기 때문에, 당시의 사회 배경은 일본 근대사상 여러모로 격동의 시기였다. 제1차 세계대전 중, 호경기에 의한 物價高와 상인이나 지주가 쌀을 매점매석하여 쌀값이 폭등하여 민중의 생활이 궁핍하게 되었다. 일본은 경제 면에서 심각한 불황국면으로 실업자가 속출하고, 게다가 쌀 소동까지 일어났다. 1914(大正3)년경 이시카와 다쿠보쿠石川啄木의 이하의 詩는 당시의 서민층의 고통을 잘 드러내 주고 있다.

일을 하여도 일을 하여도 더욱 내 생활은 나아지지 않아 지그시 손을 본다.
はたらけど/はたらけど猶/わが生活/楽にならざり/ぢっと手を見る[1]

또한 1916(大正5)년 12월 『동양경제신보東洋經濟新報』 762호는 "우리 물가의 상승은 미국 위에 있다(我物価の騰貴は米国の上にあり)"[2]라는 사설을 게재하였다. 전후 불황에 대해 가와카미 하지메河上肇는 『가난 이야기貧乏物語』에서 "20세기 사회의 큰 병(二十世紀における社会の大病)"[3]이라고 한탄하고 있다. 마침내 1918(大正7)년 도야마 현富山県의 한 어촌에서 주부들이 쌀값을 내리라고 요구하면서 쌀가게·지주를 습격하는 사건이 터졌다. 이는 시베리아 출병 결정과 맞물려 쌀 소동은 전국 각지에 퍼져 국내치안은 경찰만으로는 부족하여, 종종 군대가 출동하여 진압할 정도였다. 당시 소동에 참가한 인원은 검찰 당국의 집계에 따르면 70만 명으로, 검사 처분을 받은 것은 8,185명이었다.[4] 1918년 『도야마일보富山日報』 사설에는 "부국민빈富國民貧", "졸부[5]의 발호成金者の跋扈"에 관한 기사가 보이며, 데라우치 내각寺内内閣을 비난하고 있다. 이에 반해 정부는 연이은 발매금지나 게재揭載금지 등 언론탄압을 하였고 기자들은 언론옹호·내각 탄핵 결의를 단행하였다. 또 1923년 관동대지진으로 정치·경제의 중추부 도쿄

1 鹿野正直, 『日本の歷史27』, 大正デモクラシー, 小学館, 1976, p.158. 재인용.
2 위의 책, p.158.
3 위의 책, p.158.
4 『日本の歷史27』, p.166 참조.
5 제1차 세계대전이 시작하자 유럽이나 동남아시아로 향하는 수출로 인해 일본은 호경기였다. 특히 선박·철강·무역관계자로 벼락부자가 된 자본가가 나타나게 되었다.

아쿠타가와 류노스케芥川龍之介 문학에 나타난 소재활용 방법 연구

는 크게 타격을 받아 국내 사정은 더욱 암담한 상황에 이르렀다. 그러나 관동대지진은 문화의 대중화·도시화 현상을 만들었고, 각성한 노동자가 새로운 계급으로 등장해 노동문학·프롤레타리아 문학이 태동한다. 1924년 창간된 『문예전선文藝戰線』은 프롤레타리아 문학의 거점이 되었다.

한편 정치 면에서도 대역사건大逆事件을 비롯하여, 군부와 정당과의 군축軍縮을 둘러싼 대립, 열강의 식민지 정책과 일본의 이해가 충돌 직전의 기운이 감도는 시대였다. 이와 같은 대외적·국내적 정세를 바탕으로 국민의 권리의식이 발달하고, 인간다운 생활을 추구하는 여러 사회운동이 일어나 다이쇼 데모크라시는 제어하기 힘든 기세로 번져 나갔다. 따라서 동시대의 아쿠타가와 문학에 당시의 사회적인 어두운 면, 새로운 사상의 기운이 명백하게 작품에 반영되어 있는 것도 당연하다 하겠다.

1.2 선행 연구

아쿠타가와가 1927년 7월 24일 자살하자, 다음 날 『오사카마이니치신문大阪毎日新聞』을 비롯하여 몇몇 신문에서 이를 특집 기사로 다루었다. 그의 유서와 「어느 옛 친구에게 보내는 수기或旧友に送る手記」의 全文, 작가들의 대담이 일면에 게재되었고 주요 잡지인 『중앙공론中央公論』, 『개조改造』, 『문예춘추文藝春秋』 등은 9월호를 아쿠타가와 추도 특집으로 편성하고 문단의 작가, 저널리스트 등이 그의 죽음에 대해 논평했다. 다음은 아쿠타가와 문학에 대한 선행연구를 (1) 아쿠타가와 전집, (2) 연구의 출발과 변화로 나누어 간단히 소개하고자 한다.

대표적인 전집은 이른 시기부터 정리하면 『芥川龍之介全集 1~10』(岩波書

店, 1934~1935), 『芥川龍之介未定稿集』(岩波書店, 1968), 『芥川龍之介全集 1~12』(岩波書店, 1977~1978), 『芥川龍之介全集 1~24』(岩波書店, 1995~1998) 등이다. 특히 마지막 岩波書店 24권 본 전집은 각 권마다 상세한 「註解」, 본문의 異同을 추적한 「後記」, 근거를 명시한 「年譜」(宮坂覚), 사진판으로 체재 확인이 가능한 「単行本書誌」(清水康次), 색인류가 충실하여 연구자에게 많이 활용되고 있다.

다음으로 대표적인 연구의 흐름에 관해서인데, 아쿠타가와가 작품을 발표하기 시작한 지 거의 100년 이래로 많은 연구가 축적되어 왔다. 특히 그의 죽음 직후에는 엄청난 양의 논설이 저널리즘을 통해 대두된 바, 1934년 2월 첫 연구서인 다케우치 마코토竹内眞의 『芥川龍之介の研究』(大同館書店)에 이어 1942년 12월 본격적인 연구서인 요시다 세이치吉田精一 『芥川龍之介』(三省堂)가 간행되어 후진의 연구에 기초가 된다. 아쿠타가와를 둘러싼 동시대 言說에 대해서는 히라노 기요스케平野清介 編 『雑誌集成 芥川龍之介像』1~8권(明治大正昭和新聞研究会, 1983. 8.-1985. 2.), 『新聞集成芥川龍之介像』1·2권(同, 1984. 11.)에 이어, 戰時 시기까지의 평론·회상 등을 망라한 세키구치 야스요시関口安義 編 『芥川龍之介研究資料集成』全10권·별권1(日本図書センター, 1993. 9.)이 있다. 세키구치는 "자료는 아직 더 있다"(제1권 「해설」)라고 언급하며, 별권 「芥川龍之介研究史Ⅰ(1915~1945)」에서는 「문단비평이전」, 「문단 등장 전후」, 「혹평」, 「『羅生門』 간행 이후」, 「고정적 아쿠타가와観의 형성」, 「아쿠타가와 否定·超克의 시대」, 「연구대상으로서의 아쿠타가와 류노스케」, 「戰時 하 연구의 진전」으로 나누어 연구사의 흐름을 개관한다. 연구사를 조망하고자 할 때, 『国文学 解釈と鑑賞(해석과 감상)』〈특집 아쿠타가와 류노스케를 위하여〉(至文堂 1993. 11.)를 빼놓을 수 없다. 또 『芥川龍之介研究文献目次細目稿 1917~

1992』(叙説舎, 1992. 9.)를 上梓한 에비이 에이지海老井英次에 의한 「아쿠타가와 류노스케 연구의 사적 전망」은 「1927까지」~「1992년 이후」를 7期로 나누어 연구 상황을 개괄하고 있다. 히라오카 도시오平岡敏夫・사토 야스마사佐藤泰正의 좌담 「回想 芥川龍之介研究」(『芥川龍之介と現代』大修館書店, 1995)와 세키구치・기쿠치 히로시菊地弘・미야사카 사토루宮坂覚 「座談会 芥川龍之介研究の今後ー研究の現在を押さえつつー」(『国文学 : 解釈と鑑賞』, 至文堂, 1993. 11.)도 참고가 되며, 후자의 토픽에서는 「독자론의 시점에서」, 「都市 論의 시점에서」 등이 논의되고 있다. 한편 이시와리 토오루石割透 編〈日本文学研究資料新集 20〉『芥川龍之介 作家とその時代』(有精堂出版, 1987. 12.)・미야사카 編〈19〉『芥川龍之介 理智と抒情』(同, 1993. 6.)은 매우 뛰어난 성과를 담고 있다. 작품의 독해를 세밀하게 더해나가 작가상을 추구하는 시도로는 이시와리의 『芥川龍之介 初期作品の展開』(有精堂出版, 1985. 2.)・『〈芥川〉とよばれた芸術家 中期作品の世界』(同, 1992. 2.) 등의 일련의 연구가 주목된다.

작가와 시대상을 면밀하게 고찰한 연구로는 세키구치의 『芥川龍之介とその時代』(筑摩書房, 1999. 3.)로, 이를 통해 작가론 적 어프로치의 재검토가 이루어진다. 세키구치는 지금까지 도요시마 요시오豊島興志雄・마쓰오카 유즈루松岡讓・나루세 세이이치成瀬正– 등 아쿠타가와 주변 문학자의 평전을 다루었는데, 그 성과를 더하여 作家 像을 포괄적으로 제시했다. 한편, 아쿠타가와의 종합사전으로서 획기적인 성과로 인정되는 기쿠치・구보타 시게타로久保田芳太郎・세키구치 編『芥川龍之介事典』(明治書院, 1985. 12.)과 그 증보판(2001. 7.)은 연구자에게 필수불가결한 지침서라 할 수 있다.

1.3 연구 대상과 방법

　文藝作品에는 文體나 構成에 의한 형식적 美와 作品의 내용적 價値가 있다. 좋은 形式을 부여하기 전에 우선 훌륭한 素材를 발견하여, 選擇하는 것이 作家에게는 중요한 第一步가 된다.

　아쿠타가와 류노스케는 기쿠치 칸菊池寬, 다니자키 준이치로谷崎潤一浪와 함께 自然主義 이후의 作家로 素材를 작가 자신의 身邊에 限定하지 않고 다양한 분야에서 가져와 매우 다채로운 素材 활용 방법으로 다이쇼文壇에 한 획을 그은 作家였다. 그의 장점은 독서와 연구로 얻어진 동서고금에 이르는 넓은 지식이다. 고전에서 소설의 재료를 찾은 것도 그 때문이다. 또한 아쿠타가와의 많은 작품에는 출전을 분명히 할 수 있는 작품이 61作이다. 이는 小品을 제외한 그의 全소설 148편 중 41%에 해당한다. 『라쇼몬羅生門』, 『코鼻』, 『마죽芋粥』, 『투도偸盗』, 『덤불속薮の中』 등은 헤이안 시대 말기에 성립된 『금석 이야기今昔物語』에서, 『지옥변地獄変』, 『용龍』은 가마쿠라시기에 성립된 『우지습유 이야기宇治拾遺物語』에서 소재를 가져와 개작한 작품으로 흔히 왕조물王朝物이라 부른다. 『슌칸俊寬』은 중세의 『겐페이 성쇠기源平盛衰記』에서, 『스사노오노미코토素戔嗚尊』는 上代 문학인 『고사기古事記』에서 자유자재로 소재를 취하고 있다. 또한 『메마른 들판枯野抄』, 『오이시그라노스케의 어느 하루惑日の大石内藏助』, 『희작삼매경戲作三昧』 등은 근세시대의 에도문학에서 소재를 취하였다.

　그리고 王朝物과 나란히 소재선택의 쌍벽으로 평가받는 기리시탄[6]을

---

6 포르투갈語로 기독교 선교사와 신자를 말한다. 포르투갈어 발음에 切支丹·吉利支丹의 한자를 차용하였다. 기독교는 천주교라고도 불리며 선교사의 노력과 전국 영주戰国大名·오다 노부나가織田信長 등의 보호에 의해 큐슈九州를 중심으로 시코쿠四国·긴키近畿에 퍼져나갔다. 당시 신자가 약 70만 명에 이르렀다고 한다.

소재로 한 일련의 기리시탄물切支丹物이 있다. 이 시기의 소재 공급원은 1907(明治40)년경부터 유행하기 시작한 이른바 낭만파 시인 우에다 빈上田敏, 기타하라 하쿠슈北原白秋, 기노시타 모쿠타로木下杢太郎 및 어학에 조예가 깊었던 신무라 이즈루新村出의 작품 등이었다. 이리하여 『오가타 료사이 상신서尾形了斎覚え書き』, 『봉교인의 죽음奉教人の死』, 『기리시토호로상인전きりしとほろ上人傳』 등이 쓰여 졌다.

한편, 서양 작가의 작품을 읽고 「개화開化」를 소재로 한 일련의 작품군들인 명치개화기물로 『손수건手巾』, 『개화의 살인開化の殺人』, 『개화의 남편開化の良人』, 『무도회舞踏會』 등이 있다. 『무도회』는 피에르 로티Pierre Loti(1850~1923, 프랑스의 소설가)의 「에도의 무도회江戸の舞踏會」(『가을의 일본秋の日本』 수록)를 바탕으로 삼아 쓴 소설로 명치정부의 서구화 열기의 상징인 로쿠메이칸鹿鳴館의 무도회를 무대로 한 개화기 여성의 아름다움을 유감없이 발휘한 명작이다.

그러나 빈번한 소제활용을 주로 한 집필은 작품의 독창성이 떨어진다는 평론가들의 비난도 받았고, 동시에 경쟁자인 후진작가들의 활약이 두드러지기 시작한다. 1920년경부터 건강상태도 나쁜 데다 작가 생활의 고뇌도 겹쳐져, 결국 아쿠타가와는 자신이 싫어하던 신변잡사에서 소재를 얻은 사소설 『야스키치의 수첩에서保吉の手帳から』, 『십엔 지폐十円札』 등의 야스키치물保吉物을 쓰게 된다. 요코쓰카横須賀 해군 기관학교 교관 호리카와 야스키치堀川保吉가 주인공인 단편소설 群이다.

또한 중국 고전에서 소재를 가져와 작품을 쓰기도 하였는데, 『두자춘』은 『당대총서唐代叢書』의 「두자춘전杜子春傳」에서, 『술벌레酒虫』는 『요재지이聊齋志異』에서 소재를 취하였다.

형식존중을 주장한 나카가와 요이치中河與一(1897~1994, 소설가)는 "소재

선택은 작자의 방향과 취미를 보여 준다(素材の選択は作者の方向と趣味とを示す)"[7]라고 지적한다. 소재 선택은 자발적인 경우도 있고, 집필 당시 문예사조의 영향이나 주위의 권유에 의할 수도 있다. 아쿠타가와도 예외는 아니었다. 아쿠타가와는 일관되게 작품 소재에 주관적 해석을 부여하고, 소재의 시대적 분위기를 선명하게 그려냈다.

본 연구에서 취급한 『봉교인의 죽음』의 집필 동기는 당시 아쿠타가와의 南蛮文化[8]의 憧憬이 이 작품에 크게 작용하고 있다. 또한 『두자춘杜子春』은 주위의 권유에 의해 쓰게 된 동화이다. 그러나 권유받아도 소재를 선택하는 것은 작가이다. 아쿠타가와가 왜 『杜子春』을 썼을까? 이는 구보덴즈이久保天隨(1875-1934, 일본의 중국문학자)의 번역본도 있지만, 한문에 통달한 그가 『두자춘전』을 읽을 수 있었기에 가능했던 것이다. 이런 복합적인 계기들로 인해 한 작품이 완성되는 바, 어떤 종류의 소재가 어떻게 작품 속에 활용되었는가는 개개의 작품을 치밀하게 분석하지 않으면 쉽게 파악하기 어렵다. 그러나 일단 작가의 수법을 알게 되면 다른 작품의 분석도 상당히 용이해지는 이점이 있다.

본 논문은 아쿠타가와 문학을 '소재 활용의 방법'이라는 측면에서 주로 고찰하였다. 역사물, 동화, 기리시탄물 등 원전이 있는 작품을 제2장에서 제5장까지 다루었다. 『전설의 조선』에 수록된 「김응서」를 소재로 한 『김장군金將軍』, 중국 당대소설인 『두자춘전』을 소재로 한 동화 『두자춘』, 기리시탄물인 『오가타 료사이 상신서』와 『봉교인의 죽음』 등이 바로 그것이다. 제6장, 제7장에서는 아쿠타가와의 만년의 작품 『겐카쿠 산방玄鶴山房』과

---

7 『鼻歌による形式主義理論の発展』(文芸春秋, 1929. 2.)
8 포르투갈 사람이나 스페인 사람이 전해 준 기독교와 관련된 유럽 문화. 기리시탄 版이라 불린 인쇄술과, 천문·지리·의학·미술 등 각종 문화가 발달함. 빵·카스테라 등이 지금도 사용됨.

『갓파河童』의 내용을 분석함으로써 아쿠타가와의 내면세계가 작품에 어떻게 투영되었는지 살펴보았다. 자연주의에 반발하여 신변에서 소재를 취하지 않았던 작가가 만년에 사소설적인 내용을 담았다는 점에서도 연구의 의의가 크다고 할 수 있다.

/ 제2장 /

『전설의 조선』의
「김응서」와 『金将軍』

아쿠타가와 류노스케芥川龍之介 문학에
나타난 소재활용 방법 연구

제2장 『전설의 조선』의 「김응서」와『金将軍』

•••

2.1 서론

아쿠타가와의 수많은 작품 중, 『김장군金將軍』은 1924(大正13)년 잡지 『신소설』 2월호에 발표된 단편으로, 초간본은 同年 7월 제7단편집 『황작 풍黃雀風』(新潮社)에 수록되었다. 기존에는 작품의 소재가 조선의 『임진록 壬辰錄』[1]으로 알려졌지만,[2] 2008년 미와 다마키三輪環의 『전설의 조선傳說の 朝鮮』에[3] 수록된 「김응서」로 확인되었다.

『김장군』은 짧은 단편 탓인지 선행연구가 적다. 한국에서는 최관의 「아 쿠타가와 류노스케의 『김장군』과 조선과의 관계」[4], 조사옥 「아쿠타가와

---

1 '임진왜란'을 소재로 한 설화의 집성체이며 작자 미상이다. 한글 본 외 한문본 등 異本 이 많다. 일제 강점기에는 금서로 출판할 수가 없었다.

2 최관, 조사옥, 세키쿠치 야스요시 등이 『김장군』의 출전은 『임진록』이라 했고, 필자 또한 1996년 같은 취지의 논문을 발표한 바 있다.

3 미와 다마키三輪環, 『전설의 조선』, 博文館, 1919, 미와 다마키는 당시 평양고등보통학 교 교사였다. 『전설의 조선』의 내용은 제1편 山川(34화), 제2편 人物(38화), 제3편 動植 物 및 雜(42화), 제4편 童話(25화)로 구성되어 있다. 「김응서」는 제2편 인물에 수록되 어 있다.

류노스케의 역사인식」[5] 등의 論이 있고, 일본에서는 니시오카 겐지西岡健治 「芥川龍之介作「金將軍」출전에 대해서」[6], 세키구치 야스요시関口安義 「아쿠 타가와 류노스케의 역사인식」[7] 등의 논문이 발표되었다. 필자도 「아쿠타가 와의『김장군』과 조선 군담소설『임진록』」[8]이라는 논문에서『김장군』의 소재 가『임진록』이라고 논했지만,『임진록』을 출전으로 정하기에는 해명할 수 없 었던 부분이 있었다.

2004년, 한국 국립중앙도서관에서 니시오카 겐지가『김장군』의 출전으 로 처음 논한 미와 다마키三輪環의『전설의 조선』수록「김응서」[9]를 읽은 결과,『김장군』의 출전은「김응서」라는 것을 확인했다. 출전의 발견은 필 자가 아쿠타가와 작품의 소재 연구의 계기가 되었다.

필자는 2007년 9월 15, 16일 중국 저장성浙江省 닝보寧波 대학에서 개최된 제2회 국제 아쿠타가와 류노스케 학회에서「芥川龍之介『金將軍』出典考」 를 발표할 때,『金將軍』의 出典은 미와 다마키三輪環의『전설의 조선』수록 「김응서」임을 밝히었다. 세키구치 야스요시는 귀국 후 바로 니시오카 겐 지의 논문을 검토하고 그 결과를「金将軍」の出典[10]에 자세히 논했다. 세 키구치는 "나는 여기서 자신의 不明을 부끄러워한다. 10년 전에 論한 이

4 崔官,「芥川龍之介の『金将軍』と朝鮮との関わり」, 日本比較文学会『比較文学』, 第 三五巻, 1993. 3. 31.
5 曺紗玉,「芥川龍之介の歴史認識」, 韓国日本学会, 2002.
6 西岡健治,「芥川龍之介作「金将軍」の出典について」,「福岡県立大学紀要」, 第5巻 第2号, 1997. 3. 31.
7 関口安義,『芥川龍之介の歴史認識』, 新日本出版社, 2004.
8 金靜姫,「芥川の『金将軍』と朝鮮軍談小説『壬辰録』」,『環日本海研究年報』第3号, 環 日本海研究室, 1996.
9 三輪環,『傳説の朝鮮』, 博文館, 1919, pp.110-117.
10 関口安義,「『金将軍』の出典」,『芥川龍之介研究年誌』, 芥川龍之介研究年誌の会, 2008, pp.72-75.

논문의 존재를 알지 못했기 때문이다. 이는 나뿐만이 아니다. 닝보대학에서 김정희의 발표 10년 6개월 전에 이미 「김장군」의 출전은 미와 다마키의 『전설의 조선』 수록의 「김응서」라고 단정한 논문이 있었기 때문이다. 연구에는 우선권이 있다. 따라서 「김장군」 출전을 최초로 밝힌 자는 니시오카 겐지이다"라고 언급했다.

아쿠타가와의 『김장군』과 『전설의 조선』의 「김응서」는 임진왜란 때 김응서 장군이 평양 기생 계월향과 협력하여 평양성을 점령한 왜장을 살해한 애국적 무용담이다. 본 절에서는 『김장군』에 나타난 소재 활용의 방법, 즉 사실史實과 허구로 이루어진 『전설의 조선』에 수록된 「김응서」의 어느 부분을 취사하여 『김장군』에 재구성되었는지를 살펴보고, 더 나아가 아쿠타가와의 영웅관·역사관 등도 논해 보고자 한다.

2.2 가토 기요마사 · 고니시 유키나가의 조선 정탐

먼저 『전설의 조선』의 「김응서」 모두 부분을 인용하면 다음과 같다.

김장군은 용강군 양곡면 동우리에서 태어나, 30세에 임진왜란을 만나, 대군을 이끌고 평양에서 고전한 큰 공이 있어, 그가 죽었을 때 정부는 용강현령에게 명하여 현청의 남쪽 10정 떨어진 곳에 충렬사를 세워, 이후 봄, 가을에 엄숙히 제를 올렸다. (중략) 장군이 2살 때, 그의 어머니는 밭에 풀을 뽑으러 가서 장군을 밭 구석에 뉘이고, 그 위에 우산을 씌어 그늘지게 했다. 그런데 개미가 갑자기 많이 몰려와 그 주위를 둘러싸, 몇 줄인지 모를 둥근 진을 만들어 이 아이를 보호하였다. 또 어느 날은 논두렁에 뉘이고 둥근 돌을 베개 삼아 놓았다. 그 때 가토 기요마사와 고니시 유키나가가 승려의 모습으로 조선의 상황을 보러 와 있었는데, 마침 용강에 와 이 아이를 보았다. 기요마사는 "이 녀석은 인품이 좋은 아이다"라며 발로 돌베개를 걷어찼다. 그러나 신기하게도 이 아이의 머리는 땅에 닿지 않았다. 기요마사는 놀랐다. "이 아이는 보통 놈이 아니야. 이 아이가 크면 어떤 놈이 될지 모른다. 지금 죽이는 것이 좋으리라"라고 하자 유키나가는 반대하였다. "이 애 따위가 무슨 일을 할 수 있겠는가. 그런 걱정은 할 필요 없다." 기요마사는 억지로 강요하지는 않았으나 내심 '아무래도 살려 두어서는 안 된다'라고 생각했다.

　金将軍は龍岡郡陽谷面桐隅里に生れ、三十歳ばかりの時壬辰の乱に遭ひ、大軍を率ゐて平壌に苦戦して大功があつたから、その薨くなつた時政府は龍岡縣令に命じて、縣廳の南十町の処に忠烈祠を建て、それからは春秋の祭を厳肅に行はれた。＜中略＞将軍が二歳の時、その母は畑に草取りに行つて、将軍を畑の隅に寝せて、其の上に雨笠をかざして蔭にして置いた。処が、蟻が俄に沢山集まつて其の周囲を回つて、何列となく圓陣を作り、之れを保護した。又ある日は田の畔に寝せて、丸い石を枕にさせて置いた、　時に加藤清正と小西行長とが僧侶になつて、朝鮮の様子を見に来て居たが、丁度龍岡へ来てこれを見た。清正は、これは人品のよい兒だ。と云ひながら、足でその石の枕を蹴飛ばした。が、奇妙な事には、その兒の頭は地に着かない。清正は驚いた。この兒は只人では無い。これが成長するならば、どんな者になるか分らない。今殺すがよからう。と云ふと、行長は反対した。この兒などが、何事が出来るか、そんな心配は要らない。清桂も強ひてとは云はなかつたが、清正は心の中で、どうしても生して置いては

いけないと、思つた。 （「김응서」）

　승려로 변장한 왜인, 왜장의 조선정탐이야기는 한문본, 한글본 『임진록』
에 수록되어 있고, 또한 『연려실기술燃藜室記述』에는 쓰시마에서 파견된 일
본 사신이 조선의 연안을 측량한 사실도 기록되어 있어, 매우 실제 상황을
반영한 이야기라 할 수 있다. 그 외에 이본異本에서는 왜승倭僧, 팔왜八倭,
팔왜장八倭將, 왜첩倭諜 등이 밀정활동을 했다 한다. 국립도서관 한문본 『임
진록』에 의하면,

> 　수길이 "누가 조선에 잠입하여 팔도의 형세를 정탐하겠는가"라고 명하
> 자 말이 끝나기도 전에 평조익, 평조신, 안국사, 선강정, 평의지, 경감노,
> 평수헌등이 가기를 청하였다. 수길이 크게 기뻐하며 이들 8왜장을 부산으
> 로 보냈다. 조선 의복을 입고, 조선어를 배우고 팔도로 흩어져 무자년까지
> 있었다. (중략) 만력 경인년 8왜장들은 조선 정탐을 마치고 3년 후 일본으
> 로 돌아가 조선 지도를 수길에게 바친다.
>
> 　平秀吉然旨乃下令曰 誰能潛入朝鮮探知諸道形勢乎 言未畢 平調益平
> 調信安國史善江丁平義智景監老平秀憲等 齊聲請行 秀吉大喜而送之 八
> 將卽抵釜山界 着朝鮮衣服 學得朝鮮言語 各散八路 盖在戊子歲也 (略)
> 萬曆庚寅 八將之偵察諸道者三年 而歸國 以献朝鮮地圖于秀吉。[11]

라고 기록돼 있어 파견된 중들과 무장의 이름, 또 그들의 활동기간 및 성과
등이 구체적으로 기록되어 있다. 실제로 히데요시豊臣秀吉는 1587년(선조

---

11 본문에는 팔왜장이라고 하나 7명만이 소개되어 있어 한 사람이 빠진 것 같다.

20년) 경부터 조선과 중국 침략계획을 구체화하여, 선조 20년 9월에 쓰시마津島 도주島主 소 요시시게宗義調의 가신 다치바나 야스미쓰橘康光 일행을 일본국 사신으로 칭하여 부산에 파견하고, 21년 12월 소 요시토시宗義智를 보내어 조선의 통신사 파견을 요청했다.[12] 또한 선조 22년 6월에서 23년 3월까지 10개월간 정사 겐소玄蘇, 부사 요시토시 등이 부산포의 객관에서 장기 체류했다. 그리고 같은 해 3월 6일 조선통신사(正使 黃允吉、副使 金誠一)일행은 요시토시 등과 함께 일본에 갔다가, 선조 24년 1월 28일에 귀국하여 도요토미 히데요시의 戰意 유무를 복명했다.[13] 그때도 일본 측은 겐소와 야나가와 시게노부柳川調信등을 일본국사로 하여, 정명征明을 위해 일본군의 조선 차도借道를 요구한 히데요시의 국서를 조선조정에 전했다. 즉, "가청嘉靖년에서 大明은 일본의 조공을 허락하지 않았기 때문에 明年 2월 대명에 출병하는데, 조선도 일본에 협력할 의지가 있는가, 없는가"에 대해 회답을 요구한 것이다. 조선 측의 대답은 不可였고 히데요시는 1592년 3월, 조선정벌을 결정, 4월 13일 15만 명의 대군을 파병시켰다.

따라서 전란개시 전의 5차에 걸친 승려 겐소나 왜장 소 요시토시의 부산행이나, 장기체류를 통해 조선어를 학습, 조선 의복을 착용할 기회도 있었으리라. 일본 사신의 신분이 승려 겐소나 무장이었기 때문에『전설의 조선』수록「김응서」에 반영되었다고 생각된다.

한편,『김장군』의 모두는 '삼십년 후' 조선 침공군의 선봉장이 된 가토 기요마사・고니시 유키나가와 후에 평양성 방어를 할 아이 김응서와 첫 만남이다. 이 세 사람의 숙명적인 조우의 이야기는「김응서」와『김장군』이 일치한다. 다음은『김장군』의 모두부분을 인용한다.

---

12 李炯錫,『壬辰戰亂史』上卷, 其刊行會, 1973, p.89.
13 柳成龍,『懲毖錄』, 乙酉文化社, 1994, p.219.

어느 여름, 삿갓을 쓴 중 두 명이 조선 평안남도 용강군 동우리[14]의 시골길을 걷고 있었다. 이 두 사람은 단지 수행을 위해 여기저기 돌아다니는 행각승이 아니다. 실은 머나먼 일본에서 조선이란 나라를 염탐하러 온 히고의 영주 가토 기요마사[15]와 셋쓰의 영주 고니시 유키나가[16]이다. 두 사람은 주위를 보면서 벼가 푸릇푸릇한 논 사이를 걷고 있었다. 그러자, 바로 길옆에 농부의 아이 같은 한 어린이가 둥근 돌을 베게 삼아 새근새근 자고 있는 것을 발견했다. 가토 기요마사는 삿갓 아래로 물끄러미 이 아이를 바라보았다. "이 아이는 특이한 상을 하고 있다." 호랑이 상관(가토 기요마사)은 두 말 않고 베개 돌을 걷어찼다. 그런데 희한하게도 이 아이의 머리는 땅에 떨어지기는커녕 돌이 있던 허공을 베개 삼아 여전히 새근새근 자고 있는 것이 아닌가! "확실히 이 아이는 보통 놈이 아니야." 기요마사는 연한 황갈색 승복에 숨기고 있던 칼에 손을 대었다. 일본에 화근이 될 놈은 싹을 잘라버려야 한다고 생각했기 때문이다. 그러나 유키나가는 비웃으면서 기요마사의 손을 제지했다. "이 아이가 무엇을 할 수 있단 말인가? 무익한 살생을 해서는 안 돼."

或夏の日、笠をかぶつた僧が二人、朝鮮平安南道龍岡郡桐隅里の田舎道を歩いてゐた。この二人はただの雲水ではない。実ははるばる日本から朝鮮の国を探りに来た加藤肥後守清正と小西摂津守行長とである。二人はあたりを眺めながら、青田の間を歩いて行つた。すると忽

14 평양 서부의 鎭南浦, 대동강 남쪽에 있는 마을.
15 (1562~1611), 安土桃山시대의 무장. 히데요시, 이에야스 두 사람을 섬기었다. 구마모토 熊本의 영주로, 明·조선 연합군과 싸웠던 정유재란의 울산 전투는 호랑이 퇴치 일화로 유명하다.
16 (?~1600), 安土桃山시대의 기리시탄 영주. 히데요시, 이에야스를 섬기었고 임진왜란에서 선봉장으로 지휘하였으며, 히데요시 사후 세키가하라關ヶ原 전투에 패하여 처형당하였다.

ち道ばたに農夫の子らしい童兒が一人、<u>円い石を枕にしたまま</u>、すやすや寝てゐるのを発見した。加藤清正は笠の下から、ぢつとその童兒へ目を落した。「この小倅は異相をしてゐる。」鬼上官は二言と云はずに<u>枕の石を蹴はづした</u>。が、<u>不思議にもその童兒は頭を土へ落す所か、石のあつた空間を枕にしたなり、不相変静かに寝入つている！</u>「愈この小倅は唯者ではない。」清正は香染めの法衣に隠した戒刀の欛へ手をかけた。倭国の禍になるものは<u>芽生えのうちに除かうと思つたのである</u>。しかし<u>行長</u>は嘲笑ひながら、<u>清正の手を押しとどめた</u>。「<u>この小倅に何が出来るものか？ 無益の殺生をするものではない</u>。（『김장군』[17]）

『김장군』의 冒頭에는 "어느 여름, 삿갓을 쓴 중 두 명이 조선 평안남도 용강군 동우리의 시골길을 걷고 있었다"이고, 「김응서」의 모두는 "김장군은 용강군 양곡면 동우리에서 태어났다"로 되어 있다. 『김장군』이라는 작품명은 「김응서」의 모두 부분에 「김장군은 용강군 양곡면……」에 있던 표현을 아쿠타가와가 인용한 것으로 판단된다.

또 아쿠타가와는 「김응서」 모두 위 注에 "평안남도"를 보고 『김장군』에 "평안남도"라는 행정구역을 인용하면서도, "양곡면"을 생략한 이유는 일본에는 "면面"이 없기 때문에 일본 독자의 이해를 고려했기 때문이라 생각된다. '김응서'가 2살 때 개미가 보호했다는 부분은 설화적 요소가 강하기 때문에 삭제한 것으로 생각된다. 두 작품의 밑줄 친 부분은 일치한다. 가토 기요마사와 고니시 유키나가가 승려의 모습으로 일본에서 조선을 정탐하러 왔고, 돌베개를 걷어찼다는 점, "이 아이는 보통 놈은 아니야"와 "이

---

17 安江良介, 『芥川龍之介全集第十巻』, 岩波書店, 1996, pp.266-267 (이하 『芥川全集』으로 약칭).

아이가 무엇을 할 수 있단 말인가"등의 대사이다. 「김응서」의 "인품이 좋은 아이"는 『김장군』에서 "특이한 상"으로 변경되었다. 위인전, 高僧 傳, 국가창립자 등의 유년기를 특이하게 묘사하는 것은 세계 공통이다. 임진왜란 중, 유키나가군에게 점령당한 평양성을 탈환하는데 실제로 공을 세운 김응서 장군에 대해서도 동일하다.

한편 『임진록』이나 『평양속지平壤續志』의 김응서는 신장이 9척이나 되고, 용맹하며 비천 술이나 신병神兵을 자유자재로 사용하는 초인적인 인물로 설정되어 있다. 김응서(1564-1624)는 전란 후, 1619년에 후금의 공격을 막기 위한 명나라의 구원병 요청에 부원수로 만주에 출병한다.

또한 「이골異骨」에 관한 묘사는 『부원수 김장군경서전副元帥金將軍景瑞傳』에도 수록되어 있다.

金將軍景瑞 初名應瑞 新羅名將庾信之後也 中世 徙居龍岡 生而兩腋 有異骨如鳥翅 勇能超屋。[18]

金将軍 景瑞는 처음 이름을 응서라고 했으며, 新羅의 명장 김유신의 후예이다. 중세에 용강에 가서 살았다. 장군은 나면서 두 겨드랑이에 이상한 뼈가 나 있어서 마치 새 깃과 같았으며 용력이 집을 뛰어넘을 수 있었다.

김경서의 초명이 응서라는 김응서에 관한 기사는 아쿠타가와의 『김장군』의 김응서 인상과 일치한다. 물론 아쿠타가와가 위와 같은 김응서의 신체적 "異骨"에 관한 사실을 알고 있었을 가능성은 희박하다. 하지만 출전의 "인품이 좋은 아이"를 관상학적으로 "異相"이라 한 것은 김응서의 초

---

18 洪良浩 著, 『耳溪先生文集』, 景仁文化社, 1993, p.578.

월적인 영웅像을 강조한 독창적인 개작이라 평가할 수 있다.

『김장군』에서, 자고 있는 아이를 죽이려고 하는 가토 기요마사에게 고니시 유키나가는 "무익한 살생을 해서는 안 돼"라고 조소하면서 제지했다. 이 짧은 말과 '조소'에 고니시의 성격과 가토 기요마사에 대한 반감이 담겨져 있다.[19] 고니시는 김응서를 살려두었기 때문에 「삼십년 후」에 살해당한다. 이 점에서 고니시는 이미 가토에게 한발 밀려있다고 할 수 있으리라. 고니시는 세례명이 아고스티노인 가톨릭 신자로, 히데요시의 조선 출병에는 내심 반대했다.[20] 그래서 쓰시마 도주 요시시게나 승려 겐소들과 전쟁을 회피하려는 노력을 거듭했지만 실패해, 얄궂게도 공격의 선봉장으로서 가토 기요마사와 함께 출병하게 된다. 이러한 고니시는 수도 한양 함락의 날, 경복궁 옥좌에 배례하면서 눈물을 흘렸다고 한다.(『조선정벌기朝鮮征伐記』)[21]

한편 가토 기요마사는 열렬한 불교도였다. 그가 믿은 불교는 13세기에 몽골의 일본 침공을 예언한 니치렌日蓮이라는 승려가 개창한 니치렌슈日蓮宗라는 종파이다. 가토는 아명을 토라노스케虎之助라 하며, 잇센기리一錢切라고 하여 병졸이 일전이라도 약탈하면 죽여 버린다는 "호랑이 상관"[22]이다. 가토 기요마사는 매우 호전적이며 현실주의자이다. 히데요시의 死後, 세키가하라関ヶ原 전투에서 동군에 가담하여 승리하였고, 서군에 가담한 고니시는 패하여 처형당했다. 이후 기요마사는 유키나가의 영지까지 받아 54만석의 영주가 되고, 고니시보다 11년 장수했다. 또한 고니시 유키나가

---

19 崔官, 위의 논문, p.53. "清正과 行長의 성격 차이 등은 아쿠타가와에 의한 완전한 창작이라고 할 수 있으리라."
20 林屋辰三郎外4名, 『史料大系日本の歴史第四巻 近世1』, 大阪書籍, 1979, p.101.
21 李進熙, 『倭館·倭城を歩く』李朝のなかの日本, 六興出版, 1984, pp.118-119.
22 金達寿 외 3名, 『教科書に書かれた朝鮮』, 講談社, 1979, p.119.

와 친했던 선교사 루이스 프로이스는 "교활하여 책략에 능하고, 아고스티노의 명예를 될 수 있는 한 분쇄하려고 했던 위선자, 토라노스케"라고 혹평하고 있다.(『일본사』2) 이처럼 대조적인 성격의 두 사람이다. 따라서 "자고 있는 아이"를 베려고 한 가토를 고니시는 야만인으로서 조소할 수밖에 없었으리라. 아쿠타가와는 이러한 라이벌 관계였던 가토와 고니시의 역사적 배경을 염두에 두고 두 사람의 관계를 보다 경쟁적인 것으로 재창작한 것이라 판단된다.

2.3 선조, 金應瑞에게 왜장살해를 명하다.

가토 기요마사는 명나라 정벌을 위해 수많은 병사를 이끌고 와, 조선 팔도는 바람에 풀이 쓰러지는 것 같았고, 국왕은 의주로 도망가 통군정에 머물러서 끊임없이 명나라에 구원병을 요청했다. 그러나 명에서는 아무 대답이 없었다. (중략) 김응서는 나라의 위급을 구하기 위해 급히 의주로 가, "저는 적을 쫓아버릴 수 있습니다."고 신청했다. 왕은 매우 기뻐하시며 이를 칭찬, "나라를 위해 충의를 다하도록 하라"고 말씀하셨다.

加藤清正は支那征伐のために、八兆八億の兵を率ゐて進み来て、朝鮮八道は草の風に伏す如く、国王は義州に逃げて統軍亭に駐り、頻に支那の援兵を求めた。が、支那からは少しもその返事が無い。(中略) 金應瑞は国家の急を救ふ為に、俄に義州に赴き、私は敵を追い払ふことができます。と申し出た。王様は大層喜ばれて、之れを褒め、国のために忠義を尽すやうに。と仰せられた。　　　　　　　(「김응서」)

한편 아쿠타가와의 『김장군』의 해당 부분을 인용하면 다음과 같다.

　30년 후, 그 때 승려였던 두 사람, <u>가토 기요마사</u>와 고니시 유키나가는 <u>수많은 병사</u>와 함께 <u>조선팔도[23]</u>에 쳐들어왔다. 집이 불타 없어진 팔도의 백성은 부모는 자식을 잃고, 남편은 처를 빼앗겨 우왕좌왕 도망치며 갈팡질팡했다. 경성은 이미 함락되었다. 평양도 지금은 왕의 영토가 아니다. <u>선조왕[24]은 겨우 의주[25]로 피신하여 명나라의 원군을 애타게 기다리고 있었다.</u> 만약 이대로 팔짱을 끼고 왜군이 유린하도록 놓아둔다면 아름다운 팔도강산도 순식간에 불타는 들판으로 변할 수밖에 없었으리라. 그러나 하늘은 다행히도 아직 조선을 버리지 않았다. 이는 옛날 푸릇푸릇한 논두렁에서 기적을 일으킨 한 어린아이, —김응서에게 나라를 구하게 했기 때문이다. <u>김응서는 의주의 통군정에 달려가</u>, 초췌한 선조왕의 용안을 뵈었다. "제가 이렇게 있사오니, 부디 염려 놓으십시오." 선조왕은 슬픈 듯이 미소를 지으셨다. "왜장은 귀신보다도 세다고 하는데, 만약 그를 칠 수만 있다면 우선 왜장의 목을 베어다 주게."

　三十年の後、その時の二人の僧、──加藤清正と小西行長とは八兆八億の兵と共に朝鮮八道へ襲来した。家を焼かれた八道の民は親は子を失ひ、夫は妻を奪はれ、右往左往に逃げ惑つた。京城は既に陥つた。平壌も今は王土ではない。宣祖王はやつと義州へ走り、大明の援

---

23 조선의 경기도・강원도・함경도・평안도・황해도・충청도・경상도・전라도의 행정
구역.
24 (1552-1608). 조선의 제14대 왕. 16세에 즉위한 선조는 조선 최초의 방계傍系로 왕이
되었다. 재위기간에 임진왜란・정유재란이 일어났다. 히데요시의 사망으로 7년 전쟁
은 끝났다. 이에야스와 강화를 맺어, 잡혀간 포로들을 귀국시켰다.
25 조선과 구 만주의 국경.

軍を待ちわびてゐる。もしこのまま手をつかねて倭軍の蹂躙に任せて
ゐたとすれば、美しい八道の山川も見る見る一望の焼野の原と變化す
る外はなかつたであらう。けれども天は幸にもまだ朝鮮を見捨てなか
つた。と云ふのは昔靑田の畔に奇蹟を現した一人の童兒、——金応瑞
に国を救はせたからである。金応瑞は義州の統軍亭へ驅けつけ、憔悴
した宣祖王の龍顔を拝した。「わたくしのかうして居りますからは、ど
うかお心をお休めなさりたうございまする。」宣祖王は悲しさうに微笑
した。「倭将は鬼神よりも強いと云ふことぢや。もしそちに打てるもの
なら、まづ倭将の首を断つてくれい。」 (『김장군』)[26]

「김응서」는 임진왜란의 상황이 대략적으로 소개되고 있다. 반면『김장
군』에서는 임진년(1592), 4월 13일 왜군 부산포 함락, 5월 3일 入京, 6월
8일 평양포위, 6월 15일 平壤함락, 선조가 의주로 피신하는 경위와 선조의
김응서 접견이라는 역사적 사실이 날짜 없이 소설화되어 있다. 급박한 상
황을, 역사서 같이 딱딱하게 쓰지 않은 점이 아쿠타가와의 수완이라고 할
수 있다. 다음은『김장군』의 내용을 입증하는 史料의 일부이다.

　　　萬曆壬辰即我　宣祖大王二十五年也倭關白平秀吉遣其酋平行長淸正
　　　等大擧入寇 四月十三日陷釜山浦 (中略) 大駕西幸 (中略) 而来五月七日
　　　城中士民出迎于裁松院 大駕渡浿入 (中略) 六月八日賊到大同江邊 (中
　　　略) 京城有異京城則軍民崩潰欲守末由此城則前阻江水民心頗固可與堅
　　　守以待天兵之來援耳[27] 　　　　　　　　　　　(『평양속지』二)

26 『芥川全集第十卷』, p.267.
27 金丙淵編, 『平壤誌』, 古堂傳, 平壤刊行會, 1964. 『平壤續志』二, pp.48-49.

同6일에 논도 산도 城은 말할 것도 없이 모두 불 태우고, 사람을 베어버리고, 쇠사슬과 대나무로 만든 칼(刑具)로 목을 조이고, 부모는 자식을 보고 한탄하며, 자식은 부모를 찾는 이런 애처로운 모습을 난생 처음 목격했다.

同六日ニ野も山も、城ハ申すにおよハす皆々やきたて、人をうちきり、くさり竹の筒にてくひをしハり、おやハ子をなけき子ハ親をたつね、あわれ成る躰、はしめてミ待る也。[28]

(『조선일일기朝鮮日々記』, 1597년 8월 6일)

四月十三日　倭兵犯境陷釜山浦(中略) 初三日　賊入京城(中略) 三路兵皆入京城 六月十一日　車駕出平壤向寧邊(中略) 平壤陷(中略) 車駕至義州(中略) 幸賊既入平壤　斂跡城中　延至数月(中略) 此実天也　非人力所及也(中略) 八月初一日　巡察使李元翼　巡邊使李薲等　率兵進攻平壤(中略) 別將金應瑞等　率龍岡三和甑山江西四邑之軍　作二十餘屯　在平壤之西。[29]

(『징비록』)

두 작품의 밑줄 친 부분은 내용과 표현이 일치하고 있다. 또한 『김장군』의 "30년 후"라는 숫자는 「김응서」모두의 "30세"를 활용한 것으로 생각된다. 「김응서」의 '注'에 있는 宣祖王도 『김장군』에 인용되었다. 또한 『김장군』의 왜군에게 유린당한 조선팔도의 비참한 묘사는 『조선일일기』와 비슷하다. 그리고 『김장군』쪽이 출전인 「김응서」에 비해 상황 묘사가 매우 구체적인 점이 특징이다. 『김장군』의 「경성은 함락되었다」, 「하늘은 조선

---

28 安養寺慶念, 『朝鮮日々記』, (「史料大系 日本の歴史 第四巻 近世Ⅰ」), p.108.
29 유성룡, 위의 책, pp.223-245.

을 버리지 않았다」는 『징비록』의 「적입경성賊入京城」, 「이는 참으로 하늘이 한 일이요(차실천야此實天也)」를 『김장군』에 활용한 것으로 추정된다. 유성룡의 『징비록』은 1695년 『朝鮮懲毖錄』으로 교토에서 출판되었으므로 아쿠타가와가 이 『징비록』을 읽었을 가능성도 배제할 수 없다.

국립도서관본 『임진록』에 의하면, 이런 정세 하에서 의주로 피난한 선조는 용강·삼화·증산·강서 등, 병력 1만을 이끄는 조방사 김응서를 불러, 적을 막으라고 명하였다. 한편 『김장군』에서 선조의 김응서 접견은 「김응서」의 내용을 충실히 답습하고 있다.

2.4 金應瑞와 계월향의 왜장살해

본 절은 김응서를 도운 계월향에 관한 묘사와 왜장 살해 장면이다.

고니시 유키나가는 조선의 기생 계월향과 같이 평양의 대동관에 머물고 있었다.

小西行長は朝鮮の妓生桂月香と共に、平壌の大同館に宿つて居た。

(「김응서」)

고니시 유키나가는 쭉 평양의 대동관에서 기생 계월향을 총애하고 있었다. 계월향은 수많은 기생 중에서도 견줄 자가 없는 미인이다. 그러나 나라를 걱정하는 마음은 머리에 꽂은 매괴로 된 꽃비녀[30]와 함께 하루도

---

30 玫瑰: 아름다운 붉은 색 돌로 만든 머리 장식. 비녀簪.

잊은 적이 없다. 아름다운 눈은 웃을 때조차 긴 속 눈썹 그늘에 늘 슬픈 빛을 머금고 있었다.

　小西行長はずつと平壌の大同館に妓生桂月香を寵愛してゐた。桂月香は八千の妓生のうちにも並ぶもののない麗人である。が、国を憂ふる心は髪に挿した玫瑰の花と共に、一日も忘れたと云ふことはない。その明眸は笑つてゐる時さへ、いつも長い睫毛のかげにもの悲しい光りをやどしてゐる。[31]

(『김장군』)

두 작품의 밑줄 친 부분은 일치하고 있다.

소재영 編『임진록』이나 국립도서관본『임진록』[32]에, 계월향은 평양 명기로, 절세의 미인이고 명창 명문가이며, '쌍육'[33]도 잘했다고 한다. 그러나 「김응서」에서는 왜장 이름이 고니시 유키나가라고만 되어 있을 뿐, 기생 쪽은 김응서의 보조역으로 본 것일까, 기생의 인품, 특징을 전하는 묘사는 거의 없다. 여기서 「김응서」에서의 계월향의 위상이 보인다. 적장을 살해한 공이 있음에도 불구하고 일이 성취된 뒤에, 김응서에게 살해당한 계월향을 애도하는 의열사義烈祠[34]가 세워졌지만, 임진왜란 당시 계월향의 애국심은 조선시대 기생의 충절의 한계를 나타낸다.

다음은 2007년 한국의 조선일보 2월 3일 자에 실린 계월향의 초상화[35]이다. 이 그림은 "1815년에 그려진 것으로, 그녀를 모시는 사당(장향각)에

---

31 『芥川全集第十卷』, p.268.
32 國立圖書館本, 『壬辰錄』(한글본), 高大民族文化研究所, 1993, p.291.
33 「쌍육」은 중국에서 들어온 것으로 조선시대의 오락 중 하나. 일본의 주사위놀이와 같다.
34 李能和, 『朝鮮解語花史』, 東文選, 1992, p.426.
35 2007년 2월 3일, 한국의 고미술품 수집가 안병례가 조선일보에 공개한 초상화이다. 세로105cm, 가로 70cm정도. 일본 교토에서 입수한 것으로, 韓紙에 그려진 채색화이다.

걸려있으며 1년에 한 번씩 제사를 지낸다"라고 쓰여 있다. 그림을 감정한 한국의 안휘준 문화재위원장은, "옥비녀를 한 계월향은 반달 같은 눈매에 이중으로 된 옅은 눈썹, 도톰하면서도 오뚝한 코 등 전형적인 조선의 미인 이다"라고 평가하고 있다. 손을 X자로 곱게 교차한 뒤 가슴에 찬 노리개에 는 "재계齋戒[36]"라고 쓰여 있다.

그림의 상단에는 "의기 계월향"이라는 제목으로, 그녀를 숭앙하는 글이 보인다. 이 글에는 계월향의 업적에 대해 다음과 같이 전하고 있다.

[그림 2-1] 계월향의 초상화

의기 계월향

만력 임진(선조 25년) 왜가 평양을 함락할 때, 평양부 기생 계월향은 김장 군 경서를 불러들여 왜장의 부장을 참살하니 사람들이 오늘날까지 의롭게

36 몸과 마음을 깨끗이 함

이야기했다. 1815년 여름 계월향의 초상화를 장향각에 걸고 1년에 한번씩 제사를 지냈다.

평양지 왈, 행장의 부장인 뛰어난 장수가 평양성에 먼저 올라 우리 진을 함락시키니, 고니시 유키나가가 그를 중히 여겨 위임을 했다. 평양부기 계월향은 고니시 히에게 잡힌 뒤 귀여움을 지극히 받았지만 성을 빠져나가고자 했다. 그는 무관이었던 김경서 장군을 친오빠라고 속여 평양성 안으로 불러들였다. 어느 날 밤, 왜장이 깊이 잠들자 김장군을 장막으로 몰래 들어오게 했다. 양 허리에 찬칼을 손에 쥔 채 의자에 앉아 두 눈을 부릅뜨고 잠을 자던 왜장의 목을 김장군이 베었다. 목이 땅에 곤두박질쳤는데도 왜장이 쌍칼을 던지니 하나는 벽에, 다른 하나는 기둥에 꽂혔다. 두 사람이 성을 빠져나가고자 했으나, 둘 다 무사하지 못할 것을 알게 되자 (계월향의 청으로) 김장군이 칼을 뽑아 계월향을 죽이고 성을 빠져 나갔다. 이튿날 적군은 왜장의 죽음을 알고 기가 꺾여 위축됐다.

김장군 경서의 유사遺事 왈, 부기 계월향이 적을 함락시킨 왜장에게 비록 총애를 받았지만 항상 탈출하기를 원하여 부모를 방문한다고 하고 그를 내보냈다. 성에 올라가 슬프게 부르짖어 말하기를 "우리 오라버님, 어디에 계세요? 왜 나를 찾지 않으시는지요? 公(김경서)이 마침 성 밑을 지나다가 그 소리를 듣고 달려왔다. 즉시 월향이 성으로 불러들여 왜장에게 소개시키자 그를 믿고 자유롭게 출입하게 했다. 公이 몸소 적정을 탐색하고 있던, 어느 날 밤에 월향이 公을 불러들여 왜장의 머리를 베고 성을 나가게 하니 적군들이 이를 깨닫고 심히 놀라 겁에 질려 기가 빠졌다.

義妓桂月香

萬曆壬辰 倭陷平壤 時 府妓桂月香 邀入金將軍景瑞 斬倭副將 人至今義之

崇禎四乙亥夏 畵其像 揭于藏香閣 歲一祭之

平壤志曰 行長之副將 有勇力絶倫者 嘗先登陷陣 行長倚重而委任焉 府
妓桂月香 爲其所獲 極見愛幸 欲脫不得 請謁西城 審問親屬 倭將許之 桂
月香登城哀呼曰 吾兄何在 連呼不已 金景瑞應聲往赴 桂月香迎謂曰 若
使我得脫 以死報之 景瑞許之 自稱桂月香之親兄 而入城 桂月香 俟倭將
之中夜睡熟 引景瑞入帳下 倭將方據椅座宿 張兩目按雙劍 滿面通紅 有
若斫人者然 景瑞拔劍斬之 倭將頭已落地 而猶能擲劍 一着壁一着柱 沒
入半刃 景瑞佩其頭出門 桂月香牽衣隨後 景瑞度不能兩全 揮劍斬之 踰
城而還 翌曉 賊知其死 大驚擾 氣奪勢縮
金將軍景瑞遺事曰 府妓桂月香陷賊 雖寵於倭酋 而有脫歸之意 詒以訪
問父母 登城哀呼曰 吾嫂何在 何不尋我 公適過城下 聞而往赴 則香迎入
城 引謁倭酋 倭酋信之 使其出入 公仍體探賊情 一日夜 香引公潛入 斬倭
酋頭而出去 賊徒覺之 脫氣喪膽

　계월향은 임진왜란 때, 진주성 攻防戰 직후, 술 취한 왜장을 끌어안고
남강에 투신한 기생 논개와 함께, 조선의 대표적인 의기로 숭앙되고 있다.
후일 근대시인 한용운[37]은 「계월향에게」라는 시를 지어 흠모했다.

　　계월향이여, 그대는 아리땁고 무서운 최후의 미소를 거두지 아니한 채로
　　대지大地의 침대에 잠들었습니다
　　나는 그대의 다정多情을 슬퍼하고 그대의 무정無情을 사랑합니다

---

37 韓龍雲(1879-1944), 호는 万海, 항일운동가 겸 승려, 시인. 식민지 시대에 시집 『님의
　침묵』을 출판하여 저항문학을 주도했다.

대동강에 낚시질하는 사람은 그대의 노래를 듣고 모란봉에 밤놀이하는

사람은 그대의 얼굴을 봅니다

아이들은 그대의 산 이름을 외우고 시인은 그대의 죽은 그림자를 노래합

니다

사람은 반드시 다하지 못한 한恨을 끼치고 가게 되는 것이다

그대는 남은 한이 있는가 없는가 있다면 그 한은 무엇인가

그대는 하고 싶은 말을 하지 않습니다

그대의 붉은 한恨은 현란한 저녁놀이 되어서 하늘 길을

가로막고 황량한 떨어지는 날을 돌이키고자 합니다

그대의 푸른 근심은 드리고 드린 버들 실이 되어서 꽃다운 무리를 뒤에

두고 운명의 길을 떠나는 저문 봄을 잡아매려 합니다

나는 황금의 소반에 아침볕을 받치고 매화梅花가지에 새 봄을 걸어서 그대

의 잠자는 곁에 가만히 놓아 드리겠습니다

자 그러면 속하면 하룻밤 더디면 한겨울 사랑하는 계월향이여

왜장 살해 후, 조선군이 사기를 되찾은 『평양속지』의 기사이다.

八月一日李元翼(中略)薄普通門外遇賊先鋒射殺二十餘級旣而賊大至

我軍四潰被賊迫擊死者盈野元翼敗還順安助防将金景瑞一軍不返元翼曰

景瑞死矣及日暮 景瑞斬賊將奪白馬全軍而還元翼 啓行朝陞拜防禦使

行長之副將(姓名未詳野史或稱小西飛[38]有勇力絶倫者嘗先登陷陳行長

---

38 『国史大辞典』5, 吉川弘文館, 1995, p.933. 고니시 히小西飛(?－1626)는, 고니시 유키나

가小西行長에게 등용되었고, 고니시 조안小西如庵이란 이름으로 유명하다. 그의 본명은

나이토 조안内藤女安인데 조안은 그의 세례명이다. 文禄2년(1593)에 일본의 강화사절

로 선발되어, 明의 大臣과 일본의 봉공에 대해 의논하였다. 다음해(1594)에 귀국했는

倚重而委任焉府妓桂月香……[39]　　　　　　　　　　(『平壤續志』二)

　『평양속지』는『평양지』와 내용은 거의 같지만, 다만 유키나가의 부장
으로 고니시 히小西飛가 등장한다.『침우담초枕雨談草』[40]에도 왜장 고니시
히가 평양을 점령했고, 계월향이 몰래 김응서를 끌어들였고, 고니시 히의
목을 베도록 했다고 한다. 하지만 일본 역사에서는 고니시 히는 평양성에서
죽지 않고, 살아서 일본으로 돌아갔다가 강화사절로 명나라에 갔다.
　「김응서」에서는 계월향에 관한 묘사가 거의 없는 것에 반해, 아쿠타
와는 계월향을 미인으로, 또한 우국충정의 애국자로 묘사하고 있다.
　다음은 김응서가 평양성에 몰래 들어가, 적장을 베는 장면이다.

　　김응서는 바로 평양에 돌아가 월광의 오빠로 사칭, 유키나가를 면회했
　다. 유키나가는 전혀 의심치 않고 술을 대접했다. 월향은 몰래 술에 독을
　넣어, 유키나가에게 마시게 했다. 유키나가는 취해 고꾸라졌다. 월향은
　침실에 들어오면 울리는 방울을 단 진영의 방울 구멍을 솜으로 틀어막아
　소리 나지 않도록 했다. (중략) 응서는 시기를 보아 청룡도를 들고, 월향은
　치마에 재를 담아 유키나가의 침실로 들어갔다. 그러자 유키나가는 깊이
　잠들어 있었지만, 유키나가의 검은 적이 온 것을 보고, 저절로 빠져나와
　응서를 향했다. 응서는 침을 뱉어 칼을 쓰러트리고, 바로 유키나가의 목을

데, 明나라 사절이 제안한 조항은 도요토미 히데요시를 격노케 하여, 다시 정유재란丁
酉再亂이 시작되었다. 세키가하라關が原 전투에서 고니시 유키나가는 처형되었으나, 고
니시 히는 낭인浪人이 되었다. 그 후 1614年, 기리시탄이라는 이유로 마닐라에 추방되
어, 1626年 그 곳에서 객사했다.
39　朝鮮研究会,『平壤續志』二, 1911, pp.51~52.
40　李能和,『朝解解語花史』, 東文選, 1992, p.426.

베었다. 그때 목은 원래의 몸에 붙으려고 날아가는 것을 월향이 잘린 목에 재를 뿌려 목은 몸에 붙을 수 없었다. 하지만 그 몸은 손가락으로 육갑을 세어 자기의 칼을 찾아 응서에게 던졌다. 응서는 즉시 매로 변화여 월향을 옆구리에 끼고 방 들보에 올랐지만 칼을 피하지 못해 새끼발가락이 잘렸다.

金應瑞は直ぐに平壤に歸り、月光の兄と稱し、行長に面會した。行長は少しも疑はずに酒を出して御馳走した。月香は窃に酒に毒を入れて、之を行長に飮ませた。行長は醉つて臥て仕舞つた。月香はその寢室の鈴陣の鈴の穴に綿を詰めて音のしない樣にして置いた。(中略)應瑞は、時刻を見計つて青龍刀を提げ、月香は裳に灰を入れて行長の寢室に入つた。すると、行長は熟睡して居たが、行長の劍は敵が來たのを見て、自然に抜け出して應瑞に向つて來た。應瑞は唾を吐いて劍を倒し、進んで、直ぐに行長の首を斬つた。その時その首は元の體に着かうとして、飛び回るのを、月香は灰を切り口に振り撒いたから、首は體に着くことが出來なくなつた。然し、その體は指に六甲を数へて自分の劍を探り、應瑞に投げ付けた。應瑞は忽ち鷹に化して、月香を腋に挟み、その部屋の梁に居たが、之を避けそこねて、足の小指を切られた。　　　　　　　　　　　　　　　　　　　　　　　　（「김응서」）

어느 겨울 밤, 유키나가는 계월향에게 술을 따르게 하면서 그녀의 오빠와 술잔치를 벌리고 있었다. 그녀의 오빠도 역시 피부가 희고 풍채가 당당한 남자이다. 계월향은 보통 때보다도 한층 애교를 떨면서 쉬지 않고 유키나가에게 술을 권했다. 또 이 술 안에는 이미 수면제를 넣은 상태였다. (중략) 유키나가는 비취와 금이 장식된 장막 밖에 비장의 보검을 걸어 논체, 자고 있었다. 그러나 유키나가가 반드시 방심한 것만은 아니다. 이 장막은 또한 방울을 단 진영이다. 누구라도 장중에 들어오면, 장막을 둘러싼 보배와 같은 방울이 바로 요란한 소리를 내서 유키나가의 잠을 깨워버린다. 다만 유키나가는 계월향이 이 방울도 울리지 않도록 방울 구멍에 솜을 틀어막은 것을 몰랐을 뿐이다. (중략) 그녀는 오늘밤은 수를 놓은 치마에 아궁이 재를 담았다. (중략) 왕명을 받든 김응서는 소맷자락을 높이 걷어 올린 손에 청룡도를 한 자루 들고 있었다. 그들은 유키나가가 있는 비취와 금이 장식된 장막에 살짝 접근하려고 했다. 그러자 유키나가의 보검은 스스로 칼집을 나오자마자 마치 날개가 돋은 것 같이 김장군 쪽으로 날아왔다. 김장군은 조금도 동요하지 않고 즉각 보검을 겨냥하여 침을 한 모금 뱉었다. 보검은 침 범벅이 됨과 동시에 금세 신통력을 잃어버렸는지 마루 위에 툭 떨어졌다. 김응서는 유키나가의 목을 베어 버렸다. 왜장의 목은 분한 듯이 이를 갈며 원래의 몸에 붙으려고 했다. 이 괴이함을 본 계월향은 유키나가의 목을 벤 자리에 몇 줌의 재를 뿌렸다. 목은 몇 번 높이 날아오르다가 재 투성이가 된 잘린 부분에는 한 번도 붙지 않았다. 하지만 목이 없는 유키나가의 몸은 손으로 더듬어 칼을 집어 바로 김장군에게 던졌다. 허를 찔린 김장군은 계월향을 겨드랑이에 낀 채로 높은 대들보 위로 뛰어 올랐지만, 유키나가가 던진 칼은 공중으로 날아가서 김장군의 새끼발가락을 베어 버렸다.

　或冬の夜、行長は桂月香に酌をさせながら、彼女の兄と酒盛りをしてゐた。彼女の兄も亦色の白い、風采の立派な男である。桂月香は絶えず行長に酒を勧めたが、酒の中には眠り薬が仕こんであつた。(中略)行長は翠金の帳の外に秘蔵の寶劍をかけたなり、眠つてゐた。これは必しも行長の油断したせゐばかりではない。この帳は又鈴陣であ

る。誰でも帳中に入らうとすれば、帳をめぐつた宝鈴は忽ちけたたま
しい響と共に、行長の眠を破つてしまふ。唯行長は桂月香のこの寶鈴
も鳴らないやうに、鈴の穴へ綿をつめたのを知らなかつたのである。
(中略)彼女は今夜は繍のある裳に竈の灰を包んでゐた。(中略)王命を奉
じた金應瑞は高々と袖をからげた手に、青龍刀を一ふり提げてゐた。
彼等は静かに行長のゐる翠金の帳へ近づかうとした。すると行長の寶
剣はおのづから鞘を離れるが早いか、丁度翼の生えたやうに金将軍の
方へ飛びかかつて来た。金将軍は少しも騒がず、咄嗟にその寶剣を目
がけて一口の唾を吐きかけた。寶剣は唾にまみれると同時に、神通力
を失つたのか、ばたりと床の上へ落ちてしまつた。金応瑞は行長の首
を打ち落した。倭将の首は口惜しさうに牙を嚙み嚙み、もとの體へ舞
ひ戻らうとした。この不思議を見た桂月香は行長の首の斬り口へ幾掴
みも灰を投げつけた。首は何度飛び上つても、灰だらけになつた斬り
口へは一度も据わらなかつた。けれども首のない行長の體は手さぐり
に寶剣を拾つたと思ふと、金将軍へそれを投げ打ちにした。不意を打
たれた金将軍は桂月香を小腋に抱へたまま、高い梁の上へ躍り上つ
た。が、行長の投げつけた剣は宙に飛んだ金将軍の足の小指を斬り落
した。[41]   (『김장군』)

두 작품의 밑줄 친 부분은 일치한다. 『김장군』의 이 장면은 괴이한데다
긴박감이 느껴져 마치 활극을 보는 것 같다. 목이 없는 몸이 칼을 집어,
金應瑞에게 던지는 것이나, 베인 목이 원래의 몸에 붙으려는 것, 재, 침은

---

41 『芥川全集第十巻』, pp.268-269.

「김응서」를 활용했다고 본다. 이 내용은『임진록』에도 보이지만, "새끼발가락이 잘렸다"는 없었고, 소재영 편『임진록』[42]에 "응서 군복자락이 맞아 찢어져"라는 묘사는 있었다. 이에 필자는 처음 논문에서 이 부분이 '아쿠타가와의 유머러스한 일면을 보여주는 改作'이라 논하였지만,『김장군』의 "새끼발가락"은 출전을 답습한 것으로 확인되었다. 소재영 외『임진록·朴氏傳』에는, "응서 잦은 춤을 추며 劍光이 등촉을 희롱하고, 번개같이 조섭의 머리를 베고 급히 땅에 엎드리니, 목 없는 조섭이 명천검을 들어 연관정 들보를 치니 보가 부러지고, 목이 胴身에 붙이고저 하거늘, 월선이 매운재를 치마에 가져다가 뿌리니, 그제야 胴身이 자빠지는지라"[43]라고 묘사되었다. 계월향은 월광, 월선, 월천, 기녀라고도 부른다.

한편 재·침에 관한 내용은『平壤續志』나『平壤志』에는 보이지 않고,『임진록·박씨전』등, 주로『임진록』한글 본에 보이는 묘사이다. 재·침 등은 마력을 상실시키는 주술적인 힘이 있다고 조선시대 사람들은 믿은 것 같다. 하지만 니시오카 겐지는 그의 논문에서 "치마의 재는 다른 책에 전혀 보이지 않는다"라고 언급했다. 니시오카가「김응서」외의 다른 작품을 보지 않은 탓이리라.『김장군』에서는「김응서」의 "치마"가 "수놓은 치마"로, "재"가 "아궁이 재"로 상세히 표현한 것은 아쿠타가와가 조선 기생의 치마·아궁이 재를 잘 알고 있었다고 추측된다. 國圖本『임진록』에도 "매운재"[44]로 기술되어 있다. 또한 "검"을 "寶劍"으로 변경한 것은『징비록』에서 선조가 신립에게 보검을 하사하는 장면(竝臨行 上引見賜寶劍)을

---

42 蘇在英編,『壬辰錄』, 螢雪出版社, 1982, p.55.
43 蘇在英 外,『壬辰錄·朴氏傳』, 正音社, 1986, p.44. '응서應瑞 칼얼 들고 춤츄며 진언眞言을 외오며 왼발노 구르며 세 번 침 밧트며 드러가니 조섭이 두 눈을 부릅뜨고 자거늘.'
44 國立圖書館本,『壬辰錄』, 高大民族文化硏究所, 1993, p.309.

인용한 것으로 추정된다.

또 아쿠타가와는 「金應瑞」에서 월향은 "술에 독을 넣었다"를 "수면제"로 변경하고 있다. 이것은 아쿠타가와 다운 발상으로, 근대적 묘사이다. 이는 불면증으로 고생했던 그의 경험이 반영된 것일지도 모른다.

사실 아쿠타가와는 "1921년 3월 오사카 마이니치신문사의 해외 특파원으로 중국에 파견되어, 7월 남만철도, 조선 경유로 귀국길에 올랐다. 10월부터 신경쇠약과 불면증이 치유되지 않아 쇠약해져 있었다."[45]

2.5 평양성 탈출 후의 金應瑞

다음은 두 작품의 실질적인 최종 장면이다.

> 응서는 목적을 달성하고 월향을 등에 없고 보통평야로 도망치던 중 생각했다. '월향은 유키나가의 아이를 배고 있음에 틀림없다. 뿐만 아니라, 응서는 여인의 힘을 빌려 적장을 살해했다고 알려지는 것도 세상 사람들에게 면목 없다. 불쌍하지만 우선 월향을 죽이는 편이 좋다'라며 결국 월향의 배를 갈랐다. 배에서는 큰 핏덩어리가 나와 큰소리로 "이제 석 달이면 아버지의 원수를 갚을 수 있었는데"라고 말했다고 한다.

> 應瑞は目的を達し、月香を背負ひ、普通平野を逃げたが、途中で考えた。月香は行長の胤を宿して居るに違ひない。のみならず、世間の人に應瑞は女の力を借りて敵將を殺したと言はれるも面目ない。可愛

45 桜田 満編『人と文学シリーズ芥川竜之介』, 学習研究社, 1979, p.234.

さうではあるが、序に月香の命も貰ふ方が好い」とて、遂に月香の腹を切つた。腹からは大きな血の塊が出て、大きな聲で、今三月で父の讐を打つのであつたのに。と云つたさうだ。　　　　　　　　　（「김응서」）

　왕명을 완수한 김장군은 계월향을 등에 업고 인기척이 없는 들판을 달리고 있었다. 들판 가에는 새벽달 한 가닥이 막 어두워지는 언덕 뒤로 지려는 참이었다. 김장군은 문득 계월향의 임신이 떠올랐다. 왜장의 아이는 독사와 같다. 지금 죽이지 않으면 어떤 큰 화를 당할지 모른다. 이렇게 생각한 김장군은 30년 전의 기요마사처럼 계월향 모자를 죽이는 것 외에 다른 방법이 없다고 마음을 정했다. 영웅은 예로부터 센티멘털리즘을 발밑에 유린하는 괴물이다. 김장군은 바로 계월향을 죽이고 배 속의 아이를 끄집어냈다. 새벽달 빛에 비쳐진 아이는 아직 모호한 핏덩어리였다. 그렇지만 그 핏덩어리는 몸을 부르르 떨면서 돌연 인간처럼 큰 소리를 질렀다. “이놈!” 이제 석 달만 기다리면 아버지 원수를 갚을 수 있는 것을!" 소리는 물소가 으르렁거리듯이 어두운 들판 한 가운데로 울려 퍼졌다. 동시에 또 한 가닥의 새벽달도 점차 언덕으로 지고 말았다.……

　王命を果した金将軍は桂月香を背負ひながら、人気のない野原を走つてゐた。野原の涯には残月が一痕、丁度暗い丘のかげに沈まうとしてゐる所だつた。金将軍はふと桂月香の妊娠してゐることを思ひ出した。倭将の子は毒蛇も同じことである。今のうちに殺さなければ、どう云ふ大害を醸すかも知れない。かう考へた金将軍は三十年前の清正のやうに、桂月香親子を殺すより外に仕かたはないと覚悟した。英雄は古來センティメンタリズムを脚下に蹂躙する怪物である。金将軍は忽ち桂月香を殺し、腹の中の子供を引ずり出した。残月の光りに照ら

された子供はまだ模糊とした<u>血塊</u>だつた。が、その<u>血塊</u>は身震ひをすると、突然人間のやうに<u>大声を挙げた</u>。「おのれ、<u>もう三月待てば、父の讐をとつてやるものを!</u>」声は水牛の吼えるやうに薄暗い野原中に響き渡つた。同時に又一痕の残月も見る見る丘のかげに沈んでしまつた。……**46**

(『김장군』)

「김응서」의 왜장살해 장면에 비해,『김장군』의 상황은 처절한 이미지와 허무감을 동시에 느끼게 하며, 아쿠타가와 특유의 필치가 느껴진다. 즉 動과 靜, 긴장감과 정적이 한 조가 되어 있기 때문이다. 계월향을 업고 들판을 달리는 김장군과 새벽달이 간접조명 같은 효과를 내는 장면이다. 이에 독자는 긴박감, 정적, 非情, 인간의 에고이즘 등 복잡한 감정에 사로잡힌다. 왜장 살해에 협력한 기생이 죽는다는 결말 부분은『임진록』, 「김응서」,『김장군』이 동일하다.

다음은 각 작품에 있는 계월향의 최후의 묘사이다.

> (1) 계월향이 김응서의 옷을 붙잡고 따르려 했으나, 응서는 발각될 것을 두려워하여 검을 휘둘러 계월향을 죽인 뒤에 성을 뛰쳐나왔다.
>
> (國圖本『임진록』,『朝鮮解語花史』수록의 「평양 기생 계월향」 등)
>
> (2) "不能両全"을 이유로 계월향을 죽이고, 김응서는 혼자서 李元翼이 있는 곳으로 돌아간다. (『평양지』,『평양속지』)

『김장군』의 "이제 석 달만 기다리면 아버지의 원수를…"이라는 부분과

---

46 『芥川全集第十卷』, pp.269-270.

의 일치는 이능우본 A에서도 확인된다. 다음에 그 내용을 인용한다.

> "나의 목숨을 아끼지 말고 배를 가르세요." (응서가) 눈물을 흘리면서
> 월천의 목을 베고 배를 가르니까 배 속에서 세 쌍둥이가 뛰어 나와 열
> 발작이나 깡충깡충 뛰면서 말하기를 "앞으로 석 달만 기다리면 아버지 원
> 수를 갚을 수 있는데!"[47]

『김장군』의 "이놈!"은 『삼국지연의三國志演義』[48]에 나오는 표현이다. '아쿠타가와가 이 책에서 인용한 것은 아닐까?'라고 추정할 뿐이다.

또한 위 장면에서 아쿠타가와는 인간이 얼마나 에고이스트이며, 그 행동이 순간적인 판단에 좌우되는 것인가를 극명하게 묘사하고 있다. 『김장군』과 「김응서」에서 계월향은 김응서에 의해 살해당한다. 그러나 두 작품 모두 계월향을 등에 없고 나올 때는 그녀를 죽일 생각은 없었다. 왜장의 아이를 배고 있다는 사실을 깨닫자 김응서는 그녀를 죽일 결심을 한다. 그런데 그 결심의 이유가 두 작품에서 차이가 드러난다.

「김응서」에서는 만약 월향을 살려두면, 후에 "응서가 여인의 도움으로 적장을 살해했다고 세상에 알려지는 것도 면목 없다"는 개인적인 차원이다. 그러나 『김장군』에서의 모든 사고는 장군으로서의 본능에 지배되어 「왜장의 자식」만 생각하는 우국충정이고, 계월향이 조선민족인 것은 잊고 있다. 아쿠타가와는 김장군이 계월향을 살해한 심리를 영웅들의 공통된 비정함으로 보고 있다. 아쿠타가와는 "영웅은 센티멘탈리즘을 발밑에 유

---

47 李能雨本 A, 『壬辰錄』, p.36.
48 羅貫中 作, 立間祥介 訳, 『三国志演義』上・下, 株式会社平凡社, 1972. 이 책에서 '이놈おのれ'이라는 표현이 거의 35번이나 나온다. 羅貫中은 14세기 중엽 元末 明初의 사람이며, 太原 출생으로 알려져 있다.

린하는 괴물"로 묘사했다. 결말에서 영웅관을 첨부한 것은 가토 기요마사나 김장군도 똑같은 괴물이라고 말하고 싶었을 것이다 이러한 영웅에 대한 적개심이 나타나고 있는 것은 「영웅」과 『장군』이다.

누구보다도 민중을 사랑한 그대는 누구보다도 민중을 경멸한 그대다.
誰よりも民衆を愛した君は、誰よりも民衆を軽蔑した君だ。[49] (「영웅」)

나는 훈장에 파묻힌 인간을 보면, 저만큼의 훈장을 손에 넣기 위해 얼마나 ××한 일을 했는지, 그것이 마음에 걸려 견딜 수가 없다.
私は勲章に埋った人間を見ると、あれだけの勲章を手に入れるには、どの位××な事ばかりしたか、それが気になって仕方がない。[50] (『장군』)

2.6 『김장군』에서의 역사인식

『김장군』의 마지막 장면에 부가된 아쿠타가와의 역사 인식이다.

이 이야기는 조선에서 전하여 지는 고니시 유키나가의 최후이다. 유키나가는 물론 임진왜란의 전쟁터에서 목숨을 잃지는 않았다. 그러나 역사를 분식粉飾하는 것은 반드시 조선만은 아니다. 일본도 역시 어린이에게 가르치는 역사는 ─ 혹은 어린 아이와 다를 바 없는 일본 남아에게 가르치는 역사는 이런 전설로 가득 차 있다. 예를 들면 일본의 역사 교과서는

49 『芥川全集第十六卷』(33.영웅), p.55.
50 『芥川全集第八卷』, p.173.

이러한 패전의 기사를 한 번도 실은 적이 없지 않은가?

"당나라의 장군이 전함 170척을 이끌고 백촌강[51]에 진을 치고 있다. 무신년戊申(天智天皇 2년 가을 8월 27일) 일본(야마토)수군 비로소 당도하여 당나라의 수군과 전쟁하다. 일본군은 불리하자 퇴각하다. 기유년己酉(28일)……더욱 더 일본의 대열이 흐트러져 정예군의 병졸을 이끌고 진격하여 당나라군을 공격하다. 당나라군이 좌우로 배를 사이에 두고 에워싸며 싸우다. 순식간에 관군(천황의 군대)에게 패하다. 강물로 뛰어들어 물에 빠져 죽는 자가 많았다. 뱃머리를 돌릴 수 없었다."[52]　　　　(일본서기)

어떠한 나라의 역사도 그 국민에게는 반드시 영광 있는 역사이다. 특별히 김장군의 전설만 일소할만한 가치가 있는 것은 아니다.

　これは朝鮮に傳へられる小西行長の最期である。行長は勿論征韓の役の陣中には命を落さなかつた。しかし歷史を粉飾するのは必ずしも朝鮮ばかりではない。日本も亦小兒に敎へる歷史は、──或は又小兒と大差のない日本男兒に敎へる歷史はかう云ふ傳說に充ち滿ちてゐる。たとへば日本の歷史敎科書は一度もかう云ふ敗戰の記事を掲げたことはないではないか？

　『大唐の軍將、戰艦一百七十艘を率ゐて、白村江(朝鮮忠淸道舒川縣)に陣列れり。戊申(天智天皇の二年秋八月二十七日)日本の船師、始めて至り、大唐の船師と合戰ふ。日本利あらずして退く。己酉(二十八日)……更に日本の亂伍、中軍の卒を率ゐて進みて大唐の軍を伐つ。大唐、便ち左右より船を夾みて繞り戰ふ。須臾の際に官軍敗續れぬ。水

51　조선 서남을 흐르는 금강의 옛 이름.

52　칙찬勅撰의 역사서. 720년 성립. 인용은 663년 8월의 부분, 백제가 신라·당 연합군의 공격을 받아 싸울 때 일본은 원군으로 갔지만 패하였고, 백제의 멸망으로 일본은 퇴각했다.

に赴きて溺死る者衆し。艣舳、廻旋することを得ず。』 　　（日本書紀）

如何なる国の歴史もその国民には必ず栄光ある歴史である。何も金将軍の傳説ばかり一粲に價する次第ではない。**53**　　　　　（『金将軍』）

　아쿠타가와는 말미에 "유키나가는 물론 조선에서 죽지 않았다"라고 하면서, 역사의 하나의 속성 즉, 어느 나라 역사에도 많든 적든 사실을 왜곡 분식한다는 것을 언급하고 있다. 조선에서 김응서 장군이 왜장 고니시 유키나가를 살해한 이야기가 민중 사이에 그럴듯하게 전하여져도 그것을 이러쿵저러쿵 말할 필요가 없다고 한다. 일본의 영웅담이나 역사소설·역사서에도 진실이 아닌 이야기가 역사의 이름하에 전해져 아동이나 일본 남아가 읽게 된다. 즉 아쿠타가와의 역사인식은 「일본서기」에서 663년의 백촌강 전투를 예로 들어, 승리만을 가르치는 당시의 일본 역사 교육을 비판하고 있다. 그러나 아쿠타가와는 일본의 역사 왜곡과 조선의 설화와는 큰 차이가 있다는 것을 몰랐던 것 같다. 일본의 영웅 창조는 승리자의 과장을 통해 국민의 전투의욕 고양을 목적으로 하지만, 조선의 『임진록』이나 『전설의 조선』수록 「김응서」에서 보이는 영웅은 '패잔병이 그나마 울분을 풀려고 만들어 낸 허구였다'라는 차이이다. 청일전쟁, 러일전쟁, 한일합병 및 제1차 세계대전으로 세월을 보낸 근대일본은 전국시대 도요토미 히데요시의 야망인 대륙진출의 再版으로 보았던 것이리라. 그래서 전쟁은 많은 영웅을 낳고, 대본영발표는 항상 일본의 일방적인 승리를 보도하며, 일반 국민은 역사의 진실 부분과 분식되어진 부분을 밝히지 않은 채 믿고 있는 어리석음을 비꼬고 있다. 아쿠타가와는 『河童』, 「英雄」, 「将軍」 등에

---

53 『芥川全集第十卷』, p.270.

서 국가적 사업을 위해서 이름도 없는 국민이 대량으로 죽어가고, 그 희생 위에 국가의 영광, 장군의 명예를 얻는 부당함을 말한다. 군대 내의 매점에서 술 한 홉을 사려해도 경례만으로 살 수 없는데, 국민은 장군의 경례 한번에 死地에 나가고, 무수한 국민의 생명은 한 영웅의 훈장이 되는 부조리를 고발하고 있다.

2.7 결론

아쿠타가와의 『김장군』과 『전설의 조선』의 「김응서」의 구성은 김응서 장군과 평양 기생 계월향이 평양을 점령한 왜장살해 사건을 골격으로 하고 있다. 장면 전환에서는 『김장군』이 「김응서」보다 상황설명이 길다. 그래서 『김장군』과 「김응서」의 각 장면 묘사를 분석해본 결과, 이야기의 전개, 등장인물(김응서, 계월향, 고니시 유키나가, 가토 기요마사, 선조왕), 지명(조선 八도, 용강, 평양, 의주), 숫자(30년, 팔조 팔억), 특히 "새끼발가락"이 잘린 것과 "이 녀석은 보통 아이는 아니야", 핏덩어리가 "석 달만 기다리면 아버지 원수를 갚을 텐데"의 대사 등, 또한 「김응서」의 「注」의 「평안남도」, 「宣祖王」등을 활용한 두 작품이 일치한다. 단지 「김응서」의 설화적인 요소는 『김장군』에서 삭제되었다.

「김응서」에서 계월향을 살해한 이유는 개인적인 차원이지만, 『김장군』에서의 계월향 살해는 우국이 원인이다. 30년 전 가토가 일본의 화를 제거하기 위해 김응서를 죽이려 한 것처럼 가토나 김장군을 똑같이 비정한 영웅으로 묘사한 점이 아쿠타가와의 독창성이라고 말할 수 있다. 또한 "영웅은 괴물"이라는 굴절된 영웅 관도 표명하고 있다.

『전설의 조선』의 「김응서」가 『김장군』의 출전임은 확실하지만, 금후 『조선일일기』의 전란의 묘사나 임진왜란에 관한 다른 기록을 참고했는지에 대한 철저한 조사가 요구된다. 초대 조선 총독 데라우치 마사타케寺内正毅는 취임식 날 밤에, 「가토·고니시가 살아 있었다면 이 밤의 달을 보며 어떤 생각을 할까(加藤·小西が世にあらば今宵の月をいかに見るらん)」라는 시를 읊었다. 그 당시 일본인들은 여러 차례 출판된 『징비록』을 읽으며 임진왜란 때 조선 정복에 실패한 것을 반성했다고 한다. 여기서 '징비'란 시경詩經 소비편小毖篇의 "내가 징계해서 후환을 경계한다(予其懲而毖後患)"라는 구절에서 딴 말이다. 이 책은 1695년 일본 교토에서 중간重刊될 정도로 서술의 객관성도 빼어나다. 아쿠타가와는 『김장군』을 쓰기 전 『징비록』을 읽었을 가능성을 배제할 수 없다.

/ 제3장 /
唐代 소설
『杜子春傳』과 『杜子春』

아쿠타가와 류노스케芥川龍之介 문학에
나타난 소재활용 방법 연구

제3장 唐代 소설
『杜子春傳』과『杜子春』

3.1 서론

아쿠타가와 류노스케芥川龍之介의 동화『두자춘杜子春』은 나쓰메 소세키夏目漱石 門下의 선배 스즈키 미에키치鈴木三重吉의 권유로 1920(大正9)년 7월 동화잡지『빨간 새赤い鳥』에 발표되었다. 이 동화는 처음부터 그림책으로 출간되기도 하고, 현재는 학예회에서 공연도 한다. 작품의 원전은 아쿠타가와 자신이 가와니시 신조河西信三에게 보낸 편지(1927. 2. 3.)에 "졸작『두자춘』은 당나라 소설 두자춘전의 주인공을 차용했지만, 스토리는 3분의 2이상 창작한 것입니다"[1]라고 썼다.

아쿠타가와의『두자춘』에 대한 평가는 다양하다. 당시의 비평은 주로 "흔한 人情에 雷同하여 作爲된 것"(正宗白鳥),[2] "아쿠타가와는 한 시대의 한 계급의 도덕률을 뛰어넘지 못한 모럴리스트였다"(宮本顯治),[3] "동화이

---

1 拙作「杜子春」は唐の小説杜子春傳の主人公を用ひをり候へども, 話は2/3 以上創作に有之候。『芥川龍之介全集第二十巻』, 岩波書店, 1997, p.278.
2 正宗白鳥,「芥川龍之介を評す」,『中央公論』, 1927, 10월호.

기 때문에 평범한 인정, 세속적인 도덕에서 결말을 구하고 있다"(吉田精一)[4] 등 평가의 초점이 주로 이야기의 도덕성이나 평범함에 놓여 있었다. 그 후 "인간의 선의를 긍정하고, 밝고 용기를 주려고 하는 작품"(恩田逸夫)[5], "좋은 성장과 고귀한 성격이 잘 드러나 있다"(中村真一郎)[6], "두자춘은 大正의 소시민의 기원을 대표하고 있는 인물"(山敷和男)[7]이라는 평으로 이어졌다. 즉, 많은 『두자춘』에 대한 선행 연구는, 미지에 대한 호기심과 꿈을 키워주며 용기를 북돋아주는 동화의 조건을 충족시키면서, 성인을 대상으로 한 중국의 고전소설을 근대 아동문학작품으로 바꾸고자 작가가 얼마나 노력하고 창의력을 발휘했는지에 대한 충분한 고찰이 이루어지지 않았다고 판단된다. 본고에서는 중국의 고전 『두자춘전』과 동화 『두자춘』의 인물 및 이야기 전개의 비교 분석을 통하여 아쿠타가와의 소재활용 방법과 創意를 명확히 하고자 한다.

3.2 출전은 『당대총서唐代叢書』初集(天門渤海家藏原本)

『두자춘』의 출전은 1927년 2월 3일 가와니시 신조 앞 서간에서 알 수 있듯이 唐代의 두자춘의 이야기가 바탕이 되어 있다. 두자춘이 수록된 서적을 정리하면 다음과 같다.

---

3 1929년 8월, 雜誌『改造』의 현상논문. 宮本顯治, 『敗北の文学』, 新日本出版社, 1975, p.27.
4 吉田精一, 『芥川龍之介』, 三省堂, 1942.12.
5 恩田逸夫, 「芥川龍之介の年少文学」, 『明治大正文学研究』, 東京堂, 1954.
6 中村真一郎, 『現代作家全集8 芥川龍之介』, 五月書房, 1958.
7 山敷和男, 「『杜子春』論考」, 早稲田大学 『漢文学研究』, 1961.9.

李昉編 『태평광기太平廣記』권16 『두자춘』

李復言編 『속현괴록續玄怪錄』수록의 『두자춘』

鄭還古撰 『당인설회唐人說薈』一名, 『당대총서唐代叢書』, 『두자춘전』

鄭還古撰 『오조소설五朝小說』(唐人白家小說傳奇, 『두자춘전』)

鄭還古撰 『고금설해古今說海』(說淵部別傳家, 『두자춘전』)

鄭還古撰 『용위비서龍威秘書』(晉唐小說暢觀第三冊, 『두자춘전』)

이외에도 또한 풍몽용馮夢龍편 『성세항언醒世恒言』에 「杜子春三入長安」[8]
이 수록되어 있기도 하다. 각 서적에 수록된 두자춘 이야기는 대동소이하
고, 조사助詞 '於'나 '于'등의 표기상의 차이가 나는 정도이나, 아쿠타가와가
어떤 책을 활용했는지는 간과할 수 없는 문제다. 지금까지 많은 연구자가
이 문제로 곤혹스러웠고, 각자의 판단에 따라서 『태평광기』, 『오조소설』,
『당인설회』등의 이름을 열거했기 때문이다.

가라시마 다케시辛島驍는 아쿠타가와가 「제국문학」제7권 제4, 5, 6호 明
治34년(1901)에 실린 구보 텐즈이久保天隨의 두자춘 역본을 보았을 것이라
고 추측하고 있다. 한편, 무라마쓰 사다타카村松定孝는 「당대소설 『두자춘
전』과 아쿠타가와의 동화 『두자춘』의 발상의 차이점」[9]에서 구보 텐즈이
역이 발표된 시기가 아쿠타가와가 10세였으니까 읽었다 해도 훨씬 후년이
라며 그는 원전이 『당대총서』이고, 유사한 이야기는 『대당서역기』, 『유양
잡조酉陽雜俎』에 보여 그 목판본이 에도기에 復刻되어 있기 때문에 아쿠타
가와가 읽을 수 있었다고 논하고 있다. 마쓰오카 준코松岡純子도 「芥川『두

8 馮夢龍編, 『醒世恒言』, 中華書局股份有限公司, 1958, p.785.
9 村松定孝, 「唐代小說『杜子春傳』と芥川の童話『杜子春』の發想の相違点」, 『比較文
    學』8, 1965.

자춘』考 ―『두자춘전』, 久保天隨訳『두자춘』과의 관련을 둘러싸고―에서『오조소설』수록『두자춘전』, 덴즈이 역본, 아쿠타가와『두자춘』의 세 작품을 비교하고 있다.[10]

이에 필자는 아쿠타가와의 舊장서목록을 살펴보았고, 장서목록 중 두자춘과 관련이 있는『태평광기太平廣記』(도광병오년전道光丙午年鐫, 삼양목기장판三讓睦記蔵板, 1846)와『당대총서』(初集, 天門渤海家藏原本)가 있음을 확인했다. 또한 목록의 안내문에 아쿠타가와가 "무엇이든 메모를 한 도서에는 서명 앞에 ☆표를 붙였다"라고 되어 있어 살펴보니『당대총서』에는 별표가 있었으므로, 아쿠타가와가『두자춘』을 집필할 때『당대총서』를 읽었을 것임에 틀림없다고 생각하였다.

그런데 여기서 작은 문제가 생겼다.『대한화사전大漢和辞典』을 살펴보니『당대총서』와『당인설회』가 동일한 책으로 쓰여 있었다.[11]

이에 필자는 일본의 근대문학관에 문의한 결과,『당대총서』는 있지만『두자춘전』이 수록되어 있는『당인설회』는 없다는 것이었다.『당인설회』가 일본에서 쉽게 구할 수 없는 서적임을 확인한 필자는 한국국립중앙도서관에서『唐人說薈』를 발견했다.『唐人說薈』의 안 겉장에는 서기 1946년 1월 6일 국립도서관장서로 이관된 사실을 보여주는 스탬프가 있었고, 속표지에는『唐代叢書』라는 큰 글씨와 그 옆에 작게 把秀軒藏板이라고 인쇄되어 있으며, 그 위의 朝鮮總督府圖書館藏書 직인이 있었다. 결국『당대총서』와『당인설회』가 동일 서적임이 확인된 셈이다.

아쿠타가와가 소장했던『당대총서』와 한국 국립중앙도서관에 소장된

---

10 「芥川『杜子春』考-『杜子春傳』, 久保天隨訳『杜子春』との関連をめぐって-」, 『方位』 10, 1986.12, p.73.
11 諸橋轍次, 『大漢和辭典』卷2, 大修館書店, 1956, pp.2112-2113.

『唐人說薈』의 서지사항을 비교 소개하고자 한다. 아쿠타가와의 舊장서목록에는 「『당대총서』1-164, 36冊, 진연당 陳蓮塘 [編] 가경嘉慶 11序」로 되어 있다. 가경嘉慶은 淸의 연호(1796-1820)로, 그 11년의 序가 있는 것은 1806년에 간행되었다는 것을 말한다.

한편, 국립중앙도서관 소장본 『당인설회』 1권의 첫 페이지 파수헌장판 把秀軒藏板 『唐代叢書』의 목차에는 「唐人說薈總目 山陰 蓮塘居士 纂」이라되어 있고, 권12에 「杜子春傳 鄭還古撰」이 수록되어 있음을 확인할 수 있었다. 그런데 아쿠타가와의 장서는 36冊이고, 한국에 있는 것은 20권 20冊이다. 단, 한국의 『唐人說薈』 수록 화는 「164」화여서 아쿠타가와 舊장서목록의 「1-164」와 일치하였다. 두자춘전은 『당대총서』의 제90질(帙)에 「두자춘전 정환고」로 수록되어 있었다.

근대문학관 소장 『당대총서』를 보니, 表紙에 『당대총서』가 있고, 다음에 「천문발해가장원본天門渤海家藏原本」, 「序 例言 總目」, 「당대총서 初集」 및 序가 이어진다. 총목은 「당대총서總目」이라 되어 있다.

또한 출판 시기는 「嘉慶丙寅年序」 즉 1806년(嘉慶11년)이다.

한편, 노란색 표지인 한국의 『당인설회』는 중앙도서관의 서지정보에 따르면 1792(乾隆57)년의 淸版으로 되어 있다. 다음의 표는 일본근대문학관과 한국국립중앙도서관 소장 『당인설회』 서지를 정리한 것이다.

[표 3-1] 일본근대문학관과 한국국립중앙도서관 소장『당인설회』서지 비교

소장	일본근대문학관 장서 天門渤海家藏原本	한국국립중앙도서관 장서 把秀軒藏板
수록본명	『당대총서』(初集)	『唐人說薈』(『唐代叢書』)
목차표식	당대총서 총목	唐人說薈 총목
소재권수	제90帙 두자춘전	권12 두자춘전
撰者	당 鄭還古	당 鄭還古撰
편성	全 36冊, 164화	全 20卷 20冊, 164화
성립시기	淸나라 1806(嘉慶11)년	淸나라 1792(乾隆57)년
편·찬자	淸 陳蓮塘 編	淸 山陰 蓮塘居士 纂

앞서 논술한대로 동화『두자춘』의 원전은『당대총서』(初集, 天門渤海
家藏原本)이다. 하지만『두자춘』의 세부적인 내용을 살펴보면,『全唐詩』
권858,『楊文公談苑』(呂洞賓詩),『支那仙人列傳』(쇼지다쓰사브로東海林辰
三郞) 등 아쿠타가와가 다양한 서적도 참고한 것으로 확인된다. 이하 내용
을 살펴보면서 작가의 소재활용 방법에 대해서 논하고자 한다.

3.3『두자춘전』과『두자춘』의 冒頭

우선,『두자춘전』과 다음에『두자춘』의 순서로 冒頭를 살펴보겠다.

두자춘은 주에서 수나라까지의 사람으로 젊었을 때 가업을 돌보지 않
은데다 술로 지새웠기 때문에 재산을 탕진하여. 친척 모두에게 버림을
받았다. 바야흐로 옷은 찢어지고 배는 고픈 채로 장안을 이리저리 다녀보
지만, 날은 저물어가도 빈 속을 채우지도 못하고 어디로 갈지 몰라 방황하
다가 동시의 서문에 이르러 배고픈 배를 움켜쥐고 추위에 떠는 모습으로

하늘을 우러러 긴 한숨을 쉬었다.

杜子春者,周隋間人,少落魄,不事家産以志氣閒縱,嗜酒邪遊,資産蕩盡.
投於親故皆以不事事之故見棄方知衣破腹空徒行長安,中日晚未食彷徨
不知所往於東市西門,饑寒之色可掬,仰天長吁.[12]　　　　　　（『두자춘전』）

어느 봄날의 저녁 무렵이었습니다.[13] 당나라의 도읍인 낙양洛陽의 서문
西門 아래에 멍하니 하늘을 올려다보고 있는 한 젊은이가 있었습니다. 젊
은이의 이름은 두자춘으로, 원래는 부잣집 아들이었지만 지금은 재산을
탕진하여 하루하루 먹고 살기도 힘든 처량한 신세였습니다. 더군다나 그
당시 낙양이라고 하면 천하에 견줄 바가 없는 번창한 도시이므로, 길거리
에는 사람들과 마차들이 끊임없이 왕래했습니다. 문안 가득 비치는 기름
같은 석양빛에, 노인이 쓰고 있는 비단 모자나 터키여인의 금귀고리, 백마
에 장식한 색실의 말고삐가 쉴 새 없이 지나가는 모습은 마치 한 폭의
아름다운 그림 같았습니다. 그러나 두자춘은 여전히 서문 벽에 몸을 기대
고 멍하니 하늘만 바라보고 있었습니다. 하늘에는 마치 손톱자국 같은
가느다란 달이 유유히 깔린 안개 속에 희미하게 떠 있었습니다. "날은 저
물어가고, 배는 고프고, 게다가 이젠 어디에 가도 재워줄 만한 곳은 없고
ㅡ이런 생각이나 하며 살 바엔 차라리 강물에 뛰어들어 죽어버리는 게
나을지도 모르겠다"고 두자춘은 아까부터 혼자서 이런 부질없는 일을 곰
곰이 생각하고 있었습니다.

　或春の日暮です。唐の都洛陽の西の門の下に、ぼんやり空を仰いで

12　鄭還古撰, 『杜子春傳』,(『唐人說薈』一名, 『唐代叢書』) 把秀軒藏板, p.48.
13　본문에 인용된 『두자춘』은 이시준의 번역을 참고함. 『아쿠타가와 류노스케 전집』4권,
　　제이앤씨, 2013, pp.15-31.

제3장 唐代 소설 『杜子春傳』과 『杜子春』　69

ゐる、一人の若者がありました。若者は名は杜子春といって、元は金
持の息子でしたが、今は財産を費ひ尽して、その日の暮しにも困る
位、憐な身分になつてゐるのです。何しろその頃洛陽といへば、天下
に並ぶもののない、繁昌を極めた都ですから、往来にはまだしつきり
なく、人や車が通つてゐました。門一ぱいに当つてゐる、油のやうな
夕日の光の中に、老人のかぶつた紗の帽子や、土耳古の女の金の耳環
や、白馬に飾った色糸の手綱が、絶えず流れて行く容子は、まるで画
のやうな美しさです。しかし杜子春は相変らず、門の壁に身を凭せ
て、ぼんやり空ばかり眺めてゐました。空には、もう細い月が、うら
うらと靡いた霞の中に、まるで爪の痕かと思ふ程、かすかに白く浮ん
でゐるのです。「日は暮れるし、腹は減るし、その上もうどこへ行つて
も、泊めてくれる所はなささうだし――こんな思ひをして生きてゐる位
なら、一そ川へでも身を投げて、死んでしまつた方がましかも知れな
い。」杜子春はひとりさつきから、こんな取りとめもないことを思ひめ
ぐらしてゐたのです。[14]　　　　　　　　　　　　　　　　（『杜子春』）

이 두 작품의 冒頭는 주인공 두자춘이 살았던 시대, 인품, 생활태도,
현재의 처지 등을 소개하고 있다.[15] 『두자춘전』의 두자춘은 주周나라 말기
에서 수隨나라에 이르는 인물로 설정되어 있고, 그 성격이 대범, 호쾌해서
술로 날을 새워 재산을 탕진했다고 한다.[16] 한편, 『두자춘』에서 아쿠타가

---

14 『芥川全集第六巻』 pp.254-255.
15 참고로 天隨訳本에서는 방탕한 나머지 몸 둘 곳이 없어 저녁 무렵까지 공복으로 장안
   을 방황하는 두자춘의 모습을 "북풍 추위에 눈 녹은 하늘, 입은 것이라고는 무명옷
   단 한 벌"이라고 부연 설명하고 있다.
16 참고로 馮夢龍編, 『성세항언』의 「杜子春三入長安」에는 「話説隋文帝開皇年間, 長安

와의 創意는 唐의 번창한 도시 낙양을 아름답게 묘사하고, 처량한 처지를
생각하느니 차라리 죽고 싶다는 두자춘의 모습이다.

『두자춘전』에서는 도착한 곳이 "長安[17]의 東市의 西門"이고, 『두자춘』
은 "洛陽[18]의 西門"으로 되어 있다. 『두자춘전』의 두 장소 지정은 중요한
의미가 있지만, 아쿠타가와는 간소화시키고 있다. 이는 소설에서 "東市의
西門"이 갖는 의미가 크고, 동화에서는 별로 중요하지 않기 때문이리라.
[표 3-2]는 두 작품의 冒頭의 異同을 정리한 것이다.

[표 3-2] 『두자춘전』과 『두자춘』의 冒頭 비교

	소설 『두자춘전』	동화 『두자춘』
시대적 배경	周나라 말기에서 隋나라 시대	당나라 시대
장소	장안의 東市의 西門	낙양의 西門
계절	겨울	봄
시각	해질녘	해질녘
성품	대범 · 豪遊	원래 부잣집 아들 · 호유
현재 상황	술로 재산탕진, 공복에 갈 곳 없어 하늘을 우러러 탄식	술로 재산탕진, 갈 곳도 없어 자살하고 싶은 기분

두 작품의 장소가 "장안"과 "낙양"이지만, 아쿠타가와의 山梨県文學館
所藏 원고 「두자춘」에서는 "長安"[19]이었는데, 1921(大正10)년의 제5단편
집 『야래화夜来の花』[20]에 수록될 때는 "洛陽"으로 바뀌었다.

城中, 有個子弟姓杜雙名子春」이라 되어 있어, 수나라 시대의 인물로 묘사되어 있다.
17 木村 博一編『歴史基本用語集』, 吉野教育図書株式会社, 1977, p.50. 中国の今の西
安。漢・隨・唐などの王朝の都。唐の時代には人口100万人の世界第一の国際色豊
かな都市となり, 外国の商人や留学生が多く集まり, 東西の文化が発達した。
18 『芥川全集第六巻』 p.369. 唐滅亡後の, 五代時代の唐(後唐・923–936年)が洛陽に都
を置いた。洛陽は中国の古都の一つ。河南省西北部, 黄河の支流洛河の北岸に位置
する。隨(581–619年)・唐の時代に商業都市として大いに栄えた。
19 山梨県立文学館所蔵の 원고 「두자춘」은 동화잡지 『赤い鳥』(1920년 7월호)에 발표.
20 関口安義, 『재조명 아쿠타가와 류노스케』, 제이앤씨, 2012, p.245. 책 이름 '야라이(夜

다음은 계절이 겨울에서 봄으로 바뀌어 있다. 여기에도 아쿠타가와의 퇴고推敲의 필적이 보인다. 山梨県文學館所藏 원고에는 겨울을 봄으로 고친 흔적이 보여, 최초 원전대로 쓴 것이, 무슨 이유인지 봄으로 고쳐 쓴 것을 알 수 있다. 하지만 그 결과『두자춘』에는 「낙양의 봄」에서 감지되는 여유로움과 대비되어 "차라리 강에라도 몸을 던져 죽어 버리는 게 나을지도 모르겠다"라는 두자춘의 절망감이 두드러지게 잘 표현되었다.

흥미로운 점은 小說『두자춘전』의 두자춘은 비참한 상황임에도 불구하고 "죽음"을 한 번도 생각하지 않는데 반해서, 童話『두자춘』의 두자춘은 자살충동을 느끼고 있다는 점이다. 물론 결국 자살을 선택한 아쿠타가와의 개인적 취향에 대한 문제임과 동시에 중국인과 일본인의 사생관의 차이일 가능성도 배제할 수 없다.

중국인의 사생관은 현세주의이기 때문에, 사후 세계의 극락을 믿는 것보다 비록 深山에 은둔할 지라도 장수하기를 바란다.[21] 이상향에서 불멸의 생을 누리는 선인을 동경하게 되는 것도 이 때문인 것으로, 살 수 있는 만큼 살려고 하는 것이 중국인의 사생관이라 할 수 있다. 그러나 이에 반해 일본인의 사생관은 도날드 킹도 지적하듯이 "죽음의 미의식 ほろびの美意識"때문에 고결한 죽음을 희망한다.[22] 마쓰무라 다케시松村剛가 도망치느니 살해당하기를 원한『헤이케 이야기平家物語』의 아쓰모리敦盛의 행동이 서양

来)'는 사토 하루오에 의하면 이 책을 출간한 新潮社의 소재지인 우시고메구 야라이쵸牛込区矢来町에서 딴 것이라고 아쿠타가와 자신이 말했다고 한다.(「우리의 류노스케상像」有信堂, 1959. 9.) 또 후쿠다 기요토福田淸人에 의하면 "'어젯밤 이후'라는 뜻으로 당나라 시인 맹호연孟浩然의 시 「봄철의 새벽春曉」의 '春眠不覺曉 所所聞啼鳥 夜來風雨聲 花樂知多少'에 근거한 것이 아닐까'라고 주장한다(名著復刻芥川龍之介文學館 「夜来の花」解説, 日本近代文学館, 1977. 7.)

21 小尾郊一,『中国の隱遁思想』, 中央公論社, 1988.
22 ドナルド・キーン, 金関寿夫 譯,『日本人の美意識』, 中央公論社, 1990, p.10.

인에게는 미스터리한 심리라고 지적하듯이 "죽음을 서두르는" 경향이 있다.[23] 이러한 견해는 비참하게 살아서 치욕을 당하느니 "차라리 강물에 뛰어들어 죽어버리는 게 낫다"고 생각한 『두자춘』의 자춘의 행동을 이해하는 데에 도움이 된다. 실제로 제2차 세계대전에 참전한 미국인들은 가미카제神風특공대・사이판섬의 옥쇄玉碎[24]・오키나와戰의 집단자결[25]을 이해할 수 없었다고 한다.

3.4 노인과의 만남

　『두자춘전』에서는, 어찌할 바 몰라 동시의 서문에서 하늘을 우러러 한탄하는 두자춘 앞에 지팡이를 짚은 한 노인이 길에 나타나, 두자춘에게 왜 한숨 쉬느냐고 묻자, 자춘은 친척에게 소박당해 분해서 마음이 격해졌다고 했다. 노인은 얼마가 필요한가? 자춘은 3,5만 있으면 살아갈 수 있다고 했다. 노인은 10만, 100만도 부족하다고 하며 소매에서 동전 한 꾸러미를 꺼내 주고, 明日 오시 돈 300萬을 주겠다고 하여, 두자춘이 약속대로 다음 날 정오에 페르시아 저택에 가보니, 과연 노인은 300萬을 주면서 이름도 고하지 않고 사라졌다. 이리하여 두자춘은 또 원래의 방탕심이 생겨 살찐 말을 타고, 가벼운 옷을 입고, 술친구와 만나 창루倡樓에서 가무를

---

23 松村剛, 『死の日本文学史』, 新潮社, 1975, p.232.
24 木村 博一編『歴史基本用語集』, p.245. 1944년 6월, アメリカ軍の攻撃でこの島にいた3万あまりの日本軍と1万あまりの日本市民が死んだ.
25 木村 博一編, 위의 책, p.246. 沖縄戦で, 軍部の指令で住民が手りゅう弾などで自決することを強制されたこと. 沖縄戦は, 戦闘だけではなく, 集団自決により多くの県民が犠牲となった.

즐겼다. 금세 재산을 탕진하여 또다시 가난하게 된 두자춘은 市門에서
탄식하고 있다.

有一老人策杖于道問曰、君子何歎、子春言其心、且憤其親戚疎薄
也感激之氣、發於顔色、老人曰、幾緡則豊用、子春曰、三五萬則可以
活矣、老人曰、未也更言之、十萬曰、未也乃言百萬亦曰未也曰三百萬
乃曰可矣於是袖出一緡曰給子今夕明日午時、俟子於西市波斯邸、愼無
後期及時子春往老人果與錢三百萬不告姓名而去子春旣富蕩心復熾自以
爲終身不復羈旅也乘肥衣輕、會酒徒、徵絲竹歌舞於倡樓、不復以治生
爲意、一旦年間、稍稍而盡衣服車馬易貴從賤去馬而驢去驢而徒倏忽如
初旣而復無計、自嘆於市門。 **26**   (『두자춘전』)

다음은 동화 『두자춘』의 비슷한 장면이다.

　　그때, 어디에서 왔는지 외사시外斜視 노인이 갑자기 그의 앞에서 걸음을
멈추었습니다. 그 노인은 석양을 등지고 서문에 큰 그림자를 드리운 채
두자춘의 얼굴을 지긋이 바라보며, "자네는 무슨 생각을 하고 있는가?"라
고 거만하게 말을 걸었습니다. "저 말입니까? 저는 오늘 밤 잘 곳도 없어
어떻게 할까 생각중입니다." 노인이 갑자기 물어오는지라 두자춘도 무심
결에 고개를 숙이고 솔직하게 대답했습니다. "그렇군. 그거 참 불쌍하군."
노인은 한동안 무언가를 생각하는 듯하더니, 이윽고 길거리를 비추고 있
는 석양빛을 가리키며 이렇게 말했습니다. "그럼 내가 좋은 것을 하나 알
려주지. 지금 이 석양 속에 서서 땅에 자네의 그림자가 생기거든 그 머리

26 정환고, 『두자춘전』(『唐人說薈』一名, 『唐代叢書』 把秀軒藏板), pp.48~49.

에 닿는 곳을 밤중에 파보도록 하게. 분명 마차 가득 실을 황금이 묻혀 있을 테니까." "정말입니까?" 두자춘은 놀라 고개를 들었습니다. 그러자 더욱 신기하게도 그 노인은 어딜 갔는지 이미 주변에는 흔적조차 보이지 않았습니다. 그 대신 하늘에 뜬 달빛이 전보다 더 하얗고, 쉴 새 없이 오고 가는 사람 위에는 벌써 성급한 두세 마리의 박쥐가 펄럭 펄럭 날아다니고 있었습니다.

두자춘은 하루 만에 낙양에서 제일가는 부자가 되었습니다. 그 노인의 말대로 석양에 비친 그림자를 보고 그 머리 부분을 살짝 파보니 큰 수레에 가득 찰 정도의 황금이 한 무더기 나왔습니다. (중략) 그러자 지금까지는 길에서 마주쳐도 인사조차 하지 않던 친구들이 이 소문을 듣고 밤낮으로 놀러왔습니다. (중략) 그러나 엄청난 부자라도 돈은 한정되어 있으니, 제 아무리 사치에 빠진 두자춘도 한두 해가 지나자 점점 가난해지기 시작했습니다. (중략) 결국 3년째 되는 해의 봄, 두자춘은 다시 예전처럼 무일푼이 되니 넓은 낙양 땅에서 그를 머물게 해 줄 집 한 칸도 없었습니다.

그래서 그는 어느 날 저녁, 또다시 낙양 서문 아래로 가서 멍하니 하늘을 바라보며 어찌할 바를 몰라 서 있었습니다.

するとどこからやつて来たか、突然彼の前へ足を止めた、片目眇の老人があります。それが夕日の光を浴びて、大きな影を門へ落すと、ぢつと杜子春の顔を見ながら、「お前は何を考へてゐるのだ。」と、横柄に言葉をかけました。「私ですか。私は今夜寝る所もないので、どうしたものかと考へてゐるのです。」老人の尋ね方が急でしたから、杜子春はさすがに眼を伏せて、思はず正直な答をしました。「さうか。それは可哀さうだな。」老人は暫く何事か考へてゐるやうでしたが、やがて、往来にさしてゐる夕日の光を指さしながら、「ではおれが好いこと

を一つ教へてやらう。今この夕日の中に立つて、お前の影が地に映つたら、その頭に当る所を夜中に掘つて見るが好い。きつと車に一ぱいの黄金が埋まつてゐる筈だから。」「ほんたうですか。」杜子春は驚いて、伏せてゐた眼を挙げました。所が更に不思議なことには、あの老人はどこへ行つたか、もうあたりにはそれらしい、影も形も見当りません。その代り空の月の色は前よりも猶白くなつて、休みない往来の人通りの上には、もう気の早い蝙蝠が二三匹ひらひら舞つてゐました。杜子春は一日の内に、洛陽の都でも唯一人といふ大金持になりました。〈中略〉するとかういふ噂を聞いて、今までは路で行き合つても、挨拶さへしなかつた友だちなどが、朝夕遊びにやつて来ました。〈中略〉さすがに贅沢家の杜子春も、一年二年と経つ内には、だんだん貧乏になり出しました。〈中略〉「ましてとうとう三年目の春、又杜子春が以前の通り、一文無しになつて見ると、廣い洛陽の都の中にも、彼に宿を貸さうといふ家は、一軒もなくなつてしまひました。……

そこで彼は或日の夕方、もう一度あの洛陽の西の門の下へ行つて、ぼんやり空を眺めながら、途方に暮れて立つてゐました。[27] (『두자춘』)

위 기술을 비교해 보면 아쿠타가와가 소설 『두자춘전』을 동화로 각색했다는 특징을 잘 알 수 있다. 즉 금전 교섭에서 중국 작품은 노인과 두자춘 사이에서 實數가 교환되고 돈을 건네는 방법도 『두자춘전』에서는 당일 동전 한 꾸러미만, 다음 날은 약속한 액수가 건네지고 있다. 한편 『두자춘』에서는 그림자가 비치는 부분을 파 보면, "수레에 가득 실을 황금"이

---

27 『芥川全集第六巻』, pp.255~257.

나온다고 하여 동화로써의 환상적인 모습을 보여주고 있다.

또한『두자춘전』은 당시의 시대상을 반영하고 있다. 당대의 장안은 조석으로 성문을 열고 닫을 때 북을 치고, 市門은 정오에 북을 300회 쳐서 開市되고 일몰 전에는 징을 300회 울려 閉市를 알렸다. 야간은 영업이 금지되고, 또 시외에서의 상업행위도 금지되었다.[28] 이처럼 당시 장안의 시장의 실상이 작품에 반영되어 처음 노인이 두자춘을 만났을 때 원조금 액수는 정하면서, 그날 밤 소매 속에 있는 동전만을 건넨 것도 납득이 간다. 그 시각은 이미 閉市가 된 후로 야간에 금전을 주고받음이 불가능했기 때문에 다음날 정오 페르시아 저택으로 오라고 했던 것이다.

또한 노인이 서시의 문 근처에 출현한 것도 나름의 의미를 찾을 수 있다. 새로운 장안성의 도시계획의 기본은 자문개字文愷(555~602)의 發案으로 이루어졌는데, 동서를 주작문朱雀門이 가르고 이 거리를 사이에 두고 총 110방 지역이 동쪽으로는 사람들의 거주지인 54坊과 東市, 서쪽으로는 54방과 西市가 위치한다. 종교시설은 동쪽에 절을 대표한 大興善寺가 一坊 전체를 점하고, 서쪽에 道館(도교의 사원)을 대표한 玄都館이 대칭적으로 배치되었다. 開元十年(772)에 만들어진『양경신기兩京新記』(「長安志」卷七)에 의하면, 「僧寺 64, 尼寺27, 道士館 10, 女館 6, 페르시아절波斯寺 2, 호천사胡天祠 4」[29]라는 기사가 보이는데, 「페르시아절」은 네스토리우스Nestorius(?-451?, 시리아의 성직자)파의 그리스도교, 호천사는 조로아스터교(배화교)의 예배장소이다.

이처럼 서시에는 도사의 거처인 도관과 페르시아 절이 있고, 서시 부근에 서역에서 온 상인들의 거주지가 형성되었다는 역사적인 사실을 비추어

---

28 陳舜臣 감수,『中國歷史紀行』, 제3권 隋・唐, 学研, 1996.
29 『隋唐帝国と古代朝鮮』, 재인용. p.171.

볼 때『두자춘전』의 도사 출현 장소가 西市이며 또 두자춘에게 「내일 정오에 페르시아 저택波斯邸에 오라고」한 것은 결코 작자의 작의가 아니라 당시의 시대적 상황을 잘 반영한 부분이라 할 수 있다.

다음은『두자춘전』과『두자춘』에서의 노인에 대한 묘사를 살펴보고자 한다. 아쿠타가와는 출전에서의 「지팡이를 짚은 노인」을 「외사시 노인」으로 묘사했다.[30] 노인과 지팡이의 조합은 특이하지는 않지만 도사의 이미지를 강조하는 표현이다.『논어』(「微子篇」)에는 공자의 제자 자로子路가 지팡이에 대바구니를 멘 노인과 길에서 만난 이야기가 기술되어 있다. 다음 날 자로가 공자에게 이 노인의 행동에 대해 고하자 공자는 "은자隱者"라며 다시 만나러 가게 했지만 결국 만날 수 없었다고 한다.[31] 또한『道教故事物語』[32]의 삽화를 보면 중국의 도사는 대게 "지팡이를 짚고"있었다. 지팡이는 수행한 도사의 이미지를 강조하는 소도구로 추정할 수 있다.

한편,『두자춘』에서는 지팡이에 대한 언급은 없고, 외모상의 특징으로 「외사시」라 하고 있다. 이는 원전에도 없는 것으로『삼국지연의三國志演義』에 등장하는 선인 좌자左慈의 외모를 연상하게 한다. "제68회 감영은 기병 백여 기를 거느리고 위의 병영을 습격하고 좌자는 조조에게 술잔을 던지고 희롱하다(第六十八回 甘寧 百騎にて 魏の営を怯い 左慈 杯を擲げて 曹操を戯る)"의 장면을 인용하면 다음과 같다.

도중, 인부가 피곤해서 어느 산기슭에서 쉬고 있을 때, 사시斜視에 절름발이가 머리에는 백등관을 쓰고, 몸에는 청라 옷을 걸치고 나막신을 신은

---

30 天隨訳本에는 "다 죽어가는 노인"이라고 묘사하여 동화와 일치하지 않는다.
31 小尾郊一,『中国の隠遁思想』,「陶淵明の心の軌跡」, 中央公論社, 1988, p.33.
32 褚亞丁, 楊麗編『道教故事物語』, 靑土社, 1994, pp.20-276.

선생이 나타나 인부에게 가까이 가 절을 하며 말했다. (중략) 선생은 헤어질 때, 재령宰領의 관리에게 "나는 위왕과 동향의 지기로 성은 좌左, 이름은 자慈, 자字를 원방元放이라 하는 『오각烏角선생』이라 일컬어지는 자다. 업군鄴郡에 돌아가면 좌자가 잘 부탁한다고 전하여 주게"라는 말을 내뱉고 총총히 사라졌다.[33]   (밑줄은 인용자)

후술하듯이 아쿠타가와는 가와니시 신조 앞의 편지(1927년 2월 3일 자)에서 쇼지 다쓰사브로東海林辰三郎가 저술한 지나선인열전支那仙人列傳에 대해 언급하고 있다. 이에 『지나선인열전』을 살펴보니 「左慈」 항목에 左慈는 "眇目" 즉 斜視였다고 한다.[34] 아쿠타가와는 『삼국지연의』와 『지나선인열전』에 등장하는 선인 "左慈"의 눈이 사시였음을 알고 이를 『두자춘』의 선인의 용모로 활용했던 것이다.

한편, 그림자 머리 부분을 밤에 파보니 "수레 가득 황금"이 나왔다고 하는데, "땅을 파보니 황금(보물)이 나왔다"라는 모티브는 당 현종시대의 도사 형화박邢和璞이 방관房琯의 운세를 예언하는 이야기에도 등장한다. "형화박이 지팡이로 땅을 쿡쿡 찌르며 깊이 파니 질그릇 병이 나왔다"[35]라고 기술되어 있다. 또한 『삼국지연의』 제33회에도 비슷한 모티브가 등장한다.

조조는 일단 군사를 거느리고 기주冀州로 돌아와, 먼저 곽가의 관을 허도許都로 보내어 장사지내게 했다. (중략) 그날 밤에 조조는 기주성 동쪽

---

33 羅貫中 作, 立間祥介 譯, 『三國志演義』下, 平凡社, 1972, pp.74-77.
34 東海林長三郎, 『支那仙人列傳』, 聚精堂, 1911, pp.167-171.
35 褚亞丁, 楊麗編 『道教故事物語』, 青土社, 1994, p.189.

성루에 의지하여 천문을 본다. 이때 그의 곁에는 순유가 있었다.

조조는 남쪽을 가리키며 말한다.

"남쪽에 왕성한 기운이 저렇듯 성하니 아직 경솔하게 도모하기는 어려울 것 같구나."

"승상의 위광으로 항복하지 않을 자는 없습니다."

순유가 말하다 보니 갑자기 한 줄기 황금빛이 땅에서 솟아오른다. "저건 땅 속에 보물이 들어 있기 때문입니다."

조조는 성루에서 내려와 황금빛이 솟는 곳을 파게 했다. (중략).

황금빛이 솟는 땅을 파보니 구리참새 하나가 나왔다.[36]

아쿠타가와는 한문 원전 『삼국지연의』를 소장하고 있었고, 작품 『오이시그라노스케의 어느 하루惑日の大石内藏助』[37]에서 그라노스케가 『삼국지』를 읽고 있기 때문에 작가가 『삼국지』의 내용을 숙지하고 있었다는 사실은 확실하다. 필자는 아쿠타가와가 『삼국지연의』에서 모티브를 가져온 것이라고 단정 짓는 것은 아니지만 가능성은 있다고 생각한다.

3.5 수련장으로 가는 도정과 정경묘사

가난한 두자춘은 노인의 조언에 따라 황금을 얻게 되나 유흥에 빠져 재산을 탕진하고 다시 가난해져 도사가 되려고 入山을 하게 된다.

다음은 자춘이 노인을 따라 화산華山의 운대봉의 신선의 거처에 간 장면

---

36 羅貫中 作, 立間祥介 譯, 『三國志演義』上, 平凡社, 1972, pp.300-301.
37 『芥川全集第二巻』, 岩波書店, 1995, p.248.

을 『두자춘전』에서는 다음과 같이 기술하고 있다.

　노인은 두 노송나무 그늘에서 휘파람을 불고 있었다. 華山의 운대봉에 올라가, 40여리 들어가니 집 한 채가 있었다. 이 집은 엄숙하고 정결하여 보통 사람은 살지 않는 것 같았다. 채운이 널리 드리우고, 그 위에 난새와 학이 날아오른다. 큰 방 안에는 약로가 놓여 있다. 높이는 9척 남짓, 보라색 불꽃을 발하며 창문을 비추고 있다. 옥녀 몇 명이 약로를 둘러싸 서있었고, 청룡과 백호가 앞뒤에 있었다. 그 때 해가 지려고 했다. 노인은 속세 옷이 아닌, 즉 황관에 붉은 겉옷을 걸친 도사의 복장이다. 하얀 돌 같은 환약 세 알과 술 한 잔을 자춘에게 주면서 바로 다 마시라고 命했다. 방 안 서쪽에 호랑이 가죽 하나를 깔고 동쪽을 향해 앉게 하고 "삼가 말하지 말라, 존신, 악귀, 야차, 맹수, 지옥 및 너의 친족을 묶고 가두어 온갖 괴로움을 겪어도, 모두 사실이 아니다. 너는 움직이지도, 말하지도 말고 마음을 편히 하여 두려워하지 않으면, 어떤 고통도 없다. 열심히 내가 말한 것을 지켜라"고 하면서 떠났다.

　老人者方嘯於二檜之陰遂與等華山雲臺峰入四十里餘見一居處室屋嚴潔非常人居, 綵雲遙覆鸞鶴飛翔其上, 有正堂, 中有藥爐, 高九尺餘, 紫焰光發, 灼煥窓戶玉女數人, 環爐而立青龍白虎, 分據前後其時日將暮, 老人永不復俗衣, 乃黃冠絳帔士也持白石三丸酒一邑, 遺子春令速食之訖取一虎皮鋪于内西壁, 東向而坐. 戒曰愼勿語雖尊神惡鬼夜叉猛獸地獄及君之親屬爲所囚縛萬苦皆非眞實但當不動不語宜安心莫懼終無所苦當一心念吾所言言訖而去.[38]　　　　　　　　　（『두자춘전』)

38 정환고, 『두자춘전』(『唐人說薈』一名, 『唐代叢書』 把秀軒藏板), pp.51~52.

먼저 무대인 華山은, 현재 산시성陝西省 화인시엔華陰縣에 있으며, 恒山, 형산衡山, 泰山, 숭산嵩山과 함께 道教 오대명산의 하나이다. "玉女數人", "황관강피黃冠絳帔"를 『太平廣記』卷16의 『杜子春』에서는 "玉女 九人"의 정확한 숫자로, 도사의 모습은 "황관봉피黃冠縫帔"로 묘사하고 있다. "黃冠絳帔"나 "黃冠縫帔"의 복장은 도교와 관계가 깊은 사람임을 암시한다.[39]

한편 동화 『두자춘』에서는 "華山"이 "아미산峨眉山"[40]으로 바뀌었다. 또한 『두자춘』에서는 출전과는 달리 선인이 철관자鐵冠子라고 자신의 이름을 밝히고 있다.[41] 노인의 신분이 『두자춘전』에서는 "도사", 『두자춘』에서는 "선인"으로 되어 있는 바, 『廣辞林』(三省堂)에 의하면, 도사는 개념의 폭이 넓어, 선인도 도사 중에 포함된다. 도교 역사상의 이정표 중 하나인 『태평청영서太平清領書』에 의하면,

> 하늘과 땅 사이에는 超人이 많이 있는데, 위에서 순서대로 神人, 眞人, 仙人, 道人, 聖人, 賢人이라고 부르고 있다. 범인이 도인이나 선인, 진인이나 신인이 되고 싶다면, 수련에 의하지 않으면 안 된다. 사람은 형체와 神이 결합한 것으로, 불노장생을 원한다면, 모든 수단을 강구하여 神魂이 체외에 나가는 길을 막고, 神魂을 영원히 체내에 머무르게 하지 않으면 안 되기 때문이다. 이것을 '守一'이라고도 '守神'이라고도 한다.[42]

39 노인이 "黃冠縫帔"의 복장으로 출현함은, 그가 도교와 관계가 깊은 도사라는 것을 간접적으로 설명하고 있다. 『龍威秘書』에는 "玉女數人", "黃冠絳帔"로 기술되어 있다.
40 『芥川全集第六巻』, p.369. 四川省中央部, 四川盆地の西にそびえる山。雪山山脈の一峰で標高3078メートル。景勝の地として多くの文人, 墨客が訪れ, また普賢菩薩示現の山と伝えられるなど, 仏教の霊山として信仰を集めた。
41 중국의 선인들은 대개 자신의 이름을 밝히지 않고 주위 사람들이 "○○라는 선인(도사)이다"라고 신분을 공개하는 것이 일반적이다. 이는 上仙이 목적인 수행중의 도사가 속세에서도 연을 끊은 채 행동하는 것을 이야기하고 있다.
42 褚亜丁・楊麗編, 『道教故事物語』, 青土社, 1994, p.52.

라고 되어 있어, 엄밀하게 말하면 선인과 도사는 같지 않는 듯하다. 아쿠타가와가 "도사"를 "선인"으로 표현한 것은, 작품이 동화라는 장르이며, 구메 선인久米仙人이나 잇카구 선인一角仙人처럼 일본인에게는 "도사"보다는 "선인"이란 표현에 친숙했기 때문인 것으로 보인다. 참고로 아쿠타가와는 1915년과 1922년에 내용이 다른 단편 『仙人』을 집필하고 있어 선인에 대한 그의 흥미와 관심도를 엿볼 수 있다.

아미산峨眉山으로 가는 장면(출전에서는 화산의 운대봉)도 부연 각색되었다. 철관자라는 선인은 "떨어져 있던 대나무 지팡이"를 타고 허공을 비행했다고 한다. 왜 굳이 "떨어져 있던"것이라고 했을까. 이는 『두자춘전』에서는 처음 만났을 때 "有一老人策杖(지팡이를 짚은 한 노인)"으로 되어 있어 지팡이가 나중에 등장하더라도 이상하지 않은데, 아쿠타가와는 "외사시"를 너무 강조한 탓에 한 번도 노인이 "지팡이를 짚고 있는"상태를 묘사하지 않았기 때문이다. 그래서 비행할 때가 되서야 소도구가 필요했고 우연히 떨어져 있던 대나무 지팡이에 올라타서 비행했다고 변경하고 있는 것이다. 출전에는 단지 '華山의 운대봉에 올라가'라는 기사만 있을 뿐이다. 다음 장면도 출전에 없는 것이다.

선인은 비행하며 다음과 같은 노래를 읊었다.

아침에 북해에서 놀고, 저녁에는 창오.

소맷자락 속 푸른 뱀, 담력도 세구나.

세 번 악양에 들어가도 사람은 알지 못하고.

낭음하며 날아 지나가는 동정호.

朝に北海に遊び、暮には蒼梧。

袖裏の青蛇、胆気粗なり。

三たび岳陽に入れども、人識らず。

朗吟して、飛過す洞庭湖。 **43**　　　　　　　　　　　　　　　（『두자춘』）

이 시는 『전당시全唐詩』(권 858)에 있는 것으로, 선인이 푸른 뱀을 소매에 넣고 남모르게 3번 악양에 들어가 유유히 시를 읊으며 천하 절경인 동정호를 날아가는 것이다. 동정호는 양자강揚子江 중류 후난 성湖南省에 있으며, 『수경水經』에 "호수가 넓고 둥글어 500여리이다. 만약 해와 달이 진다면 그 안에서 진다(湖水廣圓五百餘里, 若日月沒其中)"**44**라고 할 정도로 스케일이 큰 호수이다. 비행 중의 선인 철관자의 즐거운 기분을 충분히 대변하고, 또 유명한 동정호를 소개하면서 이국적인 분위기를 자아내고 있다. 이 장면은 마치 아동들이 비행하는 착각을 일으키게 한다. 『全唐詩』수록의 시와 철관자에 대해서 아쿠타가와는 가와니시 신조 에게 보낸 편지(1927.2.3)에서 다음과 같이 언급하고 있다.

　　"그 시는 唐나라 포주蒲州의 영락현永樂県 사람, 여암呂巖, 字는 동빈洞賓이라고 하는 신선神仙같은 사람이 지은 것입니다. 어린 학생들에게는 글자의 의미를 설명해 주십시오. (중략) 또한 그 이야기에 나오는 철관자는 삼국시대의 좌자左慈라고 하는 선인의 도호道号입니다. 삼국시대라고는 하나 어찌 되었든 長生不死의 선인이기에, 唐代에 나타나는 것도 문제는 없을 것입니다. 여동빈이나 좌자에 대한 것은 여러 책에 나와 있었습니다만, 현대의 책에서는 쇼지 다쓰사브로東海林辰三郎가 저술한 지나 선인 열전支那仙人列傳을 읽어보시면 좋을 것입니다."

43 『芥川全集第六巻』, p.261.
44 堀江忠道・大地式編 『研究資料漢文学(4)詩Ⅱ』 明治書院, 1994, p.202.

앞의 詩는 여암(여동빈)이 쓴 것이라는 것을 알 수 있다. 그러나 나루세 데쓰오成瀬哲生는 논고 「芥川龍之介の『杜子春』ー鐵冠子七絶考ー」에서, 여동빈의 作詩라고는 하나 대부분의 경우처럼, "이 시도 실로 字句에 異同이 있는 시이다"라고 하며 민간전승일 가능성에 대해 다루고 있다. 그리고 아쿠타가와가 인용한 시의 「아침에 북해에서 놀고, 저녁에는 창오」는 『全唐詩』에서 "朝遊北越暮蒼梧"로 "北越"과 "북해"의 차이이다. 나루세는 아쿠타가와가 참고로 한 것은 『全唐詩』가 아닌 "인용한 원전이 중국의 俗文學의 텍스트였을 가능성도 검토할 필요가 있다"라고 하며, 이 시를 통해 바로 떠올린 것이 원곡元曲의 "여동빈이 세 번 악양루에 취하다(呂洞賓三醉岳陽樓)가 아니었을까"라고 한다. 작자는 마치원馬致遠이다.[45]

朝遊北海暮蒼梧	아침에 북해에서 놀고 저녁에는 창오
袖裏青蛇胆氣粗	소맷자락 속 푸른 뱀, 담력도 세구나
三醉岳陽人不識	세 번 악양에 취하여도 사람은 알지 못하고
朗吟飛過洞庭湖	낭음하며 날아가는 동정호

철관자가 읊은 시는 이 「呂洞賓三醉岳陽樓」와 한자가 다르다. '醉'가 『全唐詩』의 '入'으로, 즉 '취하여도'가 '들어가도'로 변경되었다. 이를 종합하여 생각할 때, 아쿠타가와가 「呂洞賓三醉岳陽樓」의 첫 행 앞부분 4글자(朝遊北海)와 『全唐詩』의 내용을 조합한 것으로 여겨진다.

한편, 서간에서 철관자가 좌자의 도호라고 하였는데 이는 잘못된 것이다. 앞서 『삼국지연의』의 좌자에 대한 기술에서 알 수 있듯이 도호는 '오각

---

45 成瀬哲生, 「芥川龍之介の『杜子春』ー鐵冠子七絶考ー」, 德島大学国語国文学 2號, 1989.

선생烏角先生'이다. 그저 좌자 이외의 인물로 元代 말기에 주원장朱元璋의 幕客에 장중張中이라는 인물이 있는데, 늘 鐵製冠을 쓰고 있어 '철관도인鐵冠道人'이라 불렀다.[46] 편지의 내용을 보면 아쿠타가와는 좌자와 철관자를 동일한 인물로 혼동하고 있었던 것이다.

이어서 아미산의 선인의 거처에 대한 기술인데, 다음과 같이 출전과는 전혀 다른 조용하고 신비적인 분위기로 내용이 묘사되고 있다.

> 그곳은 깊은 계곡에 면한 폭 넓은 통반석 위였지만 매우 높은 곳으로 보여, 하늘에 떠있는 북두칠성이 밥공기만한 크기로 빛나고 있었습니다. 원래부터 인적이 끊긴 산인지라 근처는 쥐 죽은 듯 조용했고, 간신히 귀에 들려오는 것은 뒤 절벽에 서 있는, 구불구불 구부러진 한 그루의 소나무가 밤바람에 흔들리는 소리뿐입니다.
>
> そこは深い谷に臨んだ、幅の広い一枚岩の上でしたが、よくよく高い所だと見えて、中空に垂れた北斗の星が、茶碗程の大きさに光つてゐました。元より人跡の絶えた山ですから、あたりはしんと静まり返つて、やつと耳にはひるものは、後の絶壁に生えてゐる、曲りくねつた一株の松が、こうこうと夜風に鳴る音だけです。[47]　　　(『두자춘』)

『두자춘전』의 도사의 거처 묘사가 "안방에는 약로가 놓여 있다. 화로 높이는 9척 남짓, 보랏빛으로 비추고 있다. 옥녀 몇 명이 약로를 둘러싸고 있다"에서 알 수 있듯이 수련의 목적이 仙藥을 만드는 데에 있고 도사의 거처 묘사도 선약과 관련된 기술이 두드러져 있다. 이에 반해 아쿠타가와

---

46 褚亞丁・楊麗編, 『道敎故事物語』, p.274.
47 『芥川全集第六巻』, p.262.

는 자춘의 수련이 수련 자체를 통해 선인이 될 수 있다고 설정을 하고 있는 바, 선약과 관련된 장면묘사를 생략했던 것으로 판단된다.

아쿠타가와의 위의 수행 장소의 묘사는 『道敎故事物語』의 삽화와 매우 흡사하여 흥미롭다. 이 책에 수록된 선인 이야기의 삽화를 보게 되면 가끔 절벽 같은 곳의 통반석 위에 선인이 앉아있고, 그 옆에는 소나무 한, 두 그루가 구불구불 구부러져 자라고 있는 모습을 확인할 수 있다.

이어 『두자춘』에서의 선인은 다음과 같이 당부하고 아미산을 떠난다.

> 나는 지금부터 천상에 가서 서왕모를 뵙고 올 터이니, 너는 그동안 여기에 앉아서 내가 돌아오는 것을 기다리는 것이 좋겠다. 아마 내가 없으면 갖가지 마성이 나타나 너를 홀리려고 할 텐데, 설령 어떤 일이 생겨도 절대 소리를 내서는 안 된다. 만약 한 마디라도 말을 한다면 너는 결코 선인이 될 수 없는 것을 각오하라. 알겠나? 천지가 개벽해도 입을 다물고 있어라.
>
> おれはこれから天上へ行つて、西王母に御眼にかかつて来るから、お前はその間ここに坐つて、おれの帰るのを待つてゐるが好い。多分おれがゐなくなると、いろいろな魔性が現れて、お前をたぶらかさうとするだらうが、たとひどんなことが起らうとも、決して声を出すのではないぞ。もし一言でも口を利いたら、お前は到底仙人にはなれないものだと覚悟をしろ。好いか。天地が裂けても、黙つてゐるのだぞ。[48]　　（『두자춘』）

출전인 『두자춘전』과 다른 부분은 전술한 바와 같이 선약과 관련된 기술이 생략되었고, "만약 한 마디라도 말을 한다면 너는 결코 선인이 될

---

48 『芥川全集第六巻』, p.262.

수 없다는 것을 각오하라"에서 알 수 있듯이 無言을 통해 仙人이 될 수 있음을 강조한다. 아쿠타가와가 독창적으로 부가한 표현으로 전술한 "북두칠성"[49]과 "서왕모"[50]가 주목된다. 도교 신화에 나오는 서왕모는 그 형상이 인간 같고 표범 꼬리와 호랑이 이빨에 휘파람을 잘 불며 텁수룩한 머리에 머리장식을 꽂고 있다. 그녀는 하늘의 재앙과 형벌을 주관하고 있다(西王母其狀如人, 豹尾虎齒而善嘯, 蓬髮戴勝, 是司天之厲及五殘)'(『山海經』 '서차삼경西次三經'). 이러한 서왕모는 후에 아름다운 모습으로 不死의 여신이 된다. 서왕모의 궁궐 옆에는 요지瑤池라는 호수와 반도원蟠桃園이라는 복숭아밭이 있다. 전설에는 前漢의 동방삭東方朔이 서왕모의 복숭아를 먹어 장수했다고 한다. 서왕모 숭배는 당나라 때 절정에 달했다. 서왕모와 복숭아와의 관련성은 작품 말미에서 두자춘이 태산 남쪽 기슭의 복사꽃 피는 집에 살게 되는 것을 예고하고 있다.

3.6 시련과 파계

운대봉에서 혼자 된 두자춘은 천지가 개벽하는 불, 눈과 비, 무수한 기마, 번개, 대장군이나 우두牛頭 등에게 생명의 위협을 받았어도 입을 열지 않는데 끝으로 두자춘의 부인이 끌려왔다. 고통을 참기

---

49 葛兆光, 『道敎と中国文化』, pp.60-62. 「北辰(北斗)-太一」에 대한 신앙은 楚의 문화권 내에서는 보편적인 신앙으로, 북두는 오직 움직이지 않는 하나의 恒星이라는 점에서 우주의 중심이라 여겨졌으며, 이를 숭배하는 것과 도교, 즉 유일한 종교를 결부시켰다.
50 『芥川全集第六巻』, p.370. 西方の仙境崑崙に居るとされる, 中国神仙思想中もっとも重要な女神。古くは地名もしくは民族名であったようだが, 次第に仙人として考えられるようになり, さらに神格化がなされた。

어려웠던 부인은 통곡을 하며 말한다.

> 그의 아내가 고통을 견디지 못해 큰소리로 울며 말하기를, "저는 정말로
> 못난 여자로 당신과 살 가치도 없는 여자입니다. 다행히 당신을 벌써 10여
> 년간 섬긴 사이입니다. 지금 귀신들에게 잡혀와 고통을 견딜 수 없습니다.
> 결코 당신에게 무릎 꿇어 목숨을 애걸하지 않겠습니다. 그저 당신이 한마
> 디 말씀해 주신다면 제 목숨은 살 수 있습니다. 사람은 누구나 인정이
> 있습니다. 그런데 당신이 한마디조차 아끼신다면 매정한 사람입니다"라
> 며 정원에서 눈물을 비처럼 흘리며 비난하기도 하며 저주하기도 하였지만
> 자춘은 끝내 고개를 돌리지 않았다.
>
> 苦不可忍其妻號哭曰、誠爲陋拙有辱君子、然幸得執巾櫛奉事十餘年
> 矣、今爲尊鬼所執不勝其苦不敢望君匍匐拜乞、但得公一言、即全性命矣
> 人誰無情君乃忍惜一言雨淚庭中且呪且罵子春終不顧。[51]　(『두자춘전』)

그 결과, 부인의 다리는 절단되고, 비명소리는 더욱 커졌지만 자춘은
어떠한 말도 하지 않았다. 그러자 장군은, "이 놈은 이미 요술을 완성하였
기 때문에, 오랫동안 이 세상에 살려두어서는 안 된다(此賊妖術已成、不
可使久在世間)"라며 좌우의 옥졸에게 명하여 자춘을 베어버렸다. 죽음을
당한 자춘의 혼은 지옥의 염라왕 앞에 끌려갔다. 염라왕은 「이 놈이 운대
봉의 妖民인가(此乃雲臺峰妖民乎)」라며 투옥시켜, 온갖 고통을 겪게 하지
만, 자춘은 도사의 말을 되새기며 끝내 입을 열지 않았다. 옥졸이 시련이
끝났다고 고하자, 왕은 "이 자는 음기를 받은 놈이기 때문에 남자로 둘

---

51 정환고, 『두자춘전』(陳蓮塘編『唐人說薈』一名, 『唐代叢書』把秀軒藏板), p.54.

수는 없다. 여자로 송주 단부현單父縣의 부지사 왕근의 집에 태어나게 하라(此人陰賊不合得作男宜令作女人配生宋州單父縣丞王勸家)"고 命하여 자춘을 여자로 환생시켰다. '陰賊'으로 '女人'이 되는 벌은 당나라 시대의 음양 관에 남존여비사상이 가미된 발상이라 할 수 있다.

5회에 이르는 운대봉에서의 시련 장면 묘사에서 가장 현저한 특징은 도교와 불교의 영향이다. 청룡·백호는 오행설에서 동서를 나타내고, 지옥이나 염라대왕·야차 등은 도교와 불교의 습합이다.[52] 현세의 도덕규범이 근본인 유교, 미래세未來世를 구가하는 불교, 수행에 의해 현세에서 선경에 들어가길 기원하는 도교는 서로 영향을 미치면서, 중국인의 사상을 형성해 갔다. 특히 불교와 도교는 일찍이 습합하여, 당나라 시대의 사회에서 비호를 받으며 융성했는데, 이 시대의 소설인『두자춘전』은 그러한 사상적 모습을 잘 반영하고 있다고 할 수 있다.

王勸가에 벙어리 딸로 환생한 자춘이 성장하여 절세의 미녀가 되었다. 드디어 노규盧珪라는 진사進士가 자춘의 미모에 반해 구혼했다. 왕가에서는 벙어리라고 거절해도, 노규는 "아내로서 현명하다면 어찌 말이 필요하겠습니까. 이는 말 많은 여자들에게 교훈을 줄 수도 있습니다(苟爲妻而賢、何用言矣亦足以戒長舌之婦)"라며 환생한 벙어리 딸과 결혼에 성공한다. 부부는 금슬이 좋았고, 아들까지 낳았다. 어느 날 노규는 아이를 안고 부인에게 말을 걸었다. 그러나 아무리 말을 해도 아내가 대답이 없자 바보 취급을 당했다고 생각한 노규는 격노하여 아들의 머리를 돌로 치니 피가 사방으로 튀었다. 그때, 자춘은 엉겁결에 "앗!"하고 소리를 질렀다. 이 장면을 "자춘은 사랑의 마음이 생겨 무심코 도사와의 약속을 잊어버리고 앗!

---

52 村山修一,『本地垂迹』, 吉川弘文館, 1993, p.40.

하고 소리를 질렀다(子春愛生于心忽忘其約不覺失聲云噫)"라고 기술하고 있다. 어떤 시련도 잘 참아왔던 자춘은 자식의 비극을 목격하고 모성애 때문에 결국 도사와의 약속을 어겨버렸던 것이다. 장면은 바뀌어서, 자춘은 원래의 운대봉 수련 장소에 단정히 앉아 있었고, 그 앞에 있던 도사가 화를 내며 다음과 같이 말하는 것이었다.

　너의 마음은 기쁨, 분노, 슬픔, 두려움, 악, 욕은 모두 잊어버렸다. 아직 잊어버리지 못하는 것은 '사랑'뿐이다. 아까처럼 네가 만약 '앗'하고 소리를 내지 않았더라면 나의 약은 완성되고 마찬가지로 너도 선인이 되었을 것이다. 아, 선인의 재능은 얻기 어려운 것이구나. 나의 약은 다시 만들 수는 있지만, 너의 몸은 역시 속세에 있게 될 것이다. 잘 견디어라.
　吾子之心喜怒哀懼惡欲皆能忘也所未臻者愛而已向使子無噫聲吾之藥成子亦上仙矣嗟乎仙才之難得也吾藥可,重煉而子之身猶爲世界所容矣勉之哉。[53]　　　　　　　　　　　　　　　　　(『두자춘전』)

　두자춘을 시험하는 것은 '좌망坐忘'이라는 수행으로, 사마승정司馬承禎의 『坐忘論』에 따르면, 좌망에는 오점문五漸門·칠계七階·삼계三戒)가 포함되며, 삼계란 간연簡緣(속세의 인연을 멀리함)·무욕無欲·정심靜心을 가리킨다. 즉 인간관계의 간소화, 무욕, 모든 감정에서 자신을 해방하고 마음을 조용히 통일하는 것이다. 부모자식도 知己도 없고, 喜怒哀樂惡懼愛 등의 常情에서 벗어나 어떤 일, 어떤 것에도 지배받지 않는 심적 상태를 유지, 선인이 되는 수행을 더해가는 것이다.

53 정환고, 『두자춘전』(陳蓮塘編『唐人說薈』一名, 『唐代叢書』把秀軒藏板), pp.51-52.

결국 도사는 자신의 계명을 어긴 자춘을 돌려보냈다. 자춘은 약속을 지키지 못한 자괴감을 견디지 못해 노력해 보려고 다시 한 번 운대봉에 올라갔지만, 그 길을 찾을 수 없어 탄식하며 되돌아올 수밖에 없었다.

이상으로 출전 『두자춘전』의 시련과 파계 그리고 결말의 내용과 사상성에 관해 살펴보았는데, 중요한 내용은 '① 대장군이 자춘의 처를 데리고 와서 고통을 가하며 자춘이 말하기를 명령했으나 끝내 자춘은 아무 말도 하지 않는다. ② 죽은 후 지옥에 떨어져 모든 고초를 당하나 말을 하지 않자 인간 세계의 여자로 환생하게 된다. ③ 여자로 환생한 자춘은 아들을 낳지만 아들의 위기 앞에서 결국 말을 한다. ④ 도사의 계명을 어긴 자춘은 결국 도사에게 버림을 받고 속세로 돌아온다'로 정리된다.

동화 『두자춘』에서 가장 두드러지게 변경된 부분은 다음과 같다.

첫 번째, 출전의 ①에 해당하는 자춘의 처의 고문 장면이 생략되고 바로 두자춘은 지옥의 염라대왕 앞으로 떨어지게 되는 부분이다. 단 자춘의 처의 고문 장면은 어머니의 고문으로 「고문상황」이 활용되고 있다.

두 번째, 출전의 ②, ③에서 보이는 「여자로의 환생」 모티브가 『두자춘』에서는 생략되었다. 자춘을 왕가에 환생시킨 것은 불교의 윤회사상과 음양설에 의한 것이다. 갈조광葛兆光은 『도교와 중국문화』에서

> 하늘은 양의 성질이기 때문에 높다. 땅은 음의 성질이기 때문에 낮다. 하늘은 양에 속해서 같은 양에 속하는 君·父·夫·男과 관련된다. 땅은 음에 속한다. 그러므로 같은 음에 속하는 地·母·婦·女와 관련이 있다.[54]

---

54 葛兆光, 『道敎と中国文化』, 東方書店, 1993, p.40.

라고 설명하고, 음양의 상징은 원시천왕元始天王과 태원성모太元聖母사이에 태어난 태진서왕모太眞西王母와 부상대제扶桑大帝이고, 이 두 사람이 부부가 되어 천・지・인의 三皇을 낳아, 도교가 일어났다고 논하고 있다. 아쿠타가와가 이러한 '여자로의 환생' 모티브를 생략한 이유로는 우선 이 작품이 동화이기 때문에 어려운 불교 교리로써의 윤회전생으로 인한 性의 뒤바뀜, 및 남존여비 사상과도 관련된 음양설 부분은 이해시키기 어렵고 내용상 걸맞지 않다고 생각했기 때문으로 판단된다.

세 번째, 출전의 ③에서는 여자로 환생한 자춘이 아들의 죽음을 목격하고 계명을 파계한 것에 반해『두자춘』에서는 자춘이 부모, 특히 어머니의 고통을 목격하고 계명을 파계한 것으로 변경되었다. 즉,『두자춘』에서는 지옥에 떨어진 자춘이 귀신이나 염라대왕 앞에 끌려가 무서운 협박을 받지만, 지옥의 고통에도 견디며 말도 소리도 내지 않았다. 자춘의 앞에 돌아가신 부모님이 야윈 말의 모습으로 끌려와 채찍질에 살이 찢어지고, 뼈는 부서져 간신히 숨이 붙어 있을 정도였다. 필사적으로 철관자의 말을 지키려는 두자춘의 귀에 희미하게 어머니의 목소리가 들린다.

걱정하지 말라. 우리들은 어떻게 되어도 너만 행복해진다면 그것보다 좋은 건 없으니까. 대왕이 뭐라 해도 말하고 싶지 않은 것은 입을 다물고 있어라.

心配をおしでない。私たちはどうなつても、お前さへ仕合せになれるのなら、それより結構なことはないのだからね。大王が何と仰つても、言ひたくないことは黙つて御出で。[55]　　　　　　　（『두자춘』）

55『芥川全集第六卷』, p.269.

그리운 어머니의 자애와 희생이 담긴 목소리를 듣는 순간 자춘은 계명을 잊어버리고 "어머니!"라고 외친다. 이는 인간으로 회귀回歸하는 아쿠타가와의 절규라고도 할 수 있다. 또한 자식에 대한 무한의 모정 앞에서는 어떠한 '좌망'도 불가능하다는 인간의 한계도 보여준다. 출전인 『두자춘전』에서도 자식에 대한 애정 때문에 계명을 파계하는 바, 두 작품 모두 모자간의 애정이 강조되었다는 점은 동일하다 하겠다.

네 번째, 출전 ④에서는 도사의 계명을 어긴 자춘이 결국 도사로부터 버림을 받고 후회하나, 『두자춘』에서는 비록 선인은 되지 못했으나 철관자에게 상을 받고 자춘은 평온한 속세 생활을 하게 되었다는 점이다.

자춘이 정신을 차리고 보니, 그는 석양을 맞으며 낙양 서문 아래에 서있었다. 모든 것이 아미산에 가기 전과 똑같았다. 그 때 외사시 노인이 나타나 "어떤가? 내 제자는 물론이고 도저히 선인이 되지는 못하겠군"라고 웃으며 말한다. 이 미소는 철관자의 예상대로 두자춘이 파계한 것에 대한 긍정의 미소이리라. 『두자춘전』의 도사가 수행에 실패한 두자춘에게 실망하여, 분노를 표현하는 것과는 대조적이다.

노인의 질문에 『두자춘』의 자춘은 지옥에서 목격한 부모님을 외면하면서까지 선인이 되고 싶지는 않았다고 한다. 노인은 만족스러운 듯이 만약 자춘이 마지막까지 입을 열지 않았다면 목숨을 빼앗을 생각이었다고 말한다. 그리고 자춘에게 앞으로 어찌 살는지 물었다.

무엇이 되더라도 인간답게, 정직하게 살 생각입니다.
何になつても、人間らしい、正直な暮しをするつもりです。 [56]　(『두자춘』)

56 『芥川全集第六卷』, p.271.

그러자 두자춘에게, "그 말을 잊지 말라. 두 번 다시 너와 만나지 않으니까(その言葉を忘れるなよ。二度とお前に遇わないから)"라며, 泰山[57] 남쪽 기슭에 복사꽃으로 둘러싸인 집을 한 채 준다고 말하였다.

『두자춘전』의 두자춘은 시련에 실패한 것을 한탄하며, 좌절감에 빠져 침울해 하지만, 『두자춘』의 주인공은 인간답게 사는 길을 택했기 때문에 선인이 되지 못한 것에 대해 아무런 미련을 갖고 있지 않다. 여기서 인간의 존엄을 확인한 두자춘의 모습을 볼 수 있으며, 작가는 속세에서 인간성을 유지하면서 살아가는 존귀함을 독자에게 강조하고 있다.

흥미로운 대목은 노인이 두자춘에게 「泰山 남쪽 기슭에 있는, 복사꽃으로 둘러싸인 집」을 주겠다는 장면이다. 고대부터 태산은 불로장생하는 신선들이 살고 있다고 알려진 명산이다. 태산은 인간의 수명을 관장하는 동악신東嶽神의 거처로, 3월 18일부터 28일까지 축제가 있고, 중국인이 평소 부모의 장수를 기원하거나, 死者가 나온 집에서는 진혼을 위해 기도를 하러 가는 곳이기도 하다. 또 복숭아는 『회남자淮南子』詮言訓의 허신許慎의 注에 「귀신은 복숭아를 두려워한다」[58]고 했다. 『형초세시기荊楚歲時記』에도 "정월 초하루에 복숭아 탕을 복용한다. 복숭아는 오행의 情, 사귀邪鬼를 잘 물리치고 百鬼를 제어한다"라고 했다. 또한 도연명陶淵明의 작품 『도화원기桃花源記』에서 묘사한 무릉도원은 복숭아꽃이 만발한 별천지이다. 늙지도 병들지도 죽지도 않는 사람들 즉 신선들이 살고 있는 곳이다. 西王母를 비롯한 長生不死의 선녀들만 산다는 요지 궁에도 사철 복사꽃이 가득 피어 있다.

복사꽃에 둘러싸인 집은 사대부·문인들이 바란 幽玄·淸閑한 이상향

---

57 『芥川全集第六巻』, p.370. 山東省の中央部, 黄河の南岸にそびえる山。標高1524メール。景勝の地であり, また古来天子の祭るべき聖山として崇拝を受けた。
58 葛兆光, 위의 책, p.91.

의 상징이다. 아동은 "泰山 남쪽 기슭에 복사꽃으로 둘러싸인 집"이 무엇을 의미하는지는 모를 것이다. 아쿠타가와가 선인이 되지 못한 두자춘에게 이 같은 생활 기반을 준 이유는 자춘처럼 "인간답게" 살면, 행복한 미래가 있을 것이라는 꿈을 아동들에게 전하고 싶었기 때문이리라.

3.7 결론

이상, 唐의 소설 『두자춘전』과 동화 『두자춘』을 비교하여 작가의 소재활용과 창작양상에 대해 고찰하였다. 그 결과를 정리하면 다음과 같다.

첫 번째, 원전인 『두자춘전』은 여러 판본이 있어, 과연 아쿠타가와가 어떤 『두자춘전』을 출전으로 삼았는지를 밝히는 문제가 중요하다. 이에 필자는 아쿠타가와의 구 장서목록 중 『두자춘전』이 수록되어 있는 『당대총서』(初集, 天門渤海家藏原本)가 출전일 가능성이 높다고 판단하였고, 또한 『당대총서』의 내용과 한국국립중앙도서관 장서 淸 1792(乾隆57)년 山陰 蓮塘居士 편찬 『唐人說薈』가 동일한 것임을 확인하였다.

두 번째, 동화 『두자춘』의 원전은 『당대총서』(『唐人說薈』)이지만 『두자춘』의 세부적인 내용을 살펴보면, 『全唐詩』권858, 『楊文公談苑』(呂洞賓詩), 『支那仙人列傳』(쇼지 다쓰사브로東海林辰三郎) 등 작가가 다양한 서적도 참고하여 인용한 것을 확인할 수 있었다.

세 번째, 변경의 양상에 관해서이다. 주요 장면을 열거하면 먼저 출전의 고문 장면이 생략되고(단, 자춘의 처의 고문 장면은 어머니의 고문으로 바뀜), 출전의 「여자로의 환생」 모티브가 『두자춘』에서는 생략되었다. 생략한 이유로는 작가가 동화라는 장르를 의식하여 이해하기 어렵고 동화로

써 걸맞지 않은 내용으로 간주했기 때문인 것으로 판단된다. 또한 출전에서는 여자로 환생한 자춘이 아들 때문에 파계한 것에 반해 『두자춘』에서는 어머니 때문에 파계한 것으로 변경되었다. 마지막의 출전은 도사로부터 버림을 받으나 『두자춘』에서는 오히려 선인에게 칭찬을 받아 복사꽃에 둘러싸인 집을 얻게 되는 점 등을 들 수 있다.

네 번째, 소재활용과 재구성을 통해 아쿠타가와는 현세의 인간애를 더욱 강조했다는 점이다. 출전인 『두자춘전』은 두자춘이 모진 시련을 겪으며 실패하는 과정을 통해 결국 선인이 된다는 것은 보통 사람에게는 어려운 일이라는 것을 이야기해 주고, 모성애야말로 인간의 여러 감정 속에서 가장 끊기 어려운 본능이라는 것을 암시하고 있다. 이에 반해 동화 『두자춘』에서 아쿠타가와는 부모가 고통을 당하는 장면에서 파계한 두자춘에 대해 선인의 입을 빌려 "그 때 만약 말을 하지 않았다면 죽이려 했다"고 한다. 선인은 "인간답게 정직하게 살겠다"고 선언한 두자춘에게 泰山의 복사꽃으로 둘러싸인 집을 준다. 결국 아쿠타가와는 현실을 떠난 개인이 득도한 仙界대신 어울려 사는 인간 세계로 무게중심을 바꾸었고, 구체적으로는 모성애, 어머니에 대한 孝의 관점을 부각하여 강조하였다. 상기의 소재활용의 변경, 주제의 변화 등에 관해 공통적으로 논할 수 있는 것은 역시 작가가 본 작품을 '동화'로써 의식하고 집필했다고 하는 점이다. 원작의 寒氣를 느끼게 하는 冒頭와 후회로 가득한 두자춘을, 봄의 冒頭로 시작하여 복사꽃 피는 집에서 행복한 미래를 살게 될 두자춘으로 변경한 부분에서 작가가 동화에 대한 장르를 얼마나 의식하고 있는지를 실감할 수 있었다. 기존의 『두자춘』에 대한 부정적 평가는 출전과의 비교가 철저하지 못했거나, 혹은 동화라는 장르를 염두에 두지 않았던 것으로 보여 더 적극적인 재평가가 이루어져야 할 것이다.

/ 제4장 /

기독교 문헌과
『오가타 료사이 상신서尾形了斎覚え書』

아쿠타가와 류노스케芥川龍之介 문학에
나타난 소재활용 방법 연구

제4장 기독교 문헌과 『오가타 료사이 상신서尾形了斎覚え書』

4.1 서론

아쿠타가와 문학에는 기리시탄물吉利支丹物로 일컬어지는 작품 군이 있다. 첫 번째 『담배와 악마(1916.11)』에 이어, 두 번째 작품『오가타 료사이 상신서尾形了斎覚え書』(以下『오가타 상신서』로 약칭)는 아쿠타가 류노스케芥川龍之介가 1916(大正5)년 12월 7일에 탈고하여『신조新潮 (1917.1)』에 발표한 서간체 단편 소설이다. 江戸시대(1603-1867)의 기리시탄의 背教와 기적을 소재로 한 작품이다.

나카무라 고게쓰中村孤月는 『오가타 상신서』가 발표된 후, "정교하게 묘사되었어도, 문학적 가치는 매우 부족하다. 해군기관 학교 교관의 취미는 문단에 필요 없다"[1]라며 혹평을 하고 있다. 에구치 칸江口渙도 "『료사이 상신서』는 중심을 잡아내는 방식이 불안한데다 전체적으로 위축되어 있다"[2]

---

1 中村孤月,「一月の文壇」(一)「読売新聞」1917. 1. 13.
2 江口渙,「芥川君の作品」(「東京日日新聞」1917. 7. 1.)

101

로 비판적이다. 그러나 한편 시대를 뛰어넘어 사카모토 히로시坂本浩는 "간결한 서간체로 담담하게 서술하고 있지만, 농촌 여성의 아름다운 혼은 절절한 여운을 남기며 빛나고 있다"[3]라고 매우 감동적인 소설로 높이 평가하고 있다. 다양한 견해를 보이고 있다.

본 장에서는 배교와 기적 중 어디에 중점을 두어 작품이 창작되었는지를 검토하고, 소재활용의 방법, 작품의 주제를 분명히 하고자 한다. 즉, 아쿠타가와가 참고한 『일본서교사日本西教史』・『내정외교충돌사内政外教衝突史』와의 관련성[4]과 『성서聖書』등의 자료를 분석하여, 어느 부분이 취사선택 되었는지를 조사하여, 작품의 사실과 허구를 고찰하고자 한다. 『오가타 상신서』의 구성은 시노의 배교인 전반부와 딸 사토의 소생이라는 후반부의 기적으로 나눌 수 있다.

『오가타 상신서』의 내용을 요약하면 다음과 같다.

의사 오가타 료사이에게 농민 요사쿠与作의 미망인 시노篠가 중병에 걸린 딸 사토里(9세)의 진찰을 부탁하러 왔으나 기독교도라는 이유로 거절당한다. 처음엔 돌아가지만 이튿날 다시 찾아와 진찰을 부탁한다. 료사이는 배교를 한다면 진찰해 주겠다는 조건을 제시한다. 그래서 시노는 배교의 증거로 품 안에서 십자가를 꺼내어 세 번 밟는다. 료사이는 약속대로 딸 사토를 진찰하지만, 급성 열병으로 이미 시기를 놓친 상태였다. 시노는 딸도 잃고, 데우스(천주)도 잃어버려 비탄에 빠져 실성하고 만다. 이튿날 료사이는 다른 환자를 진찰하기 위해 시노의 집 앞을 지나고 있는데, 사람

3 坂本浩,「きりしたん物」『国文学 解釈と鑑賞』, 至文堂, 1958. 8.
4 아쿠타가와가 「貝多羅葉 2」에 『일본서교사日本西教史』,『내정외교충돌사内政外教衝突史』,『山口公教會史』의 기술을 메모했음을 石割透의 「芥川龍之介について気付いた二, 三のこと」(『駒沢短期大学研究紀要』, 1999. 3.)에 의해 밝혀졌다.

들이 많이 모여 있기에 집안을 들여다보니 시노 곁에서 신부 로드리게 일행이 시노의 참회를 들은 후, 기도 끝에 사토가 소생하는 현장을 목격한다. 그 후, 시노와 사토는 신부 로드리게와 함께 이웃마을로 옮겨지고, 시노의 집은 慈元寺의 주지 스님 닛칸日寛 님의 조처로 불태워진다.[5]

4.2 1608년 전후 금교령 시대의 배경

『오가타 상신서』의 시대배경은 어느 시기였을까. 시노에 대한 '마을 추방'이 논의되고는 있지만, 시노가 혹독한 박해를 받고 있지 않다. 무엇보다 신부와 일본인 3명이 대낮에 마을에서 십자가 내지 향로를 들고 할렐루야를 거듭 외치며 의식을 행하고 있다. 위와 같은 사실로 미루어 볼 때, 이요伊予 지방愛媛縣 우와 군宇和郡이 중앙인 에도에서 먼 시골인 탓도 있겠지만 기리시탄에 대한 박해는 심하지 않았다고 판단된다.

1549년 8월 15일 예수회[6]의 프란시스코 자비엘은 가톨릭 포교를 위해 사쓰마薩摩[7]에 상륙했다. 선교사들은 영주들에 접근하여 포르투갈과의 무역을 알선하는 등 가톨릭을 전도하여 기리시탄영주가 등장했다.

오다 노부나가織田信長(1534-1582)[8]는 1571년 천태종天台宗의 총본산인

---

5 본문에 인용된 『오가타 상신서』는 이시준의 번역을 참고함. 『芥川全集第一巻』, 제이앤씨, 2009, pp.201-207.

6 川村邦光, 『すぐわかる日本の宗教』, 東京美術, 2000, p.103. 1534년 가톨릭의 쇄신을 목표로 로욜라San Ignacio de Loyola(1491-1556)가 결성한 남자 수도회. 木村博一 外5名, 『歷史基本用語集』, 1994, p.110, 순결・청빈・복종을 맹세하고, 엄격한 군대조직으로 가톨릭교의 세력을 회복하기위해 열심히 선교했다. 특히 아시아의 포교에 힘썼다.

7 木村博一 外5名, p.180, 사쓰마・오스미大隅의 두 지방으로, 후에 류큐琉球를 지배. 영주는 대대로 시마즈島津 씨로 봉록 77만석. 藩政개혁에 성공, 서양식 軍備, 藩營 공장을 건설했다. 幕末에 사이고 타카모리西鄉隆盛등이 막부를 쓰러뜨렸다.

히에산比叡山의 엔랴쿠지延曆寺를 초토화 시켰다. 절의 당탑 가람堂塔伽藍을 재로 만들고 승려뿐만 아니라 전란을 피해 도망 온 주민도 죽였다. 그 수는 3, 4천명이었다고 한다. 이시야마 혼간지石山本願寺는 10년에 걸쳐 노부나가와 싸웠다. 승리한 노부나가는 강대한 권력을 가진 불교 교단을 탄압했다. 노부나가는 1576년 교토에 남만사南蠻寺 건설을 허가하였다. 그의 이러한 조치는 유럽문화에 대한 흥미도 있었지만 가톨릭을 장려하는 것이 불교도들의 영향력을 약화시킬 수 있다는 수단으로 생각했기 때문이다. 16세기 후반 경의 기리시탄의 수는 20만이었다. 그러나 노부나가는 신자가 아니었다. 가톨릭에 대한 그의 입장은 종교세력 위에 정치권력을 놓고 스스로를 우주의 창조주로 군림했다. 예수회의 프로이즈는 神仏을 부정한 노부나가가 스스로를 '神的 생명'을 가진 '不滅의 主'라고 선언하여 숭배되었다고 전했다. 노부나가는 아즈치에 소켄지總見寺를 건립하여, 神으로 예배되기를 원했으며 살아있는 동안 스스로를 神이라 했다.

도요토미 히데요시豊臣秀吉(1536-1598)[9]는 1587년 '신부 추방령'에서, 일본은 神國임으로 邪法인 기리시탄을 금지한다며 신부들을 20일 이내에 일본에서 퇴거할 것을 命했다. 예수회는 잠복하여 선교를 보류하였지만, 스페인계의 프란시스코회[10] 선교사는 공공연히 포교를 했다. 그러나 1596

---

8 위의 책, p.115. 오와리尾張 지방愛知県의 戦国大名. 1568년에 아시카가 요시아키足利義昭를 받들어 교토에 들어갔고, 73년에 室町 막부를 멸망시켰다. 교토 주변을 평정하고 아즈치安土 성을 세워 천하통일을 꾀했다. 또한, 延曆寺를 불태우고 일향종─向宗 봉기를 잠재웠다. 부하인 아케치 미쓰히데明智光秀에게 공격당해 교토의 本能寺에서 자결했다.
9 위의 책, p.117. 오와리 지방의 농민 출신. 本能寺의 변 후, 아케치 미쓰히데를 비롯한 유력한 여러 무장을 누르고 1590년에 천하통일을 완성했다. 관백·태정대신이 되어 조정에서 豊臣의 성을 받았다. 兵農 분리를 진행하여 봉건사회를 확립시켰다. 만년의 조선 출병은 실패했다.
10 川村邦光, 『すぐわかる日本の宗教』, 東京美術, p.103, 2000. 1209년에 창립된 가톨릭

년 스페인 상선 산뗄리페サン・フェリペ호[11]사건 후 사태가 급변하였다. 스페인이 프란시스코회와 공모하여 일본 정복을 꾸민다는 중상에 의해 프란시스코회 선교사, 일본인 예수회 신부, 기리시탄이 체포되었고, 1597년 2월 나가사키長崎에서 26명이 처형되었다. 1862년 교황청은 일본 최초의 순교자들을 '26성인의 순교'라 칭했다. 히데요시도 死後에 神이 되었다.

도쿠가와 이에야스德川家康(1542-1616)[12]는 히데요시의 禁教 정책을 계승했지만, 그 정책이 처음부터 적대적 노선은 아니었다. 그 예로 "교토 南蛮寺가 파괴되어, 1604년에 로드리게스João "Tçuzu" Rodrigues(1561?-1633)[13]가 이에야스의 再建 허가를 얻어 新南蛮寺가 완성"되었다고 신무라 이즈루新村出(1876-1967)는 「京都南蛮寺興廃考」[14]에서 지적한다. 1605년에 천주교 포교를 금지하였지만, 실제로는 대외 무역 때문에 선교사 활동을 묵인[15]한 상태였다. 『오가타 상신서』가 제출된 해가 신년申年 3월 26일로 기록되어 있기 때문에 1608(慶長13)년임을 산출算出할 수 있다. 정부의 감시 하에 있으면서 포교를 지속할 수 있었던 시대에 『오가타 상신서』가 당국에

수도회. 「탁발托鉢 修道會」라고도 불린다. 일본포교를 두고 예수회와 대립하였다.

11 위의 책, p.103. 도사土佐 浦戸(高知県)에 표착한 스페인 선박을 히데요시의 부교奉行 마시타 나가모리增田長盛가 수색하여 짐을 몰수하고 승무원을 구류한 사건. 이 선박의 수선 안내인의 발언이 '26성인의 순교'로 발전했다.

12 木村博一 外5명, 『歴史基本用語集』, p.122. 에도 막부의 초대 장군. 1603-05년 재직. 세카가하라関ヶ原의 전투에서 승리하여 전국 지배의 실권을 장악했다. 1603년에 征夷大將軍에 임명되어 에도막부를 열었다. 장군을 히데타다秀忠에게 양위한 후에도 정치를 행하여 15년에는 도요토미豊臣를 멸망시키고 완전히 전국을 평정하였다.

13 로드리게스는 포르투갈 예수회 신부로 소년 때 일본으로 와 1580년에 예수회에 입회, 일본어에 능통하여 히데요시의 통역을 담당하였다. 이후 히데요시의 신임을 얻어 회계 책임자로서 무역에 크게 관여하였으나, 후에 음모에 의해 1610년 마카오로 추방당했다.

14 平岡敏夫, 『芥川龍之介と現代』〈母〉を呼ぶ声, 大修館書店, 1995, p.183, 재인용.

15 川村邦光, 『すぐわかる日本の宗教』, pp.102-103.

보고된 것이다. 『오가타 상신서』에서 공공연히 대낮에 의식을 행할 수 있었던 것은 이러한 시대적 상황을 반영하고 있다고 판단된다. 17세기 초두 기리시탄은 70만 명에 이르렀다.

이와 같이 영주에서 민중까지 기리시탄으로 개종된 배경은 다음과 같다.

1549년 사쓰마에 도착한 선교사들은 빈민에게 식사를 베풀고, 병원을 세워 의료 활동에 종사하여 민중 사이에서도 개종하는 자가 속출했다. 노부나가와 영주들은 막강한 정치권력을 가진 불교도들을 탄압하기위해 가톨릭을 옹호하였다. 또 예수회의 순찰사들은 神學院을 세워 일본인 성직자를 양성하고, 일본어・문화를 배워 실정에 맞는 전도를 했다. 영주나 무사는 예수회 선교사들이 복종의 미덕을 강조하며 열심히 포교하는 그들의 생활이 자신들의 삶의 방식과 유사함을 본 점도 이유 중 하나이다.

에도막부가 안정되자 이에야스는 반가톨릭 노선으로 기울기 시작했다. 그 계기는 1612년에 발생한 오카모토 다이하치岡本大八 사건이었다. 오카모토는 혼다 마사즈미本多正純를 섬긴 기리시탄 무사로 1609년 기리시탄 영주 아리마 하루노부有馬晴信(1567-1612)[16]에게 나가사키港外에서 포르투갈 선박(Madre de Deus호)을 격침한 공을 막부에 上申할것을 구실로 뇌물받은 것이 발각, 체포되었다. 그러나 하루노부가 前年 나가사키부교奉行 하세가와長谷川를 독살한 舊惡을 막부에 上申했기 때문에 둘 다 처벌되어, 하루노부는 영지 몰수, 가이甲斐에 유배되고, 다이하치는 1612년 슨푸駿府에서 화형에 처해졌다. 이 오카모토 다이하치 사건은 以後 막부의 기리시탄 탄압, 禁制정책의 불씨가 되었다. 1612년 4월 이에야스는 2대 쇼군 히데

---

16 木村博一 外5명, 『歷史基本用語集』, p.113. 九州의 기리시탄 영주. 히젠肥前(長崎県) 아리마有馬의 성주. 13세 때 세례를 받았고, 1582년에 오토모 소린大友宗鱗・오무라 스미타다大村純忠와 함께 소년 사절을 로마에 보냈다.

타다秀忠(1579-1632)의 命으로 江戶·京都·슨푸駿府 등, 직할지에 대해서만 교회 파괴와 포교의 금지를 명했다. 일본에서 정책적으로 기독교 탄압이 시작된 것은 1612년 금교령부터이다. 1613년 幕府는 전국적으로 기리시탄 금교령을 공포하였다. 시코쿠四國의 伊予 지방까지 禁敎令이 내려진 것은 1613년 이후이다.

1614년 저명한 기리시탄 영주 다카야마 우콘高山右近(1552-1614)이 마닐라에 추방, 1615년 선교사들도 마카오와 마닐라로 추방되었다. 1619년 10월, 히데타다의 命에 의해 12명의 아이를 포함한 53명이 처형된 '교토의 대순교'가 있었고, 1622년 9월 나가사키·에도에서 55명의 신도가 처형된 겐나元和의 대순교가 있었다. 1629년경부터 나가사키에서 시작된 후미에로 기리시탄 적발이 행해졌다. 1633년 3대 쇼군 이에미쓰家光(1604-1651)는 기리시탄 섬멸을 목적으로 쇄국을 공포했다. 그는 祖父 이에야스를 神君으로 尊崇하였는데, 꿈에 이에야스가 神으로 나타났다고 말했다. 1634년 이에미쓰의 命으로 도쇼궁東照宮의 大造營이 개시되어, 1년 5개월 만에 堂舍가 완성됐다. 닛코日光도쇼궁은 다이곤겐大權現으로 이에야스를 祭神으로 받들고 있다. 이에야스도 사람을 神으로 제사지내는 靈神信仰에 근거하여 막부와 국토를 위한 守護神이 되었다.

1637년 막부의 기리시탄 탄압과 압정에 불만으로 농민 봉기인 시마바라島原의 난[17]이 일어났다. 그 후 기리시탄을 고발한 자에게 포상제를 전국적으로 시행하고 밀고를 장려했다. 배교할 경우에는 피로 각서를 쓰게 하고,

---

17 木村博一 外, 위의 책 p.128. 1637-1638. 九州의 아마쿠사天草·島原 지방에서 일어난 기리시탄을 중심으로 한 농민 봉기. 막부의 기리시탄 탄압에 불만을 품은 농민들이 일어나 아마쿠사시로 토키사다天草四郞時貞를 총대장으로, 浪人도 가담하여 반항하였다. 약 3만 8천 명의 농민이 약 90일간 싸웠지만 패하였다. 그 후 기리시탄 단속이 더욱 심해졌다.

본인은 물론 친족, 그 자손까지 감시당했다. 또 五人組制度[18]를 활용해 그중에서 한사람이라도 기리시탄이 생기면 전원 처벌했다. 에도막부는 기리시탄을 철저하게 탄압하는 방침을 취함과 동시에 불교나 神道를 정치권력에 종속시켜 통제하는 정책을 강행하였다. 슈몬아라타메宗門改め[19]와 단가檀家제도(불교신자임을 사원에서 보증)의 확립이 종교 통제의 근간이 되었다. 1640년 막부는 종문개소宗門改所를 설치하고, 여러 藩에도 담당관을 두라고 명하였다. 그리고 기리시탄이 아닌 것을 증명하기 위해 종문인별개장宗門人別改帳[20]을 작성시키는 등 사회제도를 통해 본격적으로 기리시탄을 검거, 축출하기 시작했다. 그러나 불교도를 가장하여 몰래 신앙을 지키는 자도 있어 이들을 가쿠레潛伏; 잠복 기리시탄이라고 불렀다. 당시 그들은 숨어서 성모 마리아像을 관음보살로 위장한 '마리아관음'에게 예배를 드렸다. 아쿠타가와도 나가사키 여행에서 입수한 마리아 관음을 평생 곁에 두고 있었다. 그는 『黒衣聖母』(1920. 5.)에서 할머니가 토광에 있는 신사의 문을 열자 마리아 관음이 있었다. 할머니는 마리아 관음 앞에서 홍역에 걸린 모사쿠(8세)를 살려달라고 기원했다. 아쿠타가와는 가쿠레(잠복) 기리시탄을 소재로 『黒衣聖母』를 집필하였던 것이다.

---

18 木村博一 外, 『歷史基本用語集』, p.130. 에도시대, 농민이나 상공업자를 통제하고 사회의 치안을 유지하기 위해 제도화 시킨 조직이다. 농민・상인 다섯 집을 한 組로 하여 年貢의 완납・범죄 방지・기리시탄 단속 등으로 연대책임을 지게 했다.
19 木村博一 外, 위의 책, p, 127. 기독교 신앙을 금지하기 위해 취한 정책. 1640년 막부는 직할령에 슈몬아라타메 담당관을 설치하고 모든 주민은 반드시 어딘가의 절에 소속시켰다.
20 木村博一 外, 위의 책, p,127.매년 슈몬아라타메를 행하고 집집마다 어느 절에 소속되어 있는가를 증명하는 장부. 호주戶主・가족부터 奉公人까지 등록했기 때문에 호적의 역할도 했다.

4.3 母性을 구현하는 기리시탄 시노篠

시노는 기리시탄이 된 후 9년 간 마을에서 살고 있었다. 이단시되면서도 배척당하지 않았던 것은 선교사 활동이 묵인된 시대였기 때문이다. 시노의 집을 불태운 것은 '기적'을 나타낸 사토의 소생이 마을 안에서 얼마만큼의 파급효과를 주었는지를 말하고 있다. 그래서 권력자들은 이것을 철저히 무시하고 마을의 규범을 따르는 조치를 몸소 시행한 것이다. 체제 속에서 삶을 영위하는 료사이가 의사의 권위로 사토의 소생을 '사법'이라고 단정한 것도 권력자에 속한 속성이라 할 수 있다.

이 시노라는 자는 농부 소베에의 셋째 딸로, 10년 전 요사쿠와 혼인하여 사토를 낳았습니다만, 곧 남편을 잃고 개가를 하지 않은 채 베를 짜거나 삯일을 해서 그날그날 생계를 잇는 자이옵니다. 그런데 무슨 일인지 요사쿠가 병사한 이후 오로지 기리시탄 종파에 귀의하여 이웃 마을 신부인 로드리게라고 하는 자의 거처에 빈번히 드나들어, 마을 내에서도 신부의 첩이 되었다고 소문을 내는 자도 있었습니다.

右篠と申候は、百姓惣兵衛の三女に有之、十年以前与作方へ縁付き、里を儲け候も、程なく夫に先立たれ、爾後再縁も仕らず、機織り乃至賃仕事など致し候うて、その日を糊口し居る者に御座候。なれども、如何なる心得違ひにてか、与作病死の砌より、専ら切支丹宗門に帰依致し、隣村の伴天連ろどりげと申す者方へ、繁々出入致し候間、当村内にても、右伴天連の妾と相成候由）。[21]　　（『오가타 상신서』）

---

21 『芥川全集第二巻』, p.47.

시노는 재혼이 일반적이었던 시대에 젊은 과부로 수절하였고, 남편의 병사 후, 곧 천주교에 귀의하여 마을의 규범을 일탈하고 있다. 젊은 과부임으로 신부의 첩이라는 비난도 받은 것이다. 한편, 신부 로드리게는 1604년 南蛮寺 재건을 이에야스에게 부탁한 로드리게스를 연상케 한다.

시노는 '아버지 소베에를 비롯하여 형제들 모두 여러 가지 충고를 했지만 그녀는 굽히지 않았고 남편 요사쿠의 묘지 참배마저 소홀이 하여 지금은 친척들과도 의절하기에 이른다. 더욱 마을 사람들도 마을 밖으로 추방해야 한다고 때때로 의논'하였다. 즉, 기리시탄이 되어 남편 성묘를 소홀이 한 그녀는 혈연, 지연에게조차 배척당했다. 그녀가 신앙을 가진 것은 무슨이유일까? 료사이의 기술에서 보면 그 요인은 남편의 병사 외에는 없다. 남편의 죽음은 여자에게 있어 경제적·정신적 지주를 상실한 형용할 수없는 상처이다. 그녀가 정신적 공동체인 기리시탄이 된 것은 어찌 보면당연한 귀결이라 할 수 있다. 한편 배교를 강요당했을 때, 그녀가 토로한 "기리시탄 종문의 가르침에는 한번 개종하면 혼과 몸이 모두 영원히 멸한다"는 말은, 영혼의 불멸을 믿는 시노의 강한 신앙을 말하고 있다.

다음은 아쿠타가와의 기리시탄물切支丹物 중 小篇으로 초기 미발표작인 『南蛮寺』(仮)의 내용이다.

교토에 南蛮寺라는 천주교 사원이 있었을 때의 이야기이다. 그 南蛮寺의 문지기가 전염병에 걸려 죽은 후, 妻와 일곱 살 된 딸이 남아 있었다. 그래서 南蛮寺의 신부는 문지기 역할을 그 처에게 시켰다. 젊은 여자의 몸으로 남편을 잃은 것과 평소 신앙심이 깊어 동정을 샀기 때문이다. 모녀의 나날은 종소리와 함께 시작하고 종소리와 함께 저문다. 아침 종이 울리어 문이 열리면 어머니는 벽에 걸려있는 작은 십자가 앞에서 무릎 꿇고 죽은 남편을 위해 기도를 드린다. 처음에는 어머니 뒤에서 묘한 듯이 십자가 위의 작은 예수를 쳐다본 딸도 최근에는 어머니의 흉내를 내어 두 손 모아 "하늘에 계신 우리 아버지여"라고 서투른 기도문을 반복하였다.

『南蛮寺』前半에 게재된 모녀의 생활은 평온한 나날로 묘사되었다. 마치 母子의 평온한 생활을 꿈꾸었던 아쿠타가와의 소원이 투영된 듯하다. 필자가 『南蛮寺』母女에 주목한 이유는 同時代 『오가타 상신서』가 발표되었고, 똑같이 남편을 잃은 기리시탄 모녀가 등장하기 때문이다.

『南蛮寺』의 모녀는 신부의 배려로 문지기를 하면서 순례자에게 봉사하는 한편, 『오가타 상신서』의 시노는 논밭을 소유하지 않은 가난한 살림에 베를 짜거나 삯일을 하면서 매일을 살아가고 있다. 하지만 그녀들의 신앙은 매우 독실했다. 그러나 사토가 병이 났을 때, 시노는 의사 료사이에게 진맥을 구하였으며, 이에 료사이는 시노에게 질책을 가한다.

저를 비롯한 마을 사람들이 신불을 섬기는 것을 악마외도에 홀린 소행이라고 때때로 비방했다는 사실을 알고 있습니다. 그런데 당신이 저희들과 같이 천마天魔 들린 자에게 지금 따님의 중병을 치료해 주십사 하니 어인 일인지요. 이는 평소 믿고 계시는 데우스여래께 부탁드려야 할 터
私始め村方の者の神仏を拝み候を、悪魔外道に憑かれたる所行なりなど、屢誹謗致され候由、確と承り居り候。然るに、その正道潔白なる貴殿が、私共天魔に魅入られ候者に、唯今、娘御の大病を癒し呉れよと申され候は、何故に御座候や。右様の儀は、日頃御信仰の泥烏須如来に御頼みあつて然る可く、[22]　　　　　　（『오가타 상신서』）

이 진술은 시노의 신앙심에 정곡을 찌른 것이다. 료사이는 신불을 섬기는 자를 비방한 시노를 질책하며 데우스에게 부탁하라고 했다. 1549년 자비엘이 일본에서 포교를 할 당시 많은 신자는 선교사들의 기도로 병을 고쳤다고『日本西教史』는 전하고 있다. 그러나 시노는 료사이에게 매달렸다. 그 선택은 시노가 현실적인 신자임을 증명한다. 료사이의 "따님의 목숨인가, 데우스여래인가"를 듣고, 시노가 조용히 세 번 십자가를 밟은 장면에 대해서, 하태후는 "이를 바꾸어 말하면 '육친의 사랑'을 택하느냐, '無償의 사랑'을 택하느냐"라는 난제에 "육친을 위한 배교야 말로 인간의 본성일지도 모른다"고 언급했다.[23] 아쿠타가와는『黑衣聖母』에서도 육친의 정을 기도한 할머니의 신앙을 묘사했다. 손자 모사쿠가 중병에 걸렸을 때 자신이 살아 있는 동안 손자의 목숨을 살려달라고 기도했다. 할머니가 사망한 지 십 분쯤 후에 손자도 죽었다. 소원이 이루어진 것이다. 마리아 관음의 받침에는 "당신의 기도가, 신들이 정해 놓은 바를 바꿀 수 있다고 바라지 말라"라고 쓰여 있었다.

료사이가 본 시노는 강한 신앙의 소유자였지만 딸에 대한 사랑을 우선시한 어머니 상이다. 성서의 "아비나 어미를 더 사랑하는 자는 내게 합당치 아니하고 아들이나 딸을 나보다 더 사랑하는 자도 내게 합당치 아니하다"(마태복음 10:37)라는 신의 말씀에 대한 불순종이었다.

그러나 배교하면서까지 딸의 목숨을 구했지만 보람도 없이 죽었을 때, 절망에 빠진 시노를 구한 것은 역시 데우스여래였다. 딸을 위해 배교했지만 진심으로 회개할 때, 큰사랑으로 용서하시는 하나님을 보여주었다.

료사이가 시노의 집에 도착했을 때, 사토 혼자서 "남쪽을 머리로 하고

22 『芥川全集第二卷』, p.48.
23 河泰厚, 『芥川龍之介の基督教思想』, 翰林書房, 1998, p.117.

누워"있었다.[24] "몸의 열이 대단히 심했기에 거의 제정신이 아닌 것처럼 보였으며, 손으로 연거푸 허공에 십자를 그리며 빈번히 할렐루야를 입 밖에 내고 그때마다 기쁜 듯이 미소 짓고" 있는 9살 사토의 모습에 관해서 조사옥은 "광신자의 심리"가 이미 보인다고 지적했다.[25] 필자는 사토가 정신을 잃을 정도의 심한 고열로 의식이 혼미해져 헛소리를 하였다고 판단해도 좋지 않을까 생각한다. 아쿠타가와도 작품 『요파妖婆』에서 주인공 신조를 간호한 오토시가 "열이 매우 높아서 전혀 제정신이 아니었어요.." 이를 듣자 다이도 오늘로 꼬박 사흘간 헛소리만 하고 있었다고 했다. 또 『이상한 이야기妙な話』에서도 "그럭저럭 3일가량은 고열이 계속되어 열에 들뜬 헛소리를 했어"라고 했다. 시노가 '朝夕으로 오직 딸 사토와 함께 크루스라는 작은 십자가의 수호신을 예배'하였으므로 무의식적으로 흉내를 낸 것이리라. 『南蛮寺』의 7세의 딸이 늘 십자가 앞에서 기도하는 어머니의 흉내를 내어 '주기도문'을 외는 것과 같은 상황이다. 시노가 예배할 때, 할렐루야를 자주 기쁜 듯이 부르는 것을 보고 비몽사몽 간에 미소를 띠며 십자가를 그었으리라. 만약 사토가 고열에 시달리지 않았다면 어린 광신자로도 볼 수 있었다고 생각된다.

"시노의 딸이 사망하고 또 시노는 비탄한 나머지 발광했다"는 묘사에 대해, 조사옥은 "아쿠타가와의 어머니 후쿠는 장녀 하츠가 6세 때 죽은 것이 마음의 병이 되어 발광했다. 晩年, 『점귀부点鬼簿』에서 '나의 어머니는 狂人이었다. 나는 한 번도 어머니다운 친근감을 느낀 적이 없었다'라고 아쿠타가와는 쓰고 있지만, '죽기 전에는 정신이 돌아와 우리들의 얼굴을

---

24 작품 『오리츠와 아이들お律と子等』에서 "환자는 남쪽으로 베개를 두어야 한다"고 했다.
25 曹紗玉, 『芥川龍之介とキリスト教』, 翰林書房, 1995, p.131.

바라보고 하염없이 눈물을 흘리고 있었다'라고 어머니의 심정과 애절한 사랑을 그리고 있다. 이 어머니의 광기가 『오가타 상신서』에 투영되어 있는 것은 아닐까? 라며 하츠의 죽음은 아쿠타가와 어머니의 발광과 관계가 있다"[26]라고 언급했다. 타당한 지적이라고 생각한다.

또 말 위에서 료사이가 놀란 것은 '사토가 양손으로 힘주어 시노의 목덜미를 끌어안고 어미의 이름과 할렐루야를 번갈아가며 천진난만한 목소리로 외칠' 때였다. '시노의 목덜미를 안고 어머니를 부르는' 장면은 동화 『두자춘杜子春』의 한 장면을 연상시킨다. "양손으로 半死상태인 말의 목을 안고 눈물을 뚝뚝 흘리며 '어머니'"라고 소리치는 두자춘은 다 죽어가는 어머니를 보자 母情 때문에 破戒한다. 아쿠타가와에게 母性愛는 무엇과도 바꿀 수 없는 가치이고 성모마리아로 대표된다. 히라오카 도시오平岡敏夫도 『두자춘』에서 "말의 목을 안고 '어머니'를 부르는 소리는 『오가타 상신서』와 완전히 동일하다"[27]고 지적하기도 했다.

4.4 神佛을 섬기는 의사 료사이了齋

료사이는 모두문冒頭文에서 상신서를 쓰게 된 이유를 밝히고 있다.

이번 저희 마을 내에서 기독교도가 사법을 행하여 사람들의 눈을 현혹시킨 일에 대해서 제가 견문한 것을 낱낱이 번藩[28]에 보고해야 한다는 분

26 조사옥, 『芥川龍之介とキリスト教』, 翰林書房, 1995, p.131.
27 平岡敏夫, 『芥川龍之介と現代』〈母〉を呼ぶ声, 大修館書店, 1995, p.186.
28 에도시대 다이묘大名가 지배했던 영지. 전국에 대소 260~270개의 번이 존재했다. 번주 (다이묘)는 가신을 성 밑에 집합시키고, 농민은 농촌에 살게 했다.

부가 있었음을 잘 알고 있사옵니다.

今般、当村内にて、切支丹宗門の宗徒共、邪法を行ひ、人目を惑はし候儀に付き、私見聞致し候次第を、逐一公儀へ申上ぐ可き旨、御沙汰相成り候段屹度承知仕り候う。²⁹　　　　（『오가타 상신서』, 밑줄은 인용자）

료사이는 번의 요청으로 보고서를 작성했다는 사실을 설명하고 있다.

작품의 '공의公儀'는 정식으로 막부를 의미하지만, 지방에서는 번을 말한다고 할 수 있다. 작품 말미에 伊予國 宇和郡, 마을 의사 오가타 료사이로 제출하고 있기 때문에, 막부가 작은 마을에 직접 지시한 것이 아니라, 藩을 통하였다고 생각한다. 막번체제幕藩体制하에서 전국의 인민을 막부가 직접 신분적으로 통제하기는 무리이다. 또한 막부가 전국적으로 금교령을 내리기 5년 전이라는 시대적 배경도 이유이다. '촌장 쓰카고시 야자에몬塚越弥左衛門 님'의 문장에서, 촌장은 에도시대 영주 밑에서 마을의 치안 유지와 행정의 담당자라는 점도 번을 의미한다고 생각된다.

상신서에서의 문제는 료사이가 사토의 소생을 기적이 아닌 邪法으로 단정하는데 있다. 의학적으로 상식 밖의 일로 처리할 수밖에 없었으리라.

의사 료사이의 신뢰도는 '촌장 쓰카고시 야자에몬 님의 어머니'를 진맥하기도 하고, '무사 야나세 긴주로 님이 말을 보내셔서 진맥을 부탁'하는 등으로 보아, 마을 내에서 권력자의 측근으로 활동한 의사로 보인다. 딸의 진맥을 거부한 료사이에게, 시노는 "의사의 역할은 사람의 병을 치료하는 것인데, 내 딸의 중병을 고치지 않는 처사는 도저히 납득하기 어렵습니다"라고 대든다. 그러나 료사이는 "만약 정말로 제가 진맥하기를 원하신다면

---

29 『芥川全集第二巻』, p.47.

기리시탄 종문에 귀의하는 일이 결단코 있어서는 안 됩니다. 이를 받아주시지 않는다면, 아무리 의술이 인술이라 해도 신불의 벌도 무서운지라 진맥은 단연코 거절합니다"라고 답한다. 료사이는 공적인 길을 따를 것이냐, 의사의 길을 따를 것이냐의 양자택일 중 의사의 길을 거부한다. 그는 마을의 일원으로 살아야 할 상황이기 때문이다.

藩이 상신서 제출을 의사에게 요청한 것은 무슨 이유일까? 주목할 것은 『오가타 상신서』제일 마지막에 다음과 같이 서술되고 있는 점이다.

또 시노와 딸 사토가 그날로 신부 로드리게와 함께 이웃 마을로 옮겨간 사정과 慈元寺의 주지 스님 닛칸 님의 지시로 시노 집을 불태운 사정은 이미 촌장 쓰카고시 야자에몬 님이 아뢰었기에 제가 견문한 사정은 대강 이상의 것으로 대신하고자 합니다. 하지만 만일 누락된 것이 있을 경우에는 후일 재삼 서면으로 아뢰도록 할 것이며, 우선 저의 보고서는 이상과 같사옵니다. 이상.

猶、篠及娘里当日伴天連ろどりげ同道にて、隣村へ引移り候次第、並に慈元寺住職日寛殿計らひにて同人宅焼き棄て候次第は、既に名主塚越弥左衛門殿より、言上仕り候へば、私見聞致し候仔細は、荒々右にて相尽き申す可く候。但、万一記し洩れも有之候節は、後日再応書面を以て言上仕る可く、先は私覚え書斯くの如くに御座候。以上。[30]

（『오가타 상신서』）

라고 첨부하고 있다. 이 사건에 대해서 촌장이 이미 상신서를 낸 후, 료사

---

30 『芥川全集第二巻』, p.52.

이에게 다시 요청한 것은 소생의 과정을 다시 확인하기 위해서이다. 신부가 사토를 소생시킨 기적이 마을은 물론, 번을 비롯하여 전국에 알려져 신자가 증가할까봐 두려워, 시노와 딸을 이웃 마을로 옮긴 후 慈元寺 주지의 조처로 그 집을 불태웠다. 마을의 사상적 권력자인 주지는 위협적인 시노와 사토의 기억을 마을 안에서 말살하고자 했던 것이다. 의문은 기리시탄에 대해 마을의 행정담당자인 촌장이 아닌 주지가 사법권을 행사하고 있다는 점이다. 이는 신불이 단순한 신앙의 차원을 넘어 정치체제의 중요한 요소임을 보여 주고 있다. 다음은 神仏통합 과정이다.

538년 백제에서 불교가 일본에 전해졌을 때, 부처는 타국의 신이라 토착신들과 싸웠다. 그러나 平安시대에는 神과 불교와의 공존인 神仏習合이 탄생했다. 이를 이론화 한 것이 본지수적本地垂迹설이다. 토착신과 외래의 불교가 대립하지 않으면서 각각의 영역을 확보한 통합 이론이다.

8세기 초두 각지에 神宮寺가 세워졌고, 신사에 부속되는 사원이 건설되어 神前에서 독경을 행하였다. 중세는 무사 세력이 확대되어 하극상의 전환기에 천주교가 전래되었다. 노부나가의 불교 탄압은 전통적인 가치관을 일변시켰다. 천주교는 히데요시, 이에야스 양 정권에 의해 금지되었다. 이 흐름은 一向宗으로 상징되는 민중의 종교운동을 소탕하는 움직임과 궤를 같이 하였다. 舊불교의 권위 부정, 민중 종교운동의 억압, 기독교 금지에 의해 비어 있던 일본인의 정신풍토에 새로 만들어 진 것이, 에도시대의 신불통합의 사회제도였다. 신불 통합 관계가 제도적으로 확립되고, 신불 습합 시스템이 일종의 국민종교로 기능하여, 사회 질서 형성에 공헌하였던 것이다. 『오가타 상신서』에서 절의 주지가 시노의 집을 불태우는 공권력 행사는 당연한 것이다. 다음은 사자소생의 전말이다.

료사이가 사토의 소생한 경위에 대해 마을 사람들에게 자세히 물으니, 이웃 마을에서 온 신부 로드리게와 수사가 시노의 참회를 들은 후, 일동이 기도를 하고 또 향을 피우고 혹은 성수를 뿌리는 등, 의식을 행하였더니 시노의 발광은 가라앉고 사토는 바로 소생하였다고 한다.

작품의 중심인 사자소생의 기적과 관련하여 요시다 세이치吉田精一는 사토의 소생에 대해 "다만 중요한 클라이맥스라고 할 수 있는 사자소생의 장면이 너무 간략하게 묘사되어 힘이 빈약해지는 결과를 초래했다"라며 이 작품은 "기이한 이야기나 이상한 사건에 호기심을 느끼는 류노스케"의 "호사 벽이 낳은 산물"로 평했다.[31] 아쿠타가와가 기적에 대해 길게 쓰지 못한 것은 에구치 칸에게 보낸 편지에서 알 수 있다. "당신의 료사이 평에는 찬성입니다. 사실 기적에 대해서는 더 길게 쓸 생각이었으나, 여러모로 여의치 못하고 시간이 부족하여 그런 식으로 압착을 하고 말았던 것입니다. 그 또한 측필仄筆의 잘못입니다. 시간이 허락된다면 다시 고쳐 쓰고 싶습니다만, 어찌 될는지 모르겠습니다"라며 시간 부족을 아쉬워하는 듯 보이고 있다. 필자는 아쿠타가와가 사자소생에 대한 기적에 대해 확신이 없어 사태를 서둘러 봉합하는 길을 택했다고 판단된다.

한편, 료사이는 사토의 소생에 대해 다음과 같이 설명한다.

예로부터 일단 죽었다가 소생하는 일은 적지 않다고 하지만, 대개는 주독에 걸렸거나 장독에 접한 자뿐이었으며, 사토와 같이 상한으로 죽은 자가 소생하는 일은 일찍이 들은 바 없으니, 기리시탄 종문이 사법이라는

---

31 吉田精一, 『芥川龍之介』, 三省堂, 1942, p.98.

것이 이 일로도 분명하며

> 古来一旦落命致し候上、蘇生仕り候類、元より少からずとは申し候
> へども、多くは、酒毒に中り、乃至は瘴気に触れ候者のみに有之、里
> の如く、傷寒の病にて死去致し候者の、還魂仕り候例は、未嘗承り及
> ばざる所に御座候へば、切支丹宗門の邪法たる儀此一事にても分明致
> す可く、[32]　　　　　　　　　　　　　　　　　　（『오가타 상신서』）

의사 료사이는 천주교를 사회에 해를 끼치는 邪法으로 단정한다. 상한
은『広辞林』에서, 지금의 티푸스 같은 급성 열병을 말한다. 미조베 유미코
溝部優実子는 "상한은 불치의 병은 아니고, 고열에 비해 맥이 약한 것이 특징
인데, 의사가 죽음을 확인하지 않은 것을 보면, 근대 의학적 견지에서 '기
적'은 쉽게 흔들린다"라며 기적을 의심하고 있다.[33]

료사이는 "사토의 병은 상한으로 이미 손을 쓸 수 없는 상태로 오늘
중이라도 목숨을 부지할 수 없다" 또 "사토 사망은 내가 진맥 한 후 2시간
이내로 추정"되었다고 말하고 있어 분명히 사토의 죽음을 확신하고 있다.
또 사토의 소생은 촌장 야자에몬이 직접 보았으며 마을 행정을 맡고 있는
세 사람(嘉右衛門, 藤吾, 治兵衛)도 그 자리에 있었으니 사토의 소생은
의심의 여지가 없다고 생각된다.

『오가타 상신서』에서 료사이를 의사로 설정한 이유는 무엇일까? 1587
년 히데요시는 「일본은 神國이니, 邪法을 전도하는 것은 옳지 못하다」라
며 '신부 추방령'을 내렸다. 이는 히데요시의 측근이자 의사이며 禅僧이었

---

32 『芥川全集第二巻』, p.52.
33 溝部優実子, 「尾形了斎覚え書」, 関口安義 編『誕生120年 芥川龍之介』, 2012, 翰林書
　　房, p.183.

던 세야쿠인 젠소施藥院 全宗[34]·승려 죠타이承兌[35]의 획책에 의한 것이었다. 히데요시가 척추염으로 고생할 때, 의사인 젠소는 주문과 기도를 했지만 고치지 못하였다. 아쿠타가와는 료사이 설정에 젠소를 떠올렸을지도 모른다. 료사이도 신불을 섬기는 의사였기 때문이다.

4.5 『오가타 료사이』의 素材源

필자는 『오가타 상신서』의 소재원으로 死者소생의 모티브가 등장하는 『日本西敎史』·『内政外敎衝突史』·『聖書』등을 상정한다.

다음은 아쿠타가와가 『오가타 상신서』를 쓰기 2년 전, 사이토 아구斎藤阿具(1868-1942)에게 보낸 서간(1914. 10. 9.)이다.

삼가 아룁니다. 그간 격조하였습니다만, 별고 없으신지요? 오늘 밤 다소 문의할 일이 있어 찾아뵈었으나, 부재중이신지라 아쉬웠습니다. 문의하고자 했던 것은, 그 후미에踏絵 제도에 관한 것으로 후미에를 나가사키에서 행했던 시절에는 정월 초나흘 이후 17면의 그림을 나가사키 관아로부터 받아 시행했던바, 그 그림을 밟은 장소는 각 마을의 회당 등을 이용하였는지요? 아니면 집집마다 이것을 밟게 하였던 것인지요? (중략) 당시

---

34 国史大辞典編集委員会編, 『国史大辞典14』, 吉川弘文館, 1993, pp.15-16. 젠소(1526-1599)는 전국시대·安土桃山 시대의 의원. 施藥院法印이라고도 칭한다. 처음 比叡山 薬樹院의 주지였지만, 환속해서 의학을 공부했다. 豊臣秀吉에게 인정받아 칙명에 의해 施藥院使로 임명되어, 동시에 성을 施藥院이라고 했다. 의원으로, 秀吉의 측근으로 활약하면서, 1587년 발포의 규정(선교사 추방령)을 썼다.
35 죠타이(1548-1608). 전국시대에서 江戸초기의 임제종 승려. 相国寺承兌라고도 칭한다.

의 일을 대강 조사해 보았습니다만, 세세한 사항에 대해 분명치 않은 것이 많아 부족하게 생각합니다. 日本西教史, 내정외교충돌사內政外教衝突史, 山口公教会史, 그 외 기독교 夜話, 남만사흥폐기南蛮寺興廢記[36] 이하 수필 외, 천주교 도래에 관한 사항을 기록한 것이 있으면 가르쳐주십사 청합니다.

아쿠타가와는 사이토 앞 서간에 후미에踏絵 제도에 대해서 日本西教史, 内政外教衝突史, 山口公教会史, 그 외 기독교 夜話, 南蛮寺興廢記 등을 조사했으나 후미에가 행해진 장소에 대해서는 알 수가 없으니 참고할만한 다른 기독교 자료를 소개해달라고 청하고 있다.

후미에踏絵는 기리시탄을 적발하기위한 방법으로 1629년경에 시작되었다. 신자들에게 그리스도·성모마리아의 畵像을 밟게 하여, 거절하면 신자로 보고 처벌하였다. 아쿠타가와가 배교와 관련된 후미에 제도에 관해 문의한 것을 보면 그때부터 배교를 구상하였다는 것을 알 수 있다. 또 그가 제시한 書籍名은 일단 소재와 관계가 있다고 생각한다. 그리고 많은 기독교 문헌 중 특히 천주교 도래에 관한 자료를 청하고 있다. 南蛮문화에 대한 강한 호기심과 관심을 느낄 수 있다. 소재원의 근거로는,

첫째, 사토의 소생과 닮은 『日本西教史』[37] 중, 쟝 크라세[38]의 말이다.

36 『芥川全集第二十巻』, p.399. 通俗的な 反キリシタン書の一つで江戸時代中期の成立。明治初年に復刻された。
37 ジアン·クラセ 著, 太政官 譯,『日本西教史』上巻, 1921, pp.90-92. 『芥川全集第二十巻』, p.399. 『日本西教史』は, 全二巻(翻刻1913年12月·14年5月, 時事彙存社)。
38 쟝 크라세(Jean Crasset(1618-1692)는 프랑스 디에프Dieppe에서 출생한 예수회 선교사이다. 파리 수련원에서 철학·인문과학을 강의, 宗教書를 다수 저술했다. 크라세의 『일본교회사』全2권은 1689년 파리에서 간행한 제2판으로, 내용은 자비엘의 포교기에서 쇄국체제 확립기를 경과한 1650년대, 일본의 기독교 선교가 두절 될 때까지를 엮어 쓴 교회사로, 일본 기독교의 通史로서는 최초의 것이다. 오히려 일본에서는 명치시대

자비엘이 존경받는 것은 천주가 기도 응답을 하여 神異를 나타내는 것이다. 死者 소생을 사람에게 믿게 하는 것은, 理学者의 논설보다 훨씬 뛰어난 것이다. 천주의 神異는 이교도를 회개하기 위함이다. 자비엘이 행한 수많은 神異 중, 나는 그저 하나를 전하겠다. 어느 호족의 딸이 병으로 죽었다. 아버지가 심히 애통하여 자비엘에게 딸을 소생시켜달라고 애원했다. 자비엘은 페르난데스와 함께 무릎 꿇고 간절히 한동안 기도했다. 기도 후 기쁨을 드러내 말하길, "그대는 가라. 딸은 소생하였다"고 했다. 아버지는 시체 옆에서 기도하지 않았는데 소생이라니 자기를 조롱한다며 화가 나서 떠났다. 그런데 얼마 안 가서 하인들이 "아가씨께서 소생하시어 건강하십니다"라고 말하자, 놀라서 집에 돌아가는데 딸이 마중 나왔다. "누가 너를 구했는가"라고 물으니 딸이 답하기를 "제가 죽었을 때, 두 귀신이 저를 끌고 지옥을 돌아다닌 뒤 불 연못 속에 던지려고 할 때, 용모가 존귀한 두 사람이 저를 두 귀신의 손아귀에서 빼앗아 혼백을 몸속에 다시 넣어 원래와 같이 회복되었습니다." 부녀는 바로 자비엘의 집에 갔다. 딸은 자비엘과 페르난데스를 보고 크게 놀라며, "저를 지옥에서 구해 주신 분은 이 두 사람입니다"라며 자비엘의 앞에 엎드려 절하였다. 이리하여 이를 목격한 부녀, 일가친척들이 모두 세례를 받았다. 일본의 신불은 죽은 자를 소생시킨 일이 없었기 때문에 신통력 있다는 소문이 사방에 퍼져, 1년에 100명 이상 세례를 받았다. 불교도들은 천주교 신자 증가에 위기를 느껴 설교를 듣는 자들에게 신불이 노할 것이라고 위협했다. 또 "외국인의 말을 믿지 말라. 이는 요마가 가짜로 사람 모습을 한 것이다"라며 설교를 방해하였다.

가 되자, 주불공사 사메시마나오노부駐仏公使鮫島尚信가 입수한 1715년판을, 太政官의 의뢰로 프랑스인 선교사에 의해 번역, 『日本西教史』라는 표제로 출판되고 있다.

둘째, 아쿠타가와는 노트 「貝多羅葉 2」에 고발에 대한 포상금으로 '신부 신고자 銀 200냥, 修士 신고자 銀 100냥, 기리시탄 신고자 銀 50냥, 위의 신고자들은 비록 같은 종문이라 하더라도 배교를 신청하면 그 죄를 용서하고 위에서 제시한 포상금을 내린다'[39]라는 시마바라의 난 이후 막부가 행한(1638)기리시탄 신고자 제찰制札을 筆寫하고 있다.

「貝多羅葉 2」에『日本西教史』,『内政外教衝突史』,『山口公教会史』에서 필사한 것은 이시와리 토오루石割透가 언급하고 있다.[40] 또한『内政外教衝突史』제24장[41] "西教史에서 전하기를 '前将軍(秀忠)이 天主教 信者가 日本에 出入하는 것을 途絶시킬려고 新法을 만들어 外国商人이 上陸할때 十字架를 꺼내어 그것을 밟게 하였다'"는 기록이다.『오가타 상신서』에서 시노가 배교의 증거로 "품안에서 십자가를 꺼내어 세 번 밟았다"는 설정은,『内政外教衝突史』의 "십자가를 꺼내어 밟게 하였다"를 소재로 활용한 것이라고 판단된다.『内政外教衝突史』에는 기리시탄을 당국에 보고하는 형식·고발하는 자에게 포상금을 주는 것 등이 나온다. 다음은 작품 제목인 상신서가 나오는 例이다.

상신서에 관한 일

저희들은 원래 기독교 신자가 아닙니다. 저희 처자, 하인, 고용인까지 기독교 종파의 신자가 아닙니다. 만일 후에 기독교 신자가 되어 저희가 소환된다면, 아버지, 자식, 형제들까지 어떠한 명령이라도 따르겠습니다.

---

39 渡辺修二郎,『内政外教衝突史』,民友社, 1895年 8月 p.159.

40 石割透「芥川竜之介について気づいた二, 三のこと」,『駒澤短期大學研究紀要』, 1999. 3. 이 논문에는『日本西教史』·『内政外教衝突史』·『山口公教史』등의 기독교 자료가 나온다.

41 渡辺修二郎,『内政外教衝突史』,民友社, 1896年 8月, p.170.

후일이 되어도 이와 같을 것입니다. 이상.

差上申書物之事

私義元来何宗にて御座候、切支丹宗門にて無二御座一候、我等妻子
召使候者迄も、切支丹之宗門覚人も無二御座一候、若後日切支丹に相
成候由被二聞召一候ハバ、親子兄弟迄も如何様共可レ被二仰付候一、
為二後日一如レ此御座候、<u>以上</u>。 **42**   (밑줄은 인용자)

다른 例로, "마을 안에 기리시탄 宗門인 자가 한 사람도 없으며, 혹 기리
시탄 또는 의심스러운 것이 있으면, 지체 없이 보고하겠습니다. (중략) 후
일을 위해 연판장을 작성해 바칩니다(「町内切支丹宗門の者一人も無二御
座一候、自然切支丹又は不審成儀御座候はば、早速可二申上一候、(中
略) 為二後日一以二連判一手形仕、差上置申候」との證書を奉行に呈す
るの例なりき)"**43**라는 증서를 담당관에게 바치는 보고서가 있었다.

전교사의 通信이다. "맹아, 난치병을 고치고 사자를 소생시킨 일이 많았다."
盲啞廢疾を癒し、死者を蘇生せしめたる事を載すること多く。 **44**

그 외, 이시준의 논문에, "『內政外教衝突史』에는, 慶安 2년(1649), 지쿠
젠(오시마)에서 傳教師를 붙잡았다. 기독교담당 감찰관 이노우에 지쿠고
노카미 마사시게政重가 공술서를 작성해 이것을 막부에 신고하였다. 그
내용은 아래와 같다.

---

42 渡辺修二郎,『內政外教衝突史』民友社, 1896年 8月, p.157.
43 渡辺修二郎, 위의 책, p.157.
44 渡辺修二郎, 위의 책, p.59.

금번 지쿠젠노쿠니筑前國 오시마大島에서 붙잡은 남만南蛮 선교사·助修士와 同宿(선교를 돕는 평신도)의 자백 覺(상신)

一. 이탈리아국 로마라는 곳에 기리시탄의 수괴인 파파(교황)라는 자가 있어 각국으로 선교사를 보내 宗門을 넓히고 (中略)

一. 선교사들을 日本으로 보내기가 數年째인데 여기에 드는 비용은 각 門派의 장첩에 적어두고 수백 년이 지나서 일본이 파파에게 복종하게 되면 위의 소요 비용을 각 종파의 旦那들로부터 취하게끔 한다. 세상에 이런 것이 있으므로 선교사를 보내어 宗門을 넓혀서 日本을 취하고자 覺悟하는 것이다. (중략)

丑 9월 8일 이노우에 지쿠고노카미井上筑後守

라는 내용이 보인다.[45] 이런 종류의 문서가 『内政外教衝突史』에 빈번하게 등장하고 있으며, 막부에 보고하는 형식, 禁教令에 따라 선교사들을 붙잡아 그 자백을 정리한 내용, 제목에 들어간 「覚」이 「覚え書(상신서)」를 지칭하고 있는 점 등, 『오가타 상신서』의 형식과 類似"하다고 論해[46] 『内政外教衝突史』가 소재원일 것이라는 가능성을 제시하였다.

세 번째, 『聖書』의 마가복음 5:22-42의 회당장야이로의 딸 蘇生이다. "야이로의 어린 딸이 죽게 되어, 예수께서 안수하시어 살리기를 간구 할 때 회당장의 집 사람들이 와서 딸이 죽었다고 고하였다. 예수는 회당장에게 두려워 말고 믿기만 하라고 하셨다. 예수께서 회당장의 집에 가서 아이의 부모와 아이 있는 곳에 들어가, 아이의 손을 잡고 소녀야 내가 네게 말하노니 일어나

---

45 渡辺修二郎, 위의 책, pp.144-146.
46 이시준, 「아쿠타가와 류노스케芥川龍之介의 『오가타료사이 상신서尾形了齋覚え書』考」, 『일본문학속의 기독교』(7), 제이앤씨, 2009, p.119.

라 하시니, 소녀가 곧 일어나 걸으니 열두 살이라."

요한복음 11:17-43의 나사로의 부활이다. "예수께서 와서 보시니 나사로가 무덤에 있은 지 이미 나흘이라. 예수께서 내 말을 네가 믿으면 하나님의 영광을 보리라 하시고, 큰 소리로 나사로야 나오라 부르시니 죽은 자가 수족을 베로 동인 채로 나오는데 그 얼굴은 수건에 싸였더라."

사도행전 9:36-42에 "욥바에 다비다라 하는 여 제자가 병으로 죽어 다락에 눕히었다. 다락에 올라가 베드로가 사람을 내보내고 무릎을 꿇고 기도하였다. 시체를 향해 다비다야 일어나라 하니 그가 눈을 떠 베드로를 보고 일어나 앉으니 베드로가 손을 내밀어 일으키고 성도들과 과부들을 불러 그의 소생을 보이니 많은 욥바 사람이 주를 믿었다."

4.6 奇跡에 대해

기독교에서 말하는 기적이란 신의 초자연적인 능력이 구체적으로 나타나는 불가사의한 현상이다. 四福音書[47]에서 예수는 3년간의 공생애 기간, 가나 혼인잔치에서는 물로 포도주를 만들고, 물 위로 걸어갔고, 1인분의 빵과 물고기로 5000명을 먹이고, 귀신들린 자를 고치고, 회당장 야이로의 딸 死者소생, 나사로의 부활 등 수많은 기적을 행하였다. 그러나 아쿠타가와는 '신의 기적'[48]을 믿지 못했다. 이시준은 「아쿠타가와의 『서방의 사람』의 기적관」에서 "아쿠타가와는 기적에 관해서 될 수 있는 한 언급하려고 하지 않는다. 선행 예수전에서는 부활한 예수가 40일간 많은 사람들 앞에

---

47 신약성경의 마태복음·마가복음·누가복음·요한복음 등을 4복음서라 한다.
48 編集責任者 桜田満, 『人と文学シリーズ 芥川龍之介』, 学習研究社, 1979, p.236.

나타난 놀라운 에피소드를 소개하고 예수가 행한 많은 초자연적인 기적을 언급하는 데 대해서, 아쿠타가와는 거의 구체적인 사건을 거론하지 않는다"라고 지적하고 있다.[49] 사사부치 유이치笹淵友一도 "처음부터 아쿠타가와는 그리스도 이해에 대해 부정적이며, 같은 선상에서『오가타 료사이 상신서』에도 적용된다. 그는 나사로의 부활을 연상케 하는 사토의 소생이라는 기적이 그에게서는 '기리시탄 종문이 사법'임을 증명하는 것이며, 따라서 기적은 '겨자씨를 사과처럼 보여주는 기망欺罔의 器物, 파라다이스의 하늘마저 보이는 기이한 안경'(하쿠슈白秋)과 동류의 '기리시탄 데우스의 마법'인 것이다. 이처럼 기독교는 그 내부에 한 걸음도 내딛지 못하고, 오로지 이단 혹은 엑소티시즘의 대상으로 비춰지고 있다"라고 평했다.[50]

아쿠타가와는 一高 시대 이카와 쿄로부터 영문의『신약성서』를 받았다. 그는 성서에 빨간 잉크로 밑줄을 치며 열심히 읽었다. 또한 1914(大正 3)년 말부터 다음해 봄,『신약성서』의 복음서나「사도행전」을 숙독하였다. 그러나 세키구치 야스요시는 아쿠타가와가 성서를 신앙보다 知的흥미에서 읽었을 것이라고 언급하고 있다.[51] 一高 시대 아쿠타가와와 再會하여 자살하기까지 오랜 지인으로 정신적 교류를 한 독실한 신자인 무로가 후미타케室賀文武[52]도 만년의 아쿠타가와에게 기독교 신자가 되기를 권했다. 아쿠타가와는 무로가의 권유를 받아들이지 않았는데 그가 점차 병약

---

49 이시준,「芥川龍之介의『서방의 사람西方の人의 奇蹟觀』『일본문학 속의 기독교 6』, 제이앤씨, 2008, p.202.

50 笹淵友一,「芥川龍之介のキリスト教思想」『国文学 解釈と鑑賞』, 至文堂, 1958. 8, p.10.

51 関口安義,『この人を見よ-芥川龍之介と聖書』, 小沢書店, 1995, pp.30-50.

52 (1869-1949), 호는 春城. 야마구치현山口県 출신. 아쿠타가와의 親父인 도시조敏三를 따라 상경하여 경복사耕牧舎에서 일했다. 3세까지 아쿠타가와를 돌보았다. 독실한 기독교 신자로, 句集『春城句集』의 序를 아쿠타가와에게 의뢰했다.『歯車』의「어느 노인 或老人」의 모델이다.

해지면서 종교에 흥미를 갖게 되었고, 죽기 1, 2년 전에 이러한 경향은 더 강해졌다. 아쿠타가와는 전부터 성서를 애독하였지만 무로가에게 성서를 받아 다시 읽은 뒤 편지에서 다음과 같이 밝히고 있다.

> 지금 산상수훈山上垂訓[53] 부분을 읽었습니다. 지금껏 여러 차례 읽은 부분인데, 지금까지 깨닫지 못했던 의미를 느꼈습니다.[54]　　　(3월 5일)

그 후 몇 개월 뒤에 무로가는 우치무라 간조內村鑑三의 『감상십년感想十年』을 아쿠타가와에게 읽게 하였고 그는 매우 감동하여 다시 "성서 안의 기적은 모두 믿을 수 있다"고 분명히 말했다고 한다. 무로가가 마지막으로 아쿠타가와를 방문한 것은 그가 죽기 열흘 전으로 그날 밤은 손님을 보내고 무로가와 단 둘이서 기독교에 대해 열심히 대화를 나누었다. 그때 아쿠타가와는 "서방의 사람을 썼으니 출판되면 보십시오"라며, "그대에게 먼저 보여줄 생각이었는데, 시간이 없어 그만두었다"라고 했다고 한다. 『서방의 사람』은 그의 사후 열흘 안에 출간되었다. 무로가는 그것을 간절히 기다려 읽게 되었는데 매우 실망하였다. 그는 『서방의 사람』의 내용을 대부분 이해할 수 없었는데 이는 일종의 고등비판이었다. 독실한 신자인 무로가가 실망한 것은 당연한 것이다. 스스로를 빛이 없는 어둠속에서 살고 있다고 믿었던 아쿠타가와는 신을 믿을 수 없었다.

그는 신의 힘을 의지한 중세기의 사람들에게서 부러움을 느꼈다. 그러

---

53 山上說教라고도 부른다. 예수의 종교적 가르침과 윤리적 교훈을 마태복음 5-7장에 제시했다.
54 『芥川全集第二十卷』, p.227.

나 신을 믿는 것은—신의 사랑을 믿는 것은 그에게는 도저히 불가능했다. 저 콕토[55]마저 믿었던 신을!　　　　　　（『어느 바보의 일생』 50, 포로)

그는 신을 믿는 中世人을 부러워하면서도 믿을 수 없었던 것이다.

4.7 결론

背教와 기적을 素材로 한『오가타 상신서』는 奇跡을 목격한 의사가 사토의 병 진행과 신부의 개입을 당국에 보고하는 형식으로 쓰여 졌다. 1608년이 시대적 배경인『오가타 상신서』의 기리시탄들은 차별되면서도 에도막부의 대외 무역 때문에 포교를 묵인한 시기라 대낮에 의식을 행할 수 있었다. 시노 모녀의 마을 추방은 논의되었지만 행하여지지는 않았다. 그러나 사토의 蘇生을 알게 된 慈元寺의 주지는 모녀를 이웃마을로 옮기고 집을 불태운다. 이는 사토의 소생이 주는 사회적 파급 효과를 두려워한 판단 때문이리라. 이를 통해 에도시대 초기 절의 주지가 주민에게 공권력을 행사하는 사회제도를 볼 수 있다. 사토의 소생을 기리시탄인 시노는 기적으로, 神佛을 섬기는 의사 료사이는 邪法으로 단정한다.

아쿠타가와는 작품에서 딸의 생명을 구하기 위해 배교한 강한 모성애를 주제로 하고 있다.『오가타 상신서』는 神에 대한 순종이 우선인 서양과, 혈연・지연을 우선하는 일본사회와의 갈등을 그리고 있다.

작품의 분석을 통해 素材源은 아쿠타가와가 숙독한『日本西教史』・『

---

55 『芥川全集第十六巻』, p.341. 장 콕토Jean Cocteau(1889-1963). 프랑스의 예술가. 전위 예술운동을 비롯하여 시, 소설, 희곡, 연출, 회화 등 다채로운 활동을 했다.

内政外教衝突史』・『聖書』로 판단된다. 이유는『오가타 상신서』를 쓰기 2년 전 사이토 아구에게 보낸 편지(1914년)에 의해 그의 배교 구상을 알 수 있었다. 아쿠타가와는『日本西教史』・『内政外教衝突史』에서의 사자소생을, 또한 십자가를 밟는 사건 등을 소재로 활용했다고 판단된다. 또한 고교시절부터 읽은『성서』중, 회당장 야이로의 어린 딸의 사자소생이 이 작품에 영향을 미쳤을 것으로 추정된다.

/ 제5장 /

「성마리나聖マリナ」와
『봉교인의 죽음奉教人の死』

아쿠타가와 류노스케芥川龍之介 문학에
나타난 소재활용 방법 연구

제5장 「성마리나聖マリナ」와 『봉교인의 죽음奉教人の死』

5.1 서론

　『봉교인[1]의 죽음』은 1918(大正7)년 9월 『미타 문학三田文学』[2]에 발표되어, 1919(大正8)년 1월 간행된 제3단편집 『괴뢰사傀儡師』의 권두에 수록된 작품이다. 아쿠타가와 류노스케芥川龍之介의 소위 남만・기리시탄 소설의 걸작으로 '기리시탄물의 북극적인 작품[3] 이라고 한다. 그러나 무조건의 찬사만은 아니다. 시가 나오야志賀直哉는 예의 주인공이 죽을 때까지 여자인 것을 모르게 하고 '막판에 가서 엎어치기를 먹이는 방법'[4]에 비판적이었다. 이러한 의견은 『봉교인의 죽음』만이 아니고, 출전이 있는 작품에 공통적인 경향이라 할 수 있다. 소설의 소재나 주제를 원전에서 얻을 경우 작품의 구성이나 표현 등에 변화를 주지만 독자성을 발휘하지 않으면 안

---

1 奉教人은 1549년 가톨릭 전래부터 1612년 금지까지의 일본 가톨릭 신자를 말한다.
2 1910년 5월에 창간된 일본의 문예잡지. 1976년 10월호로 종간되었다.
3 室生犀星, 『芥川龍之介の人と作品』上巻, 三笠書房, 1943. 4.
4 志賀直哉, 「沓掛にて－芥川君の事－」『中央公論』, 1927. 9, p.261.

된다는 부담이 따른다. 그 결과 자연스러운 감정이 엷어져 필요 이상 세부적인 묘사에 기교를 부리기 쉽다.

『봉교인의 죽음』의 주제에 대해서는 이미 많은 논고에서 '찰나의 감동'이 지적되어 왔다. 그러나 작품에서 의도한 것이 '종교적인 감동'인지, '예술적인 감동'인지는 독자의 주관, 종교에 의해 좌우되기 쉽다.

미요시 유키오三好幸雄는『봉교인의 죽음』에 묘사된 것은 '그리스도교에 대한 종교적 감동도 아니고, 신앙을 관철한 순교자의 찬미도 아니다'라며, '인생의 충실한 시간을 소유한 행복한 인간과 그 정복淨福에 대한 감동뿐이다'[5]로 논하고 있다. 즉, 비록 짧은 삶이지만 불꽃처럼 멋지게 아름다움을 남기고 인생을 끝내고 싶은 아쿠타가와의 사생관의 표출로 간주한 것이다.[6] 사사부치 유이치笹渕友一는 '종교적 감동 그 자체의 예술화'[7]에 실패로 평했다. 이 관점은 아쿠타가와의 성서와 기독교에 대한 이해를 고려한 것으로 타당한 견해라 판단된다.

아쿠타가와와 성서의 관계는 一高 재학 중 친구인 이카와 교井川恭(後에 恒藤)로부터 영문성서 "The new Testment"를 받은 것으로 시작된다. 아쿠타가와의 조카인 구즈마키 요시토시葛巻義敏에 의하면 아쿠타가와가 성서를 숙독하기 시작한 시기는 1914(大正3)년경이다.[8] 그러나 그의 성서에 대한 관점은 교양용·지적 관심의 대상일 뿐만 아니라 예술적 정열의 근원이 되었다. 자결 직전에 탈고한『서방의 사람』에서 아쿠타가와는 자기

---

5 三好幸雄, 『芥川龍之介論』, 筑摩書房, 1976, p.273.
6 芥川が府立三中時代に書いた『義仲論』(1910. 2.)の「彼の一生は短けれども彼の教訓は長かき … 彼逝くと雖も彼逝かず」
7 笹渕友一, 「奉教人の死」と「じゅりあの・吉助」-「芥川龍之介の本朝聖人傳」-(上智大学紀要,「ソフィア」, 1968. 12, p.224.)
8 『芥川龍之介事典』, 明治書院, 1985, p.18.

의 성서에 대한 태도의 변화를 3단계로 논하고 있다.

나는 그럭저럭 십 년쯤 전에 예술적으로 그리스도교를 - 특히 가톨릭
교를 사랑하고 있었다. 나가사키長崎의 「일본의 성모 사원」은 아직 내 기
억에 남아 있다. 이렇게 말하는 나는 기타하라 하쿠슈北原白秋씨나 기노시
타 모쿠타로木下杢太郎씨가 뿌렸던 씨를 열심히 줍고 있는 까마귀에 지나
지 않는다. 그리고 또한 몇 년 전엔가는 그리스도교를 위해 순교한 그리스
도교도들에게 어떤 흥미를 느끼고 있었다. 순교자의 심리는 내게는 모든
광신자의 심리와 같이 병적인 흥미를 주었다. 나는 겨우 요즈음 들어서
네 명의 전기 작가가 우리들에게 전했던 그리스도라는 사람을 사랑하기
시작했다. 그리스도는 지금의 나에게는 길 가는 나그네처럼 볼 수는 없다.[9]

『봉교인의 죽음』은 '예술적으로 가톨릭교를 사랑하고 순교자의 심리에
흥미를 느끼고 예수를 사랑할' 때에 쓴 것이다. 그러나 그는 신의 존재에
회의적이었으며 예수의 생애나 순교자들의 희생을 종교적 차원에서 이해
하지 못했다. 그는 순교나 기적에 대해 어느 때는 존엄으로 보았고, 어느
때는 이교도적인 관찰자가 되기도 했다. 이미 인생에 실증을 느낀 23세
때 아쿠타가와는 '왜 이렇게까지 생존을 계속할 필요가 있을까라고 생각
한 적이 있다. 그래서 최후로 신에 대한 복수는 자기의 생존을 잃는 것으
로 예상한 적이 있다'[10]라고 했다. 따라서 순교자의 기록도 당시는 예술창
조를 위한 재료 이상의 의미는 아닌 것 같다.

한편, 종교성을 인정하지 않고 그의 예술성을 높이 평가한 사토 야스마

9 『西方の人』(『芥川全集第十五卷』岩波書店, 1997, p.246.
10 1915年(大正四年)三月九日井川恭に宛てた手紙.

사 佐藤泰正는 '작가는 아가페를 그리면서, 에로스적인 장면을 제시했다. 이 수법이야말로 아쿠타가와의 소중한 독창성이다'[11]라고 했다

이와 같이 『봉교인의 죽음』의 주제를 둘러싼 견해가 다양한 이유는 '로렌조'의 죽음이 殉教인지, 여자의 모성 본능인지, 작가의 미의식과 사생관의 결과로 보는지에 의해 다르기 때문이다. 전거가 있는 작품인 이상 원전이 목적하는 종교적 감동을 전혀 무시할 수는 없다. 따라서 위의 주장 중 어느 하나를 주제로 특정하기 보다는 복합적으로 파악하는 것이 작품의 본질에 가까울 것이다. 단, 본 연구의 목적은 원전이 있는 작품을 아쿠타가와가 어떻게 자기의 작품에 활용하고 있는가를 고찰하는 데에 있다. 따라서 작품전체를 구성하고 있는 각 부분의 출처와 아쿠타가와에 의해 의도적으로 제시된 소재나 원전만을 고찰의 대상으로 하지 않고, 『봉교인의 죽음』이 쓰일 때까지 아쿠타가와에게 영향을 주었던 당시 지식인들의 관심사와, 어떠한 사조가 아쿠타가와 주위에 소용돌이 치고 있었는지, 일반인에게 읽혀진 서적들, 외국작가나 타인의 영향, 여러 분야의 학문적 지식의 섭취 경로 등에 대해서도 언급하고자 한다. 이러한 연구 없이는 『봉교인의 죽음』의 소재를 정확히 알아내기 어렵고 소재나 전거의 연구는 극히 표피적으로 끝날 수밖에 없기 때문이다.

아쿠타가와가 남만취미 내지 기리시탄에 대해 흥미를 느끼기 시작한 것은 1907(明治40)년부터 1910(明治43)년경으로 추정된다. 明治시대의 남만 연구는 1878(明治11)년에 태정관太政官에서 번역 간행한 『日本西教史』를 시작으로, 1888(明治21)년에 주일 영국공사 E. 사토의 천주교 문헌의 수집과 연구에 의해 이 방면의 기초가 되었다. 1897(明治30)년대 이르러

---

11 佐藤泰正, 「『奉敎人の死』と『おぎん』―切支丹物に関する一考察―」, 『国文学研究』5, 梅光女学院大学, 1969.

츠보이坪井・무라카미村上 등의 史學잡지상의 고증 및 기타하라 하쿠슈北
原白秋・기노시타 모쿠타로木下杢太郎를 거쳐, 아쿠타가와에 이르러 남만문
학열이 발흥되었다. 1907(明治40)년 여름, 기타하라와 기노시타는 요사노
뎃칸与謝野鉄幹・히라노 반리平野万里・요시이 이사무吉井勇와 함께 규슈九州
의 나가사키, 아마쿠사天草 등의 키리시탄 유적을 탐방했고, 이 여행은 明
治 낭만주의 문학에 한 획을 그었다. 1907년 이후 잡지 「明星」에 왕성하게
남만・기리시탄을 소재로 한 이국정서 넘치는 낭만적인 詩가 기타하라・
기노시타 등에 의해 발표되었다. 특히 하쿠슈는 九州 여행의 분위기를 시
집 『사종문邪宗門』(1909(明治42))에, 기노시타는 희곡 『남만사문전南蛮寺門
前』(同年)으로 결실을 맺었다. 아쿠타가와가 一高에 입학한 것은 1910(明
治43)년으로, 아쿠타가와도 당시의 문예적 조류의 영향을 받고 있었다고
추정된다. 1910년경의 禁敎令 시대 순교의 열정을 지닌 이야기 『노광인老
狂人』에 이러한 점이 잘 드러난다.[12] 1916(大正5)년 『담배와 악마煙草と悪魔
』, 1917(大正6)년 『유랑하는 유태인さまよへる猶太人』, 1918(大正7)년 『봉교인
의 죽음』을 발표한 이후 아쿠타가와는 자신이 기리시탄물의 선구자라고
했다. 1918년 『사종문邪宗門』, 1919(大正8)년 『기리시토호로 상인전きりしと
ほろ上人傳』 등 계속된 일련의 기리시탄소설은 그의 好學과 이국취미의 산물
로 근대 일본문학에 새로운 분야를 개척했다.

여기에는 신무라 이즈루新村出의 『南蛮記』[13]가 큰 영향을 미쳤다.

아쿠타가와는 1919년 5월 長崎를 방문한다. 『나가사키 일록長崎日錄』은

---

12 구즈마키 요시토시 『아쿠타가와 류노스케 미정고집』 이와나미 서점, 1968. p.129.
    이시준 「아쿠타가와 류노스케의 데뷔이전의 기독교 관련 작품」『일본어문학』 2004. 4.
    와 「아쿠타가와 류노스케의 기독교관련 초기 미정고작품에 대한 고찰」『문학과 종교』
    2004. 6. 참조.
13 신무라 이즈루新村出의 저서로 1915년 8월에 간행되었다.

1922(大正11)년 12일간의 長崎체험이 반영되었다. 두 번의 長崎 여행도 크게 융성한 남만·기리시탄 취미에 대한 계속적인 동경이리라.

5.2 『봉교인의 죽음』의 에피그램과 후기에 관해서

5.2.1 - 慶長 訳 Guia do pecador(죄인의 인도) -

　　가령 삼 백세의 나이를 먹고, 즐거움이 온몸에 가득하다고 하더라도, 미래의 영원하고 끝없는 즐거움에 비한다면 몽환과 같다.

　　たとひ三百歳の齢を保ち、楽しみ身に余ると云ふとも、未来永々の果しなき楽しみに比ぶれば、夢幻の如し。(1599년 간행된『죄인의 인도』에서)

　　『Guia do pecador』는 포르투갈語로 '죄인의 인도'라는 뜻이다. 이 에피그램은 신무라 이즈루의『南蛮記』(1915·8)수록의「기리시탄 판 4종」중,「二 권선초勧善鈔(초출은「禪宗」1909·6)」의「一 世界 영화의 짧은 것」의 부분을 인용하면,

　　……옛 부터 수많은 제왕, 다이묘, 쇼군과 같은 사람들이 어떻게 해서 그 지위를 얻었든 간에 며칠 몇 달을 못 가서 죽는 일이 많았다. ……
　　가령 삼 백세의 나이를 먹고, 즐거움이 온몸에 가득하다고 하더라도, 미래의 영원하고 끝없는 즐거움에 비하면 몽환과 같다[14]

14 新村 出,『新編 南蛮更紗』, 講談社, 1996, pp.142-143.

라고 되어 있어 아쿠타가와의 에피그램과 일치한다. 『봉교인의 죽음』의 에피그램과 신무라 이즈루의 『남만기』와의 관계는 이미 요시다 세이치吉田精一 · 에비이 에이지海老井英次 등이 지적한 바 있다. 물론 아쿠타가와는 「慶長 訳 Guia do pecador」를 직접 보고 인용한 것이 아니다. 신무라 이즈루는 勸善鈔에서 다음과 같은 설명을 하였다.

> 본서는 일본에서 이미 없어졌고, 지금 런던의 대영박물관과 파리의 국민도서관에 각 1부를 소장한 것 외 소장자가 있다는 것을 듣지 못했다. 게다가 그 파리本은 상권이 없고 또 하권 본문의 끝 및 부록 어휘語彙의 처음이 없어졌으며, 런던本 역시 하권의 語彙에 페이지가 없다. 로마의 바르베리니 도서관에서 후년 발행한 본서 하권 語彙의 단편만 있다. 사토의 일본 예수회 간행 목록에는 있어도 나는 아직 확인하지 못했다. 이와 같이 본서에 1599(慶長4)년 이후 증보 간행본이 있는데도 나는 그 所藏者를 모른다.[15]

신무라 이즈루가 「선종禪宗」에 발표한 1909(明治42)년은 아쿠타가와가 17세로 北原白秋의 낭만적인 詩에 매료된 시기였다. 아쿠타가와는 「선종」을 참고하기보다 1915(大正4)년에 『남만기』가 출판되어 소설을 쓰려고 『남만기』를 읽고, 『봉교인의 죽음』에 援用했을 가능성이 크다.

15 新村 出, 앞의 책, p.141.

5.2.2 － 慶長 訳 Imitatione Christi －

선의 길에 들어서고자 하는 자는 말씀에 담긴 불가사의한 달콤한 맛을
알게 될 것이다. 善の道に立ち入りたらん人は、御教にこもる不可思議
の甘味を覚ゆべし。　　　　(1610년에 간행된『그리스도를 본받아』에서)

『Imitatione Christi』는 '그리스도를 본받아'라는 뜻이다. 중세의 修德書
인 이 책의 라틴어이름은 'De Imitatione Christi'로 일반인에게는 'Imitatio
Christi'로 불리어졌고 세계 각국어로 번역되었다.

그러나 중세 일본에서는 통칭 'De Imitatione Christi'가 아니고 'Contemptus
Mundi'(『コンテムツス・ムンヂ』慶長 元年, 1596년)이다.[16] 이는 일본에 기
독교를 전파한 16세기 선교사들이 포르투갈・스페인 출신이고 그들의 모
국에서의 통칭이 'Contemptus Mundi'이기 때문이다. 이 사실은 1603년 1월
1일 나가사키長崎 發의 신부 가브리엘 데 마토스Gabriel de Matos의 다음과
같은 보고에 의해 짐작된다.

　　금년『コンテムツス・ムンヂContemptus Mundi』라는 책을 일본의 언어 및
　　문자로 인쇄했는데 일본인은 이를 너무 애용하고 동시에 善用하고 있
　　다.[17]

이 보고서가 연초에 써진 것으로 볼 때 금년은 1601년이나 그 다음해로
추정되고, 1596년의 출판 이후 1602년까지 인쇄되었다는 것을 알 수 있다.

16 松岡洸司,『コンテムツス・ムンヂ』, ゆまに書房, 1993, pp.11-12.
17 土井忠生,『新版吉利支丹語学の研究』, 三省堂, 1971, p.69.

아쿠타가와 류노스케芥川龍之介 문학에 나타난 소재활용 방법 연구

따라서 '慶長 訳'이라고 한 이상은 『コンテムツス・ムンヂ』나, 國字本인 『こんてむつす・むん地』(1610년, 慶長 15)가 출전이라고 할 수 있으리라. 동일 종교서의 제목이 이처럼 다른 것은 이 종교서의 제1권·제1장의, 'DE IMITATIONE CHRISTI ET CONTEMPTV OMNIVM VANITATVM MVNDI'라고 하는 긴 타이틀에서 유래한다. 이 라틴어문장을 당시 번역한 『コンテムツス・ムンヂ』를 로마자로 보면 'Xecaino mimo naqi cotouo iyaxime, von aruji IESU Christouo manabi tatematsuru coto'이다. 따라서 이 표제에는 '세계의 열매도 없는 것을 무시하고'(Contemptus Mundi)와 '예수 그리스도를 본받아'(De Imitatione Christi)라는 두 개의 중심이 되는 의미가 포함되어 있기 때문이다. 영역본·불역본 등에는 '그리스도를 본받아'가 書名으로 되어 있지만 일본에서는 '세계의 열매도 없는 것을 무시하고'가 표제이다. 이를 아네사키 마사하루姉崎正治는 「コンテンプツスムンジ, 即ち捨世錄 解說」에서

Contemputus Mundi 즉 『捨世錄』은 또 다른 이름 Imitatio Christi 즉 '그리스도를 본받아'의 經書로 세상에 알려졌고, 지금은 コンテンプツ라는 이름은 전혀 사용되지 않고 있다. 그런데 同書가 세상에 나왔을 때는 양쪽의 이름을 倂用하고 있었기 때문에 15세기 말의 版本에는 Tractatus de imitatione christi, sive de contemptu omniorum vanitatum mundi(그리스도를 본받는 것, 즉 세상 일체의 열매도 없는 것을 버리는 篇)로 되어 있다. 그러나 16세기 중반 이후 스페인어의 번역이 나왔을 때는 다른 版도 모두 단지 Contemptus Mundi 라는 제목이고, 그 書名이 그리스도 云々만으로 된 것은 19세기의 일이다.[18]   (밑줄은 인용자)

18 姉崎正治編著, 『切支丹宗敎文學』, 同文館, 1932, p.57.

라고 논하고 있다. 즉, 일본에서 이 修德書『イミタチオ・クリスチ』라고 부른 것은 1873(明治6)년 기독교 해금 이후이기 때문에 '慶長 訳'과 'Imitatione Christi'는 한 조가 될 수 없다. 한편『남만기』에는 'Imitatione Christi'에 관한 기사가 보이지 않는다.

다음은 아네사키 마사하루姉崎正治 編「御主^{おんあるじ} ゼスキリシトを學び奉る 經、卷 第一」의 해당 문이다.(切支丹宗教文学)

> 선의 길에 들어서고자 하는 자는 말씀에 담긴 불가사의한 달콤한 맛을 알게 될 것이다.
> 善の道に立入りたらん人は、御教^{ごおしえ}にこもる不可思議の甘味を覺ゆべし。[19]

위의 문장은 아쿠타가와의 '立ち入り'와 루비의 '御教^{みをしへ}'를 제외하고는 일치하고 있다. 이는 아네사키와 아쿠타가와가 공통된 소재원을 갖고 있을 가능성을 시사하고 있는 것은 아닐까라고 생각된다.

5.2.3.「二」(後記)

『봉교인의 죽음』이 발표됐을 때 아쿠타가와 자신이 출전이라고 한『레겐다 오레아』를 둘러싸고 기리시탄 문헌의 연구에 종사하는 사람들 사이에서 일대 센세이션을 일으켰던 것은 주지의 사실이다. 남만학에서 처음 듣는『레겐다 오레아』에 대해서 실로 그럴듯한 해설이 붙여져 있기 때문

---

19 姉崎正治編著,『切支丹宗教文學』, 前掲書, p.65.

에 기리시탄물을 수집하고 있었던 好書家가 500円을 보내 책의 양도를
교섭해왔다. 그러나 『레겐다 오레아』는 架空의 서적임이 아쿠타가와에
의해서 밝혀졌다. 다음은 「二」의 첫 부분이다.

내가 소장하고 있는 나가사키長崎예수회 출판의 어떤 책, 제목이 『레겐다
오레아』라 한다. 아마 LEGENDA AUREA의 뜻이리라. 하지만 내용은 반드
시 서구의 소위 『黃金傳説』이 아니다. 그 땅의 사도 성인의 언행을 기록
함과 동시에 일본의 천주교도가 용맹, 정진한 사적도 채록해, 이로서 복음
전도의 일조가 되었으면 하는 것 같다.

予が所蔵に関る、長崎耶蘇会出版の一書、題して「れげんだ・おう
れあ」と云ふ。蓋し、LEGENDA AUREAの意なり。されど内容は必し
も、西欧の所謂「黄金傳説」ならず。彼土の使徒聖人が言行を録すると
共に、併せて本邦西教徒が勇猛精進の事蹟をも採録し、以て福音傳道
の一たらしめんとせしものの如し。

작자는 여기서 소재가 된 것이 『黃金傳説』이 아니라고 무심코 사실을
말해버리면서 「二」가 허구라는 것도 분명히 했다. 또 『봉교인의 죽음』은
"일본 聖教徒의 일사逸事를 구성한 것이지만, 완전히 본인의 상상의 작품"
이라고 「특이한 작품 두 점에 대해서」(1926.1)에 언급했다.
　여기서 『레겐다 오레아』와 『黃金傳説』의 관계에 대해서 살펴보고자 한
다. 아쿠타가와는 『봉교인의 죽음』의 전거가 『레겐다 오레아』이고, 그것
은 「아마 LEGENDA AUREA의 뜻이리라」고 했다. 즉 여기서 架空의 '레겐다
오레아'와 서양의 널리 알려진 'LEGENDA AUREA'와 연결을 지으면서 마치
'레겐다 오레아'가 'LEGENDA AUREA'의 国字本 같이 생각하게 하고, 더 나

아가 자세한 설명 없이 'LEGENDA AUREA'가 '黃金傳說'이라고 한다. 이 'LEGENDA AUREA'는 라틴어이기 때문에 그 의미를 모르는 독자는 다음에 '黃金傳說'이 왜 급히 나올까 이해하기 어렵다. 여기에 논리상의 비약이 보이지만 이것은 작자의 입장에서 보면 극히 자연스런 발언이고, 이 비약이야 말로 아쿠타가와의 原典 은닉隱匿의 수법이라고 말할 수 있다. 즉 아쿠타가와는 누구보다도 LEGENDA AUREA(라틴어版)=Golden Legend(英国版) 즉 『黃金傳說』, 게다가 그것을 根本으로 한 東京版『聖人傳』이 사실상 전거이기 때문에 架空의 '레겐다 오레아'와 라틴어版 LEGENDA AUREA 와의 관계를 '아마'로 애매하게 말하고 있다. '聖人傳'과 '黃金傳說'의 차이도 알았기 때문에 "내용은 반드시 서구의 소위 『黃金傳説』이 아니다"라고 설명했다. 이처럼 아쿠타가와는 말하지 않아도 될 것을 말해버리는 경향이 있다. 이런 의미에서 전거의 탐색에 있어서 긍정적이건 부정적이건 아쿠타가와가 제시한 書籍名은 일단 원전과 긴밀한 관계가 있다고 생각된다. '黃金傳説'은 라틴어로 筆錄한 유럽 중세 聖人傳의 集大成으로 "서구 전역의 수도원에 들어와 聖人傳 문학의 주요 전거가 되었다."[20] 라틴어의 原著가 세상에 나타나자 在來의 聖人傳集을 몰아내고, 각 나라 언어로 번역되었다. 많은 예술가가 『黃金傳説』에서 소재를 얻어 그림·조각을 남겼고, 聖人傳숭배와 『黃金傳説』 보급에 일조했다.

아쿠타가와는 그의 서간에서 『黃金傳説』에 관해 다음과 같이 언급한다.(하타 도요키치秦豊吉, 1927. 2. 16.)

Legenda aurea는 黃金傳説이라는 뜻, Jocobus de Voragine는 13세기 초기의 인물이다. 책의 내용은 나의 『기리시토호로 상인전』과 같은 이야기

20 ヤコブス・ア・ウォラギネ著, 藤代幸一訳『新版 黃金傳説抄』, 新泉社, 1994, p.190.

정도다. 다만 매우 簡古 素朴하다네. 영국에서는 William Caxton의 번역으로 유명하다. 이번 독일에서 나온 책은 근대어로 번역되었는지 어떤지. Caxton은 15세기경의 인물이기 때문에 이 영어는 상당히 古語이다. 뿐만 아니라 원본에 없는 이야기―예를 들면 ヨブ記 등을 보태고 있다. 나는 黃金傳説은 전부 읽지는 않았다. (중략) 그러나 黃金傳説은 여하튼 유명한 책이니까. 게스타 로마노룸Gesta Romanorum과 같이 사 놓아도 좋을 책이라네.

『봉교인의 죽음』이 발표된 후 10년이 지난 書簡으로 Legenda aurea가 즉 『黃金傳説』인 것을 아쿠타가와는 숙지하고 있었던 것이다. 『봉교인의 죽음』의 後記인 「二」의 "아마"라는 말은 아쿠타가와의 캄플라주(僞裝)이다. 당시 새로 출간한 독일어 번역본에 대해서도 관심을 가진 것을 보아도, 『黃金傳説』에 대한 아쿠타가와의 관심은 지속적이고 또 보통이 아니었다는 것을 알 수 있다. 다음 「二」의 밑줄 부분은 다른 소재원의 문장이나 또 시대적인 고증과 모순된 부분이다.

체재는 상하 2권. 미농지에 인쇄하여 초서체가 섞인 히라가나 문장으로, 인쇄는 매우 선명하지 않고, 활자인지 아닌지 명확하지 않다. 상권 속표지에는 라틴문자로 書名을 橫書하고 있고 그 밑에 한자로 '예수 탄신 이후 천오백구십육년 慶長 2년 3월 上旬이라고 적혀있다'의 2행을 縱書했다. 연대의 좌우에는 나팔을 부는 천사의 画像이 있다. 기교는 매우 유치하지만 운치가 없다고는 할 수 없다. 하권도 속표지에 "5월 中旬이라고 적혀있다"라는 문구가 있는 것을 제외하면 전혀 상권과 차이가 없다.

두 권 다 종이 수는 약 60페이지이고, 게재한 黃金傳説은 상권 8章,

하권 10章이다. (중략) 서문은 문장이 세련되지 않고 가끔 서양문장을 직역한 것 같은 어법이 섞여, 얼른 보면 서양인 신부가 쓴 것이 아닌가라는 의심이 든다. (중략) 다만 기사 중 큰 화재는 『나가사키 항초長崎港草』이하 여러 서적에 나타나지만 그 유무조차 명확하지 않아서, 사실 정확한 연대는 전혀 알 수가 없다.

体裁は上下二巻、美濃紙摺草体交り平仮名文にして、印刷甚しく鮮明を欠き、活字なりや否やを明にせず。上巻の扉には、羅旬字にて書名を横書し、その下に漢字にて「御出世以来千五百九十六年、慶長二年三月上旬鏤刻也」の二行を縦書す。年代の左右には喇叭を吹ける天使の画像あり。技巧頗幼稚なれども、亦掬す可き趣致なしとせず。下巻も扉に「五月中旬鏤刻也」の句あるを除いては、全く上巻と異同なし。

両巻とも紙数は約六十頁にして、載する所の黄金傳説は、上巻八章、下巻十章を数ふ。(中略) 序文は文章雅馴ならずして、間々欧文を直訳せる如き語法を交へ、一見その伴天連たる西人の手になりしやを疑はしむ。(中略) 但、記事中の大火なるものは、「長崎港草」以下諸書に徴するも、その有無をすら明にせざるを以て、事實の正確なる年代に至つては、全くこれを決定するを得ず。[21]　　　　(밑줄은 인용자)

전술의 두 개의 에피그램이나 그 출전에 관한 附言을 일독한 것만으로는 아쿠타가와가 쓴 여러 문헌 및 아즈치安土・모모야마桃山 시대의 일본의 여러 사정에 대해 예비지식이 없는 한 그 허구를 看破하기에는 쉽지 않다. 그만큼 세밀하게 묘사해서 아쿠타가와의 현학衒学취미가 유감없이

---

21 『芥川全集第三巻』, pp.263-264.

발휘되어 있다. 지금까지의 왕조물王朝物과 달리 기독교문학, 중세의 언어, 카톨릭의 포교활동, 殉教死 등 광범위한 지식이 필요하기 때문이다. 이것들은 일반적인 고전의 지식과는 별도로 각 분야의 전문가가 아니면 얻기 어려운 지식으로 문헌이 필요하다. 즉,「二」를 쓰는 데에는 적어도『신약성서』,『바테렌기伴天連記』, 크랏세의『일본서교사日本西教史』, 地誌『長崎叢書』,『黄金傳説』에 대한 해설 등을 참고 하지 않으면 쓸 수가 없는 것이다.『봉교인의 죽음』이 발표된 大正7년의 아쿠타가와의 집필활동을 보면 『지옥변地獄変』,『거미줄蜘蛛の糸』(5월),『개화의 살인開化の殺人』(7월),『봉교인의 죽음』(9월),『메마른 들판枯野抄』(10월)등이다. 특히『봉교인의 죽음』다음으로『메마른 들판』이 잇달아 쓰였기 때문에『봉교인의 죽음』에 많은 시간을 들일 수가 없었으리라. 이점에 대해서 에비이 에이지도 신무라 이즈루의 영향을 지적하고 있다. 그 구체적인 유사점을『신편 남만 사라사新編南蛮更紗』수록의「권선초勸善鈔」의 해설을 인용한다.

　　『ギア・ド・ペカドール』 Guia do pecador 원본의 제목으로 "きやとへかとる 죄인을 선으로 인도하는 일"로 쓰였다. 지금 임시로 번역해서 "勸善鈔"라 명명했다. 스페인의 루이스・데・그라나다 Luis de Granada의 원본을 일본에서 천주교도가 요약하여, 서력 1599년 즉, 내가 慶長4年 예수회의 모 학교에서 출판을 한 것이다. <u>상하 2권, 미농지에 인쇄하여 초서체 히라가나가 섞인 通俗日文에, 가끔 라틴어문장을 로마자로 표기한 부분이 있다.</u>　　　　　　　　　　　　　　　(밑줄은 인용자)

　　다음은「二」의 밑줄 친 序文 부분과 유사한 문헌『南蛮記』이다.

　　<u>문장이 세련되어 있지 않고, 독자로 하여금 혹은 우리나라 사람의 필체는 아니고 서양인 신부가 쓴 것이 아닌가라는 느낌이 든다.</u>

위의 해설 중 밑줄 친 부분이『봉교인의 죽음』의 전거가 되는『레겐다 오레아』의 體裁와 일치 내지 유사하다. 또『ギア・ド・ペカドール』상권에 "예수탄신 이래 1599년 慶長4년 정월 下旬", 하권에는 "3월 中旬"이라 씌어 있기 때문에『레겐다 오레아』의 "3월 上旬"은 상권의 "下旬"과 하권의 "中旬"을 피해 "3월 上旬"[22]으로 算出했다고 판단된다. 또한『南蛮記』의 밑줄 친 부분도 아쿠타가와가 참고했을 것이다. 한편,『봉교인의 죽음』의 火災場面에 대한 자료의 출처로『長崎港草』가 게재되었다. 이는 아쿠타가와가『봉교인의 죽음』의 배경인 長崎사원의 火災기사를 마치『長崎港草』에서 취재한 것같이 보이면서, "사실의 정확한 연대에 이르러서는 전혀 이를 결정할 수 없다"고 피하고 있다.

5.3 「성마리나聖マリナ」에서『봉교인의 죽음』으로

다음은 선행연구에서 지적된『봉교인의 죽음』소재에 관한 설명이다.

(1) 「サンタマリナの御作業」(『耶蘇教叢書』) 수록의 国字本
(2) "The Life next of S.Marine"(w.caxton 英訳 "Golden Legend" 수록)
(3) 「聖マリナ」(斯定筌(Steichen, Michael) 著『聖人傳』(明治27년 初版)

이 셋은 성마리나聖マリナ의 행적에 대해서 서술한 同系의 이야기이다.

---

22 "3월 上旬"에 관해서 신무라 이즈루는 "慶長改元은 12월이기 때문에 元年 3월이라고 한 것은 작자의 실수이리라"고 지적한다. 新村 出,『新編 南蛮更紗』三『れげんだ・おうれあ』(大正七年七月及十二月 芸文), pp.198-199.

(1), (2)는 히라기 겐이치柊源一(1909-1981)가 1960(昭和35)년 8월「国語国文」에 발표한 것이고, (3)의『聖人傳』出典 說은 우에다 데츠上田哲의「『봉교인의 죽음』出典 考」를『이와테 단가岩手短歌』(1960.9)에서 발표하였다. 이어서 에비이 에이지海老井英次는 아쿠타가와의 舊장서 중에 일본판『聖人傳』이 있음을 제시하고『봉교인의 죽음』의 출전은『聖人傳』수록의「성마리나」라고 확신했다.[23]『聖人傳』이 가장 유력하다고 보는 근거는『봉교인의 죽음』이라는 표제가『聖人傳』緒言의 冒頭에「奉敎人」으로 적혀 있기 때문이다.

　　무릇 奉敎人은 그 몸을 완전한 가르침의 신자로 삼고 흠이 없는 道의 수행자가 되고자 한다면 그저 마땅히 주 예수그리스도를 모범으로 삼아야 한다.

아쿠타가와는 대개 원전이 있는 소설을 쓸 경우, 그 原題와 주인공의 이름이 완전히 일치하거나 冒頭부분의 상징적인 말을 타이틀로 삼는 것이 많다. 예를 들면 唐代소설『杜子春傳』의 주인공을 인용한 童話『두자춘』이 있고,『金將軍』도 출전인『傳説の朝鮮』수록「金應瑞」의 冒頭가『김장군』이다.『투도偸盗』도『古今著聞集』중의 題名과 같고,『무도회』도 프랑스작가 피에르 로티의『가을의 일본秋の日本』수록「에도의 무도회江戸の舞踏会」에서 소재와 제목을 얻고 있다.『봉교인의 죽음』도『日本西教史』1장에서 奉敎人이라는 단어가 몇 페이지 발견되어『일본서교사』의 영향도 있었을 것으로 생각된다.[24]

23　海老井英次編,「鑑賞日本現代文学41　芥川龍之介」, 角川書店, 1981, p.141.
24　『日本西教史』제1장. p.95, 96, 97, 98, 100에서「奉敎人」이라는 단어가 확인된다. 그

다음은 「성마리나」와 『봉교인의 죽음』의 유사점이다.

「성마리나」의 생선가게의 딸은 '성질이 매우 방종해서 소위 교활(スレ
カラシ)'한 성격의 소유자다. 딸이 마린을 사모하지만 신앙심이 강한 마린
은 상대를 하지 않았다. 이에 한을 품어, 다른 남자와 관계하여 임신했는
데 마린의 아이라 속여 결국 마린이 수도원에서 추방된다는 내용이다. 마
린을 짝사랑한 딸의 구체적 설명은 『봉교인의 죽음』의 우산가게 딸이 '로
렌조'를 사모한 경위와 비슷하다.

다음은 수도원에서 추방된 후 5년간 고난을 겪고 수도원에 복귀할 때의
가엾은 마린의 모습과 寺院에서의 '로렌조'의 용모에 대한 묘사이다.

> 마린의 통통한 볼살은 다 빠져 뼈가 드러나고, 짙었던 눈썹, 백옥 같았
> 던 피부, 붉은 입술, 치렁치렁하며 탐스럽고 부드러웠던 머리, 옛 모습은
> 모두 사라져 마치 다른 사람처럼 보였다.
>
> 其豊かなりし頰の肉は落ちて骨を露はし其濃く引かれたる眉其白く
> 玉の如かりし肌紅をさしたらん如くなる唇ふさふさとして柔らかなり
> し髮皆昔の姿は消へて異人とのみぞ見ゆめりがく。[25]　　　（「성마리나」）

> 맑고 깨끗이 야윈 얼굴은 불빛으로 붉게 빛나고, 바람에 날리는 검은
> 머리카락은 어깨를 조금 넘은 것 같은데, 가련하고 아름다운 눈빛은 한
> 눈에 봐도 그가 로렌조임을 알 수 있었다.
>
> 清らかに瘦せ細つた顔は、火の光に赤うかがやいて、風に乱れる黒

중 한 예를 들면 "사쓰마의 봉교인을 순시하였을 때, 그 성내에 백여 명의 봉교인이
있었다.(薩摩の奉教人を巡視せし時、此城内に百餘の奉教人あり)"
25 斯定筌, 『聖人傳』, 秀英舍, 1894. 初版, p.299.

髪も、肩に余るげに思はれたが、哀れにも美しい眉目のかたちは、一目見てそれと知られた。[26]

(『봉교인의 죽음』)

이 유사점은 「성마리나」가 전거라는 점에 있어 유력한 증거라고 에비이에이지도 언급했다. 다만 「성마리나」에서는 마린의 아버지가 들어간 수도원이 '女子 입회를 嚴禁'했기 때문에 남장을 하고 이름도 마리나에서 남자 이름 마린으로 개명한 반면, 『봉교인의 죽음』에서는 '로렌조'가 남장해야 하는 이유가 생략되어 있는 점이 다르다. 또 「성마리나」에서는 男裝의 마린이 남자처럼 행동하는데 반해, '로렌조'는 남장은 하고 있어도 깨끗한 용모와 앳된 목소리 때문에 사람들의 동정심을 유발시킨다. 이 같은 '로렌조' 像은 최종 장면에서 여성이라는 점을 나타내기 위한 복선이고, 또 '로렌조'의 성격을 부각시키기 위해 아쿠타가와는 원전에 없는 강한 남성상으로 '시메온'을 설정했다고 판단된다.

본 장에서는 『봉교인의 죽음』과 출전인 「성마리나聖マリナ」와의 비교를 통해 유사점과 차이를 분석하고 아쿠타가와의 독창성을 논하겠다.

5.3.1 『봉교인의 죽음』의 冒頭

일본 나가사키의 '산타루치아'라고 하는 '에케레샤(사원)'에 '로렌조'라는 이 지방의 소년이 있었다. 이 소년이 어느 해 성탄절 밤, 사원 입구에 굶주림과 피곤에 지쳐 쓰러져 있는 것을 예배하러 온 교인들이 간호하였고, 그 후 신부님이 가엾이 여겨 사원에서 같이 지냈다. 혈통을 물으면

---

26 『芥川全集第三卷』, pp.256-257. 본문에 인용된 『봉교인의 죽음』은 김효순의 번역을 참고함. 『아쿠타가와 류노스케 전집』2권, 제이앤씨, 2010, pp.193-206.

고향은 '하라이소'(천국) 아버지의 이름은 '데우스'(천주)라 하고, 진실을 밝힌 적은 없다. 그러나 아버지 대부터 '젠티오'(이교도)의 패거리가 아닌 것만은 손목에 찬 파란 '곤타츠'(묵주)를 보아도 알 수 있었다. (중략) 신부를 비롯해 수도사, 장로들도 '로렌조'는 천사가 환생한 것이라고 했다.

日本長崎の「さんた・るちや」と申す「えけれしや」(寺院)に、「ろおれんぞ」と申すこの国の少年がござつた。これは或年御降誕の祭の夜、その「えけれしや」の戸口に、餓ゑ疲れてうち伏して居つたを参詣の奉教人衆が介抱し、それより伴天連の憐みにて、寺中に養はれる事となつたげでござるが、何故かその身の素性を問へば、故郷は「はらいそ」(天国)父の名は「でうす」(天主)などと、何時も事もなげな笑に紛らいて、とんとまことは明した事もござない。なれど親の代から「ぜんちよ」(異教徒)の輩であらなんだ事だけは、手くびにかけた青玉の「こんたつ」(念珠)を見ても、知れたと申す。〈中略〉一同も「ろおれんぞ」は天童の生れがはりであらうずなど申し、)[27]　　　　　　(밑줄은 인용자)

아쿠타가와는 교인들의 질문에 "고향은 하라이소, 아버지 이름은 데우스"로 답한 '로렌조'를 "천사의 還生"이라고 강조하여 浪漫과 신비감을 독자에게 느끼게 한다. 포르투갈어인 '에케레샤' '젠티오'등의 어휘는 이국정서를 자아내는데 유용하게 쓰이고 있다. 英訳本, 国字本, 『聖人傳』에도 없는 冒頭의 상황 설정 때문에 『봉교인의 죽음』의 연구자들은, 이를 아쿠타가와의 独創이라고 말한다. 그러나 여기에도 아쿠타가와가 참고한 소재가 있다고 생각된다. 우선 '로렌조'가 사원의 입구에 쓰러져있다고 하는

27 『芥川全集第三巻』, pp.249-250.

설정은 기노시타 모쿠타로木下杢太郎의 戲曲『南蛮寺門前』에서 힌트를 얻은 것 같다. 또 아쿠타가와의 기리시탄물의 未발표작『南蛮寺』(1917, 8년경 추정)와 관계가 있다고 생각된다.『봉교인의 죽음』의 이해를 위해 아쿠타가와의『南蛮寺』를 인용한다.

> 京都에 南蛮寺라는 천주교 사원이 있던 때의 이야기이다. 南蛮寺의 문지기가 전염병에 걸려 죽은 후, 妻와 일곱 살 된 딸이 남아 있었다. 그래서 南蛮寺의 신부는 문지기 역할을 그 妻에게 시켰다.[28]

아침 종이 울리어 문이 열리면 어머니는 "청옥의 묵주를 손목에 차고 벽에 걸려있는 작은 십자가 앞에서 무릎 꿇고 죽은 남편을 위해 간절히 기도를" 드린다.『봉교인의 죽음』에서 안개에 싸인 듯한 '로렌조'의 정체를 엿볼 수 있다.『봉교인의 죽음』에는 "청옥의 곤타츠(묵주)"에 의해 "아버지 代부터 '젠티오'(이교도)의 패거리가 아닌 것"만은 알 수 있었다고 기술되어 있다. 독자로서는 어째서 그 묵주가 그러한 사실을 증명하는지 납득할수 없지만,『南蛮寺』에는 문지기인 어머니가 묵주를 가지고 있었고 그 유품이 딸에게 전해졌다는 이야기가 등장한다.『봉교인의 죽음』에서도 로렌조가 파란 묵주만을 손목에 차고 있는 모티브는 위의『南蛮寺』의 내용과 일맥상통한다.

또한 "고향은 '하라이소'(천국) 아버지 이름은 '데우스'(천주)"라는 대목은 우에다 빈上田敏 訳, 데오드르・오오바네루 Theodore Aubanel(1829~1886) 작시의 「故国」(Every little bird loves its nest)에 나타나는 표현이다. (「邪宗

---

28 『芥川全集第二十二巻』, pp.410~411.

門秘曲」) 例를 들면,

　　작은 새 조차도 둥지를 사랑하며
　　푸른 하늘이야말로 내 나라요
　　고향인 波羅葦增雲(パライソウ) 「故国」

　또 기노시타 모쿠타로의 詩 「파라이소波羅葦增」(1907.12)에도 "이 회원 繪圓의 어딘가에 있다, 그대가 말하는 波羅葦增"이다. 물론 다른 기리시탄 서적에 자주 등장하는 어휘이지만 당시 유행하고 있었던 이 詩句의 영향을 아쿠타가와가 직간접적으로 받았을 가능성이 높다.

　다음은 「성마리나」의 '수도원'과 『봉교인의 죽음』의 '에케레샤'에 대한 차이점이다. 「성마리나」의 마린이 들어간 수도원은 여인 금지 구역이다. 한편, '에케레샤'(ラテン語, ecclesia, ポルトガル語, igreja)는 남녀 누구라도 출입이 가능한 사원이다. 여기서 생활하게 된 '로렌조'가 남장해야 할 이유는 분명치 않다. 단지 아쿠타가와는 '시메온'에게서 사랑 받는 '로렌조'를 미소년으로 묘사함으로써 최종 장면의 남장한 '로렌조'가 실제로 여성이었다는 사실로 독자의 의표를 찌르려는 설정일 것으로 생각된다. 아쿠타가와는 '시메온'이라는 강인한 인물을 창조하여 『봉교인의 죽음』을 원전과 다른 소설로 재창작할 수 있었다.

5.3.2 '로렌조'와 '시메온'

　본 절에서 '로렌조'와 '시메온' 像의 조형에 관해 살펴보고자 한다. '시메온'은 '로렌조'의 사원생활을 행복하게 해준 인물로 우산가게 딸의 임신이

'로렌조'의 아이라는 허위사실로 인해 追放되기 전, 두 사람은 마치 형제처럼 보였고 또한 아련한 연정을 품은 것처럼 보였다. '로렌조'는 남장을 하고 있지만 매우 여성적으로 묘사되고 있다.

이 지방의 이르만 '시메온'이라는 자는 '로렌조'를 동생처럼 돌보며 사원 출입에도 꼭 사이좋게 손을 잡고 다녔다. 이 '시메온'은 원래 어느 영주를 모신 적이 있는 제법 신분이 좋은 집안 출신이다. 특히 키가 크고 천성이 강하여, 신부님이 이교도들의 돌팔매질을 당하시는 것을 몸소 막아 준적도 한 두 번이 아니다. 그런 그가 '로렌조'와 의좋게 지내는 모습은 마치 비둘기에게 구애하는 독수리라고나 할까? 아니면 '레바논' 산의 노송나무에 포도 넝쿨이 타고 올라가 꽃을 피운 것과 같다고도 할 수 있을 것이다.

この国の「いるまん」に「しめおん」と申したは、「ろおれんぞ」を弟のやうにもてなし、「えけれしや」の出入りにも、必仲よう手を組み合わせて居つた。この「しめおん」は、元さる大名に仕へた、槍一すぢの家がらなものぢや。されば身のたけも抜群なに、生得の剛力であつたに由つて、伴天連が「ぜんちよ」ばらの石瓦にうたるるを、防いで進ぜた事も、一度二度の沙汰ではござない。それが「ろおれんぞ」と睦じうするさまは、とんと鳩になづむ荒鷲のやうであつたとも申さうか。或は「ればのん」山の桧に、葡萄かづらが纏ひついて、花咲いたやうであつたとも申さうず。[29]

여기에서는 수도생활의 고생스러운 분위기는 조금도 보이지 않고 남장

---

29 『芥川全集第三巻』, p.250.

의 여인과 아주 거친 무사를 상상시키는 '시메온'과의 사이만 묘사되어 있어,「성마리나」의 마린의 생활과는 천양지차라고 할 수 있다. 아쿠타가와 문학의 탈종교적 경향이 보인다. 『봉교인의 죽음』 집필 당시 아쿠타가와의 기독교에 대한 인식은 성서를 소재원의 하나로 보고 있었다. 따라서 聖人들의 순교에 감동하기도 했지만 순교자에 대한 호기심이 강했다고 볼 수 있다. 따라서 이 장면의 종교색의 삭제는 당연한 것이리라.

한편, '시메온' 像에 관해서인데, 우선 '시메온'이라는 이름은 『구약성서』(창세기 29:33, 34:25, 30, 36:22, 42:24, 43:23, 46:10, 49:5), 『신약성서』의 (누가복음 2:25, 사도행전 13:1) 등에 등장한다. 그러나 전술한 바와 같이 '시메온'에게는 종교적인 측면보다 오히려 강인한 무사가 연상된다. 아쿠타가와가 동경했던 기소 요시나카木曽義仲와도 비교되는 이미지이다. 그리고 아쿠타가와가 일부러 그를 "이 지방의 이르만"이라고 한 것은 '로렌조'가 '이 지방의 소년'이었기 때문이지만, 그보다 루이스 프로이스의 『日本史』의 용어를 모방한 것은 아닐까라고 생각된다. 외국인 '이르만'은 '이르만 某'라고 하는 반면 일본인에게는 '일본인 이르만', '이 지방의 이르만'이라고 구별하여 사용했기 때문이다.[30] 그리고 '시메온'이 '이교도'들의 投石에서 신부를 지켜주었다는 내용도 프로이스의 『日本史』에 나오는 다미앙의 행동과 일치한다. 그 외에, '시메온'은 '레바논'산의 노송나무나 독수리에 비유되어, 『기리시토호로 상인전』의 '레푸로보스'같기도 하고 또 오다 노부나가와 통하는 인상이다.[31] 프로이스는 『日本史』에서 노부나가를 '레바논 산의 삼나무'에 비유하고, 용맹스러운 기질에 대해 기술하고 있다.

---

30 ルイス・フロイス(柳谷武夫訳)『日本史1』切支丹傳来のころ―, 平凡社, 1963, p.164.
　「この頃, 日本人いるまんロレンソはもうこの家におかれていた。」
31 信長は長い槍で短い槍の相手を打ち負かした。しかしただ長いから有利というのではなく, 槍先をそろえて「槍ぶすま」のような戦法を試みている。

다음은 '로렌조'에 관해서인데, 이와 관련된 선행연구는 아주 적고, 루이스의 『日本史』에 등장하는 열심히 포교를 한 일본인 이르만 로렌소 Lourenso(1526-1592)와 관련시킨 견해가 있다. 『日本史』의 내용을 종합해 보면 히젠肥前출신의 로렌소는 거의 실명 상태였고 거지나 다름없는 비파법사琵琶法師로 용모도 보기 흉했다. 그러나 성격은 활달하고 학문은 얕았지만 총명해 能辯家로 九州각지에서 京都까지 그리스도의 말씀을 전했다. 그는 영주·승려·귀족들을 개종시킨 그 시대 최고의 수도사이며 설교자였다. 로렌소는 1569년에 프로이스와 함께 노부나가를 알현하고 그 목전에서 니치죠 쇼닌日乗上人과 종교론을 펴 니치죠를 설파한 일화는 유명하다.[32] 이처럼 『日本史』의 로렌소와 '여린 여성 이미지'가 넘치는 '로렌조'와는 매우 다르다. 大正 7년 9월 「三田文学」에 최초로 발표했을 때 이름은 '로랑'이었다. 『봉교인의 죽음』을 읽은 일부 지식인들의 의견에 따라서 다음 해 간행된 제3창작집 『괴뢰사傀儡師』에 수록될 때 '로렌조'로 개명했다. 그러므로 아쿠타가와의 '로렌조'는 역사상의 로렌소와는 다른 별도의 출처가 있을 가능성이 높다. 예를 들면 기타하라 하쿠슈北原白秋의 『邪宗門』 부록의 「천초아가天艸雅歌」 중의 「희미한 촛불에」를 인용하면 다음과 같다.

아아~ 그립구나~ 로렌조여~ 종을 울려
진실하게 안식일을 축복하는 것은
아아~ 즐겁구나~ 순백의 날개를 가지런히 한 채
비둘기와 같이 노래하련만, 나의 아이들이여.　　　　(밑줄은 인용자)

---

32 ルイス·フロイス『日本史4』, 第87章, pp.202-220.

『일본근대문학대계28, 北原白秋』(角川 1960년)의 주註에 의하면 '로렌조'는 세례명의 하나로, 작시의 편의상 사용된 것으로 특별한 의미는 없다고 한다. 이 하쿠슈白秋의 '로렌조' 자체는 모리 오가이森鴎外의 『즉흥시인卽興詩人』에 등장하는 펫포 아저씨의 친구인 '로렌쏘'를 활용했다고 알려져 있다. 그 외에 大正2년 아쿠타가와가 읽은 책『The Monk』(『수도승』 Edgar A.poe)에도 로렌조라는 인물이 등장한다. 『봉교인의 죽음』의 주인공 이름의 유래를 생각하면 종교적인 인물보다 문학적인 素材源에서 '로렌조'라는 이름을 인용했을 가능성이 높다.

5.3.3 마린과 '로렌조'의 수난

「성마리나」에서는 마린과 생선가게 딸의 배후에 '악마'의 계략과 '神'의 시험이 설정되어 있다. 즉 "악마는 마린의 강한 신앙을 질투하여 神에게 害를 주기를 빌었고, 神도 신앙의 깊이를 시험하기를 허락"했다고 한다. 수도사 마린의 신앙이 시험 받을 때가 온 것이다. 바로 생선가게 딸은 근처의 남자와 정을 통해 임신을 했는데, 아이의 아버지가 마린이라고 누명을 씌워 추방당하게 한다. 한편『봉교인의 죽음』의 '로렌조'의 受難은 다음과 같이 그려진다.

그러는 사이 어느덧 삼 년 남짓의 세월이 흘러 '로렌조'는 이윽고 성인식을 할 나이가 되었다. 그때 이상한 소문이 돌았는데, 그것은 '산타루치아'에서 멀지 않은 마을의 우산가게 딸이 '로렌조'와 친해졌다고 하는 것이다. (중략) 어느 날 신부는 '로렌조'를 불러 "자네가 우산가게 딸과 소문이 있는 것을 들었는데 설마 사실은 아니겠지. 어찌 된 거냐"고 부드럽게 물

으셨다. '로렌조'는 "그런 일은 절대 있을 수 없습니다"라며 울먹이는 소리
로 반복했다.

さる程に三年あまりの年月は、流るるやうにすぎたに由つて、「ろ
おれんぞ」はやがて元服もすべき時節となつた。したがその頃怪しげな
噂が傳はつたと申すは「さんた・るちや」から遠からぬ町方の傘張りの
娘が、「ろおれんぞ」と親しうすると云ふ事ぢや。(中略) 或日「ろおれん
ぞ」を召されて、白ひげを嚙みながら、「その方、傘張の娘と兎角の噂
ある由を聞いたが、よもやまことではあるまい。どうぢや」ともの優し
う尋ねられた。したが、「ろおれんぞ」は、唯憂はしげに頭を振つて、「
そのやうな事は一向に存じよう筈もござらぬ」と、涙声に繰返す。**33**

「성마리나」와『봉교인의 죽음』에서 주인공들의 수난은 각각 생선가게
딸과 우산가게 딸의 연심을 받아들이지 않았기 때문으로 되어 있는데, 이
유사점도 아쿠타가와가「성마리나」를 참고했다고 보는 증거 중의 하나라
할 수 있다. 사건발생시 '로렌조'의 반응은 우산가게 딸과 소문이 났을 때
이를 눈물 섞인 목소리로 부정하고, 의심의 눈으로 보는 '시메온'에게 "내
가 주님에게까지 거짓말을 할 것 같은 사람으로 보이는가"라며 반발하고
있다. 방에서 나온 '로렌조'는 다시 돌아와서 헐떡이는 목소리로 "내가 나
빴어. 용서해줘"라고 속삭이고는 또 나가버렸다. '로렌조'와 '시메온'의 관
계가 젊은 남녀의 애정을 시사하고 있는 것 같은 장면이다. 사건의 중대사
에 비해서 신부의 태도는 온화한데 비하여 오히려 '로렌조'의 태도는 격하
게 그려지고 있다. 이는『봉교인의 죽음』이 종교적이냐, 예술 지향적이냐

33『芥川全集第三巻』, pp. 250-251.

를 구별하는 중요한 단서가 된다. 「성마리나」에서는 마린이 難行苦行 끝에 종교적으로 승화되는 숭고한 정신이 보이지만, '로렌조'는 다만 여성답게 '시메온'의 오해를 두려워하여 눈물을 글썽이며 자신의 무죄를 주장하는 모습이 주목된다.

「성마리나」의 法律은 간통해서 아이를 낳으면 남자가 기르게 되어 있다. 추방 후 마린은 허름한 집을 지어 생선가게 딸의 아이를 기르면서 5년간 고행의 세월을 보낸다. 마린의 인내를 본 수도원 사람들은 탄원했고, 원장은 사면하여, 마린은 다시 수도원으로 돌아온 후 하인처럼 지낸다. 한편, 『봉교인의 죽음』의 추방과 관련한 묘사는 다음과 같다.

그런데 그 후 얼마 안 있어 그 우산가게 딸이 아이를 뱄다는 소문이 낫다. 더구나 배 속의 아이 아버지는 '산타루치아'의 '로렌조'라고 바로 자기 아버지 앞에서 말했다고 한다. 그러자 우산가게 영감은 불같이 노하여 즉각 신부님에게 사정을 따지러 왔다. 그 날 신부님을 비롯하여 수도사들 일동의 합의에 의해 파문이 선고되었다. 원래 파문 소식이 있으면 신부에게 쫓겨나기 때문에, 입에 풀칠하기 어렵다. 그렇다고 이런 죄인을 그대로 '산타루치아'에 놓아두면 주님의 '구로리야'(영광)에도 관계되어, 평소 친해진 사람들도 눈물을 머금고 '로렌조'를 내쫓았다고 한다.

するとその後間もなう起つたのは、その傘張の娘が孕つたと云ふ騒ぎぢや。しかも腹の子の父親は、「さんた・るちや」の「ろおれんぞ」ぢやと、正しう父の前で申したげでござる。されば傘張の翁は火のやうに憤つて、即刻伴天連のもとへ委細を訴へに参つた。かうなる上は「ろおれんぞ」も、かつふつ云ひ訳の致しやうがござない。その日の中に伴天連を始め、「いるまん」衆一同の談合に由つて、破門を申し渡され

る事になつた。元より破門の沙汰がある上は、伴天連の手もとをも追ひ払はれる事でござれば、糊口のよすがに困るのも目前ぢや。したがかやうな罪人を、この儘「さんた・るちや」に止めて置いては、御主の「ぐろおりや」(栄光)にも関る事ゆゑ、日頃親しう致いた人々も、涙をのんで「ろおれんぞ」を追ひ払つたと申す事でござる。[34]

　'로렌조'는 우산가게 딸로 인해 누명을 써 변명할 여지조차 없는 상황에 몰려 '에케레샤에서 추방당하게 된다. 「성마리나」와 『봉교인의 죽음』의 차이는 추방 결정의 방법에 있다. 「성마리나」는 원장이 직접 사실을 확인하고 추방을 명령하며, 주위의 동정은 없다. 더구나 추방된 마린의 장래를 걱정하는 마음조차 느껴지지 않는다. 반면 『봉교인의 죽음』에서의 추방방법은 비참한 궁지에 몰린 '로렌조'로 묘사하고 있다. 또한 '로렌조'에 대한 단죄는 신부나 선교사 일동의 合議에 의해 결정되어 있어, 다수결에 의한 근대적인 재판 과정을 연상시킨다.

　추방을 당한 '로렌조'가 매서운 바람 속에 힘없이 문을 나서자, '시메온'은 속았다는 분풀이로 옆에서 주먹을 휘둘러 그 아름다운 얼굴을 세게 때린다. 힘이 센 '시메온'에게 얻어맞은 '로렌조'는 넘어졌지만 바로 일어나서 눈물 젖은 눈으로 하늘을 우러러 보면서 "주님 용서해 주세요. '시메온'은 자신의 소행도 분별하지 못하고 있습니다"라고 떨리는 목소리로 기도한다. 이 기도는 『신약성서』의 누가복음 23:34의 "아버지여 저희를 용서해 주소서. 자기의 하는 것을 알지 못하나이다"라는 십자가上의 예수의 말과 관련이 있다. 이 성서 인용은 중요한 의미를 가지고 있다. 이는 예수가

---

34 『芥川全集第三巻』, pp.252-253.

십자가에 달렸을 때 고통 속에서 하늘을 우러러보고 처음으로 한 말이기 때문이다. 이 시점에서 '로렌조'의 운명은 작가에 의해서 그의 희생적인 죽음이 예고되어 있다. '로렌조'가 '에케레샤'를 떠날 때의 광경도 그의 운명을 상징한다.

　　그때 거기에 있던 봉교인들의 이야기에 의하면, 때마침 돌풍에 흔들리는 태양이 고개를 숙이고 걷는 '로렌조'의 머리 저쪽 나가사키 서쪽 하늘로 지려고 하는 풍경이어서 소년의 우아한 모습은 완전히 온 하늘의 화염 속에 서 있는 것처럼 보였다고 한다.

　　その時居合はせた奉教人衆の話を傳へ聞けば、時しも凩にゆらぐ日輪が、うなだれて歩む「ろおれんぞ」の頭のかなた、長崎の西の空に沈まうず景色であつたに由つて、あの少年のやさしい姿は、とんと一天の火焔の中に、立ちきはまつたやうに見えたと申す。 [35]

　太양조차도 흔들릴 것 같은 겨울의 돌풍 속에 '로렌조'의 모습이 투영되어 석양에 물들인 하늘 속에 서있는 것처럼 보였다고 한다. 이 묘사는 앞의 성서의 문구와 궤를 같이한다. 돌풍 속의 한 잎처럼 태양 속의 한 점으로 化했다고 하는 것은 죽음의 상징이라 할 수 있기 때문이다. "서쪽하늘"은 해가 지는 방향 즉, 불교에서 말하면 西方淨土로 저 세상을 의미한다. 아쿠타가와의 작품은 시간적 배경을 해질녘으로 설정하는 것이 많다.『신들의 미소神神の微笑』도 저녁이 배경이다.『궤도차トロッコ』도 "일몰",『두자춘』도 "해질 무렵"이다.『봉교인의 죽음』의 冒頭가 "성탄절 밤"에서 시작

---

35 『芥川全集第三卷』, p.254.

하는 것은 예외이나, 이야기의 전환점에서 "서쪽하늘로 지려는 태양"은 역시 아쿠타가와의 황혼지향黃昏指向을 나타내고 있다. 결국 이 단락에서 "하늘의 화염 속에 서 있는" 묘사로 '로렌조'의 죽음을 의식하여 이야기를 진행시킨 것 같다.

사원을 나온 후 '로렌조'의 생활은 거지처럼 살면서 이교도들의 돌을 맞기도 하고, 일주일 동안 당시 나가사키에 유행했던 熱病을 앓았다. 한편, 「성마리나」의 마린은 수도원에서 멀리 떨어진 곳에 누추한 집을 스스로 지어 살고 있었고, 모든 것을 하나님께 맡기고 기도생활에만 전념했다. '로렌조'도 '천주'의 끝없는 사랑에 힘입어 위기를 극복하고 먹을 것이 없을 때는 산의 나무열매, 바다의 물고기 등으로 연명했지만 신앙심만은 점점 깊어져 갔다. 아쿠타가와는 '로렌조'가 '에케레샤'에 밤마다 예배하러 가는 장면을 묘사하여 그 信心을 강조하고 있다.

5.3.4 마린과 '로렌조'의 죽음

「성마리나」는 마린이 수도원에 돌아온 2개월 후, 그녀의 사망에 의해 시체를 씻다가 마린이 여성인 것이 알려지고 聖人칭호가 내려진다. 수도자들은 물론 원장도 시체 앞에 꿇어 엎드렸고, 이 긴 세월 성인을 괴롭힌 생선가게 딸은 너무 두려워 떨다가 악마에 미혹되어 重態에 빠진다. 원장은 이 사실을 듣고 바로 딸을 데려와 마린의 옷에 접촉하니 악마는 물러가고 딸이 쾌유되는 기적이 일어났다. 딸은 이전에 지은 죄를 회개하고 자백한다. 마린에게는 치유 이외 종종 不可思議한 일이 일어났기 때문에 당시의 사람들은 마린의 겸손과 깊은 신앙심을 칭송했다. 이 마지막 장면에서 독자는 일말의 무상함을 느낀다. 이렇게 아름답고 완벽에 가까운 여성이 남장을 해서 체험한 고통이 수도원의 복귀라는 형태로 밖에 보상받지 못했기 때문이다. 『聖人傳』의 작자는 마린과 같이 인내를 가지고 생활하면 聖人의 尊号를 얻는 것으로 결론을 맺고 있다.

한편, 『봉교인의 죽음』의 마지막 장면은 「성마리나」에는 전혀 없는 큰 화재로 인해 '로렌조'가 그 불행한 일생을 끝내는 것으로 되어 있다. 화재 발생의 상황, 돌연한 '로렌조'의 출현, 화염 속으로 뛰어 들어간 '로렌조'의 과감한 행위, 울부짖는 우산가게의 딸, 지켜보고 있는 교인들의 심리 변화가 기술되고 있다. 최후로 양손에 어린 아이를 안고 타오르는 화염 속에서 빠져 나온 '로렌조'가 '시메온'의 팔에 안겨 구출되고, 우산가게 딸의 참회를 들은 후 신부의 기도가 끝나자 '로렌조'가 숨을 거두는 것으로 이야기가 전개된다. 이 장면에서는 긴박감과 동시에 청순한 에로티시즘이 느껴지고 작가의 예술적인 감각이 돋보인다. 그러나 종교적인 교훈은 두드러지지 않는다. '로렌조'의 죽음을 그의 生이라고 간주하는 아쿠타가와의 사생관이 담긴 마지막 구절이야 말로 아쿠타가와의 독창성이 가장 돋보이는 부분이라 할 수 있다. 또 마린은 22세 정도에, '로렌조'는 17세 정도에서 사망한다. 이는 비극의 주인공에 어울리는 연령인데, '로렌조'를 꽃다운 나이에 죽게 하는 것 또한 아쿠타가와의 美學과 관련이 깊다. 1년간의 고생 끝에 일거에 '로렌조'를 죽음으로 향하게 하는 전개는 긴장감이 넘치는 한편, '로렌조'의 죽음은 기교를 다해 매우 우아하게 묘사되고 있다.

'로렌조'가 '에케레샤'에서 추방당한 지 약 1년 남짓한 세월이 지난 어느 밤, 나가사키의 반을 태울 정도의 큰 화재가 발생하였다.[36] 그때의 처참한 광경은 "말세 심판의 나팔소리가 온 하늘의 불빛을 뚫고 울려 퍼질 정도로

---

36 フロイス 『日本史2』(第24章, P.7)に教会の近くで起きた火事場を詳細に記録した記事がある。「ちょうどその同じ頃、その街に大火が起こって, …」

소름 끼치는 것"이었다. 이 묘사는『신약성서』의 마태복음 24:29과 관련이 있다. 이 표현은 이후 전개될 장면에 대해서 독자에게 불길한 예상을 품게 한다. 우산가게 영감의 집은 공교롭게도 바람이 부는 위치에 있어 친척들은 급히 도망쳐 나왔다. 그런데 영감 딸이 낳은 아기가 보이지 않는다. 화염은 하늘의 별조차도 태울 정도로 맹렬하여 '시메온'도 구조의 손을 펼칠 수가 없었다. 그는 딸과 영감에게 "이것도 모두 전지전능한 데우스의 뜻입니다. 도리 없는 일이니 포기하시오"라고 말했다. 그 때 누군가가 큰 소리로 "주여 도와주소서"라고 외치는 자가 있었다. '시메온'이 돌아보니 행방이 묘연했던 '로렌조'였다.

로렌조가 거지 모습을 한 채 군중 앞에 나타나 계속 타오르는 집을 바라보고 있었다. 그런데 정말 눈 깜짝할 순간이다. 불길이 한바탕 흔들리며 엄청난 바람이 한 번 지나갔나 싶어 보았더니 로렌조의 모습은 쏜살같이 이미 불기둥, 불 벽, 불 대들보에 들어가 있었다. 시메온은 뜻하지 않게 온몸에 땀을 흘리며 하늘 높이 성호를 그으면서 "주여 도와주소서"라고 외쳤지만, 왠지 그때 마음속에는 돌풍에 흔들리는 태양빛을 받아 산타 루치아의 문 앞에 서 있던 아름답고도 슬픈 로렌조의 모습이 떠올랐다고 한다.

乞食の姿のまま、群る人々の前に立つて、目もはなたず燃えさかる家を眺めて居る。と思うたのは、まことに瞬く間もない程ぢや。一しきり焔を煽つて、恐しい風が吹き渡つたと見れば、「ろおれんぞ」の姿はまつしぐらに、早くも火の柱、火の壁、火の梁の中にはいつて居つた。「しめおん」は思はず遍身に汗を流いて、空高く「くるす」(十字)を描きながら、己も「御主、助け給へ」と叫んだが、何故かその時心の眼

には、凩に揺るる日輪の光を浴びて、「さんた・るちや」の門に立ちきはまつた、美しく悲しげな、「ろおれんぞ」の姿が浮んだと申す。[37]

우선, "돌풍에 흔들리는 태양빛을 받아"등의 표현이 주목된다. 큰 화재 때 강풍이 불고 그 바람에 펄럭이게 된 로렌조의 머리 상태를 표현함과 동시에 그 운명을 상징하고 있어 처연한 아름다움을 자아내고 있다. 또 모두가 불타고 있는 상황을 "불기둥, 불 벽, 불 대들보"라고 하는 짧은 말로 표현했기 때문에 간결하면서도 강한 인상을 준다. "돌풍에 흔들리는 태양빛을 받아"는 먼저 에케레샤의 문을 힘없이 나서는 로렌조의 모습을 연상시킨다. 여기서 다시 "태양"이 되풀이되는 것은 왜일까? 로렌조의 운명은 바람에 흐트러진 머리처럼 무참하지만 그 사후의 영광을 상징하고 있는 것은 아닐까? 태양빛을 받은 로렌조의 모습에서는 일종의 성스러움마저 느껴진다. 하지만 지옥과 같은 상황에서 방관자들의 관심은 저속하다. 그들은 목숨을 건 로렌조의 행위를 "역시 부모 자식의 정은 숨길 수 없는 모양이야. 자신의 죄를 부끄럽게 생각해 이 근처에 얼씬도 하지 않았던 로렌조가 지금은 딸의 목숨을 구하려고 불 속에 뛰어 들다니"라고 서로 욕설을 퍼붓기 시작한다. 여기서 작자는 방관자라는 존재가 얼마나 제멋대로 판단하는가를 말하고 싶었으리라. 방관자의 에고이즘은 이미 『코』의 「이케노오의 사람들」에서도 나타나고 있다. 또한 우산가게 영감도 로렌조의 모습을 보고 이들의 비난을 들으면서 심란한 상태에 빠진다. 이와 같은 인간의 심리는 타인의 말 한마디로 좌우되기 쉽다는 것을 보이면서 작자의 시선은 우산가게 딸에게 옮겨간다.

---

37 『芥川全集第三卷』, p.257.

하지만 당사자인 딸은 미친 듯이 땅에 무릎을 꿇고 양손으로 얼굴을 파묻으면서 오로지 기도만 드리며 몸을 움직이지도 않았다. 하늘에서는 불똥이 비같이 내렸다. 연기도 땅을 쓸고 지면을 후려쳤다. 그러나 딸은 말없이 머리를 숙이고 세상도 잊은 채 기도 삼매경이다.

なれど当の娘ばかりは、狂ほしく大地に跪いて、両の手で顔をうづめながら、一心不乱に祈誓を凝らいて、身動きをする気色さへもござない。その空には火の粉が雨のやうに降りかかる。煙も地を掃つて、面を打つた。したが娘は黙然と頭を垂れて、身も世も忘れた祈り三昧でござる。**38**

이때 군중의 떠들썩한 소리가 들리고 머리를 흐트러뜨린 '로렌조'가 양손에 아이를 안고 화염 속에서 "하늘에서 내려오는 것처럼" 모습을 나타낸다. 그러나 그때 불 대들보 하나가 갑자기 부러져 굉장한 소리와 함께 한 무더기의 연기와 불꽃이 공중에 내뿜더니 이내 로렌조의 모습은 보이지 않았다. 너무나 큰 재난에 '시메온'을 비롯해 영감과 신자들은 눈앞이 캄캄해졌다. 그 와중에 딸은 큰소리로 울부짖으며 땅에 엎드렸다.

엎드린 딸의 손에는 어느 새 어린아이가 생사불명인 채로 꼭 안겨 있는 것이었다. 아아, 끝없는 데우스의 지혜와 전능하심은 그 무엇에 비할 수 있으리요. 타서 무너지는 대들보에 맞으면서 로렌조가 죽을힘을 다하여 이쪽으로 던진 아기는 마침내 딸의 발밑에 상처도 없이 굴러 떨어진 것이었다.

38 『芥川全集第三巻』, pp.257-258.

ひれふした娘の手には、何時かあの幼い女の子が、生死不定の姿なながら、ひしと抱かれて居つたをいかにしようぞ。ああ、広大無辺なる「でうす」の御知慧、御力は、何とたたへ奉る詞だにござない。燃え崩れる梁に打たれながら、「ろおれんぞ」が必死の力をしぼつて、こなたへ投げた幼子は、折よく娘の足もとへ、怪我もなくまろび落ちたのでござる。[39]

　딸은 기쁨의 눈물을 머금고, 영감은 양손을 올려 데우스의 자비를 찬미했다. 그 때 '시메온'은 "세차게 솟아오르는 불꽃 속에 '로렌조'를 구하려고" 일직선으로 돌진했다. 주위의 사람들도 "주여 도와주시옵소서"라고 울면서 기도했다. 이 기도가 하늘에 닿았는지 로렌조는 '시메온'의 팔에 안겨 불 속에서 구출되었다. 숨이 끊어질 것 같은 로렌조는 우선 에케레샤 문 앞에 뉘어졌다. 그때 우산가게의 딸이 사람들 앞에서 "이 아이는 로렌조 님의 아이가 아닙니다. 실은 제가 옆집 이교도와 밀통을 해서 얻은 딸입니다"라고 청천벽력과 같은 사실을 고백했다.

　저는 평소 '로렌조' 님을 연모하고는 있었지만, 그의 굳은 신앙심 때문에 너무 매정하게 대하셔서 한이 맺혀 배 속의 아이를 로렌조 님의 아기라고 거짓말로 분풀이하려고 했습니다. 하지만 로렌조 님은 그 큰 죄도 미워하지 아니하시고, 위험도 무릅쓰고 지옥과 같은 불길 속에서 제 딸의 목숨을 구하셨습니다. 그 자비심, 그 깊은 마음씨를 보면 참으로 주 예수 그리스도가 재림하신 것으로 생각됩니다.

---

39 『芥川全集第三卷』, p.258.

「妾は日頃「ろおれんぞ」様を恋ひ慕うて居つたなれど、御信心の堅
固さからあまりにつれなくもてなされる故、つい怨む心も出て、腹の
子を「ろおれんぞ」様の種と申し偽り、妾につらかつた口惜しさを思ひ
知らさうと致いたのでおびやる。なれど「ろおれんぞ」様のお心の気高
さは、妾が大罪をも憎ませ給はいで、今宵は御身の危さをもうち忘
れ、「いんへるの」(地獄)にもまがふ火焔の中から、妾が娘の一命を辱
くも救はせ給うた。その御憐み、御計らひ、まことに御主「ぜす・きり
しと」の再来かともをがまれ申す。[40]

이 참회를 들은 신자들은 이구동성으로 "마루치리"(순교)라고 한다. 로
렌조는 우산가게 딸의 참회를 들으면서 겨우 두세 번 고개를 끄덕여 보일
뿐 "머리칼은 타고 피부는 그을려지고" 손도 발도 움직일 수 없고, 말할
기력조차 없는 것 같다. 딸의 참회에 가슴이 찢어지는 영감과 '시메온'은
간호했지만 로렌조의 목숨은 위태로워 보였다. '로렌조'의 최후를 아쿠타
가와는 다음과 같이 슬프도록 아름답게 묘사하고 있다.

최후의 순간도 드디어 얼마 남지 않았다. 다만 평소와 다르지 않은 것
은 멀리 하늘을 우러러 보고 있는 별과 같은 눈빛뿐이다.
最期ももはや遠くはあるまじい。唯、日頃と変らぬのは、遙に天上
を仰いで居る、星のやうな瞳の色ばかりぢや。[41]

딸의 참회를 들은 신부는 "회개를 했으니 다행이다. 그러니 그것을 어찌

40 『芥川全集第三巻』, p.260.
41 『芥川全集第三巻』, pp.260-261.

인간의 손으로 벌하겠느냐?"라고 용서하면서 로렌조의 德行을 칭송했다. "특히 소년의 몸이라고는 해도—"라고 말씀하신 신부는 갑자기 입을 다물고 마치 '천국'의 빛을 소망하듯 가만히 발밑 로렌조의 모습을 지켜보셨다. 그리고 계속 눈물을 흘리면서 '시메온'에게 말했다.

보라, 시메온. 보시오, 우산가게 영감. 주 예수 그리스도의 피보다도 붉은, 불빛을 전신에 받으며 소리도 없이 산타루치아 문 앞에 눕혀져 있는 더없이 아름다운 소년의 가슴에는 까맣게 탄 옷 사이로 거룩한 두 개의 유방이 구슬처럼 드러나 있지 않은가? 지금은 타서 문드러진 얼굴 모습에서도 저절로 드러나는 그 부드러움을 어찌 감출 수가 있으리요? 아아 '로렌조'는 여자였느니라. '로렌조'는 여자였느니라. 보라, 맹렬한 불길을 뒤로하고 서 있는 신자들이여, 간음의 계명을 깨었다는 이유로 산타루치아를 쫓겨난 '로렌조'는 우산가게 딸과 같이 눈빛도 고운 이 나라의 여자였느니라.

見られい。「しめおん」。見られい。傘張の翁。御主「ぜす・きりしと」の御血潮よりも赤い、火の光を一身に浴びて、声もなく「さんた・るちや」の門に横はつた、いみじくも美しい少年の胸には、焦げ破れた衣のひまから、清らかな二つの乳房が、玉のやうに露れて居るではないか。今は焼けただれた面輪にも、自らなやさしさは、隠れようすべもあるまじい。おう、「ろおれんぞ」は女ぢや。「ろおれんぞ」は女ぢや。見られい。猛火を後にして、垣のやうに佇んでゐる奉教人衆、邪淫の戒を破つたに由つて「さんた・るちや」を逐はれた「ろおれんぞ」は、傘張の娘と同じ、眼なざしのあでやかなこの国の女ぢや。[42]

숨넘어가는 순간 들리는 것은 "타 오르는 불꽃소리"뿐이었다. 아쿠타가와는『봉교인의 죽음』의 최종 장면의 구상이 글을 쓰고 있는 중에 생각났다고 한다. 「하나의 작품이 완성될 때까지」에서,

> 소설의 마지막 장면에 불이 났다. 화재 장면은 처음에 전혀 쓸 생각이 없었다. 단지 주인공을 병으로 할까 어쩔까 하다 조용히 죽어가는 것으로 쓸 생각이었다. 그런데 쓰고 있는 중에 그 화재 현장의 광경이 떠올라서 그것을 써버렸다. 화재 현장에 대해 쓴 것이 좋았는지 나빴는지는 의문이지만[43]

화염 속에 뛰어든 로렌조의 행위에 대해서 십자가를 짊어진 예수 그리스도와 로렌조를 동일시하는 견해가 있지만 이 장면이 종교적 신념과 거리가 있다는 것은 작자 자신의 말에 의해서도 알 수 있다. 「성마리나」에서는 주인공이 여성인 것을 발견한 순간 수도원장을 비롯한 천주교도들은 신의 사도인 聖人을 괴롭혔다는 죄책감에 사로잡히지만,『봉교인의 죽음』의 장면에서 신부의 최초 반응은 로렌조를 괴롭힌 것에 대한 두려움은 느껴지지 않는다. 이 장면에 意表를 찌른 찰나의 감동과 시적인 리듬, 즉 "보라, 시메온. 보시오, 우산가게 영감. '로렌조'는 여자였느니라. '로렌조'는 여자였느니라"라는 말을 반복함으로써 주인공이 여성이었다는 것이 강조되고 있을 뿐이다.

결국,『봉교인의 죽음』의 주제가 숭고한 종교성을 역설하기 보다는 시적 작품의 완성, 즉 예술적 작품의 완성에 주안점이 있었다는 점이다. 필

---

42 『芥川全集第三巻』, pp. 261–262.
43 『芥川全集第六巻』, pp. 52–53.

자가 주목하는 것은 "로렌조는 우산가게 딸과 같이 눈빛도 고운 이 나라의 여자였느니라"라는 묘사이다. 이야기의 진행상 우산가게 딸은 가해자이고 로렌조는 피해자이다. 그러나 작자의 설명은 두 여성을 가해자와 피해자가 아닌 같은 등급으로 놓고 있다. 그래서 로렌조가 그녀의 참회를 듣고 두세 번 고개를 끄덕이는 것으로 우산가게 딸의 죄가 용서됐다는 것을 간접적으로 보이고 있다. 로렌조가 살아 있는 동안에 가해자와 피해자의 화해가 성립된 이 점이 「성마리나」와 다른 점이다. 그렇다면 아쿠타가와는 왜 이와 같은 생전의 사죄라는 장면을 삽입시켰을까?

이 점은 아쿠타가와의 인간본성에 대한 인식을 보여주는 것으로 인간의 마음에는 선악이 동시에 존재하고 상황에 따라 한 면이 표면화된다고 하는 점이다. 이는 이미 『羅生門』의 노파에 대한 하인의 심리변화나 『鼻』, 『마죽芋粥』, 『玄鶴山房』에서도 보이는 인간 심리의 파악이다.

우산가게 딸은 비록 로렌조를 죄에 빠트렸다고 해도, 자기 아기를 사랑하여 화염 속의 아기 때문에 애통해하는 모성애를 보이고 있다. 原典인 아프리카의 '발칙스런' 생선가게 딸에게는 없는 '이 나라의 여자'의 모성 본능인 것이다. 한편 로렌조도 타인의 아이를 기르지는 않았지만 아기의 위기를 보고 '타오르는 화염' 속으로 뛰어들었다. 이 행위는 과연 종교적인 무상의 사랑(아가페)이라고 볼 수 있을까? 지금까지 남성 연구자들은 이 점에 대해 '종교적인 무상의 사랑'이며, 또한 '동기의 불명료한 행위'로 보고 있다. 이를 로렌조의 모성본능이라는 측면에서 파악해 보면 아쿠타가와의 "로렌조'는 우산가게 딸과 같이 눈빛도 고운 이 나라의 여자였느니라"고 한 말의 의미를 알 수 있다. 아기를 위기에서 구하려는 로렌조와 우산가게 딸은 같은 일본 여성이었기 때문이다. 아쿠타가와는 동화 『杜子春』에서도 다 죽어가는 어머니를 본 순간 母情 때문에 계명을 어긴 杜子

春을 그리고 있다. 아쿠타가와에게서 모성애는 무엇과도 바꿀 수 없는 가치 있는 것이고, 성모마리아로 대표되고 있다.

5.4 결론

이상과 같이 『봉교인의 죽음』의 원전 및 소재 활용의 실태를 중심으로 분석해 본 결과 『聖人傳』수록 「성마리나」가 원전임이 입증되었다. 『봉교인의 죽음』과 「성마리나」는 스토리 전개상의 큰 골격이 매우 유사하나 세부적인 설정이나 묘사에서는 아쿠타가와의 독창성이 드러난다. 이를 종합하여 정리하면 다음과 같다.

[표 5-1] 「聖マリナ」와 『奉教人의 죽음』과 아쿠타가와의 독창성

	「성마리나」	『봉교인의 죽음』	芥川의 독창성
주인공	여자 입회 금지 수도원에 들어가고자 남장을 하고 마린으로 개명	처음부터 남장한 미소년의 모습으로 등장	로렌조의 남장한 이유가 불분명
주변 인물	수도원장, 수도자	신부, 선교사	강인한 남성상인 시메온을 창조
사건의 발단	생선가게 딸이 마린을 연모하였으나 응하지 않자 한을 품음	우산가게 딸이 로렌조를 연모하였으나 응하지 않자 한을 품음	생선가게에서 우산가게로 변경
추방의 이유	생선가게 딸이 어떤 남자와 간통하여 낳은 아이를 마린의 아이라 누명을 씌워 추방됨	우산가게 딸이 옆집 이교도와 밀통해서 낳은 아이를 로렌조의 아이라 누명을 씌워 추방됨	어떤 남자에서 옆집 이교도로 변경
장소	아프리카의 여성금지의 수도원	일본 나가사키에 있는 산타루치아(사원)	이국적 표현(젠티오, 곤타츠 등)

추방 결정	원장이 직접 확인 후 추방시킴	신부와 선교사 일동의 합의로 추방 결정	다수결에 의한 근대적 파문과정
결말 장면	추방된 마린이 사면 되어 다시 수도원으로 돌아와 죽어 시체를 씻을 때 여자임이 밝혀짐	큰 화재가 났을 때 로렌조가 우산가게 딸의 아기를 구출해 죽어갈 때 여자임이 밝혀짐	맹렬한 불길에서 보이는 로렌조의 깨끗한 유방
신앙	악마의 계략과 神의 시험. 죽기 직전 병자를 고치는 기적을 행함	로렌조의 독실한 신앙. (아버지는 천주, 고향은 천국이라고 말함)	원전의 악마, 신의 시험, 병 고치는 기적을 삭제.
주인공 사후	성인으로 칭송함	순교	찰나의 감동, 성경 말씀 인용

아쿠타가와는 『벽견僻見』에서 "예술상의 이해가 투철했을 때 모방은 거의 모방이 아니다. 오히려 自他의 융합에서 자연스럽게 꽃이 핀 창조이다"라고 했다. 이런 의미에서 남장의 聖人 이야기가 소설의 구성에 관여 했지만 『봉교인의 죽음』의 내실은 작가의 말대로 "전적으로 상상의 작품"임이 독창적인 변경의 양상에 의해 밝혀졌다. 즉, 『봉교인의 죽음』은 이야기의 전개과정이나 등장인물의 설정에서 원전과는 다른 작품이다. '시메온'을 등장시켜, 男裝의 '로렌조'와 남녀 간의 사랑을 암시하는 장면을 삽입하여 소설의 흥미를 증가시켰다고 할 수 있다.

「성마리나」에서는 주인공이 사면 받은 후 병사할 때 비로소 마린이 여성인 것이 판명되어, 聖人으로 칭송된다. 그러나 '로렌조'는 화염 속에서 '시메온'에 의해 구출된 후, 우산가게 딸의 참회를 듣고 그녀를 용서한 후, 천국의 영광을 우러러 보면서 평온한 미소로 생을 끝낸다.

또 『봉교인의 죽음』에서는 화재 장면에서 천주교 신자들을 한 번 긴장시키고 다시 '로렌조'가 여성이었다는 사실이 밝혀져 다시 충격과 감동을 준다. 이 순간의 감동을 아쿠타가와는 "찰나의 감동"이라고 표현하고 있다. 「성마리나」에서는 성인이라는 자질을 높이 찬미한 것에 반해, 무상의 사랑을 실천한 '로렌조'는 "聖人"이라 부르지 않는다. 다만 그 죽음을 "殉敎"라 하지만 과연 종교적인 신념에 기인한 행동이었는지는 측량할 길이 없다. 오히려 작가는 극적인 상황에서 아름답고 슬픈 '로렌조'의 일생을 시적으로 노래하는 쪽에 힘을 쏟았던 것 같다.

/ 제6장 /

자전적 체험과
『겐카쿠 산방玄鶴山房』

아쿠타가와 류노스케芥川龍之介 문학에
나타난 소재활용 방법 연구

제6장 자전적 체험과『겐카쿠 산방玄鶴山房』

6.1 서론

『겐카쿠 산방玄鶴山房』은 아쿠타가와芥川龍之介의 만년의 작품으로 1926 (大正15)년 12월부터 1927(昭和2)년 1월에 걸쳐 집필되어,『중앙공론』1월 호, 2월호에 연재되었던 소설이다. 본 작품은 겨우 400자 원고지 40장[1]정 도 밖에 되지 않지만, 아쿠타가와의 '최후의 본격적인 소설'[2]이라고 평가되 고 있다. 반년 후에 자살 한 아쿠타가와의 우울, 괴로움이 가득 찬, 인생에 대한 냉소가 투영된 작품이다. 이 작품은 '우울의 극치'이며, 또 '음울한' 소설로, 당시의 집필 상황에 대해 지인에게 보낸 서간에서 작자는 다음과 같이 토로하고 있다.

나는 암담한 소설을 쓰고 있다. 잘되지 않는다. 12, 3장을 쓰고 지쳐버

---

1 海老井英次『芥川龍之介論攷』, 桜楓社, 1988, p.397.
2 吉田精一著作集Ⅰ『芥川龍之介1』, 桜楓社, 1979, p.218.

렸다.[3]　　　　　　　(1926년 12월 3일부, 사사키 모사쿠佐々木茂索 앞)

나는 우울하기 그지없는 작품을 쓰고 있다. 다 쓸 수 있을지, 어쩔지

모르겠다.[4]　　　　　　(1926년 12월 5일부, 무로오 사이세이室生犀星 앞)

『겐카쿠 산방』의 집필과정에서, 아쿠타가와는 무척 고전했던 듯하다. 즉, 본 작품의 제一, 二 단락은 1월호에, 제三부터 六단락은 2월호에 게재되었지만 2월호분의 기술에 대해서는 적어도 3회로 나뉘어 발표되었다고 한다.[5] 집필의 어려움을 다카노 게로쿠高野敬録에게 "머리가 엉망이 되어, 도저히 이 이상은 쓸 수 없다"[6]라고 털어놓기도 했고, 또 제 五단의 집필에는 "실패할지도 모릅니다. 그러나 시간이 없기 때문에 체념하기로 하였습니다"라고도 했다.[7] 작품의 전후만 완성하고 중간을 완성하지 못한 이유에 대해서는 아쿠타가와의 심신 상태[8]와 매형의 철도자 살로 동분서주[9] 할 수밖에 없었던 일상생활 때문이라고 지적되고 있다. 그러나 이 같은 일상생활 이외 다른 원인도 고려할 필요가 있다고 판단된다. 즉 소재의 선택과 작품의 측면을 살펴보아야 할 것이다.

『겐카쿠 산방』은 『봄밤春の夜[10]』과 같이, "어느 간호사에게 들은 이야기"[11]를 소재로 한 작품이라고 한다. 작품 속에서 이 소재와 관계가 있는

---

3 『芥川全集第二十巻』, p.262.
4 『芥川全集第二十巻』, p.265.
5 吉村 稠・中谷克己『芥川文芸の世界』, 明治書院, 1977, p.193.
6 『芥川全集第二十巻』, p.274.
7 『芥川全集第二十巻』, p.274.
8 『芥川全集第二十巻』, p.261.
9 『芥川全集第二十巻』, p.271. 佐藤春夫에게 보낸 엽서에는, "친척에게 불행이 생겨서 어쩔 도리가 없다. 지금 동분서주東奔西走 중이다"라고 했다.
10 『芥川全集第十三巻』, pp.229-233.
11 『芥川全集第二十巻』, p.276.

것은 제四단과 五단이다. 그 전후의 단락이 비교적 쉽게 써졌던 것은 산방山房의 외관이나 겐카쿠玄鶴 일가의 소개, 생활공간의 배치, 그리고 이야기의 정리 부분은 아쿠타가와가 처음부터 가지고 있던 구상에 따라서 쓰면 끝나기 때문이었다. 반면, 중간부분의 집필이 난항을 겪게 된 것은, 간호사의 이야기 자체가 이미 '자연주의적'[12]이었기 때문이라고 판단된다. '자연주의를 싫어하는'[13] 아쿠타가와가 자연주의적인 소재를 자신의 구상 속에 넣으려는 과정 속에서 이 집필 과정이 난항을 겪을 수밖에 없게 된 이유가 된 것이다.

『겐카쿠 산방』은 초기 예술지상주의에 기초한 작품이나, 후기의 고백적인 작품 중에서 아쿠타가와의 대표작이라고 평가되고 있다. 아쿠타가와와 친했던 무로오 사이세이는 '우울한 기백이 저절로 나타나 있다', '최대한 압박을 하고 그 위에, 그의 황홀한 압착의 아름다움을 그리고 있다'라고 평하고 있다. 한편, 호리 타쓰오掘辰雄는 '구성적인 아름다움'을 『겐카쿠 산방』의 표제어로 하고, 그 근저에 간호사 고노甲野의 인물상의 탁월한 표현에 주목하고 있다. 이러한 인식은 등장인물의 표현에 아름다움을 확인하는 사이세이와 상통한다고 생각한다.

본고에서는 『겐카쿠 산방』을 작품의 구성면 및 등장인물의 성격 묘사를 분석하여, 작가의 만년의 독특한 작풍을 명확히 하고자 한다.

---

12 吉村稠·中谷克己, 위의 책, p196. 재인용.

13 進藤純孝『伝記 芥川龍之介』, 六興出版, 1978, p.563. 佐藤春夫는「『玄鶴山房』은 自然主義ぎらひの芥川が自然主義運動から学んだ手法を独自の様式に修正した自然主義的作品であらう。」

6.2 작품의 구성

『겐카쿠 산방』은 6개의 단락으로, 각각의 내용은 주인공 겐카쿠와 인연이 있는 인물을 중심으로 전개된다.

제1단락 겐카쿠 산방의 외관 설명
제2단락 호리코시 겐카쿠堀越玄鶴 일가 소개.
제3단락 첩 오요시ぉ芳 모자의 등장
제4단락 간호사 고노의 눈에 비친 산방의 내부
제5단락 호리코시 겐카쿠
제6단락 호리코시 겐카쿠의 장례식

1단락에서 6단락까지 작품의 구성을 보면, 산방의 바깥쪽에서 안쪽으로 시선이 이동하고 있어, 마치 카메라의 렌즈가 어떤 물체의 부분에 초점을 맞추고 있거나, 전체를 비추어 주는 장면의 전환·이동을 보여주는 것 같다. 다시 말해, 산방의 대문 구조 설명부터 시작하여, 겐카쿠의 죽음에 이르기까지의 과정을 냉철하게 그리고 객관적으로 묘사하고 있다.

먼저, 주인공 겐카쿠가 사는 산방의 외관을 크게 비춘 후, 거실茶の間을 중심으로 한 생활공간에 렌즈를 향하고, 이어서 환자 오토리ぉ鳥가 생활하는 거실의 옆방과 손자 다케오武夫의 공부방 등이 소개되고, 렌즈는 더욱더 안쪽으로 가 '별채'로 초점을 이동한다. 이 별채야말로 호리코시 겐카쿠의 생활공간인 동시에 삶과 죽음이 교착하는 현장이기도 하다. 그리고 겐카쿠가 죽고, 그 관이 산방 밖으로 나가는 시점에 렌즈는 다시 밝은 밖의 세계로 향한다. 이 밝은 밖의 세계는 지금은 이미 고인이 된 겐카쿠 이외

의 살아있는 자들의 세계이다. 문상객도 산방에서 한 발짝 발을 떼는 순간부터 겐카쿠의 일은 잊어버렸고, 화장터로 가는 마차에 타고 있던 사위 주키치重吉의 사촌인 대학생도 독일의 사회주의자 리프크네히트(1826-1900)의『追憶錄』을 탐독하고 있었다. 첩이었던 오요시 만 한 줌의 재가 된 겐카쿠에게 목례하는 장면에서 최종단락이 끝나고 있다.

그런데『겐카쿠 산방』의 구성을 논하는데 문제가 되고 있는 점이 있다. 제 6단락에서만 나타나는 혁명적 정치가 리프크네히트Wilhelm Liebknecht의 『추억록』을 읽는 대학생이 지옥보다도 지옥적인 인생 이야기에 필요한 존재인가에 대한 문제이다. 요시모토 다카아키吉本隆明에 의하면

> 『겐카쿠 산방』은 작품 구성에서, 이 '사촌인 대학생'의 등장을 전혀 필요로 하지 않고 있다. 하물며 이 대학생이 리프크네히트를 읽는 것은 필연적인 것은 아니다.[14]

라고 한다. 이에 대해 에비이 에이지海老井英次는 이 대학생이 5단락까지의 산방 내의 인생에 대해 밖의 세계를 묘사하기 위해 구성된 것이며, 그 증거로서 아쿠타가와가 말한 이하의 설명을 인용하고 있다.

> 저는 겐카쿠 산방의 비극을 최후로 산방 이외의 세계를 다루고 싶은 기분을 가지고 있었습니다.(마지막 단락을 제외한 나머지가 모두 산방 내부에서 일어난 것은 그 때문입니다.) 또 그 세계 속에 신시대가 있는 것을 암시하고 싶다고 생각했습니다. 체호프는 아시는 바와 같이,『벚꽃 동산

---

14 海老井英次, 위의 책, p.396, 재인용.

桜の園』에서 신시대의 대학생을 그려 놓고 그를 2층에서 떨어뜨렸습니다. 나는 체호프만큼 신시대에 체념한 웃음소리를 낼 수는 없습니다. 그렇다고 또 신시대와 포옹할 정도의 정열도 갖고 있지 않습니다. 리프크네히트는 아시는 바와 같이 例의 『추억록』속에 있는 마르크스나 엥겔스와 만났을 때의 記事 속에 다소 탄성을 지르고 있습니다. 나는 나의 대학생에게도 이러한 리프크네히트의 그림자를 던지고 싶었던 것입니다.[15]

위의 내용에서 '리프크네히트를 읽는 대학생'의 등장은 아쿠타가와의 미래지향적인 시점에서 중요한 의미를 가지고 있다고 할 수 있다. 작자는 제 1단락의 미대생과 제 6단락의 대학생의 구성 사이에 明→暗→明이라는 구성으로 『겐카쿠 산방』의 비극을 표현하고자 했다. 끝 부분을 明으로 배치한 것은 참을 수 없는 작품의 중압감으로부터 독자를 해방시키고자 의도한 것으로 판단된다. 결국, 작품 구성상, 『겐카쿠 산방』은 겐카쿠 산방 내의 세계를 묘사한 2단락에서 5단락과 겐카쿠 산방의 외관을 그린 1단락과 6단락의 두 부분으로 나뉘었다고 말할 수 있다.

6.2.1 산방의 외관

『겐카쿠 산방』은 작품의 제목인 동시에 주인공 호리코시 겐카쿠의 집을 가리킨다. 작품의 모두冒頭는 온화하고 게다가 일종의 정적마저 감돈다. 작가는 이 집의 외관에 대해서 꽤 세밀하게 묘사하고 있으며, 대문의 구조에서 현관에 이르기까지 예리한 관찰을 더하고 있다.

---

15 『芥川全集第二十卷』, p.287.

………그곳에는 매우 아담하게 지어진 그윽한 대문 구조가 있는 집이 있었다. 허긴 이 근처에는 이러한 집도 드물지는 않았다. 그러나 '겐카쿠 산방'이라는 편액이나 담 너머로 보이는 정원수 등은 어느 집 보다도 정취 있어 보였다.

………それは小ぢんまりと出来上がつた、奥床しい門構えの家だつた。尤もこの界隈にはかう云ふ家も珍しくはなかつた。が、「玄鶴山房」の額や塀越しに見える庭木などはどの家よりも数奇を凝らしてゐた。[16]

상기의 묘사를 통해 더없이 풍류를 좋아하는 작가다운 취향이 엿보인다. 이 세밀하면서도 운치 있는 산방은 거의 인적이 없는 골목에 위치하고 있어, 적막감, 고독감을 동시에 느끼게 한다. 그리고 대문의 겐카쿠 산방이라고 하는 현판에도 작가는 무엇인가를 암시하려는 듯하다. 대문 앞을 지나가는 미대생들은 이 현판을 쳐다보고는 "겐카쿠玄鶴는 무슨 뜻일까? 설마 엄격하다는 말장난은 아니겠지"라고 한다. 이점에서 독자는 겐카쿠의 다른 의미가 있는지를 생각하게 된다. 일본어에서의 '玄鶴'과 '厳格'은 모두 '겐카쿠 げんかく'라 발음하므로 이러한 점을 이용한 언어유희이리라. 또한 같은 의미에서 현학은 환각幻覚과도 발음이 동일하므로 이를 풍자하고 있는 것은 아닐까 생각된다. 본 작품의 집필 당시 아쿠타가와는 환각·환시·환청에 시달렸었기 때문이다.[17]

또한 1927년 2월호의 『신기루蜃気楼』[18]에서도 부인의 나막신의 방울 소

16 『芥川全集第十四巻』, p.57.
17 "우연히 만난 할머니 얼굴이 죽은 어머니의 얼굴로 보이기도 하여서 곤란하다"『芥川全集第二十巻』, p.261.
18 『芥川全集第十四巻』, pp.91-101.

리를 다른 소리로 착각한 주인공 '나'의 환청 이야기가 등장한다. 겐카쿠玄
鶴의 이름도 엄격嚴格이라는 의미가 아니고, 아마도 당시 아쿠타가와가 괴
로워하고 있던 환각幻覺을 풍자한 것이리라.

이 1단락은 작품의 도입부로, 두 미대생의 눈을 통해 산방山房을 외부에
서 파악하고 있다. 그러나 같은 단락 안에서 작자는 외부의 풍류에 어울리
지 않는 설명을 함으로써 단락 전반부의 풍류 이미지를 분쇄하고 있다.
예를 들면, 전반부에서는 예술가 겐카쿠가 막후에서는 '고무도장의 특허'
나 '토지 매매'로 재산을 형성하였다는 속물근성을 보이고 있다. 또 겐카쿠
가 '다소 알려진' 화가지만 그의 이름은 미대생조차 알지 못했다. 이러한
산방의 외관 설명에 의한 이율배반적인 묘사는 '생강조차 나지 않는' 토지
가 文化村으로 바뀌어 버리는 것처럼, 관동대지진 이후 都市化 現象에
의해 갑자기 만들어진 풍류라는 것을 비꼬고 있다.

6.2.2 산방의 내부구조

산방의 내부구조는 '거실'과 '별채'로 각각 성격이 다른 생활공간이다.
정원을 마주한 6장(畳)의 '거실'은 겐카쿠의 딸인 오스즈ぉ鈴와 사위 주키
치 부부와 아들 다케오가 주로 출입하는 장소로, 주키치에게는 안락한 공
간이다. 장모인 오토리는 '거실'의 옆방에 누워 있다. 다케오는 현관 옆
4장반을 공부방으로 쓰고 있고, 간호사 고노는 현관 옆 3장의 방이지만,
그녀의 중심 장소는 '별채'이다. 이곳은 간호사 이외 누구도 들어오지 않
는, 정오가 되어도 어두우며 '거실'과는 복도로 이어져 있다. '거실'은 밝고
건강한 사람이 출입하는 장소인 반면, '별채'는 환자나 죽음의 그림자가
감도는 이미지이다. 이 '별채'의 인상은 1924(大正13)년 말 중축된 아쿠타

가와의 서재와 닮아있다.

[그림 6-1] 아쿠타가와 서재 평면도[19]

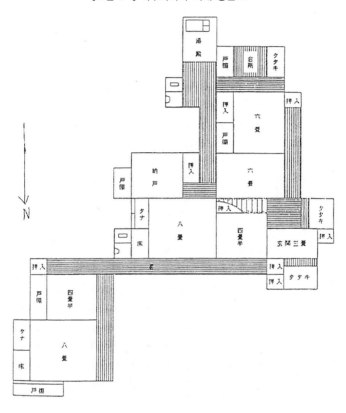

작가의 서재는 정원과 이은 8장과 4장반으로, 부인 후미(文)에 의하면,

안정된 차실과 같은 느낌이 들었지만, 그다지 밝은 방은 아니고, 공들인

것에 비해서는 음침한 느낌마저 들었습니다.[20]

19　三嶋　譲,「玄鶴山房再読」『作品論芥川龍之介』(海老井英次・宮坂　覚著, 双文社出
　　版, 1990) p.323.

작가 자신도 증축한 북향北向의 서재를 "저주하지 않을 수 없었다"[21]라고 했다. 환자 냄새나는 '별채'에서 "무언가 기분 나쁜 것이 붙어 오는 것처럼 느껴졌다"[22]는 겐카쿠의 '별채'의 모델은, 작가가 자살한 서재로 생각된다. 아쿠타가와의 집 구조를 보면, 실제로 현관 옆에 4장반이 있고 현관을 올라가면 안쪽에 6장의 방이 2개 있다. 그리고 4장 반 옆에 8장이 있고, 이 4장반과 8장의 앞에 정원으로 향하는 복도가 있다. 이 복도는 아쿠타가와의 서재인 8장과 4장반에 이어져있다.

이 아쿠타가와의 집 설계도 중『겐카쿠 산방』의 가옥 구조와 부합하지 않는 것은 복도에 면한 8장과, '별채'의 4장반이다. 산방 안의 설명에 의하면, '거실'의 안쪽이 오토리의 침실로 되어 있다. 만약 오토리가 복도로 겐카쿠가 있는 장소까지 가려면, 먼저 '거실'을 지나 현관을 나와 다케오의 방을 거쳐 복도로 나가야된다. 정원에 면한 8장에서 오토리가 겐카쿠가 있는 곳까지 가는 것은 쉽다. 이 점에서 작자는 자기의 가옥구조 중에 대부분을『겐카쿠 산방』에 이용하면서, 8장과 '별채'인 4장반을 생략하고, 무의식적으로 8장의 존재를 암시하였다.

이상의 주요 건물과 부속적인 건물로 이루어진 가옥구조는 작자의 많은 작품에서 보인다. 예를 들어『봄밤』의 '거실'과 '별채',『희작삼매경戱作三昧』[23]의 '거실'과 '서재',『유유장悠々荘』[24]의 본관과 헛간 등이다. 이처럼 상대화된 부속적인 공간은 예술창조 또는 과거의 예술 활동을 암시하는 장소이다. 1917(大正6)년의『희작삼매경』의 서재는 일상생활의 장소이며,

---

20 進藤純孝『伝記 芥川龍之介』, 六興出版, 1978. p.532.
21 위의 책, p.533.
22 『芥川全集第十四巻』p.67.
23 『芥川全集第三巻』pp.3-42.
24 『芥川全集第十四巻』pp.3-6.

또한 의욕과 자신이 넘치는 예술가가 일하는 장소였다. 하지만 1926(大正 15)년 이후, 이 밝은 미래지향적인 부속 건물의 이미지는『봄밤』,『유유장』, 『겐카쿠 산방』처럼 우울하고, 절망적인 것으로 변하고 있다. 이 변화와 관련하여, 에비이 에이지는「아쿠타가와 문학에서의 공간 문제」에서 다음 과 같이 논하고 있다.

> 그의 작품 속 이미지나 사물의 묘사는, 각각 충분히 계량되어진 효과를 기대하게 하고, 더욱이 상징적 의미도 가미되어 있는 것이 많다…그 중에 서도 특히 작품세계의 기본적인 설정에 관련된 장면이나 상황, 즉 공간적 요소의 묘사에 담긴 의미에 관해서는 작품론적인 시야에 머무르지 않고, 작가론적인 전망을 바탕으로 이를 읽어 이해하는 것이 요청되는 것 같다.[25]

에비이의 논지는 타당한 것으로 '별채' 등의 상징 변화는, 실로 작자 자 신의 육체적·정신적 변화에 반영하기 때문이다.『유유장』,『봄밤』,『겐 카쿠 산방』을 집필할 때 작자는 극도로 지친상태였고 이미 자살을 결심한 상황이었다.[26] 따라서 이러한 상황에서 '별채'는 더 이상 밝고 미래지향적 일 수가 없고, '죽음'을 상징하는 장소가 된 것이다.『유유장』의 헛간에는 고인이 된 이 집의 주인―아마도 예술가였던 노인의 미술품이 놓여있고, 『봄밤』의 '별채'도 폐결핵으로 죽음을 기다리는 환자의 방이다.『겐카쿠 산방』의 '별채'도 자살할 기력조차 잃은 폐결핵 환자 겐카쿠의 어두운 미 래가 엿보인다. 이처럼 부속적인 생활공간의 상징 변화는 작가론적 측면 에서의 파악이 필요하다고 하겠다.

25 海老井英次, 위의 책, p.484.
26 進藤純孝, 위의 책, p.556-557.

6.3 등장인물의 분석

6.3.1 겐카쿠와 오토리 부부

『겐카쿠 산방』의 주인 겐카쿠는 목하 '별채'에서 폐결핵으로 투병중이다. 호리코시 겐카쿠는 화가로서도 다소는 알려져 있는 듯하지만, 그것보다도 고무도장의 특허를 받아 토지 매매로 자산을 만든 경제적 성공자로서의 면모가 강하다. 즉, 예술적인 면과 속물적인 면을 가지고 있는 인물이다. 그는 건강할 때는 식모인 오요시를 첩으로 삼아 분타로文太郎라는 서자까지 만들어, 주 1~2회 정도 반드시 첩의 집에 다녔다. 그러나 불치병에 걸리고 나서부터는 '비참하다'는 말 한마디로 설명되는 존재로 전락했다. 예를 들어, 사위 주키치의 권유에 따라 위자료 천 엔으로 오요시와 헤어지고, 분타로에게는 매월 약간의 양육비를 보내는 것으로 어떠한 도의적인 책임을 느끼지 않는다. 이러한 이기적인 태도는 병에 걸리기 전부터였다. 오요시 때문에 가족들이 모르는 지출이 더해지자, 오요시 모자母子가 '죽어버렸으면 좋겠다'라고 생각하면서, 한때 첩의 집으로 옮긴 서화, 골동품이나 秘藏의 센차煎茶 도구 등을 病이 들고 나서는, 다시 본가로 회수하기도 했다. 이 같은 제멋대로인 겐카쿠도 부패해 가는 자신의 최후를 보는 것 자체가 괴로웠으리라. '아무것도 모르는 유년 시대의 기억'밖에 없는 현재 상황이 어려워, 현실 도피의 방법을 생각하는 것만으로도 즐거웠다. 작자의 작품에는 죽음을 직면한 인간의 현실도피 묘사 즉 '위희慰戯 (divertir)'[27]가 엿보인다. 인간은 태어날 때부터 죽음을 향해 가는 존재이

---

27 松浪信三郎著, 「死の思考」岩波新書, 1990. p.166. "목전의 죽음을 직시하지 못하고, 즐거웠던 과거를 추억하는 것을 파스칼은 죽음의 심연에서 눈을 돌린다(divertir)"라고

다. 우리가 불안을 느끼지 않고 살아가는 것은 죽음으로의 행진을 잊어버렸기 때문에 가능한 것이다. 인간의 본질에 대한 질문을 망각시키는 것은, 예술, 출세, 취미, 돈벌이 등 사람에 따라 다르다. 겐카쿠에게 있어서 위희는 자살 방법을 생각하는 것이었다. 결국 "잠자는 것이 극락. 잠자는 것이 극락寝るが極楽、寝るが極楽"[28]이라 생각하고 훈도시褌로 목을 매려고 한다. 그러나 자살 방법을 정하자, 갑자기 죽음에 대한 공포가 몰려 왔다.

> 이 훈도시에 목을 매어 죽는 것을
> この褌に縊れ死ぬことを[29]

그러나 이 자살은 손자에게 발견되어 미완으로 끝난다. 겐카쿠에게는 자살조차도 허락되지 않는 것이다. 일주일쯤 지나 겐카쿠는 가족에게 둘러싸여 폐결핵으로 인해 숨을 거둔다. 장례식에 모인 분향 객들이 문을 나설 때는 이미 겐카쿠의 일은 잊어버리고 있었다. 그의 옛 친구도 "저 영감도 소원은 이루었지. 젊은 첩도 있나 하면, 돈도 가지고 있었으니까(あの爺さんも本望だつたろう。若い妾も持つてゐれば、小金もためてゐたんだから)"[30]라며 누구도 진심으로 겐카쿠의 죽음을 애도하지 않는다. 이러한 겐카쿠의 말로에 대해서 에비이 에이지는 『희작삼매경』의 주인공 바킨馬琴과 겐카쿠를 비교하여 다음과 같이 논하고 있다.

> 바킨의 경우, 고독이, 고독인 것을 자랑할 수 있는 예술가로서의 고독이

한다.
28 『芥川全集第十四巻』, p.73.
29 『芥川全集第十四巻』, p.74.
30 『芥川全集第十四巻』, p.76.

었던 것에 반해, 겐카쿠의 고독은 실로 형해화形骸化해버린 노인의 공허한 고독의 모습이고 황량한 것이다.[31]

바킨도 겐카쿠도 모두 작자 자신을 투영하고 있는 것[32]이라면, '바킨의 고독'은 예술 활동이 가장 활발했던 시기의 작자이고, '형해화한 겐카쿠의 고독'은 이미 예술가가 아닌 작자의 모습을 가리킨다고 생각한다. 그가 겐카쿠의 죽음을 고독하게 묘사한 것도 여기에 유래한다고 생각한다. 아쿠타가와는 일반적으로 예술지상주의자라고 일컬어지는데, 예술지상주의자가 되려고 했지만 될 수 없었던 작가였다. 그는 누구보다도 자신의 내면에 있는 예술가와 속물적 인간을 자각하고 있었던 것이다. 겐카쿠는 아쿠타가와에 비해, 유명세가 좀 낮지만, 만약 겐카쿠를 작자라 한다면, 자신을 저명한 화가로 표현하기는 어려웠을 것이리라.

다음으로 여성편력에 있어서도 첩만을 끼고 살지는 않았지만, 정을 통한 여자가 몇 명이나 있었다.[33] 또한 자살방법도 다양하게 생각했는데, 그 중에는 '액사縊死'[34]도 있다. 아쿠타가와의 죽음은 수면제 복용에 의한 것이지만, 『겐카쿠 산방』에 나타나는 액사 리허설의 사실성은 작자 자신이 한번 생각해 본 자살방법의 구현이 아닐까 생각된다.

이 외에도 겐카쿠와 작자는 사후 상황에 대해 강한 관심을 갖고 있다는 점에서도 동일하다. 작자는 겐카쿠의 죽음으로 이야기가 끝나지 않고, 장례식의 진행과 분향 객 및 유가족의 임하는 태도까지 언급하고 있다.

---

31 海老井英次, 前揭書, p.403.
32 海老井英次, 前揭書, p.403.
33 進藤純孝, 前揭書, p.554 및 『芥川全集第十六巻』(或阿呆の一生, 四十八・死) p.64 참조.
34 桜田満, 『人と文学シリーズ 芥川龍之介』, 学習研究社, 1979, p.225.

겐카쿠의 시체는 화장터로 옮겨지고 특등으로 처리된다. 이것에는 두 가지 사안이 내포돼 있다고 생각한다. 한 가지는 작자의 일등 콤플렉스이고, 다른 하나는 사후의 일까지도 걱정하는 심정이다. 작자는 중학・고교・대학을 2등이라는 성적으로 졸업했다.[35] 천하의 수재가 모이는 명문학교를 시종 2등으로 나온다는 것은 쉬운 일은 아니다. 하지만 작자에게는 자신의 역량을 훨씬 뛰어넘는 왕성한 작가활동을 한 시가 나오야志賀直哉를 의식하고 있었다.[36] 주변에서 자신을 당시의 문단 최고봉이라고 칭하였지만, 자신은 시가의 다음이라고 하는 2등의 열등감이 있었다. 이런 열등의식이 겐카쿠의 장례식에서 드러나고 있는 것은 아닐까. '약간 세상에 알려진 화가'인 겐카쿠에게 남겨진 것은 장례식의 2등 가마였는데, 작가는 2등에 만족할 수 없어, 겐카쿠의 시체를 '특등'으로 화장하게 한다. 이 부분을 아쿠타가와는 다음과 같이 묘사하고 있다.

하지만 미리 전화를 걸어 의논해놓았는데도 불구하고 일등 가마는 만원이라 이등만이 남아있다고 하는 것이었다. 이것은 그들에게는 어느 쪽이든 상관없었다. 그러나 주키치는 장인보다도 오히려 오스즈의 체면을 생각하여 반달형의 창 너머로 열심히 사무원과 교섭하였다. "실은 시기를 놓친 환자이기도 해서 적어도 화장할 때만은 일등으로 하고 싶은데요."

しかし予め電話をかけて打ち合せて置いたのにも関らず、一等の竈は満員になり、二等だけ残つていると云ふことだつた。それは彼等にはどちらでも善かつた。が、重吉は舅よりも寧ろお鈴の思惑を考え、

---

35 長野嘗一,『羅生門, 地獄変』ポプラ社, 1971年4月5日 第1刷, 解説, p.298.
36 『갓파河童』에서 음악가 크라밧쿠クラバック와 시인 톳쿠トック의 관계로부터 이러한 사실을 유추할 수 있다.

半月形の窓越しに熱心に事務員と交渉した。「実は手遅れになつた病人だしするから、せめて火葬にする時だけは一等にしたいと思ふんですがね。」[37]

겐카쿠는 성대한 장례식을 위해서 주키치에게 유언을 남기지 않았다. 그러나 주키치가 '특등'으로 한 것은 오스즈를 생각했겠지만, 그보다 일등이 되고 싶었던 작자의 소망이 겐카쿠에 의탁된 것이라 생각된다.

겐카쿠의 처 오토리는 7-8년 전부터 허리가 아파서 거실 옆방에 누워만 있다. 그녀는 영지가 넓은 번藩의 가로家老의 딸로 미인이었지만 지금은 허리 때문에 미라처럼 아픈 몸으로 방에 누워있다. 그래도 그녀의 아름다움은 눈 주위에 아직도 남아있다. 남편의 첩이었던 오요시의 방문도 체면을 위해 거절하지 못할 만큼 고상한 격식으로 살았던 여자이다. 변을 보고 난 후 씻는 것조차 할 수 없었을 때, 간호사 고노가 가져온 세면기의 물 앞에서 "당신 덕택에 인간답게 손을 씻을 수 있습니다"라며 우는 모습은, 그녀의 인생을 상징적으로 보여주는 장면이다.

오요시가 온 날부터 오토리는 조용히 있었지만, 오요시의 존재 자체만으로도 질투심을 불러일으키기에 충분했다. 그 결과 아무런 관계도 없는 사위 주키치에게 엉뚱한 화풀이를 한다. 이런 풀리지 않는 오토리의 질투에 고노는 흥미를 느끼고 있다. 그리고 오요시가 내일은 돌아간다고 하는 날에 이르러, 오토리는 결국 그 본심을 드러낸다. 오요시가 이 집을 나가는 것은 주키치 부부에게는 기쁜 일이었지만, 오토리에게는 보통 때보다 한층 더 초조한 일이었다. 일주일간 참았던 것이 이제 하루도 참을 수 없

---

37 『芥川全集第十四巻』, p.77.

다고 말하는 심리에 대해서 작자는 다음과 같이 기술한다.

> 긴 항해도 그녀에게는 의외로 고통스럽지는 않은 것 같았다. 그러나
> 그녀는 기슈 연안에 다다르자 갑자기 흥분하기 시작하여, 결국 바다에 뛰
> 어들고 말았다. 일본에 가까워지면 가까워질수록 회향병이 역으로 심해지
> 는 것이다.

> 長い航海も彼女には存外苦痛ではないらしかつた。しかし彼女は紀
> 州沖へかかると、急になぜか興奮しはじめ、とうとう海へ身を投げて
> しまつた。日本へ近づけば近づくほど、懐郷病も逆に昂ぶって来る。[38]

오토리는 남편 겐카쿠와 오요시가 머무는 '별채'에 가까운 마루로 기어
나오게 된다. 그 고통스러운 오토리의 모습은 체면, 자존심, 상식 등의 자
기 제어가 무너지고, 인간 본연의 망집妄執이 밖으로 표출된 것이었다. 건
강했을 때는 남편이 첩 집에 드나드는 것에도 태연함을 가장했던 오토리
가, 지금은 죽음을 앞에 둔 겐카쿠와 오요시가 함께 있는 자체를 질투하는
모습은 애처롭기도 하고 비참하기도 하다. 전통적인 일본 여성의 미덕은
남편이 바람을 피워도 인내심으로 버티어 왔다. 오토리의 초연한 태도는
그녀 자신의 자존심을 지키는 것이지만, 아쿠타가와는 허리가 아파 움직
이지 못해도 여자라는 점을 여실히 드러내 보이고 있다.

---

38 『芥川全集第十四巻』, p.71.

6.3.2. 주키치 · 오스즈 부부

주키치는 오스즈의 남편으로, 데릴사위이다. 그는 어느 정치가의 차남으로 겐카쿠의 사위가 되기 전부터 은행에서 일하였고, 그 기질은 호걸풍의 부친보다도 가인이었던 어머니에 가까운 수재이다. 그리고 주키치는 자신들의 평온이 타인에 의해 깨지는 것을 좋아하지 않으면서도, 오요시의 방문은 마지막까지 반대하지 않았다. 한편 주키치의 처 오스즈는 매우 사람 좋은 마음씨 착한 주부이다. 그녀는 '거실'에 없으면, 식모인 오마츠ぉ松와 좁은 부엌에서 일하고 있다. 어느 날, 오요시가 나타나 겐카쿠와의 사이에서 태어난 아이에게 "자, 도련님, 인사하세요."라고 말했을 때 자기 아이를 오요시가 "도련님"이라고 부르는 것을 듣고 '딱하다'고 생각했다. 또한 오요시의 오빠가 아버지와의 이별을 반대하지 않았다는 것을 알자, 한번 의심했던 것도 잊어버리고 바로 호의를 느낀다. 그러나 특히 오스즈의 사람 됨됨이가 잘 나타나고 있는 것은 남편 주키치에게 상냥하게 구는 고노를 의심하기는커녕 '불쌍하다고'생각한다는 점이다. 이러한 오스즈를 고노는 경멸하고 있다. 즉, 오스즈는 고노에 비해 사고방식이 단순하다. 그러나 단순하지만 아버지의 바람기를 어머니가 느끼지 못하도록 거짓말을 하는 배려심도 있다. 예를 들어 아버지가 첩의 집에 갔을 때, "오늘은 詩 모임이래요"라고 말하지만, 이런 빤한 거짓말을 오토리가 알게 되면 거짓말 한 것을 바로 후회한다.

『겐카쿠 산방』의 '거실'의 주인공인 그들은 소시민적 존재로서 묘사되고 있다. 주키치는 항상 전등이 켜질 때쯤에 규칙적으로 돌아오고, 먼저 겐카쿠에게 인사하는 것을 습관으로 하고 있다. 오토리에게도 "어머님, 오늘은 어떠세요?"라는 형식적인 문안을 할 때만 '거실'에 들어간다. 그리고 옷을 갈아입고 나서 편안하게 화롯불 앞에 앉아, 싼 담배를 피거나, 소학교 1학년인 외아들 다케오와 놀아준다. 식사는 항상 밥상을 둘러싸고 부모·자식 세 사람이 즐겁게 먹는다. 이러한 소시민적인 행복은 고노가 오고 나서부터 다소 거북해지기 시작했다. 다케오만이 고노가 있어도 장난을 친다. 이 다케오의 장난이 고노를 여자로 의식하고 있는 것 같아 주키치는 내심 불쾌했지만, 표면적으로 드러내지는 않는다. 고노의 출현에 의해 이 가정에는 파문이 일기 시작한다. 예를 들어, 주키치에게 상냥한 태도를 보이는 고노에게 오토리는 짜증을 내며 이렇게 말한다.

주키치, 자네는 나의 딸로는―허리 아파 누워만 있는 내 딸로는 부족한가?
重吉、お前はあたしの娘では―腰ぬけの娘では不足なのかい?[39]

주키치에게 있어 고노의 '상냥함'은 처음에는 아무렇지도 않았지만, 차츰 심리적 변화를 보이고 있다. 이전에는 고노가 있어도, 부엌 쪽의 목욕탕에 들어갈 때, 알몸이 되는 것에 신경 쓰지 않았었는데, 고노를 의식하게 되고 부터는 '그런 모습을 고노에게 보이지 않게 되었던 것이다.' 고노는 이러한 주키치를 보면서 오스즈 이외 누가 그를 마음에 들어 할까 라며 비웃고 있다. 고노의 이러한 사심邪心에도 불구하고 이 가정의 행복은 유지된다. 즉, 고노에게 부정不正이라고 여겨지는 행복이, 인생 그 자체라고 생각하고 있는 젊은 부부이다.

---

39 『芥川全集第十四巻』, p.70.

6.3.3 오요시 · 분타로 모자

눈이 그쳐 맑게 갠 어느 오후, 24, 5세의 여자가, 연약한 남자아이 손을
이끌고, 미닫이창 너머 파란 하늘이 보이는 호리코시 집 부엌에 얼굴을
내밀었다.

或雪の晴れ上つた午後、二十四五の女が一人、か細い男の子の手を
引いたまま、引き窓越しに青空の見える堀越家の台所へ顔を出した。[40]

세 번째 단락의 모두이다. "24, 5세의 여자"는 겐카쿠가 버젓이 데리고
살았던 식모 출신의 첩, 오요시였다. "연약한 남자 아이"는 겐카쿠가 오요
시를 통해 낳은 아들 분타로였다. 작자가 이 두 사람에게 큰 비중을 두고
있는 것은 간과할 수 없는 점이다. 특히 그것은 오요시의 이미지에서 현저
하다. 오요시가 방문했을 때, 오스즈는, 의외로 그녀가 나이보다 늙어 보
인다고 느꼈다. 게다가 그것은 얼굴뿐만이 아니라, 통통하게 살찐 손이
정맥이 보일 정도로 가늘어진 것에서도 알 수 있다. 오스즈에 의해 상대화
된 오요시 외모는, '24, 5세의 여자'라고 하기에는, 너무나도 보잘 것 없다.
거기에는 당연히 겐카쿠의 냉담한 대우에 의한 생활상의 괴로움이나 외로
움이 새겨져 있다고 할 수 있다. 오요시는 겐카쿠에 의해 일생을 희생당한
여자였다. 그러나 그녀는 병세가 진행된 겐카쿠의 간병을 위해 효력이 있
다는 마늘을 가져와, 마지막까지 봉사하는 선량한 여자이다. 이러한 그녀
의 방문은 겐카쿠에게 '다소의 위안'이 된다. 하지만 오요시 모자의 등장
은, 비극을 오히려 '향락'하려는 고노와 함께 집안의 공기가 눈에 띄게 험

---

40 『芥川全集第十四巻』, p.61.

악하게 된다. 그것은 소심한 오요시를 닮은 분타로를 다케오가 괴롭히면서 시작된다. 예를 들면, '돼지 꼬리'와 '소꼬리'가 발단이 된 싸움은『겐카쿠 산방』의 어두운 가정 비극 속에 오히려 유머가 있는 밝은 면으로 비쳤지만, 사소한 싸움이 오스즈와 오요시의 위치를, 나아가 중재를 권하는 고노의 위치를 확실히 보여주는 결과를 초래했든 것이다. 다케오의 태도가 도가 지나치자, 순한 오요시도 "도련님, 약한 사람을 괴롭히시는 것은 안 됩니다"라고 말한다. 그러나 그녀는 오스즈의 분노 앞에서는 손이 발이 되게 빌어야 하는 위치이다. 오요시가 전근대적인 족쇄에 얽매였던 자라는 것은 전술한바 있고, 이 점은 자기가 낳은 아들을 '도련님'으로 부르고 있다는 사실에서 확연히 드러난다. 여기에 오요시의 신분적 비애가 있다.

겐카쿠의 장례식 날, 오요시는 혼자서 화장터 문밖에 서서 재로 변한 겐카쿠에게 목례한다. 이 모습은 겐카쿠의 집 문을 나갈 때, 대다수의 조문객이 '그의 일을 잊고 있는' 것과는 대조적이다. 이 장면을 통해 진실로 겐카쿠의 죽음을 애도하는 자는 오요시, 즉 겐카쿠에게 버림받은 여자였다는 점에서 아이러니라 하지 않을 수 없다.

오요시는 작품의 구성상·내용상, 누구와도 비교될 수 없는 중요한 의미를 갖고 있는 인물이다. 비인간적이며 추악한 인간의 감정만 소용돌이치는 겐카쿠와 대조적인 인물상이다. 즉, 신분은 하층이지만 유일하게 피가 통하는 따뜻함을 오요시는 갖고 있다. 그녀는 외모는 빈약해도, 내면은 겐카쿠 일가의 누구보다도 가식 없는 순수한 마음의 소유자였다. 아쿠타가와는 이 오요시의 설정을 통해 산방 내의 참을 수 없는 분위기에 하나의 구원을 보여주고자 했던 것이다.

6.3.4. 간호사 고노

고노는, "환자네 집 주인이라든가, 병원 의사와의 관계로, 몇 번 한 덩어리의 청산가리를 먹으려고 했었다는" 어두운 과거를 가지고 있고, 그 과거는 "언젠가 그녀의 마음에 타인의 고통을 향락하는 병적인 흥미를 심어놓고 있었다"고 한다. 그녀의 입장에서 보면 겐카쿠의 비극은 흔해빠진 사건에 지나지 않으며, 주키치 · 오스즈의 소시민적인 행복은 "부정"한 것이고, 남자라는 것은 결국 "한 마리의 수컷"에 지나지 않는 것이었다. 그녀는 인생을 거울 속의 자기 얼굴처럼 인식해버려, 그 결과 삶에 아무 감동을 느끼지 못한다. 이런 그녀가 사는 보람을 느낄 때는 타인의 비극이나 고통을 옆에서 싸늘하게 구경할 때이다. 가령, 오토리가 용변 후, 손을 씻지 않는 것을 알고, 물을 떠다주면서 이를 생각도 못한 딸 오스즈를 당황하게 하고, 그 모습을 보며 쾌감과 오스즈에 대한 우월감을 느낀다. 혹은 주키치 · 오스즈의 좋은 사이를 깨기 위해 주키치에게 상냥하게 대하여 오토리의 분노를 부추기게 하거나, 오스즈 이외 누구도 반할 것 같지 않은 주키치를 내심 조소하고 있다. 하지만, 고노가 고노다움을 유감없이 발휘한 부분은 오요시가 시골에 돌아가기 전날이었다. 오요시가 이 집에서 나가는 것은 주키치부부에게는 즐거워 보였지만, 오히려 오토리에게는 조바심이 나는 듯 했다. 허리가 안 좋은 오토리가 어디서 나온 힘인지 질투에 사로잡혀 복도를 기어나가자, 그것을 본 오스즈가 놀라 소리치며 도움을 요청할 때, 고노는 투명한 거울을 향한 채 "히죽 냉소를 띠었던" 것이다. 이 고노의 모습은 아쿠타가와 문학 전체에서도 극히 인상이 뚜렷한 것이며 "매우 우수한 것"[41]으로 평가된다. 오토리의 이성을 잃은 모습에 놀라서 "고노씨, 잠시 오세요"라는 오스즈의 말에 "네 지금 곧"이라고 고노는 마치 놀란 듯이 대답을 하지만, 이 놀람조차 그녀에게는 하나의 연기였던 것이다. 이 이중성격인 인물 설정은 『희작삼매경』의 이치베에市兵衛에서도 보이고 있다.

> "이 남자는 이상한 성격을 갖고 있다"라고 하는 것은 외면의 행위와 내면의 속마음이 대개의 경우는 일치하지 않는다. 일치하지 않을 뿐만 아니라, 언제나 정반대가 되어 나타난다. 때문에 그는 매우 강경한 의지를 갖고 있으면 반드시 거기에 반비례가 되도록 부드러운 목소리를 낸다.[42]

고노는 환자를 돌보는 간호사이지만 비인간적인 사상의 소유자다. "네, 지금 곧"이라는 상냥한 말 이면에는 독이 있는 냉소가 들어 있다.
이 작품에서 고노의 존재는 겐카쿠의 비극을 단순히 가정에 한정하지 않는 역할을 하고 있다. 겐카쿠의 자살 기획을 알아챘을 때도 고노는

> 저는 일어나 있습니다. 이것이 제 임무이기 때문에.
> わたくしは起きてをります。これがわたくしの勤めでございますから。[43]

라고 한다. 결국 고노는 겐카쿠에게 남겨진 유일한 희망인 자살조차도 허락하지 않아 끝까지 괴로워하는 겐카쿠를 응시하며 즐거워한다. 그러나 그녀는 표면적으로는 온화하고 조용하다. 고노는 겐카쿠의 베개 옆에 앉

---

41 海老井英次, 위의 책, p.404.
42 『芥川全集第三巻』(『戲作三昧』), p.18.
43 『芥川全集第十四巻』, p.75.

아 부인잡지의 기사를 읽고 있을 뿐이다. 내면의 "혼자 싱글거리는 것"을 숨기고 있을 뿐이다. 고노를 통해 독자는 자신과 다른 인간성의 일면을 보고 전율을 느낄 것이다. 『겐카쿠 산방』의 작품에서 고노의 존재는 흔한 일상적인 생활 이야기에 긴장감을 더해 주고 있다. 이처럼 작자는 등장인물의 성격 묘사에서 대조적인 성격으로 선과 악을 설명하고, 그 중간 인물로 오토리·오스즈·주키치 등을 배치하고 있는 것이다.

6.4 결론

『겐카쿠 산방』의 많은 부분에서 만년의 작가의 상황과 관심, 생사의 기로에 서있던 심정 등이 투영된 점을 확인하였다. 또 작품의 구성면과 등장인물의 심리를 분석한 결과, 양쪽에 공통되는 명암을 볼 수 있었다.

아쿠타가와 문학에는 가족이 출입하는 '거실'과 대조되는 부속건물이 자주 이용된다. 예술창조의 장소는 아쿠타가와가 자살을 결의했을 때부터 절망, 어둠, 죽음을 상징하는 건물로 변해버린다. 『겐키쿠 산방』에서 아쿠타가와는 「거실」과 「별채」가 상징하는 명암에 스포트라이트를 비추면서, 겐카쿠 일가의 선·악·중간의 심리를 날카롭게 분석·묘사하고 있다. 오토리, 오스즈는 집안 이야기를 진행하는데 필요한 보좌역이다. 늙은 오토리가 겐카쿠를 간호하는 오요시에게 질투를 하는 장면에서는 서글픈 여자의 천성을 그대로 드러낸다. 겐카쿠에게 절연 당했지만, 오요시는 겐카쿠의 장례식에서 진심으로 그 죽음을 애도한 유일한 인물로 그려지고 있다. 생전에 관계가 있던 사람들은 문상으로 겐카쿠를 떠나보낸다. 이는 분향이 끝난 그 순간부터 고인은 잊혀진 존재라는 것을 암시하고 있다. 그러한 점에서 오요시는 일말의 구원을 의미한다.

이 오요시와 정반대의 인물상은 간호사 고노이다. 그녀는 표면적으로는 매우 세심한 간호사인 것처럼 행동하고 있다. 그러나 마음속에서는 일상적인 작은 행복을 '부정'으로 여기고, 환자들의 심신의 고통을 즐기며, 소시민으로 행복하게 사는 오스즈나 주키치를 비웃고 있다. 겐카쿠 일가의 암담한 상태를 냉혹한 눈으로 바라보며 즐기는 고노, 환자에게 가장 애정을 쏟아야 할 간호사 고노가 자살을 계획하는 겐카쿠의 심리적 갈등을 즐긴다는 것은 실로 아이러니이다. 하지만 『겐카쿠 산방』의 우수함은, 고노라는 인물 활용에 있다고 할 수 있다. 만약, 고노라는 인물이 설정되지 않았다면, 『겐카쿠 산방』은 어디에도 흔히 있는 가정 내의 이야기로, 별로 흥미를 일으키지 못했을 것이다. 이 지옥 같은 환경과 세상에서는 다소 성공했지만 지금은 병상에서 정신적·육체적으로 신음하는 겐카쿠의 모습은 그 자체가 바로 아쿠타가와의 모습인 것이다. 결말에서 리프크네히트의 책을 읽는 대학생을 등장시킨 것은 세상은 이미 겐카쿠의 고뇌와는 무관한 신시대로 옮겨 가고 있음을 시사하고 있다.

/ 제7장 /

자전적 소설 『갓파 河童』
－갓파에 투영된 아쿠타가와 像을 중심으로－

아쿠타가와 류노스케芥川龍之介 문학에
나타난 소재활용 방법 연구

제7장 자전적 소설 『갓파河童』
─갓파에 투영된 아쿠타가와 像을 중심으로─

7.1 서론

일본 근대 소설의 큰 특색은 그 표면적 변화속도가 빠르다는 것이다. 1907(明治40)년부터 다이쇼大正기의 문학계는, 짧았던 근대 일본의 전성기를 상징하듯 젊고 재능 있는 작가들이 단기간에 잇달아 등장하였다. 따라서 다이쇼 문단은 복잡하면서도 다채로운 양상을 보이며, 이미 최고 전성기가 지난 자연주의파自然主義派, 새롭게 등장한 탐미파耽美派, 백화파白樺派의 세 파가 서로 맞서고 있었다. 여기에 다이쇼기에 들어 순수하게 창작활동을 한 '신사조파新思潮派' 또는 주지파主知派라고도 불리는 일군의 작가[1]들이 가담하여 수많은 걸작들이 탄생하였다.

이 다이쇼 문단의 주지파를 대표하는 작가 중 한 사람이 아쿠타가와 류노스케芥川龍之介(1892~1927)이다. 그는 나쓰메 소세키夏目漱石의 '이지의

---

1 久米正雄, 芥川龍之介, 菊池寬, 佐藤春夫, 松岡讓, 成瀬正一 등.

존중과 개인주의적 합리주의'[2]의 영향을 받아, 감정보다 이지적인 작풍을 지향하여, 이상에 열광하지 않았고 미美에 빠지지 않았으며, 인생의 현실을 냉정히 직시하고 그 모순을 지적하는데 힘썼다. 또한 '본격적인 소설'의 자세는 소세키류의 리얼리티가 풍부한 '허구의 소설'이라 생각하여, 사소설 전성기인 다이쇼 시대에 철저히 예술성을 추구한 소설을 쓰고자 다짐하며 사소설을 쓰지 않겠다는 의지를 보였다.

누가 고생하면서 부끄러운 일을 고백소설 따위로 쓰겠는가.[3]

작자는 1916(大正5)년, 제4차 「신사조新思潮」에 『코鼻』를 발표한 후 오직 자신의 예술관에 기초한 '본격적 소설' 창조에 정진했다.

아쿠타가와는 1916년~1927년 자살하기 전까지 12년간 소품을 제외한 148편의 소설을 저술하였는데, 문학사적 상식에 따라 이를 분류하면,

(1) 왕조물王朝物 (2) 기리시탄물キリシタン物 (3) 명치개화기물 (4) 야스키치물保吉物로 활동 영역은 매우 광범위하며, 거의 단편소설이다.

그런데 本章의 고찰 대상인 『갓파』는 위의 (1)~(4)까지의 분류 중 어디에도 속하지 않는다. 이는 『갓파』가 아쿠타가와의 작품 중에서도 특이한 내용 및 형식으로 쓰였고, 근대문학에 유례없는 작품이라는 점에도 기인하여, 1927년 3월 「改造」에 실리자 큰 반향을 일으켰다.

본 작품이 아쿠타가와가 자살하기 5개월 전에 완성한 작품이라는 점을 고려한다면, 작자 및 작품 연구의 일부로 가볍게 취급해서는 안 된다.

---

2 中村光夫, 『日本の近代小説』, 岩波書店, 1984, p.202.
3 三好行雄・編, 『芥川龍之介必携』, (79冬季号), 学燈社, 1979, 「芥川龍之介・人と文学」 p.8.

요시다 세이치吉田精—는 풍자문학으로 스위프트의 『걸리버 여행기』 (1726), 볼테르의 『캉디드』(1759), 버틀러의 『에레혼』(1872), 아나톨 프랑스의 『펭귄의 섬』(1908) 등이 있으며, 『갓파』도 그 장르라고 말했다.[4]

아쿠타가와 자신이 사이토 모키치斎藤茂吉 앞의 편지(1927.2.2)에 '「河童」라고 하는 걸리버 旅行記 式의 글도 製造 中'임을 고하고 있다. 『걸리버 여행기』의 걸리버가 다녀왔다는 小人國과 거인국, 하늘을 나는 섬나라, 말들의 나라 등은 작자 스위프트가 시도한 상상의 공간이다. 『걸리버 여행기』의 발단은 "나는 항해하던 중, 안개 낀 날 갑자기 돌풍이 불어 배가 뒤집혀 물에 빠졌다. 눈을 떠 보니 소인국"이었다. 『河童』의 시작은 "나는 안개 낀 산속을 들어갔다가 갓파를 만나 뒤쫓다가 구덩이에 굴러 떨어졌다. 정신을 차려보니 갓파 나라"였다. 두 작품의 공통점은 허구의 나라에 혼자 남게 되어 그 나라의 언어를 배우며 풍속·관습도 이해한 점이다. 두 작가가 살았던 당시의 사회 풍자도 유사하다.

그러나 『河童』와 『걸리버 여행기』는 부분적으로 유사점이 있지만 『河童』의 내면은 완전히 아쿠타가와의 독자적인 작품이라고 생각한다.

『걸리버 여행기』는 당시의 영국 사회를 비판했다. 『河童』도 大正시대의 사회 비판인 검열, 예술 등 작가의 심경을 말했다. 조사옥은 『갓파』는 "아쿠타가와의 유서이며, 작가 내면의 고백서"[5]라고 했다.

그는 『갓파』를 탈고한 후, "조금 울분을 해소했다"라고 언급했다.

『갓파』에 관한 종래의 평가는 제 각각이지만, 두 분류로[6] 나눌 수 있다.

---

4 吉田精一, 『芥川龍之介Ⅱ』, 桜楓社, 1981, p.81.
5 曺紗玉, 『芥川龍之介の遺書』, 新教出版社, 2001, p.1-3.
6 三好行雄, 위의 책, pp.136-137부터 일부 발췌.

① 〔비판적 평가〕

　○ 주제가 애매하다.(오자키 시로尾崎士郎)

　○ 사회비평이 어중간하다.(후지모리 준조藤森淳三·하야시 후사오林
　　房雄)

　○ 전체적으로 작품내부로 파고드는 점이 부족하다.(우노 고지宇野浩二)

　○ 〈쌓였던 괴로움의 결산〉〈절망 그 자체〉〈도피〉(가타오카 뎃페이片岡
　　鐵兵)

② 〔호의적 평가〕

　○ 갓파를 묘사하며 인간을 묘사해서 좋다.(요코미쓰 리이치橫光利一)

　○ 『걸리버 여행기』에 필적하지만 『갓파』는 시적인 유머가 넘친다.(미
　　국의 북 리뷰지)

　○ 그의 인생과 사회관적인 것에 일단 무언가 결론을 시도하려고 했던
　　것 같다. 그가 하고 싶은 말을 반은 했다.(무로오 사이세이室生犀星)

　위와 같은 평가는 타당한 견해도 있고, 다소 납득할 수 없는 평가도 있
다. ①은 작품의 완성도 그 자체를 평가하고 있는데 반해, ②의 평가는
아쿠타가와의 만년의 생활을 아는 사람들의 이해를 포함한 말이다.

　필자는 이외에 독자가 얼마만큼 아쿠타가와의 인품이나, 작가로서의
삶을 잘 파악하고 있는지, 그가 친구로 삼았던 각국의 고전이나 명저를
읽었는지, 얼마만큼 폭넓은 지식을 가지고 있었는지 등에 의해 평가 방법
도 달라질 것이라고 생각한다. 『갓파』에서는 아무것도 아닌 것 같은 단어,
한줄 한 줄의 문구에도 깊은 의미가 숨겨져 있기 때문이다.

　이에 필자는 『갓파』를 정확히 다루기 위해서는 다각적인 검토가 필요하
다고 생각하여, 작가가 살았던 시대적 배경, 성장환경, 『갓파』 집필 과정,

『갓파』의 구조상 특징, 『갓파』에 투영된 아쿠타가와 像, 사회풍자 및 인간 불신 등을 고려해 살펴보고자 한다. 나아가 필요에 따라서는 철학적·심리적·정신 병리학적 통찰을 통한 분석도 시도할 것이다.

7.2 『갓파』의 집필과정

　서론에서도 논한 바와 같이 『갓파』는 왕조물·기리시탄물·명치개화기물·야스키치물 중 어떤 장르에도 속하지 않는다. 그러나 주목해야할 것은 『갓파』가 만년의 작품이며, 매우 자전적 사소설이라는 점이다. 주지하는 바와 같이 아쿠타가와 문학의 출발점은 『라쇼몬羅生門』, 『코』 등으로 대표되는 예술을 위한 예술을 지향하여 쓰인 왕조물이었다. 당시의 작품 경향을 가타오카 뎃페이片岡鉄兵는 "무수히 분열한 난자의 아름다운 통일(無数に分裂した卵子の美しい統一)"[7]이라 표현하였다. 형식과 내용의 융화라는 가장 난감한 문제를 재빠르게 해결하는 방법으로서, 인생의 외면적인 우스꽝스러움을 방관하듯이 묘사한 것이다. 서로 모순되는 두 감정(예를 들어 선과 악)을 주제로 하면서도, 그러한 감정이 어떻게 생기는가에 대해서는 깊게 다루지 않는 특징이 있다. 그러나 이것은 예술성을 지향함과 동시에 자유로운 표현 활동을 억제하는 계기가 되었다. 아쿠타가와는 『예술 그 밖에芸術その他』에서 자신의 기교가 작가로서의 발전을 방해할 가능성을 서술한다.

7　進藤純孝, 위의 책, p.213, 재인용.

위험한 것은 기교가 아니라 기교를 구사하는 잔재주인 것이다. 잔재주
는 성실함이 부족한 부분을 속이기 쉽다. 부끄럽지만 나의 졸작 중에는
이런 재주뿐인 작품도 섞여 있다.

危険なのは技巧ではない、技巧を駆使する小器用さなのだ。小器用
さは真面目さの足りない所を胡麻化し易い。御恥しいが僕の悪作の中
にはさふいう器用さだけの作品も交ってゐる。[8]

이는 그의 급작急作과 무관하지 않다. 1916-18년 사이 『코』외에 수편
중 네 편이 문단의 등용문이라 칭하는 『중앙공론中央公論』에 게재되어, 26
세에 이미 인기작가의 반열에 오르게 되었다. 이 급작시대의 정점은 1917
(大正6)년의 『투도偸盗』라고 아쿠타가와 자신 1919(大正8)년 남부 슈타로
南部修太郎 앞의 편지에 쓰고 있다. 그는 이 급작에 "꽤나 질렸다"[9]라며, 그
의 문학의 아름다운 통일이 하나의 껍질이 되어 감을 깨닫고, 초조해지기
시작하였다. 즉, 초기 작품의 경향인 투명한 이지理智와 세련된 유머가 작
품의 유형화類型化를 초래한 것이다.

다작·급작의 결과, 소설의 소재가 고갈되기 시작한 아쿠타가와는 정신
적 지옥에 빠지게 된다. 즉, 쓰고 싶지만 쓸 수 없는, 쓰기 위해서는 많은
것을 읽어야만 했고, "그것을 몹시 기다리자니 초조하기도 한(それが待ち
遠い気もするいら立たしい気もする)"[10]상태였다. 그가 한 편의 소설을
쓰기 위해서는 참고서랑 자료를 좌우에 산더미처럼 쌓아놓고 졸업논문처
럼 씨름하듯이 썼다는 에피소드가 전하여지기도 했다.

---

8 『芥川全集第五巻』, p.171.
9 『芥川全集第十八巻』, p.304.
10 進藤純孝, 위의 책, p.324, 재인용.

]1918(大正7)년 11월 20일 친구 니시무라 데이키치西村貞吉에게 "요즘은 재료 고갈로 매우 약해져 있다"[11]라며, 소설의 재료를 제공해 줄 것을 의뢰하였다. 그가 가장 두려워하였던 "예술가의 자동작용自動作用", 즉 똑같은 작품만을 저술하는 일이 현실로 나타난 것이다.

이처럼 예술상의 매너리즘을 자각한 아쿠타가와는 1919(大正8)년부터 1920(大正9)년에 걸쳐 문학상의 한 전기轉機를 시도한다. 역사에서 현대로 하강한 작풍의 전환이 그것이다. 그러나 이 시험은 1920년 『가을秋』의 내실이 보여주듯이 반드시 성공한 것은 아니었다.[12]

소설의 소재부족 이외에도 죽을 때까지 그를 괴롭히던 것이 있었다. 그것은 천재적인 그도 결코 '신들 중 하나'가 아니라는 자각과, 결혼생활에 동반된 가족 간의 갈등 및 경제적 부담 등이다. 또 가정이라는 속박에서 해방되고 싶어 많은 여성과 교제하였지만, 그 결과 자기 애정의 불확실성에 냉소를 띠게 되었다. 1920년 장남 히로시比呂志가 태어나고, 관념만으로는 더 이상 감당할 수 없는 현실의 무게를 느끼기 시작하였다. 이 장남의 탄생은 지금까지 무의식적으로 직시하는 것을 거부해 온 광기의 어머니를 숙명의 근원으로 인정하는 계기가 되어, 오랫동안 금기와 억제의 대상이었던 어머니를 소설의 주제로 쓰기 시작하였다.

아쿠타가와의 만년의 비극은 위에서 언급한 바와 같이 예술 지상주의의 동요와 함께 시작된 것이리라. 이는 숙명이 인도한 비극이자, 피하기 어려운 실생활의 무게가 가져온 불행이었다. 또 다른 외적 요건으로서, 아나키즘・마르크시즘의 대두 등 격동기의 영향도 있어, 현실을 직시할 수밖에 없었다. 아쿠타가와가 예술관을 스스로 부정한 것은 1923(大正12)년의 평

11 『芥川全集第十八卷』, p.248.
12 三好行雄・編 『芥川龍之介必携』, 學燈社, 三好行雄 「芥川龍之介・人と文学」, p.9.

론『주유의 말侏儒の言葉』의 「창작創作」의 장에서이다.

> 예술가는 언제나 의식적으로 그의 작품을 만드는 것일지도 모른다. 그
> 러나 작품 그 자체를 보면, 작품의 미추의 절반은 예술가의 의식을 초월한
> 신비의 세계에 존재하고 있다. 절반? 혹은 대부분이라고 말해도 좋다.
> …… 일도일배한 옛사람의 대비는 이 무의식의 경계에 대한 두려움을 말
> 하고 있는 것은 아닐까?
>
> 芸術家は何時も意識的に彼の作品を作るのかも知れない。しかし作
> 品そのものを見れば、作品の美醜の一半は芸術家の意識を超越した神
> 秘の世界に存してゐる。一半? 或は大半と云っても好い. …… 一刀一
> 拝した古人の用意はこの無意識の境に対する畏怖を語つてはゐないで
> あらうか?[13]

이미 이 시점에서 아쿠타가와는 예술 지상주의에 철저하지 않았던 자신
을 인정한 것이다. 이런 상황 하에, 자신의 체험에서 취재한 야스키치물保
吉物이 쓰여 지기 시작한 것은 결코 우연은 아니었으리라. 그는 차츰 실생
활까지 하강하여 숙명의 고백을 시작한다.『소년少年』은 '야스키치물' 중에
서 아쿠타가와의 성장 과정을 그린 최초의 고백 소설이었다. 이어 1925(大
正14)년 1월『중앙공론』에 '어느 정신적 풍경화或精神的風景画'라는 부제를
단 반자전체 소설『다이도지 신스케의 반생大導寺信輔の半生』이 발표되었
다. 그리고 '二 우유'장에는 어머니의 젖을 모르고 자란 아쿠타가와의 애
절함이 묘사되어 있다.

13『芥川全集十三卷』, p.40.

그는 매일 아침 부엌에 배달되는 우유병을 경멸하였다. 또 아무것도 모른다고 해도 어머니의 젖만은 알고 있는 그의 친구를 부러워했다.

　彼は每朝台所へ来る牛乳の壜を軽蔑した。又何を知らぬにもせよ、母の乳だけは知ってゐる彼の友だちを羡望した。[14]

　그러나 젖을 빼앗긴 진짜 이유에 대해서는 "본디 몸이 허약했던 어머니"라고 아무렇지 않은 듯이 설명할 수밖에 없었다. 그러나 1926(大正15)년 『점귀부点鬼簿』에서 아쿠타가와는 결국 "내 어머니는 광인이었다(僕の母は狂人だった)"[15]고 고백하고 있다. 생가에 양어머니와 같이 인사하러 갔을 때, 자신의 자식도 알아보지 못하는 어머니로부터 긴담뱃대로 머리를 맞았다는 통한의 추억도 있다. 그러나 아쿠타가와는 임종의 짧은 사이에 정신을 차린 어머니의 기억도 묘사하고 있다. 어머니는 아쿠타가와의 얼굴을 하염없이 바라보며 눈물을 흘렸다고 한다. 이 장면에서 아쿠타가와는 생모와 화해를 하였다고 생각한다.

　한편 1926년, 예술관의 동요가 한층 심각해져 그 해 4월, 처음으로 친구에게 자살의 결의를 고백한다. 당시 그는 시가 나오야志賀直哉의 『모닥불焚火』로 대표되는 심경소설心境小說을 가장 순수한 문학의 모습으로서 평가하기에 이르렀다. 시가의 「심경」이 말하는 투명한 시詩에 자신이 미치지 못하는 세계가 있다는 것을 통감했다. 그리고 독자적인 양식을 완성한 사소설, 즉 일본 리얼리즘에 대한 동경을 느끼면서도, 그와 같은 소설을 쓰기에는 너무나도 의식적인 자신에게 실망하지 않을 수 없었던 것이다. 이러한 작가 의식은 『갓파』 중 크라밧쿠クラバック의 롯쿠ロック에 대한 감정에

14 『芥川全集十二巻』, p.42.
15 『芥川全集十三巻』, p.234.

잘 드러나 있다. 또한 평소 앓고 있던 위가 작년보다 악화되었고 신경쇠약
도 진전된 결과 불면증에 시달려서 유가와라湯河原에서 요양하게 된 아쿠
타가와는 당시의 상태를 사이토 모키치斉藤茂吉 앞(1926.2.5)의 편지에서
다음처럼 한탄하고 있다.

　　쓰고 싶은 것도 병약하기 때문에 쓰지 못하고, 괴로운 것은 병약하기
　　때문에 한층 괴로움이 많은 것이다.
　　書きたきものも病弱の為書けず、苦しきことは病弱の為一層苦しみ
　　多し。**16**

이 무렵 아쿠타가와는 '인생을 어떻게 살아가야 하는가'에 고뇌하여,
종교에서 해결을 구하고자 1926년 3월 5일 무로가 후미타케室賀文武**17**에게
『성서』를 받았다. 그러나 그는 신의 기적을 믿을 수 없었다. 12월 아편
엑기스, 마전자馬錢子, 베로날, 설사약 등에 의존하며 살고 있던 상태에서
『겐카쿠 산방玄鶴山房』의 집필에 들어갔지만, 도중에서 펜을 꺾고, "쓸 만한
것은 좀처럼 쓸 수 없고, 쓸 수 있는 것은 쓰기에 마땅찮다. 뒈져버려라고
생각한 적이 있다(書くに足るものは中々書けず、書けるものは書くに足ら
ず。くたばってしまえと、思ふ事がある。"**18**, 12월25일 자 다키이 고사쿠滝
井孝作 앞)며 자조自嘲할 정도였다.
　『겐카쿠 산방』에서 아쿠타가와는 목메어 죽으려 해도 죽을 수조차 없는

16 『芥川全集二十巻』, p.218.
17 무로가 후미타케(1869-1949). 俳句를 짓는 사람(俳人). 호는 春城. 야마구치山口 현
　　출신. 우치무라 간조内村鑑三에게 입문하여 평생 독신으로 신앙생활을 하였다. 만년의
　　아쿠타가와에게 기독교에 入信할 것을 권했다.
18 『芥川全集二十巻』, p.268.

비참한 자신의 모습을 주인공 겐카쿠로 묘사하고 있다. 폐결핵으로 육체적·정신적으로 신음하는 겐가쿠의 모습은 아쿠타가 그 자신이었다.

1927(昭和2)년에 다시多事·다우多憂·다환多患의 상태는 극에 달했다. 1월에 매형이 화재보험금을 노려 방화했다는 혐의로 철도 자살을 하여 그 뒤처리로 분주하였다. 그 사이 제국 호텔에 투숙하여 『갓파』를 집필하였다. 죽음에 이르는 과정에서 『갓파』의 집필은 인생에 지친 아쿠타가와의 이른바 「잠시 쉼」이었다. 그가 연애 사건으로 상처 입은 마음을 치유하기 위해 『라쇼몬』을 쓴 것처럼 모든 불쾌함의 해소를 위해, 정신 긴장을 풀기 위해 『갓파』가 쓰인 것은 필연이리라.

7.3 『갓파』의 구조상 기법

7.3.1 작품의 줄거리와 구성

『갓파』는 작품 전개상, 크게 세 단락으로 나뉜다.

제1단락－서문에 해당한다. 도쿄東京 시외[19]의 S정신병원에서 나僕는 30세 넘은 젊은 남자 환자인 제23호가 누구에게나 이야기한다는 그의 기묘한 '체험담'을 필기하려고 노력한다. '나'에 관한 정보는 아무것도 제공되지 않는다. 확실한 것은 이 단락에서 내가 「청자聞き手」라는 임무를 가지고 있다는 점이다. 이 단락은 『갓파』의 본 줄거리와는 아무런 관계도 없지만 요점은 체험담의 '화자話し手'인 제23호가 "정신병원에 있는 존재"라는

---

19 아쿠타가와 당시의 도쿄는 도쿄부東京府 도쿄시였다. 아쿠타가와는 1914년 3월 3일 경 나루세 세이치成瀬正一와 함께 S정신병원을 견학했다.

것을 밝히고 있다는 점이다. 또 다음에 전개되는 이야기 내용에 관해 저자는 책임이 없다는 점과, 이야기의 신빙성이 희박하다는 효과를 노리고 있다고 생각된다. 이는 아쿠타가와에게는 반드시 필요한 준비였을 것이다. 지금부터 말하는 내용이 진실한 느낌에 가깝기 때문에, 이를 감추기 위해서라도 주인공이 정신병동에 있는 것이 편리했던 것이다. 『어느 바보의 일생或阿保の一生』이 의식적인 자전自傳이라고 한다면, 『갓파』는 상상의 동물에 자기를 의탁한, 어떤 의미에서는 진짜 아쿠타가와의 자전적 모습을 엿볼 수 있다.

제2단락―『갓파』의 주된 이야기 부분이다. 여름 아침안개가 자욱한 아즈사가와梓川 골짜기를 안내자도 없이 오르고 있던 '나'는 갑자기 바위 위에 있던 한 마리의 갓파를 만난다. '나'는 갓파에게 달려들었는데 갓파는 눈 깜짝할 사이에 사라져 버린다. 얼룩조릿대 사이로 뛰어가는 것을 발견하여 쫓아갔을 때, '나'는 곧 깊은 어둠 속으로 굴러 떨어졌다. 정신을 차려보니 '나'는 많은 갓파에게 둘러싸여 눕혀져 있었다. 갓파 나라의 특별보호주민이 된 '나'는 신비로운 것을 경험한다. 이 내용이 제1단에서 제6단까지 이어진다. 여기서의 '나'는 제1단락의 나가 아니다. 이 제2단에는 갓파 의사, 시인, 작곡가, 음악가, 철학자, 사장 등이 차례로 등장하는데 갓파 나라는 인간세계와 같았다.

제3단락―다시 S정신병원 장면으로 돌아온다. 청자인 나는 제23호가 갓파 나라를 탈출한 동기, 방법 및 다시 인간 사회에 적응하기까지의 그럴듯한 고심담을 들었다. 그가 경영하던 회사가 도산하여 갓파 나라에 향수를 느꼈고, 갓파 나라의 상황을 종종 타인에게 말하는 것이 원인이 되어, 현재 정신 병원에 입원 중이라는 등을 보충설명 하고 있다. 제23호는 명백한 환각·환청 증상을 보이는 조발성 치매증 환자로 묘사되고 있다. 아쿠타가와는 주인공이 정신이상자라는 것을 재삼 강조하고 있다.

이처럼 『갓파』의 구성은 간단한데, 그러면서도 언뜻 보기에는 지극히 복잡하다는 인상을 준다. 이는 제1단락의 청자가 화자가 되어 있을 때의 인칭대명사도, 이야기 전개 중의 제23호도 '나'라는 인칭을 사용하고 있기 때문이다. 그리고 종단에서 다시 청자인 내가 '나'라는 1인칭이기 때문에 혼란을 일으키기 쉬운 것이다. 다음으로 복잡한 인상을 주는 다른 원인으로는, 기묘한 갓파들의 이름들이다. 주된 등장 갓파는 다음 표와 같다. 물론 이외에도 무명의 남녀나 아기 갓파도 등장하는데, 그들은 『갓파』 줄거리에 있어 결정적인 역할을 담당하지 않는다.

[표 7-1] 작품에 등장하는 갓파

박구バツグ	・어부	펩푸ペツプ	・재판관
랍푸ラツプ	・학생	막구マツグ	・철학자
크라밧쿠クラバツク	・대음악가	게루ゲエル	・자본가
톳쿠トツク	・시인	쿠이쿠이クイクイ	・신문사 사장
찻쿠チヤツク	・의사	롯쿠ロツク	・음악가

7.3.2 도플갱어 현상

『갓파』의 또 다른 구조상의 특징으로서, 도플갱어Doppelganger 현상의 활용을 들 수 있을 것이다. 이는 한사람의 인간을 분해하고 주시하는 현상으로, 많은 문학작품들에서 사용되고 있는 정신 병리학적 현상이며, '이중신二重身' 또는 '분신현상分身現象'으로 번역되고 있다. 이 현상에 관해 칼 야스퍼스Karl Jaspers는 다음과 같이 말한다.

이중신 현상이라는 것은 외부에서 또 한 사람인 자기가 보이거나 느껴지는 현상이다. 이는 정신의학적으로 이중신, 또는 분신체험 등이라 불리며, 자기 자신이 보인다는 점에서 자기상환시 등으로 불리기도 한다.

二重身の現象と言うのは、外界においてもう一人の自分が見えたり、感じられたりする現象である。これは精神医学的には二重身、あるいは分身体験などと呼ばれ、自分自信が見えるというので、自己像幻視などといわれたりする。[20]

갓파 나라에 떨어지게 된 제23호는 아쿠타가와 자신이며, 박구, 랍푸, 크라밧쿠, 톳쿠 등의 갓파들은 언뜻 보기에는 개별적인 존재들로 보이지만, 분석을 하면 할수록 아쿠타가와의 모순되는 다면성을 단편적으로 표현하는 존재라는 것을 알 수 있다. 가령 제23호를 아쿠타가와A로 칭한다면, 이러한 갓파들은 아쿠타가와B, 즉 아쿠타가와의 분신이다. 아쿠타가와A인 나는 여러 갓파들에게 질문을 던지고, 아쿠타가와가 평소 생각하고 있던 일들에 대해 자유로이 의견을 논하고 있다. 어느 갓파의 행동은 현실에 있어 아쿠타가와가 '그렇게 하고 싶었던' 혹은 '그렇게 존재하고 싶었던'바람을 표현하고 있으며, 아쿠타가와A는 갓파의 행동에 대해 방관자적인 입장에서 보충설명이나 주석을 달고, 독자가 의문을 느낄만한 이야기나 갓파의 기행에 대해 먼저 질문하는 등 마치 아쿠타가와A(나)가 갓파들과는 다른 세계에 속하는 존재인 것처럼 착각을 불러일으킨다. 이러한 구조를 알아차린다면 『갓파』는 더 이상 복잡하지 않다. 표면적인 산만함이나 단편적인 이야기의 전개는 어느 정도 의도적인 것일지도 모른다. 왜냐

---

20 Karl jaspers : Allegemeine Psychopathologie, Springer − Verlag, Berlin, 1959. pp.77-78.

아쿠타가와 류노스케芥川龍之介 문학에 나타난 소재활용 방법 연구

하면 이중신 주제를 직간접적으로 작품에 도입한 독일의 괴기소설가 호프만의 『섣달 그믐날밤의 모험』, 『악마의 미주美酒』 등을 아쿠타가와는 즐겨 읽었으며,[21] 그가 좋아한 괴테도 『충동과 혼돈Drang und Verwirrung』에서 이중신체험을 말하고 있다.[22] 그리고 아쿠타가와 자신도 이중신을 주제로 한 『두 통의 편지二つの手紙』라는 단편이 있으며, 어느 좌담회 석상에서 도플갱어 체험이 있었느냐는 질문에 대해 다음과 같이 답하였기 때문이다.

있습니다. 나는 이중인격[23]이 한번 제국극장, 한번 긴자에 있었습니다.
あります。私は二重人格は一度は帝劇に、一度は銀座に現れました。[24]

가와이 하야오河合隼雄는 미시마 유키오三島由起夫도 이 '이중신 현상'에 상당한 관심을 가지고 있었다고 서술한 후, "아쿠타가와도 미시마도, 동시대의 일본인에 비해, 비교되지 않을 만큼 동서양의 교양을 익혀 이 양자의 상극을 강하게 체험했음에 틀림없다(芥川も三島も、同時代の日本人に比して、比較にならない東洋的、西洋的教養を身につけ、この両者の相克を強く体験したに違いない)"[25]라고 지적했다.

또 1917(大正6)년 10월 「신조」의 편집자 나카무라 무라오中村武羅夫의 "어떤 요구에 의해 소설을 쓰는가"라는 질문에 아쿠타가와는,

---

21 河合隼雄, 『コンプレックス』(もう一人の私), 岩波書店, 1982, p.48. 참조.
22 Karl jaspers, 위의 책, p.77. 참조.
23 여기서의 이중인격은 이중신의 착각이다. 정신 병리학상, 아쿠타가와의 체험은 이중인격이 아닌 이중신에 해당한다.
24 河合隼雄, 위의 책, p.51.
25 河合隼雄, 위의 책, p.51.

내 머릿속에 무언가 혼돈스러운 것이 있어서, 그것을 확실한 형태로 취하고 싶습니다. 그런 식으로 그것 또한 확실한 형태를 취하는 것 그 자체에 목적을 두고 있습니다.

私の頭の中に何か混沌たるものがあって、それがはっきりした形をとりたがるのです。さうしてそれは又、はっきりした形をとる事それ自身の中に目的を持ってゐるのです。[26]

라고 답하고 있다. 이런 점을 종합해 보면, 아쿠타가와가의 소설 형식으로서 의도적으로 도플갱어를 사용하고 있다고 판단된다.

위와 같이 서적을 통해서도, 자신의 체험을 통해서도 도플갱어를 체험한 아쿠타가와가 이를『갓파』에 채용했을 가능성이 높다. 그리고 '분신'을 등장시키는 경우, 어떤 분신이 가장 자신에게 편리한지를 생각해봤을 것이다.『산월기山月記』의 나카지마 아쓰시中島敦는 주인공이 호랑이가 됨으로써 자신의 내면세계를 '고백'할 수 있도록 배려하였는데, 아쿠타가와의 경우는 거리낌 없이, 복잡한 자신의 감정을 표현하기 위해 복수의 존재가 필요했다. 아쿠타가와A가 정신병자였던 것처럼, 그 분신들도 갓파라는 가공의 동물이었기 때문에, 작자는 상당히 자유롭게 글을 쓸 수 있었고, 갓파들에 그의 진심이 표출될 수 있었다. 일본 민속 중에서 사람들에게 알려져 있는 갓파, 또한 평소 그가 즐겨 그림[27]으로 그린 갓파가 작가 자신의 감정을 대변하는 대상동물로서 선택된 것이다.

---

26 進藤純孝, 위의 책, p.299, 재인용.
27『芥川全集第二十卷』, p.371. 아쿠타가와는 1920년경부터 즐겨 갓파의 그림을 그리었다.

7.4 아쿠타가와와 『갓파』

7.4.1 시대 배경과 사회비판

다이쇼大正 시대가 되자 민주주의의 實現을 추구하는 다이쇼 데모크라시는 당시 제어하기 힘든 기세였다. 정치 면에서는 護憲운동·보통운동·정당정치, 사회면에서는 노동운동·농민운동 등이 일어났고, 문화면에서도 자유주의·민주주의·사회주의 사상이 대두되었다. 따라서 동시대 아쿠타가와 문학에 당시의 사회적인 어두운 면, 새로운 사상의 기운이 명백하게 작품에 반영되는 것도 당연하다. 특히『장군將軍』,『갓파』에는 당시의 시대상이 짙게 묻어 있다.

1922(大正11)년작『장군』에는 아쿠타가와의 전쟁을 바라보는 눈, 전쟁 중에 놓인 병졸(서민)을 보는 눈이 확실하고, 그 전쟁에서 노기乃木 장군이 수행하는 역할이 장군 상으로 그려져 있다. 장군의 명령 하나로 백거대白襷隊의 병사들은 목숨을 버리는데, 그 비애를 "매점의 술 한 홉을 사려 해도 경례만으로는 살 수 없다(酒保の酒を一合買ふのでも敬礼だけでは売りはしめえ。)"[28]라고 풍자하고 있다. 메이지 천황明治天皇이 죽자, 장례 일에 순사殉死한 노기 장군의 인격도, 군인으로서의 위대함도, 병사들의 인권과는 무관하다는 것을 신랄하게 비판하고 있다. 이 때문에『장군』에는 검열로 인한 ×표시로 삭제된 곳이 상당히 있다.

죽음은 ×××××라 해도, 결국은 저주스러운 괴물이었다. 전쟁은 — 그는 대부분의 전쟁은 죄악이라 생각조차 하지 않았다. 죄악은 전쟁에 비해

---

28 『芥川全集八巻』, p.159.

개인의 정열에 뿌리를 내리고 있는 만큼 ××××할 수 있는 점이 있었다. 그러나 ××××나 다를 바 없었다.

死は××××にしても、所詮は呪ふべき怪物だった。戦争は、―彼は殆戦争は、罪悪と云ふ気さへしなかった。罪悪は戦争に比べると、個人の情熱に根ざしてゐるだけ、××××出来る點があった。しかし××××外ならなかった。**29**

『장군』에서 검열을 받은 아쿠타가와가 『갓파』에서는 직접적인 표현을 피해 검열제도의 불만을 크라밧쿠의 음악회를 통해 드러내고 있다.

원래 그림이니 문예니 하는 것은 누가 보아도 무엇을 표현하고 있는지 잘 알 수 있으니까 이 나라에서는 결코 발매나 전시를 금지하지 않습니다. 그 대신에 있는 것이 연주금지입니다. 이를테면 음악만은 아무리 풍기문란한 곡이라도 귀가 없는 갓파로서는 알 수가 없으니까요.

元来画だの文芸だのは誰の目にも何を表はしてゐるかは兎に角ちやんとわかる筈ですから、この国では決して発売禁止や展覧禁止は行はれません。その代りにあるのが演奏禁止です。何しろ音楽と云ふものだけはどんなに風俗を壊乱する曲でも、耳のない河童にはわかりませんからね。**30**

이는 당시의 일본 검열제도와 갓파 나라의 검열제도를 풍자한 것이다. 다음은 유전적 의용대義勇隊와 인간 의용대를 비교하는 대목이다.

29 『芥川全集八巻』, pp.159-160.
30 『芥川全集第十四巻』, p.122.

철도 하나를 빼앗기 위해 서로 살육하는 의용대군요.—그런 의용대에 비하면 우리 의용대는 훨씬 고상하지 않나 생각합니다만.

一本の鉄道を奪ふ為に互に殺し合ふ義勇隊ですね、—ああ云ふ義勇隊に比べれば、ずっと僕たちの義勇隊は高尚ではないかと思ひますがね。[31]

라고 랍푸를 통해 인간 의용대를 비판하고 있다. '철도 하나'의 '의용대'는 각각 남만주南滿洲 철도(장춘—여순 간 625키로) 및 그 수비대(관동군)를 가리킨다.[32] 또 자본주의의 모순인 실업자 문제에 관해서도 설명하고 있다.

그 직공을 모두 죽여 버리고 고기를 식용으로 사용하는 것이지요. …… 이 달은 정확히 6만4천7백6십9마리의 직공이 해고당했으니까. 그만큼 고기값도 내린 셈이지요

その職工をみんな殺してしまつて、肉を食料に使ふのです。…… 今月は丁度六万四千七百六十九匹の職工が解雇されましたから。それだけ肉の値段も下つた訣ですよ。[33]

결국 아사하거나 자살하는 수고를 국가적으로 생략해 주는 거죠. 잠시 유독가스를 맡기 때문에 큰 고통은 없습니다.

---

31 『芥川全集第十四巻』, p.113.
32 古屋哲夫, 『日中戦争』, 岩波書店, 1985, pp.17-20 참조. 러시아 혁명(1917) 후, 러시아가 북만주 철도의 수비병을 철수시키자 중국은 관동군의 철퇴도 요구하였다. 이는 대륙 침략 거점을 지키는 관동군 존립인 러일 간 조약 상 기반이 흔들렸다는 것을 의미한다. 그러나 실제로는 관동군은 이 무렵부터 역으로 만몽滿蒙 치안 유지를 위해 주둔군으로서 1925년경까지 대폭 강화된다.
33 위의 책, p.125.

つまり餓死したり自殺したりする手数を国家的に省略してやるので
すね。ちょっと有毒瓦斯を嗅がせるだけですから、大した苦痛はあり
ませんよ。[34]

이처럼『갓파』에는 당시의 사회 비판이 그 시대적 배경을 바탕으로 갓
파의 입을 통해 전해지고 있다. 갓파 사회의 모순이나 부조리는 다이쇼시
대의 사회상과 매우 흡사하다. 조너선 스위프트의『걸리버 여행기』가 스
위프트 시대의 영국사회를 해학적으로 반영시킨 것처럼 갓파 사회의 묘사
는 작자가 살았던 일본 사회에 대한 신랄한 풍자이다. 작자는 사회적 경제
적 모순이나 그 시대에 살았던 인간의 추악함을 정확히 파악하고 있었다.
그러나 그는 그것을 늘 익살스럽게만 그리고 있었다.

7.4.2 갓파에 투영된 아쿠타가와 像

본 항에서는 주된 등장 갓파인 박구, 랍푸, 크라밧쿠, 톳쿠를 분석하고,
각 갓파들의 언동을 살펴봄으로써 아쿠타가와의 어떠한 부분이 갓파에게
투영되어 있는지를 고찰하기로 한다.

갓파 나라에 떨어진 주인공이 처음 느낀 것은 인간과 갓파의 가치관이
다르다는 것이었다. 예를 들어, 갓파들은 인간이 진지하게 생각하는 것을
이상하게 여김과 동시에 인간이 이상하게 여기는 것을 진지하게 생각한
다. 특히 정의나, 인도人道라는 말에 대한 관념이 다르다. "그들의 익살이라
는 관념은 인간의 관념과 전혀 기준을 달리하고 있다.(彼等の滑稽という

34 위의 책, p.125.

観念は人間の観念と全然標準を異にしている。)"[35] 『갓파』의 줄거리의 전개에 있어 '인도', '정의'의 가치관이 먼저 거론된 것은 주목해야할 것이다. 왜냐하면, 다이쇼기는 "메이지에 태어나 다이쇼를 살아간다(明治生れの大正走り)"라는 말이 있듯이, 메이지적 정신이나 다이쇼적 정신이 공존하고 있어서 정의의 뜻이 다양한 시기였다. 옛 것은 모두 안 된다고 생각하는 사람들과, 새것을 모두 무시하는 사람들이 각자의 입장에서 자신의 생각을 주장했던 시대였기 때문에, 공통된 정의감이 없었다. 아쿠타가와는 冒頭에서 먼저 이를 풍자한 것이라 생각된다.

1) 어부 박구

갓파의 출산은 기묘하다. 다른 갓파들 같이 박구는 아기가 태어나려고 할 때, 아버지는 어머니의 생식기에 입을 대고, "너는 이 세상에 태어날지 말지를 잘 생각한 후에 대답을 해라"고 묻는다. 이에 박구의 아이는,

> 나는 태어나고 싶지 않아요. 먼저 내 아버지한테서 정신병이 유전되는 것만으로도 큰일입니다. 게다가 갓파라는 존재를 나쁘다고 믿고 있으니까요.
> 僕は生れたくはありません。第一僕のお父さんの遺伝は精神病だけでも大へんです。その上河童的存在を悪いと信じてゐますから。[36]

라고 대답하고 있다. 이는 아쿠타가와가 자신의 의사와는 관계없이 광인의 아들로 태어난 자신의 '운명'을 저주하고 있었다는 것을 생각했을 때, 단순히 갓파 나라의 풍속이라고 웃고만 있을 수 없는 것이다. 실제로 아쿠

35 『芥川全集第十四巻』, pp.110-111.
36 『芥川全集第十四巻』, pp.111-112.

타가와는 장남인 히로시가 태어났을 때의 심경을 『어느 바보의 일생』의
「24 출산」에서 다음과 같이 이야기하고 있다.

　　무엇 때문에 이 녀석도 태어난 것일까? 이 사바 고통으로 가득 찬 세계
　에―무엇 때문에 또 이 녀석도 나 같은 사람을 아버지로 한 운명을 짊어진
　것일까?
　　「何の爲にこいつも生れて来たのだらう? この娑婆苦の充ち満ちた世
　界へ。一何の爲に又こいつも己のやうなものを父にする運命を荷つた
　のだらう?」[37]

　인간은 태어나는 것에 관한 한, 아이는 어떤 선택권도 부여받지 못한다
고 하는 불합리에 분개함을 느끼고 있는 아쿠타가와의 기분이 생생히 느
껴지는 삽화이다. 이 장면에서 정신병 유전에 대한 두려움을 품고 있던
아쿠타가와의 심정이 박구 태아의 대답에 잘 투영되었던 것이다.
　다음 내용은 유전적 의용대를 모집하는 포스터로, 그가 얼마나 유전의
무게를 절실히 느끼고 있었는지를 나타낸다.

　　유전적 의용대를 모집한다!!!(遺傳的義勇隊を募る!!!)
　　건전한 남녀 갓파여!!!(健全なる男女の河童よ!!!)
　　나쁜 유전을 박멸하기 위해서(惡遺傳を僕滅する爲に)
　　불건전한 남녀 갓파와 결혼하라!!!(不健全なる男女の河童と結婚せよ!!!)[38]

---

37 『芥川全集第十六巻』, p.51.
38 『芥川全集第十四巻』, p.113.

2) 학생 랍푸

『갓파』에 등장하는 유일한 학생인 랍푸는 어느 날 나의 집에 뛰어 들어와 마루 위에 쓰러지자 가쁜 숨으로 이렇게 말하는 것이다.

큰일났다! 드디어 난 안겨버렸어!

大変だ！とうとう僕は抱きつかれてしまつた！[39]

갓파 나라에서는 인간이 연애하는 경우와 다르게 암갓파가 적극적이다. 괜찮다 싶은 숫갓파를 발견하면 수단을 가리지 않고 붙잡으려고 한다. 이 경우 암갓파의 부모나 형제까지 동원되어 쫓기 때문에, 운 좋게 붙잡히지 않고 이리저리 도망친다 해도 2~3개월은 몸져눕게 되는 경우가 많다. 이와 같은 갓파의 연애 방식을 알고 있던 나는 읽고 있던 시집을 던져 버리고, 문을 잠가 버렸다. 그러나 열쇠구멍으로 훔쳐보니 유황 분말을 얼굴에 칠한, 키가 큰 암갓파 한 마리가, 문에서 어슬렁거리고 있었다. 랍푸는 그날부터 몇 주 동안 내 집에서 몸져누워 버렸다. 어느 틈엔가 랍푸의 주둥이는 완전히 썩어 떨어져 버렸다.

이 랍푸와 암갓파의 상황은 실생활의 아쿠타가와와 몇 명의 여성과의 관계를 잘 보여주고 있다. 쫓기는 숫갓파란 바로 아쿠타가와 자신이며, 암갓파는 그녀들이다. 그를 둘러싸고 있었던 여성들은 다음과 같다.

① 여류가인 히데 시게코秀しげ子 ― 아쿠타가와는 1919년 6월 10일 신진 문인들의 친목회 '十日會'에서 시게코를 처음 만났다. 그는 그녀의 매력에 끌려 3개월 후 『아귀굴 일기我鬼窟日錄』에서 일시 '수인愁人'으로 불렀다.

---

39 『芥川全集第十四卷』, p.117.

하지만 만년의 자전적 소설『어느 바보의 일생』(유고)에서는 시게코를 연상시키는 여인을 "광녀"라 부르고, "동물적 본능만 강한 그녀에게 어떤 증오를 느끼고 있었다"고 서술했다.[40]드디어『톱니바퀴齒車』에서는 "복수의 신-어느 광녀"로 변해갔다.

한편, 1920년 장남 히로시比呂志의 출산에 이어 몇 달 후 시게코도 남자아이를 출산한다. 그 아이가 '당신을 닮았다'는 말에 아쿠타가와는 그녀를 교살하고 싶은 충동에 빠진다.[41] 물론 시게코가 낳은 아이는 아쿠타가와의 아이는 아니었지만, 시게코는 그에게 무거운 짐이 되었다. 이리하여 피하기 힘든 현실의 무게를 죽을 때까지 짊어지게 된다.

『추상追想 아쿠타가와 류노스케』에서 아쿠타가와의 부인 후미文는 "처음은 일요일마다 집에 와서 남편과 이야기를 하다가 돌아갔습니다. 나에게도 값비싼 자수 반소매나 그 외의 것을 선물로 주었습니다. 노인들은 너무 자주 찾아오는 시게코를 이상하게 생각하는 눈치였습니다"[42]라고 술회하고 있다.『갓파』에서 암갓파가 숫갓파를 쫓아 다닌다는 발상도 시게코의 체험이 없었다면 생각할 수 없는 묘사이다.[43] 시게코의 동물적 유혹 방법은『갓파』에서 암갓파가 유혹하면서 도망치는 장면에 잘 드러나 있다. 예를 들면 숫갓파를 쫓지 않을 수 없도록 하며, 도망치면서도 잠깐 멈춰 서고, 네발로 기어가며 딱 좋은 때가 되면 무척 낙담한 것처럼 손쉽게 붙잡혀버린다.[44] 암갓파에게 안겨 주둥이가 썩은 랍푸에게 여성 관계의 수렁에 빠진 아쿠타가와의 고뇌가 투영되어 있다.

---

40 『芥川全集第十六巻』, p.48-49.
41 『芥川全集第十六巻』, p.58-59. 『어느 바보의 일생』(38.복수)
42 芥川 文·中野妙子, 『追想 芥川龍之介』, 中公文庫, 1981, p.153.
43 関口安義, 『재조명 아쿠타가와 류노스케』, 제이앤씨, 2012, p.307.
44 『芥川全集第十四巻』, pp.117-118.

아쿠타가와는 그의 유서에서 시게코와의 관계에 대해 언급하고 있다.

우리들 인간은 한 사건만으로 쉽게 자살하지는 않는다. 나는 과거 생활의 총결산을 위해 자살하는 것이다. 그러나 그 중에서도 큰 사건이었던 것은 내가 29세 때 口夫人(주 시게코)과 죄를 범한일이다.

僕等人間は一事件の為に容易に自殺などするものではない. 僕は過去の生活の総決算の為に自殺するのである. しかしその中でも大事件だつたのは僕が二十九歳の時に口夫人(注, しげこ)と罪を犯したことである.[45]

② 歌人 가타야마 히로코片山広子 － 아쿠타가와는 1925년 3월 「明星」에 발표한 선두기旋頭歌 25首에 「越し人」라는 제목을 붙였다. '越し人(호쿠리쿠(北陸)사람)'는 歌人 가타야마 히로코를 말한다. 아쿠타가와 보다 14세 연상으로, 1916년 6월 「新思潮」에서 아쿠타가와가 가타야마의 詩를 비평한 것이 계기가 되어 친교가 시작된다. 1924년 7월 가루이자와軽井沢의 쓰루야つるや 에서 만난 이후, 晩年의 아쿠타가와에게 강한 영향을 주었다.[46] 『어느 바보의 일생』의 「37 越し人」에서 "그는 자기와 才力에서도 격투할 수 있는 여자와 조우했다. 그러나 「越し人」 등의 서정시를 지어 겨우 이 위기를 탈출했다.[47] 46세의 여자와 32세 남자의 연령을 초월한 연애는 분명히 존재했다. 그러나 아쿠타가와는 멈춰 섰다. 그는 몇몇 詩歌에 히로코를 향하는 마음을 쓰고 위기를 넘겼다.[48] 旋頭歌25首 一의 '고시지越路 사

---

45 三好行雄・編, 『芥川龍之介必携』, 위의 책, 「芥川龍之介・人と文学」 p.10, (류노스케가 小穴隆一에게 보낸 유서의 한 구절이다.)
46 『芥川全集第十六巻』, p.339.
47 『芥川全集第十六巻』, p.58.

람'은 니가타新潟에 사는 가타야마 히로코를 가리킨다.[49] 그녀는 아일랜드 문학 번역가로 필명은 마쓰무라 미네코松村みね子이다.

③ 히라마쓰 마스코平松麻素子 – 아쿠타가와는 1927년 4월 7일 제국호텔에서 마스코와 정사情死를 약속하였지만, 마스코는 가지 않고 부인인 후미와 오아나 류이치에게 알려 미수로 끝났다. 아쿠타가와는『어느 바보의 일생』의 「47 불장난」에서 마스코에 대한 그의 마음을 "그는 그녀에게 호의를 가지고 있었다. 그러나 연애는 느끼지 않았다"고 서술하고 있다. 또 그녀는 청산가리 한 병을 아쿠타가와에게 주었다고 한다.[50]『갓파』에도 피해망상에 빠진 광인 남편을 가진 암갓파가 남편의 코코아 찻잔에 청산가리를 넣는 장면이 있다.[51] 1927년 1월–3월까지 아쿠타가와의 작업장이었던 제국호텔은 마스코가 주선한 것이다.[52]그는 그곳에서『겐카쿠 산방玄鶴山房』,『갓파河童』,『신기루蜃氣樓』,『톱니바퀴齒車』 등을 집필했다. 그러나 1986년 8월 29일 발행의 「주간 아사히週刊朝日」에 마스코의 친족들이 정사 설을 부인했다.[53]

3) 대음악가 크라밧쿠

나는 어느 날 랍푸를 데리고 대음악가 크라밧쿠의 집에 갔다. 톳쿠에 의하면, 크라밧쿠는 갓파 나라가 낳은 음악 중 천재이며, 톳쿠처럼 신경쇠약[54]에 걸려있는 갓파라고 한다. 보통 때는 아이와 놀던 크라밧쿠가 그

48 関口安義,『재조명 아쿠타가와 류노스케』, 제이앤씨, 2012, p.311.
49『芥川全集第十二巻』, p.334.
50『芥川全集第十六巻』–「어느 바보의 일생」(48, 죽음), p.64.
51『芥川全集第十四巻』, p.130
52 関口安義,『재조명 아쿠타가와 류노스케』, 제이앤씨, 2012, p.314.
53『芥川全集第十六巻』, p.323.
54『芥川全集第十四巻』, pp.120–121.

날은 어찌 된 일인지 팔짱을 낀 채, 쓴웃음을 지으며 앉아있었다. 그의 발밑에는 휴지가 온통 흩어져 있었다. 걱정이 된 나는 "어떻게 된 거야? 크라밧쿠군"[55]라고 물으니 내뱉듯이 대답한다. "어떻게 된 거냐고? 멍청이 비평가 같으니! 나의 서정시가 톳쿠의 서정시와 비교가 되지 않는다는 거야"[56] 하지만 자네는 음악가니까 시인 톳쿠보다 시가 못하더라도 이상하지 않다고 위로하자 그는,

그것뿐이라면 나도 참을 수 있어. 나는 롯쿠에 비하면, 음악가라는 이름을 붙일 자격도 없다고 하지 않는가?

それだけならば我慢も出来る。僕はロツクに比べれば、音楽家の名に価しないと言やがるぢやないか?[57]

(인용문 A)

라는 말을 듣고 불만스러워 한다. 롯쿠는 크라밧쿠와 자주 비교되는 음악기[58]지만 초인구락부超人俱樂部의 회원은 아니다. "내가 롯쿠도 천재임에는 틀림없지만, 크라밧쿠의 음악에서 흘러넘치는 근대적인 정열이 없다"고 하자, 크라밧쿠는 의심하면서도 "자네는 정말 그렇게 생각하는가?"라고 물었고, 내가 "그렇다"고 하자 급히 일어나더니 갑자기 인형을 마루 위에 던졌다. 놀란 랍푸가 도망치려고 하자, 크라밧쿠는 나와 랍푸에게 "놀라지 말라"고 손짓을 하더니, 이번에는 냉정하게 이렇게 말한다.

---

55 『芥川全集第十四巻』, p.134.
56 위와 같음.
57 위의 책, P.135.
58 크라밧쿠가 아쿠타가와라는 것은 『갓파』를 통해 알 수 있는데, 당시 아쿠타가와와 자주 비교된 작가는 시가 나오야였다.
　下沢勝井,「志賀直哉」- 芥川との比較において, 汐文社, 1975, pp.73-84 참조.

그건 자네도 속인들과 마찬가지로 들을 귀가 없기 때문이야. 나는 롯쿠를 두려워하고 있어.……

それは君も亦俗人のやうに耳を持つてゐないからだ。僕はロツクを恐れてゐる。……[59]
(인용문 B)

이에 "겸손한 척 하지 말게. 크라밧쿠는 천재라고. 그 점에서 롯쿠를 두려워하지 않아. 그럼 무엇을 두려워하고 있는 거야?"라는 질문에,

뭔가 정체를 알 수 없는 것을, 말하자면 롯쿠를 지배하는 별을.

何か正体の知れないものを、一言はばロツクを支配してゐる星を。[60]
(인용문 C)

이해가 안 되는 나에게 크라밧쿠는 다음과 같이 구체적인 설명을 한다.

그럼 이렇게 말하면 알겠지. 롯쿠는 내 영향을 받지 않아. 하지만 나는 어느 새인가 롯쿠의 영향을 받아버린단 말이야.

ではかう言へばわかるだらう。ロツクは僕の影響を受けない。が、僕はいつの間にかロツクの影響を受けてしまふのだ。[61]
(인용문 D)

내가 그것은 크라밧쿠의 감수성 탓이 아니라고 말하려고 하자 그는,

---

59 『芥川全集第十四巻』, p.135.
60 『芥川全集第十四巻』, p.136.
61 『芥川全集第十四巻』, p.136.

일단 들어 보게. 감수성 따위의 문제가 아니야. 롯쿠는 항상 느긋하게 그 녀석만이 할 수 있는 일을 하고 있어. 그러나 나는 좌불안석이야. 그것은 롯쿠의 눈으로 보면, 어쩌면 한 걸음 차이일지도 모르지. 그렇지만 내게는 10마일이나 차이가 나 보여.

まあ、聞き給へ。感受性などの問題ではない。ロツクはいつも安んじてあいつだけに出来る仕事をしてゐる。しかし僕は苛ら々々するのだ。それはロツクの目から見れば、或は一歩の差かも知れない。けれども僕には十哩も違ふのだ。[62]

(인용문 E)

위에 인용한 A, B, C, D, E는 아쿠타가와의 작가생활에 대한 고뇌를 반영하고 있다. 1919(大正8)년은 『그 시절의 나あの頃の自分の事』에서 『예술 그 밖에藝術その他』까지, 창작생활이 진척되지 않아 애태웠던 그에게는 작가생활을 시작한 이래 흥작의 해였다. 6월에 쓴 『의혹疑惑』(7월 중앙공론)도 그 스스로가 "악작을 읽어서는 안 된다悪作読む可らず)"[63]라고 말할 정도였다. 또 동년 9월에 발표한 『요파妖婆』(중앙공론)를 남부 슈타로는 "요괴가 다니자키 만큼 잘 써지지 않았다(妖怪が谷崎程書けてない)"[64]라고 비판했다. 또 사토 하루오佐藤春夫도 『요파』의 실패에 대해 "허구가 너무 티가 난다"[65]라고 비평했다. 아쿠타가와는 자신의 부족한 점을 알고 있었지만, "그래도 『노상路上』보다 걸작이라고 생각하는데 어떤가?"[66]라고 반박한다. 후진인 다니자키와 비교되는 것은 문단의 대가라 불리던 아쿠타가

---

62 위의 책, 136.
63 進藤純孝, 위의 책, p.374, 재인용.
64 『芥川全集第十八巻』, p.316.
65 進藤純孝, 위의 책, p.382, 재인용.
66 『芥川全集第十八巻』, p.316.

와에게는 자존심 상하는 일이었으리라. 이와 같은 기분이 인용문 A에 나타나 있다고 생각한다.

다음으로 인용문 B에 대해 살펴보자. "속인과 같은 귀를 가지고 있지 않다"는 것은 1919년 작 『의혹』의 호의적 논평에 대한 아쿠타가와의 반발인 듯하다. 위에서 언급한 바와 같이 『의혹』이 악작으로 자인하던 아쿠타가와는 의외의 반응을 그대로 받아들이기 어려웠을 것이다. 그는 스스키다 준스케薄田淳介에게 보내는 서간(1919년7월30일 자)에서

> 중앙공론의 「의혹」이 여기저기서 사람들에게 호평을 받으나 소생이 보기에는 같은 졸작으로, 이를 또 칭찬하니 불쾌하기 짝이 없다.[67]

라고 기술하고 있다. 자신조차 잘된 작품이라고 생각할 수 없는 작품이 호평을 받으니, 자부심이 강한 아쿠타가와로서도 역시 '불쾌하게' 생각했던 것이리라. '귀를 가지고 있지 않다'라는 것은 작품을 제대로 이해하지 못한 사람들을 가리키는 것으로 생각된다. 또 B의 '나는 롯쿠를 두려워하고 있다'의 의미를 생각해 보자. 천재는 천재를 알아보듯이, 아쿠타가와 작품의 진가를 알아볼 수 있는 것은 역시 그에게 필적하는 작가일 것이다. 크라밧쿠가 롯쿠를 두려워하는 것도 실로 이 점이다. 롯쿠가 공개적으로 아무런 비판을 가하지 않아도 속으로 크라밧쿠의 음악을 평가하는 것이 틀림없을 것이라는 일종의 콤플렉스를 크라밧쿠는 느끼고 있다.

아쿠타가와의 콤플렉스를 잘 표현하고 있는 것은 인용문 C, D, E이다. 그래서 먼저 C부터 살펴보기로 한다. 본 고찰을 통해 필자는 롯쿠가

---

67 위의 책, p.307.

시가 나오야라는 인상을 강하게 받았다.[68] 따라서 롯쿠=시가, 크라밧쿠=아쿠타가와라는 가정 하에 논술하겠다. '롯쿠를 지배하고 있는 별'은 무엇인가? 일반적으로 별은 '운명'을 가리킨다. 시가는 출생부터 아쿠타가와와 다른 운명으로 태어났다. 시가는 귀족 계급인 사족士族 집안에서 태어났다. 아버지 시가 나오하루志賀直温는 격동하는 근대 일본 사회의 자본주의 궤도에 올라 착실히 사업을 발전시킨 사업가로서 성공했다. 시가 나오야는 경제적으로도 풍요로운 생활을 하였고, 유년기의 부족함 없는 행복한 생활은 시가의 활달한 인격 형성에 크게 작용하였다.

한편 아쿠타가와는 광인 어머니를 두고, 큰 액년에 태어났기 때문에 버린 아이로 여겨지게 되었다. 어머니의 발광 후 아쿠타가와家에 맡겨져 주위의 눈치를 보며 자랐기 때문에, 어느 쪽인가 하면 내성적이고 신경질적이며, 남의 시선을 항상 의식했다. 또 경제적으로도 시가만큼 여유롭지 못했다. 한번은 아쿠타가와가 집필 슬럼프 시기를 어떻게 극복하느냐고 질문하자, 시가는 "동면을 한다는 기분으로 1년이래도 쓰지 않고 있으면 어떻습니까.(冬眠しているやうな気持ちで一年でも書かずにゐたらどうです。)"[69]라고 하였다. 이에 대해 아쿠타가와는 "그렇게 마음 편한 처지가 아닌지라(さういう結構な御身分ではないから)"고 답하였다. 이 대화는 두 사람의 입장을 상징적으로 표현하고 있다.

인용문 D에서 롯쿠는 크라밧쿠의 영향을 받지 않고, 크라밧쿠는 "바로 롯쿠의 영향을 받는다"는 내용도 시가와 아쿠타가와의 관계를 말한다. 창작을 위해 실생활을 결코 희생하지 않았던 시가와 달리 아쿠타가와는 실생활을 희생하면서 목숨을 바쳐 창작을 계속하였다. 이 점은 『어느 바보의

68　下沢勝井, 위의 책, pp.73-84 참조.
69　下沢勝井, 위의 책, p.83.

일생』의 「8 불꽃」에 잘 묘사되어 있다.

　　그는 인생을 바라보아도 아무것도 갖고 싶은 것이 딱히 없었다. 그러나
이 보라색 불꽃만큼은, ─팍팍 튀는 공중의 불꽃만은 목숨과 바꿔서라도
붙잡고 싶었다.
　　彼は人生を見渡しても、何も特に欲しいものはなかつた。が、この
紫色の火花だけは、─凄まじい空中の火花だけは命と取り換へてもつ
かまへたかつた。[70]

한편, 시모사와 가쓰이下沢勝井는 시가 나오야의 영향에 대해 논하고 있다.

　　아쿠타가와 작품에는 시가의 그림자가 깊게 드리워지지만, 시가 쪽에
는 아쿠타가와 작품의 영향이 거의 보이지 않는다.[71]

아쿠타가와가 9살 연상인 자질이 풍부한 선배 작가 시가를 평생 경외했
던 것에 비해, 시가는 아쿠타가와가 자살했을 때, "어쩔 수 없는 일", "동정
해야 할 상대"로 표현했다.(『沓掛にて』─芥川君のこと─)[72] 마지막 인용문
E의 부분은 시가와 아쿠타가와의 창작 태도에 관한 것이다. "롯쿠는 언제

---

70 『芥川全集第十六巻』, p.43.
71 下沢勝井, 위의 책, p.80.
72 시가나오야가 아쿠타가와의 죽음을 알게 된 것은 1927년 7월 25일 아침, 신슈信州 시노
　노이篠の井에서 구쓰카케沓掛로 향하던 도중이었다. 시가 나오야는 아쿠타가와와 7번
　만났는데, 단편소설 『沓掛にて』─芥川君のこと─에서 그러한 아쿠타가와와의 추억을
　술회하고 있다. 시가나오야는 아쿠타가와의 죽음에 대해 다음과 같이 기술하고 있다.
　"それは思ひがけない事には違ひないが、　四年前武郎さんの自殺を聞いた時には余
　程異った気持だった。乃木将軍, 武郎さんの時も, 一番先きに来た感情は腹立たしさ
　だったが, 芥川君の場合では何故か仕方ない事だった'と云ふやうな気持がした。"

나 느긋하게 그 만이 할 수 있는 것을 한다"라는 의미는, 시가의 태도가, "쓰고 싶지 않으면 쓰지 않는 것이고, 쓸 수 없다면 그대로 써질 때까지 기다리는 것이었다. 그리고 써야할 내용도, 자신이 쓸 수 있는 것만을 썼으며, 불만족스러운 것은 발표하지 않았고, 만족할 때까지 몇 년이라도 다시 손질을 계속하는 것이었다"[73] 라는 점을 가리킨다. 또 시가는 사회적 강제력(가부장의 권력·국가권력)의 존재를 거부하는 에고이즘이 투철했던 강한작가였다. 그 에고이즘을 과묵하게 표현했다. 즉, 어디까지나 개인의 안심을 계속 추구했던 것이다. 시가의 집필 활동 기간은 1914(大正3)년부터 1957(昭和32)년까지 약 50년간인데, 그 중 거의 17년간 정도 펜을 잡지 않았던 시기가 있었다. 시모사와에 의하면 "문학사상에서 보면, 문예사조 상 어떤 전환기였으며, 정치적, 사회적인 변동기와 궤를 같이하는 부분이 많았다."[74] 이에 비해 집필 시 정신적 여유가 없었던 아쿠타가와의 창작 태도와는 대조적이다.

쓰기 시작하면 곧잘 짜증이 난다. 다만 이것은 무엇이 생길 것 같은 환경 속에 놓여 있기 때문에 일어나는 것이고, 그렇지 않다면 생기지 않을 것이 틀림없다. 적어도 훨씬 평온한 마음이 필요하다고 생각된다. 그러나 종래 그렇게 되지 못했기 때문에 글을 쓸 때는 자꾸 집안 식구를 야단쳤다.

書き出すとよく、疳積が起る。尤もこれは、起るやうな周圍の中に置かれてあるから、起るので、さもなかったら、起らないのにちがひない。少なくとも余程穏な心もちでゐられさうに思はれる。が、従来どうもさう行かなかったから、ものを書く時は、よく家のものをどな

73 下沢勝井, 위의 책, pp.80-81.
74 下沢勝井, 위의 책, p.83.

りつけた。[75]

짜증의 원인은 복잡한 가정생활과 경제적 압박이다. 경제문제에 관해,

> 그 후 여전히 가난하게 살고 있습니다. 학교 선생을 하는 것도 싫어서 견딜 수가 없지만, 그렇게 하지 않으면 독립해서 먹고 살 수 없으니 어쩔 수 없는 매우 불쌍한 처지입니다.
> その後相不変貧乏暮らしをしてゐます学校の先生をしてゐるのも嫌で仕方がないがさうしないと独立して食へないのだからやむを得ない甚憫然な次第です。[76]

라고 1917(大正6년 5월 7일)년 하라 젠이치로原善一郎 앞 편지에 고백하였다. 다만 일하지 않고 "공부만하여도 지장이 없을 만큼의 돈"이 없었다고 하는 쪽이 정확했을 것이다. 결국 아쿠타가와는 1919(大正8)년 해군기관학교 영어 교사를 사직하고, 오사카마이니치신문의 전속 작가가 되었다. 이는 쓰고 싶지 않을 때도, 쓸 수 없는 상태에도 아쿠타가와에게 소설을 쓰게 하는 원인이 되어, 예술 지상주의에 철저하기를 바란 그에게 때로는 부족한 작품이라도 써야만 하는 계기가 되었다. 이처럼 자신과 시가의 작가로서의 운명에 대해 아쿠타가와는 분노와 같은 감정을 품었다.

> 나는 늘 이렇게 생각하고 있다. ─우리들이 모르는 무언가가 나를, ─크라밧쿠를 조롱하기 위해 롯쿠를 내 앞에 세운 것이다.

75 『芥川全集第二巻』, p.210.
76 進藤純孝, 앞의 책, p.327, 재인용.

僕はいつもかう思つてゐる。—僕等の知らない何ものかは僕を、—ク
ラバツクを嘲る為にロツクを僕の前に立たせたのだ。[77]

롯쿠에 대한 크라밧쿠의 콤플렉스를 강하게 이야기하고 있는 위 문장에서 아쿠타가와는 같은 시기에 두 사람의 천재를 문단에 등장시킨 운명에 대한 恨을 크라밧쿠를 통해 토로하고 있다. 이 점은『삼국지三國志』의 주유周瑜가 제갈공명諸葛孔明에 대한 탄식과 매우 유사하다.

> 이 주유를 탄생하게 했다면, 어째서 또 제갈량을 세상에 태어나게 했단 말이냐?[78]
> (주유 죽다)

주유의 죽음 직전의 말과, 죽기 5개월 전 작품인『갓파』의 크라밧쿠의 탄식은 많이 닮아 있다. 또한 주유와 아쿠타가와의 죽은 해가 세는 나이로 같은 36세였다는 것은 우연의 일치일까?

이상 살펴본 대로, 음악가 크라밧쿠는 자신의 재능에 대한 자부심이 강하다. 그러나 한편으로는 그의 재능을 문제 삼지 않는 예술가의 존재에 두려워하고 있다. 이 크라밧쿠에게는 아쿠타가와의 예술가로서의 자신과 불안이 겹쳐 있다고 할 수 있다.

4) 시인 톳쿠

아쿠타가와 상이 다채롭게 투영된 갓파로는 톳쿠이다. 작자는 톳쿠를 통해 가정, 예술, 자살, 종교, 심령 등을 다루고 있다.

77 『芥川全集第十四卷』, p.136.
78 金光洲釋「新譯三國志, 卷三」, 瑞文文庫 057, 1978, p.294.

○ **톳쿠와 가정생활** ─ 시인 톳쿠는 소위 전통적인 가족 제도를 부정하고, 자유롭게 암갓파와 동거하고 있다. 그 이유는 톳쿠의 생활관이나 예술관과 관계가 있다. 톳쿠는 평범한 갓파 생활만큼 한심한 것은 없고, '부모자식, 부부, 형제들은 서로 괴롭히기 위해 살고 있다'[79]는 신조를 가졌다. 또『갓파』와 동시에 집필한『톱니바퀴』에서 서로 사랑하기 위해 서로 미워하면서 생활하고 있는 가족을 '나를 속박해 버리는 어떤 힘'[80]으로 표현하였다. 이런 점에서 아쿠타가와와 톳쿠에게 가정이란 적어도 부자유한 곳으로 인식되고 있었음을 알 수 있다. 예를 들어, 1917년 2월 2일 쓰카모토 후미塚本文와 결혼하기까지 아쿠타가와는 젊은이답게 그녀와 편지를 주고받았다. 결혼 후, 2월 15일에 너무나도 빨리 일상생활의 무게에 눌려, 마츠오카 유즈르松岡讓 앞으로 편지를 썼다.

> 신혼 당시의 습관이 생활보다 예술 쪽으로 얼마나 강하게 나를 붙잡는지 모른다.
> 新婚当時の癖に生活より芸術の方がどの位つよく僕をグラスプするかわからない。[81]

아쿠타가와는 후미에 대한 자신의 애정이 '믿을 수 없는'것을 통감한다. 게다가 그는 후미를 사랑하면서, 동시에 다른 여성에게 끌리는 것을 경험하였다(랍푸를 참조). 그러나 그 반면 초인적 연애가로 자칭하고 있는 톳쿠는 '노변의 행복炉辺の幸福'[82]에도 부러움을 느끼고 있다. 초인클럽에서

79 『芥川全集第十四巻』, p.114.
80 『芥川全集第十五巻』, p.75.
81 進藤純孝, 앞의 책, p.323, 재인용.
82 三好行雄・編『芥川龍之介必攜』위의 책, p.11.

돌아오던 중, 톳쿠와 내가 그늘진 작은 창문 앞을 지나가다가, 부모 자식 갓파가 함께 만찬 테이블에 둘러 앉아 있는 것을 보고, 한숨을 쉬면서 톳쿠는 이렇게 말하는 것이다.

나는 초인적 연애가라고 생각하고 있는데, 저런 가정의 모습을 보면, 역시 부러움을 느낀단 말이야.

僕は超人的恋愛家だと思つてゐるがね、ああ云ふ家庭の容子を見ると、やはり羨しさを感じるんだよ。[83]

저기 있는 달걀부침은 무어라 해도 연애 따위보다 위생적이니까

あすこにある玉子燒は何と言つても、恋愛などよりも衛生的だからね。[84]

여기서 톳쿠의 모순을 볼 수 있다. 동일하게 아쿠타가와도 지긋지긋한 일상생활에서 도피를 바라면서도, 실로 그 사소한 행복을 위해 이를 완전히 던져버릴 용기가 없었던 것이다. 이는 아쿠타가와의 정신사의 측면에서 봤을 때, 아쿠타가와는 항상 이상을 추구하면서도 현실에 머물러 있었기 때문이다. 이처럼 현실에 충실하면서, 도덕적인 아쿠타가와의 모습을 나타내고 있는 것이 대가족을 통솔하고 있는 건강한 갓파이다.

창문 밖 길에는 아직 젊은 갓파 한 마리가, 부모인 듯한 갓파를 비롯해, 7-8마리의 암수 갓파를 목에 매달고서, 숨을 헐떡이며 걷고 있었습니다. 그러나 나는 젊은 갓파의 희생적 정신에 감탄하였기 때문에, 오히려 그의

83 『芥川全集第十四巻』, p.116.
84 위의 책, p.116.

건강함을 칭찬하였습니다.

窓の外の往来にはまだ年の若い河童が一匹、両親らしい河童を始め、七八匹の雌雄の河童を頸のまはりへぶら下げながら、息も絶え絶えに歩いてゐました。しかし僕は年の若い河童の犠牲的精神に感心しましたから、反つてその健気さを褒め立てました。[85]

이 "희생적 정신", "건강함"이라는 표현은, 양부모 외 이모와 아내, 및 아들 히로시, 타카시, 야스시 등 대가족을 거느리며 정신적 · 경제적인 무거운 짐에 허덕이던 아쿠타가와 자신의 자조로 여겨진다. 왜냐하면, 아쿠타가와는 앞서 논한바와 같이 내심 시인 톳쿠와 같이 어느 것에도 얽매이지 않는 자유로운 생활을 원하고 있었다. 그러나 실제로『갓파』를 집필하던 해 1월, 매형이 방화 혐의로 철도 자살하였기 때문에, 자신의 가족만이 아닌 누나 가족의 생계까지도 걱정하지 않은 수 없는 상태였다.[86] 따라서, "숨을 헐떡이며"라는 단어는 당시 아쿠타가와의 입장을 아주 잘 전한 것이리라. 예술가로서의 연애나 생활의 자유를 추구하면서 동시에 가정의 행복도 버릴 수 없었던 아쿠타가와 자신의 모순 갈등이, "구경하게. 저 어리석은 짓을!"이라는 톳쿠의 말에 그대로 드러나 있다. 따라서 참을 수 없는 기분을 "건강함"이라는 말로 표현하고, 대가족을 부양하고 있는 젊은 갓파를 보고 스스로를 위로하고 있는 것이다.

○ **톳쿠와 예술** ─ 이데올로기적으로 특정 주의를 가지고 있지 않았던 톳쿠는 예술에 대해서도 '초인적'이었다.

85『芥川全集第十四巻』, p.115.
86 森本修,『新考, 芥川龍之介傳』, 北沢図書出版, 1977, p.311.

예술은 어떤 지배도 받지 않는, 예술을 위한 예술이어야 한다. 따라서 예술가라는 것은 무엇보다도 먼저 선악을 초월한 초인이어야 한다.

芸術は何ものの支配をも受けない、芸術の為の芸術である、從つて芸術家たるものは何よりも先に善悪を絶した超人でなければならぬ[87]

다음은 아쿠타가와 예술관이 보이는 『어느 바보의 일생』의 45에서,

그는 모든 선악의 피안에 유유히 서있는 괴테를 보고, 절망에 가까운 부러움을 느꼈다. 시인 괴테는 그의 눈에는 시인 그리스도보다도 위대했다.

彼はあらゆる善悪の彼岸に悠々と立つてゐるゲエテを見、絶望に近い羨ましさを感じた。詩人ゲエテは彼の目には詩人クリストよりも偉大だつた。[88]

『어느 바보의 일생』은 아쿠타가와의 자전적 작품이기 때문에 괴테의 예술에 대한 태도를 부러워하는 기분이 그대로 톳쿠의 입을 통해 표현되고 있다. 아쿠타가와는 괴테처럼 인간에게 절대적인 善도 절대적인 惡도 인정하지 않았다. 예를 들면 『라쇼몬』에서 볼 수 있는 하인의 심리 묘사에 그것이 잘 드러나 있다. 즉, 인간의 선량함과 추악함을 동시에 볼 수 있는 작가야말로 예술가로서 필요한 것이다. 아쿠타가와 문학이 이상과 현실의 중간에 위치하는 공허한 '진공지대眞空地帶'[89]를 형성하는 문학이라 불리는

---

87 『芥川全集第十四巻』, p.115.
88 『芥川全集第十六巻』, p.62.
89 福田恆存,「芥川龍之介と太宰治」, 第三文明社, 1977, p.13.

것도 이 점 때문이다.

○ **톳쿠의 병적 증상**—아쿠타가와의 분신 갓파 중에서 몸의 쇠약상태를 보이는 불면증·환각 증상이 톳쿠에 투영되고 있다. 예를 들면 크라밧쿠의 신경쇠약에 대해 나와 톳쿠가 이야기하고 있을 때, 톳쿠는 "나도, 2-3주간은 잠을 못자서 죽겠어"라고 한다. 『어느 바보의 일생』의 「41 병」에서도 아쿠타가와는 불면증에 걸리었고, 『톱니바퀴』에도 수면제만 계속 먹고 있는 내용이 서술되어 있다. 이처럼 죽음을 앞에 둔 그가 불면증에 고통받고 있었다는 사실은 여러 작품에서도 볼 수 있다.

어느 날, 내가 톳쿠에게 산책하자고 하자, 톳쿠는 "아니, 오늘은 관두지. 어이쿠!"라고 외치자마자 온몸에 식은땀을 흘리며 내 팔을 꽉 잡았다. 2-3주간이나 계속된 불면증으로 인해 환각상태가 일어난 것 같았다. 톳쿠는 왜 그러냐고 묻는 나에게 이렇게 대답하고 있다.

① 아니, 저 자동차 창문 안에서 녹색 원숭이 한 마리가 고개를 내민 것처럼 보였어.
何、あの自動車の窓の中から緑いろの猿が一匹首を出したやうに見えたのだよ。[90]

걱정이 된 내가 의사인 찻쿠에게 가도록 권유하자, 톳쿠는 완강하게 거절하며 무언가 의심스럽다는 듯이 나와 랍푸의 얼굴을 쳐다보며,

---

90 『芥川全集第十四巻』, p.138.

② 나는 결코 무정부주의자가 아니야. 그것만은 꼭 잊지 말아주게.─그 럼 안녕. 찻쿠 따윈 딱 질색이다.

僕は決して無政府主義者ではないよ。それだけはきつと忘れずにゐ てくれ給へ。──ではさやうなら。チヤツクなどは真平御免だ。[91]

①은 톳쿠의 환각 상태를 나타내는 것이라고 생각된다. '녹색 원숭이'를 봤다는 것은 톳쿠 뿐이기 때문이다. 또 원숭이를 녹색으로 표현하는 것도 기묘하다. 이 '녹색'은 주목할 만한 색이다. 왜냐하면 만년의 작품『톱니바 퀴』에도 '녹색 드레스', '녹색 택시', '녹색 레인코트'와 같이 녹색을 즐겨 사용하였다. 당시 아쿠타가와는 심신이 극도로 쇠약해졌기 때문에 심리적 으로 희망의 색·생산적인 색으로 간주되고 있는 녹색을 무의식적으로 사용한 것은 아닐까라고 생각된다.[92]

②는 톳쿠의 피해망상을 보이는 것이라 여겨진다. 병원에 가기를 권하 니까 무정부주의자를 단속하는 경관으로 착각하고 있다. 이는 다이쇼大正 기의 사회주의자나 무정부주의자를 단속한 사회상을 반영한 것으로 생각 된다. 그러나 ①과 ②는 문맥상, 관계가 없다. 이러한 점은 칼 야스퍼스의 「정신분열증 환자의 문장이나 그림의 특징에 대해서」에는 "전체적으로 그 구성이 산만하며, 전후의 관계가 없다"[93]와도 상통한다.

91 위의 책, p.138.
92 『芥川全集第十五巻』, p.55. 택시는 쉽게 잡히지 않았다. 뿐만 아니라 가끔 지나가는 것은 꼭 노란 차였다(이 노란 택시는 평소 왠지 나에게 교통사고라는 폐를 끼치는 것이 예사였다). 그러던 중 나는 운 좋게 녹색 차를 발견하여, 일단 아오야마 묘지 가까운 정신병원에 가기로 했다.(タクシイは容易に通らなかった。のみならずたま に通つたのは必ず黄いろい車だった。(この黄いろいタクシイはなぜか僕に交通事 故の面倒をかけるのを常としてゐた。) そのうちに僕は縁起の好い緑いろの車を見 つけ, 兎に角青山の墓地に近い精神病院へ出かけることにした。)
93 Jaspers, K.: Allegeneine Psychopathologie, 7. Autl, Springer － Verlag, Berlin, 1959, pp.243

필자는 ①, ②를 통해, 아쿠타가와가 정신병자나 갓파에게 자신이 하고 싶은 말을 대변시키기 위해 정신 이상적인 묘사를 의도적으로 이용했다[94]고도 여겨지지만, 예상대로 당시 아쿠타가와의 정신 상태인 불면증, 환각, 피해망상이 톳쿠에게 무의식적으로 투영되어 있다는 점이 보인다.

○ **톳쿠의 자살** - 어느 날 철학자 막쿠 집에 게루를 비롯하여 갓파들이 모여 법률·사형·자살에 대해 이야기를 하고 있을 때, 갑자기 날카로운 총소리가 들렸다. '나'와 갓파들이 톳쿠의 집에 달려가 보니 톳쿠는 오른손에 권총을 쥔 채, 쓰러져 있었다. 의사 찻쿠는,

> 이미 늦었습니다, 톳쿠군은 원래 위병이 있었기 때문에, 그것만으로도 우울해지기 쉬웠던 것입니다.
>
> もう駄目です、トック君は元来胃病でしたから、それだけでも憂鬱になり易かったのです。[95]

라고 사망선고를 했다. 아쿠타가와도 1922(大正11)년 말경부터 몹시 건강을 해치어, 그 무렵 자신의 건강 상태에 대해 마노 유지로真野友二郎에게 신경쇠약, 위경련, 장염, 발진, 심계항진 등을 앓고 있다고 편지를 보냈다.[96] 체질적으로도 톳쿠와 아쿠타가와의 상태가 유사하다는 것을 알 수 있다. 찻쿠의 진단에 대해, 철학자 막구는 변명하듯이 한 장의 종이를 꺼

-246.

94 『芥川全集第十四巻』, pp.168-172 참조. 명백하게 의도적인 정신 이상적 부분으로서 『갓파』의 가장 마지막 문단에서는 제23호의 환시·환청증상의 묘사가 있다.

95 芥川全集第十四巻』, p.148.

96 『芥川全集第十九巻』, p.301.

냈다. 그것은 톳쿠의 마지막 시였다.

자, 떠나자. 사바세계를 떠난 골짜기로.
바위들은 험하고, 산수는 맑고,
약초 꽃이 향기로운 골짜기로.
いざ、立ちて行かん。娑婆界を隔つる谷へ。
岩むらはこごしく、やま水は清く、
薬草の花はにほへる谷へ。[97]

이 시에 관해 막구는 다음과 같은 설명을 더하고 있다. "이는 괴테의 『미뇽의 노래』의 표절입니다. 그렇다면 톳쿠군이 자살한 것은 시인으로서도 지쳐있었던 것이네요."[98] 이는 톳쿠의 자살 원인이 병만은 아니라는 것을 시사한다. 즉, 타인의 작품을 표절할 정도로 톳쿠의 詩才가 고갈되어 있음을 나타낸다. 『갓파』가 아쿠타가와의 자살하기 5개월 전 작품인 것을 고려할 때, 톳쿠의 시와 막구의 설명은 다가올 자살 원인 중 하나가 詩才의 고갈임을 아쿠타가와 스스로가 암시하고 있는 것이다.

한편, 아쿠타가와는 자신이 죽은 직후의 상황을 가정하면서 톳쿠의 유가족 및 친구들의 반응을 그리고 있다. 암갓파는 계속 울고, 2, 3살의 갓파는 아무것도 모른 채 웃고 있는 것을 보며, '나는 눈물이 고이는 것을 느꼈다. 그가 갓파 나라에서 눈물을 머금은 것은 이 때가 처음이었다. 이 '나'의 눈물에 필자는 자살 후의 막내였던 야스시를 생각해서 우는 아쿠타가와의 父情을 느끼지 않을 수 없었다. 자살 당시의 아쿠타가와에게는 8살 히로

---

97 『芥川全集第十四巻』, p.148.
98 『芥川全集第十四巻』, p.149.

시, 6살 다카시, 2살인 야스시가 있었다. 톳쿠의 자살에 대한 반응으로 자본가인 게루는 "이 제멋대로인 갓파와 함께 산 가족이 불쌍하네요"라고 동정했고, 재판관인 펩푸는 "아무튼 뒷일도 생각하지 않으니까"라고 말했다. 아쿠타가와도 자신의 죽음을 '제멋대로'라고 인식했던 모양이다. 오아나 류이치小穴隆ー 앞으로 보내는 유서에,

지금, 내가 자살하는 것도 일생에 한번 제멋대로 일지도 모른다.[99]

라고 했기 때문이다. 그러나 그의 제멋대로의 행동은 이때만이 아니었고, 평소에도 가끔 있었다. 예로 관동 대지진이 발생했을 때이다. 아이를 두고 혼자 정원으로 뛰쳐나가자 부인인 후미에게 "당신 뭐에요, 노인과 아이를 두고 자기만이!"[100]라고 호되게 힐책 당하자, "인간은 여차할 땐 자기만을 생각하는 것이야[101]"라고 했다. 아쿠타가와의 자살은, '여차할 때'에 해당하는 것으로, 그가 마지막으로 제멋대로 한 것이리라.

갓파들 중에서 특이한 것은 음악가 크라밧쿠의 반응이다. 그는 큰 목소리로 시의 초고를 쥔 채, "잘됐다! 멋진 장송곡을 만들 수 있겠어!(しめた!すばらしい葬送曲が出来るぞ)"라며 입구로 뛰어 간다. 이는 친했던 톳쿠의 죽음을 애도하기보다 예술이 앞서는 예술가의 본능을 보여주는 것으로 아쿠타가와의 예술지상주의의 입장과 관련이 깊다.

99 進藤純孝, 위의 책, p.613, 재인용.
100 芥川瑠璃子, 위의 책, p.39.
101 위와 같음.

○ **톳쿠와 종교** − 톳쿠는 '나'처럼 무신론자였다. 갓파 나라에는 생활교生活敎[102]도 있고, '생명나무'도 있다는 것을 그는 알고 있었다. 그러나 그는 그것들을 추종하지 않았다. 이 신앙을 가지지 않았던 톳쿠의 불행을 대사원의 장로는 '나'에게 이렇게 고하고 있다.

우리들의 운명을 결정하는 것은 신앙과 환경과 우연일 뿐입니다.(무엇보다 당신들은 그 외로 유전을 열거하시겠지요.) 톳쿠씨는 불행히도 신앙을 가지지 않았던 것입니다.

我々の運命を定めるものは信仰と境遇と偶然とだけです。

尤もあなたがたはその外に遺傳をお數へなさるでせう。)トックさんは不幸にも信仰をお持ちにならなかつたのです。[103]

톳쿠와 아쿠타가와는 무신론자였다. 갓파의 생활을 영위하기 위해서 갓파 이외의 어떤 힘이 필요한 것처럼, 아쿠타가와도 최후의 순간에 무언가를 필요로 한 듯하다.(자살할 때 베개머리의 성서) 아쿠타가와는『어느 바보의 일생』의「50 포로(俘)」에서 다음과 같이 기술하고 있다.

그는 그의 미신이나 그의 감상주의와 싸우려고 하였다. 그러나 어떠한 싸움도 육체적으로 그에게는 불가능했다. '세기말의 악귀'는 실제로 그를 괴롭히고 있었음에 틀림없었다. 그는 신을 의지한 중세기의 사람들에게 부러움을 느끼었다. 그러나 신을 믿는 것은 −신의 사랑을 믿는 것은 도저히 그에게는 불가능했다. 저 콕토조차 믿었던 신을!

102 생활교는 一名 근대교라고 한다.
103 『芥川全集第十四卷』, p.158.

彼は彼の迷信や彼の感傷主義と闘はうとした。しかしどう云ふ闘ひも肉体的にかれには不可能だった「世紀末の悪鬼」は実際彼を虐んでゐるのに違ひなかつた。彼は神を力にした中世紀の人々に羨ましさを感じた。しかし神を信ずることは―神の愛を信ずることは到底彼には出きなかつた。あのコクトオさへ信じた神を！[104]

결국 신을 믿고 싶어도 믿을 수 없었던 것은 아쿠타가와의 불행이었다. 『갓파』의 '생활교'는 그 의미가 암시적이다. 原語는 '밥을 먹기도 하고, 술을 마시기도 하고, 교합을 행하기도 한다'는(飯を食つたり、酒を飲んだり、交合を行つたり)뜻이다. '생활교'의 근본적인 가르침은 '왕성하게 살아라(旺盛に生きよ)'이다. 대 사원 자체가 왕성한 생명력의 상징으로 건립되어 있다. 이 사원의 감실에 나란히 있는 성도들 像은 스트린드베리, 니체, 톨스토이, 구니키다 돗포, 바그너, 고갱 등이다. 그들은 生의 불안을 극복하려고 몹시 애쓰다가 결국 생명력 앞에 굴복해버린 사람들이다. 『전설』의 작자 스트린드베리는 자살 미수자이고, 『자라투스트라』의 시인 니체는 구원 받지 못하고 미쳐버리고 말았다. 톨스토이는 가끔 서재 들보에 공포를 느꼈고, 고갱의 입술에는 비소인지 뭔지 모를 흔적이 남아 있었다. 바그너는 사바세계의 고통이 몇 번이나 그를 죽음으로 몰아갔다.

○ **톳쿠와 심령** ― 톳쿠의 죽음과 관련된 이야기로서 유령의 출몰이 있다. 톳쿠의 사후 약 일주일 정도, 톳쿠의 유령이 나온다는 소문이 돌기 시작한다. 여기서 '나'는 톳쿠의 유령에 관한 기사나 유령 사진이 실려 있

---

104 『芥川全集第十六巻』, pp.66-67.

는 신문, 잡지를 사들인다. 내가 놀란 것은 그러한 사진보다도 톳쿠의 유령에 관한 심령학협회의 보고였다.

시인 톳쿠 군의 유령에 관한 보고.(심령학협회 잡지 제8274호 소재) 우리 심령학협회는 일전에 자살한 시인 톳쿠 군의 옛 집이고 현재는 ××사진사의 스튜디오인 □□가 제251호에 임시 조사회를 개최하였다.

詩人トック君の幽霊に関する報告。(心霊学協会雑誌第八千二百七十四号所載) わが心霊学協会は先般自殺したる詩人トック君の旧居にして現在は××写真師のステユデイオなる□□街第二百五十一号に臨時調査会を開催せり。[105]

심령학회 회장 펫쿠ペック는 회원 17명이 가장 신뢰하는 영매靈媒인 홋푸ホップ부인을 불러 톳쿠와의 대화를 시도한다. 즉, 그녀의 입을 통해 유령 톳쿠에게 질문하는 형식으로 대화가 시작되었다.

문: 자네는 왜 유령으로 나타나는가?

답: 사후의 명성을 모르기 때문이네.

문: 자네─혹은 심령 제군은 사후에도 계속 명성을 원하는가?

답: 적어도 나는 바라지 않을 수 없네. 그렇지만 내가 해후한 일본의 한 시인[106]은 사후의 명성을 경멸하고 있었지.

間: 君は何故に幽霊に出づるか?

答: 死後の名声を知らんが為なり。

---

105 『芥川全集第十四巻』, p.160.
106 마쓰오 바쇼松尾芭蕉를 칭함, 「古池や蛙飛び込む水の音」는 바쇼의 유명한 句.

問: 君－或は心霊諸君は死後も尚名声を欲するや?
　　答: 少くとも予は欲せざる能はず。然れども予の邂逅したる日本の一
　　　　詩人の如きは死後の名声を軽蔑し居たり。)[107]

　이 문답에서 톳쿠가 자신의 사후의 명성에 관심을 가지고 있었다는 점
을 엿볼 수 있다. 자살의 이유가 그의 재능 고갈이었다고 생각되는 이상,
유령이 되어서까지 자신의 명성에 신경을 쓰는 것도 당연하리라. 톳쿠는
목숨을 바쳐 예술가로서의 자존심을 지켰기 때문에, 생전의 명성이 그대
로 유지되어 있는지 톳쿠 유령에게는 신경이 쓰이는 부분일 것이다. 그러
나 톳쿠가 단지 명성만을 신경 쓰고 있는 것은 아니다. 여기에는 아쿠타가
와 특유의 야유가 담겨져 있다고 생각된다. 즉, 생전 그의 작품에 찬사를
아끼지 않았던 비평가들이 그의 사후에 어떤 태도를 취할지 보고 싶은
것이다. "명성은 마침내 하나의 새로운 이름 주위에 몰려오는 모든 오해의
총계에 지나지 않는다."[108], "나는 군소 작가의 한 사람이다. 또 군소 작가
의 한사람이 되려고 생각하는 자이다. 평화는 그 외에서 얻을 수 있는 게
아니다"[109]라고 말하고 있다. 『쵸코도 잡기澄江堂雑記』의 「후세」에는 사후
작품에 대해 다음과 같이 생각을 더하고 있다.

　　누군가가 우연히 나의 작품집을 발견해서 그 안의 짧은 한 편을, 혹은
　　그 한 편 중 몇 행을 읽는 일은 없을까.[110]

107 『芥川全集第十四巻』, pp.160-161.
108 進藤純孝, 위의 책, p.18.
109 『芥川全集第十六巻』, 「闇中問答」, p.22.
110 『芥川全集第四巻』「後世」, p.295.

예술가로서 단지 한편의 작품이라도 후세 사람들이 읽어주기를 바랄 뿐이라는 작가의 애절하기 그지없는 소망이 잘 드러나 있다.

한편, 톳쿠는 교우관계의 질문에 대해서 다음과 같이 답하고 있다.

> 나의 교우는 고금동서에 3백 명은 될 것이다. 그 저명한 사람들 중 클라이스트Kleist, 마인렌더Mainlaender, 바이닝거Weininger …….
>
> 予の交友は古今東西に亘り、三百人を下らざるべし。その著名なるものを挙ぐれば、クライスト、マイレンデル、ワイニンゲル、……。[111]

톳쿠의 교우는 모두 자살자뿐인가라는 질문에 꼭 그런 것은 아니라고 하면서도, 자살을 변호한 몽테뉴Montaigne를 '존경하는 친구의 한 사람'으로, 자살도 하지 않은 주제에 『자살론』을 저술한 염세주의자 쇼펜하우어 따위는 교우 리스트에 넣지 않는다. 당시 쇼펜하우어의 염세사상으로 인해 자살하는 청년이 속출했기 때문에, 참다못한 그는 자살은 부도덕이라고 말하였기 때문이리라.[112] 이 교우 중 아쿠타가와의 자살하는 과정과 관련이 있는 인물로, 독일의 철학자로 자살한 마인렌더(1841~1876)에 대해 잠시 살펴보기로 한다. 『어느 옛 친구에게 보내는 수기或旧友へ送る手記』에서 아쿠타가와는 이렇게 말하고 있다.

> 나는 이 2년간은 죽는 것만을 계속 생각해왔다. 나의 절실한 마음으로 마인렌더를 읽었던 것도 이 기간이다. 마인렌더는 추상적인 말로 교묘하게 죽음으로 향한 과정을 묘사하고 있을 뿐이다. 그러나 나는 좀 더 구체

---

[111] 『芥川全集第十四卷』, p.162.
[112] 文芸読本, 『芥川龍之介』, p.150 참조.

적으로 같은 것을 그리고 싶다고 생각한다.(나의 장래에 대한 막연한 불안
도 해부했다.) (중략) 나는 냉철하게 그 준비를 끝내고, 지금은 그저 죽음
과 놀고 있다. 이전의 나의 심정은 거의 마인렌더의 말에 가까울 것이다.

僕はこの二年ばかりの間は死ぬことばかり考へつづけた。僕のしみ
じみした心もちになつてマインレンデルを読んだのもこの間である。
マインレンデルは抽象的な言葉に巧みに死に向ふ道程を描いているの
に過ぎない。が、僕はもつと具体的に同じことを描きたいと思ってい
る。(僕の将来に対するぼんやりした不安も解剖した。)(中略)僕は冷や
かにこの準備を終り、今は唯死と遊んでゐる。この先の僕の心もちは
大體マインレンデルの言葉に近いであらう。[113]

마인렌더를 아쿠타가와가 어떻게 알게 되었는가에 대해서 구메마사오
久米正雄(「新潮」1935. 7.)·우노 고지宇野浩二(『芥川龍之介』1953. 10.) 등은
오가이鷗外의 『망상妄想』일 것이라는 설을 들고 있다. 『망상』에서 마인렌
더의 「죽음」에 관한 기술을 발췌하면 다음과 같다.

사람은 맨 처음 죽음을 바라보고 무서워서 얼굴을 돌린다. 다음에 죽음
의 주변에 큰 원을 그리고 두려움에 떨면서 걷고 있다. 그 원이 점점 작아
져 드디어 지친 팔을 죽음의 목덜미에 기대어 죽음과 눈과 눈을 마주본다.
그리고 죽음의 눈 속에 평화를 찾아낸다.

人は最初に遠く死を望み見て、恐怖して面を背ける。次いで死の廻
りに大きい圏を画いて、震慄しながら歩いてゐる。その圏が漸く小く

113 『芥川全集第十六巻』, p.4.

なつて、とうとう疲れた腕を死の項に投げ掛けて、死と目と目を見合はす。そして死の目の中に平和を見出すのだ。[114]

이 마인렌더는 35세에 자살하였고, 아쿠타가와도 죽음의 정신적 망상의 단계를 거쳐, 만 35세에 생을 마감했다. 그의 자살 원인으로 유명한 "막연한 불안"은 당시 지식인의 불안을 상징하는 말이었다. 이는 외적 조건인 마르크스주의의 대두 등 격변하는 시대에 대한 부담을 말한다.

이상과 같이, 돗쿠는 『갓파』에 등장하는 갓파들 중에서 아쿠타가와의 내면 심리를 가장 잘 드러내는 존재로, 가정관, 예술관, 자살 원인 등, 여러 면에서 아쿠타가와 자신과 관련이 깊다는 사실을 확인할 수 있었다.

7.5 결론

아쿠타가와 류노스케의 일생은 본론에서 살펴본 바와 같이 격동의 근대를 불우한 조건 하에서 살아야만 했던 천재의 고뇌 그 자체였다.

1916(大正5)년, 『코』로 문단에 데뷔, 이지적이고 청신한 기교를 다한 작품을 연이어 저술하고, 예술지상주의를 지향한 아쿠타가와는 급작·다작 시대를 거쳐, 1918년경에는 소재 고갈에 직면하게 된다. 1919(大正8)년은 『기리시토호로상인전きりしとほろ上人伝』 등을 제외, 작가생활은 반면밖에 보이지 않았다. 문예적 정체 상태를 타개하는 한 방책으로 교사직도 그만두고, 오사카 마이니치신문의 전업 작가로 시작하였는데, 이것도 생활을

---

114 森鴎外(一), 現代日本文学大系7, 『森鴎外集(一)』, 筑摩書房, p.294.

위해서는 무언가를 써야만 하는 결과를 초래하였고, 잡지사 및 신문사의 재촉을 받는 집필활동은 그의 건강을 악화시켰다. 창작에 지쳐있던 아쿠타가와는 "나는 비난과 칭찬도 받지 않고 문장을 만들고 싶다"고 바랐는데, 비평가는 병고에 시달리며 이미 얻은 명성을 지키려는 그에게 혹독한 비평을 가했다. 너무나도 단시일 내에 문단의 대가로 성장해버린 것이 아쿠타가와의 자살원인이 아닐까? 이리하여 그는 일상생활·작가생활·인간에 실망하여, 마인렌더의 죽음의 과정을 그대로 밟아간 것이다.

위에서 기술한 바와 같은 사건이 아쿠타가와로 하여금 인간 이탈을 시도한 『갓파』를 탄생시켰든 것이다. 갓파 나라를 묘사하면서 인간사회를 풍자하였는데, 거기에는 사회 풍자뿐만이 아니라, 아쿠타가와가 "나 자신에 대한 혐오가 생겼다"라고 한 것 같이, 그의 자조가 섞여 있다. 『갓파』에는 지금까지의 작품에서 이미 다뤄왔던 인간관, 인생관, 사회관, 예술관이 압축되어 있다. 이 점은 밧구, 랍푸, 크라밧쿠, 톳쿠로 나누어 살펴 본 바와 같다. 유전을 두려워하고 있던 아쿠타가와의 모습은 박구에, 여성 관계의 수렁에 빠진 작가의 고민은 랍푸에 투영되어 있다. 대음악가 크라밧쿠에게서는 예술가로서의 아쿠타가와 자신의 불안을 볼 수 있으며, 시가 나오야의 시적 문학에 대한 그의 콤플렉스가 크라밧쿠의 입을 통해 대변되었다. 대가족을 거느리며 정신적, 경제적인 무거운 짐에 허덕이던 아쿠타가와, 예술가로 연애와 생활의 자유를 추구하면서도 가정의 행복도 버릴 수 없었던 그의 모순과 갈등·불면증·환각·무신론 등이 자살한 톳쿠에게 두드러지게 투영되어 있다.

이 같은 감정을 단적으로 나타낸 것이 정신병자 제23호의 고함이다.

나가! 이 악당 놈아! 네놈도 바보스럽고, 질투심 많고, 음란하고, 뻔뻔스럽고, 자만심에 찬, 잔혹한, 이기적인 동물이겠지. 나가! 이 악당 놈아!

出て行け！ この悪党めが！貴様も莫迦な、嫉妬深い、猥褻な、図図しい、うぬ惚れきつた、残酷な、蟲の善い動物なんだらう。出て行け！この悪党めが！

이 말은 아쿠타가와 자신을 포함한 모든 인간에 대한 혐오이며, 『갓파』에서의 결론이라고 할 수 있다. 이처럼 인간 및 사회에 대한 불쾌감·풍자를 정신병자와 상상의 동물인 갓파들의 언동을 통해 지적한 것은 다이쇼 시대의 언론 탄압이라는 시대적 배경도 작용했지만, 역시 자기를 숨기고 실컷 가슴속을 토로하기 위해서였다고 판단된다.

『갓파』는 말하자면 아쿠타가와와의 자전적인 사소설이라고 할 수 있다.

『갓파』는 분명 구성면에서도 산만하고, 묘사면도 그로테스크한 면이 있지만, 이 모든 마이너스적인 요소가 죽기 5개월 전의 아쿠타가와 像이었다면, 작가 연구에서의 『갓파』의 비중은 크다고 할 수 있을 것이다.

/ 제8장 /

총결론

아쿠타가와 류노스케芥川龍之介 문학에
나타난 소재활용 방법 연구

제8장 총결론

• • •

본 학위 논문은 아쿠타가와 류노스케芥川龍之介의 작품 중, 초기작품을 제외한 他 작품이 원전인 4편과 그의 내면세계가 소재인 2편을 선택하여 그 소재원을 탐색, 소재활용 실태를 중심으로 분석한 것이다.

제2장 『김장군金将軍』(1924)은 미와 다마키三輪環의 『전설의 조선傳説の朝鮮』수록 「金應瑞」가 출전이다. 『김장군』과 「金應瑞」는 김응서 장군이 평양 기생 계월향桂月香과 힘을 합쳐 평양성을 점령한 왜장을 살해한 이야기를 소설화한 것이다. 『김장군』과 「김응서」의 각 장면 묘사를 분석해본 결과, 이야기의 전개, 등장인물, 지명, 숫자, 특히 "새끼발가락이 잘린 것"과, "3개월만 기다리면 아버지 원수를 갚을 텐데"의 대사 등, 「김응서」의 注의 「평안남도」, 「선조왕」의 묘사가 일치한다. 『김장군』은 「김응서」의 내용을 그대로 아쿠타가와가 표절한 것이라고 생각한다. 그러나 계월향의 묘사, 우국이 원인인 계월향 살해, 가토나 김장군을 비정한 영웅으로 묘사한 점 등은 아쿠타가와의 독창성이다. 아쿠타가와는 『오사카마이니치신문大

阪毎日新聞』의 특파원으로 1921년 3월부터 약 4개월간 당시 식민지인 중국을 여행한 후, 조선을 경유하여 귀국한다. 그 후 일제 식민 지배를 비판하는 역사인식을 갖게 되었다. 1922년 1월『장군將軍』, 1924년 2월『김장군』에서 이를 확인할 수 있었다.

제3장『杜子春』의 원전은『唐代叢書』수록의『杜子春傳』이다. 그 외, 『全唐詩』卷858,『支那仙人列傳』등 작가가 다양한 서적을 참고하여 인용한 것도 확인할 수 있었다. 소재활용, 주제의 변화 등에 대한 공통점은 아쿠타가와가 출전인『杜子春傳』을 동화라는 장르를 의식하여 이해하기 어렵고 동화와 어울리지 않는 내용은 생략하고 있다는 점이다. 또한 소재활용을 통해 작가는 현세의 인간애를 보다 강조하였다.

두 작품의 등장인물 및 이야기의 전개를 비교한 결과, 유사성이 있었다.

소설『두자춘전』에는 唐代의 시대상이나 경제활동의 일단이 보이고 이야기의 기초색채로서 도교색이 진하다. 한편『杜子春』은 다이쇼 데모크라시의 사조 속에 사는 아동들을 위한 동화로서 원작의 남존여비사상을 삭제하고 도교색의 이야기를 외적소재(제목, 인물, 장소, 시간, 계절)로 활용했을 뿐이다. 정신적인 것을 나타내는 내적 소재는 아쿠타가와의 재창작에 의해 대치되었다. 가장 현저한 예가 최종장면의 처리에서 나타나고 있다. 아쿠타가와는 복사꽃으로 둘러싸인 집을 杜子春에게 선물로 줌으로써 杜子春의 행복한 미래를 예측케 하고 있다. 그러나『두자춘전』의 자춘은 최종장면에서 시련에 실패한 것을 한탄하고 있다.『杜子春』의 자춘은 선인이 되기 위해 선인 철관자鐵冠子를 만난다. 그는 어떤 상황에도 "말하지 말라"고 명했지만, 지옥에서 고통 받는 어머니를 보자 그는 "어머니"하고 외친다. 인간으로 회귀回歸하는 장면이었다. 그래서 선인은 될 수 없었지만 "인간답게 정직하게 살겠다"고 선언한다. 아쿠타가와는 선계대신 인간세계로 무게를 바꾸었고, 어머니에 대한 孝를 부각시켰다.

　그것은 대정시대가 근대문학의 역사에서 가장 인간적이었기 때문이리라. 아쿠타가와 자신이 3분의 2가 창작이라고 말한 것처럼 중국의 仙境 등 세밀한 부분에서 작가의 감각이나 사고가 유감없이 발휘되었다.

　제4장『오가타 료사이 상신서尾形了斎覚え書』(1917)는 아즈치모모야마시대安土桃山時代에 사용된 언어로 쓴 아쿠타가와의 서간체 단편이다. 그가 읽은『일본서교사』·『내정외교충돌사』·『성서聖書』를 바탕으로 쓴 작품으로 판단된다. 背教와 기적을 素材로 한『오가타 상신서』는 奇跡을 목격한 의사가 사토의 병 진행과 선교사의 개입을 보고하는 형식으로 쓰고 있다. 1608년이 시대적 배경인『오가타 상신서』는 기리시탄들이 차별되면서도 에도막부의 남만 무역 때문에 포교를 묵인한 시기라 대낮에 의식을 행할 수 있었다. 그러나 사토의 소생을 알게 된 지겐지慈元寺 주지는 모녀를 이웃마을로 옮기고 집을 불태운다. 이를 통해 에도시대 초기 절의 주지가 주민에게 공권력을 행사하는 사회제도를 볼 수 있다. 사토의 소생을 기리시탄인 시노는 기적이라 하고, 神佛을 섬기는 의사 료사이는 邪法으로 단정한다. 아쿠타가와는 딸의 목숨을 구할 수만 있다면 神도 버릴 수 있다는 강한 모성애를 주제로 하고 있다.『오가타 상신서』는 神에 대한 순종이 우선인 서양과, 神佛信仰이 지속되는 일본사회와의 갈등을 그리고 있다.

　제5장『봉교인의 죽음奉教人の死』은 아쿠타가와의 기리시탄물 중 頂点을 이루는 작품으로 알려졌다. 이는 소재연구에 있어 매우 적합한 작품이다. 1918(大正7)년까지 아쿠타가와가 영향을 받은 것의 대부분이 반영되었기 때문이다. 소재를 歷史物에서 구할 때는 모리 오가이에게, 허구의 소설 창작은 나쓰메 소세키에게, 이야기의 정신세계를 지배하는 情緒는 明治

낭만파 시인 기타하라 하쿠슈나 기노시타 모쿠타로에게, 어학적・문헌적 자료는 신무라 이즈루의『南蠻記』의 영향을 받았다.『봉교인의 죽음』의 원전은『성인전聖人傳』수록「聖マリナ」이다. 두 작품은 스토리 전개가 매우 유사하지만 원전의 드라이한 줄거리에 픽션을 가하여 멋진 예술적 효과를 높인 것은 아쿠타가와의 수완이다. 이 작품의 테마인 찰나의 감동은 아쿠타가와의 인생 미학이며, 인간 평가이다. 강인한 남성상인 시메온의 창조 등, 세부적인 설정이나 묘사에서 아쿠타가와의 독창성이 보였다. 말미에 아쿠타가와가『레겐다 오레아』에서 재료를 얻었다고 仮空의 출전을 말했기 때문에 好事家사이에 큰 센세이션을 일으켰다. 이는 아쿠타가와의 교묘한 픽션에 말려든 것이었다.

제6장『겐카쿠 산방玄鶴山房』(1926)은 아쿠타가와가 이미 자살을 각오한 뒤 저술한 최후의 본격적인 소설로 평가되고 있다. 아쿠타가와는 외부・내부・별채離れ의 세 장소에 대치되는 등장인물의 특징을 明과 暗, 우매愚昧와 냉소冷笑, 환자와 건강한 사람 등의 대조적인 시각에서 묘사하고 있다.『겐카쿠 산방玄鶴山房』은「어느 간호사에게서 들은 이야기」가 소재이다. 세상에서는 다소 성공을 거둔 겐카쿠가 지금은 병상에 누워 육체적・정신적으로 신음하고 있는 상태는 그대로 아쿠타가와의 모습이다. 겐카쿠 일가의 암담한 상태와 그것을 냉혹한 눈으로 즐기고 있는 간호사 고노는 아쿠타가와가 창조한 인물이다. 각 인물 중에서 겐카쿠가 제일 리얼리티가 있다. 예를 들면, 희게 표백한 무명을 입수한 겐카쿠가 그날 밤 목을 매려고 고노에게 쉬라고 말한다. 고노는 일어나 있는 것이 자기의 임무라며 쌀쌀하게 거절하지만, 겐카쿠는 역시 훈도시를 생각하면서 고노를 지켜보고 있다. 결말에서 혁명적 정치가 리프크네히트의 책을 탐독하는 대학생을 등장시킨 것은 세상은 이미 겐카쿠의 고뇌와 상관없이 새로운 시

대로 옮겨 가고 있음을 말하고 있다.

그 당시 아쿠타가와는 사회주의 책을 상당히 읽고 있었다고 한다.

제7장 『갓파河童』(1927) 또한 아쿠타가와가 죽음을 5개월 앞두고 저술한 작품으로, 초기·중기의 작품 군에서는 찾아볼 수 없던 작가의 모습이나 인생 전반에 걸친 생각을 複數의 갓파를 통해 표현하고 있다. 산만해 보이지만 분석을 더할수록 아쿠타가와의 絶叫가 들리는 듯하다. 아쿠타가와의 수많은 작품에서 나타난 인간관, 사회관, 인생관, 예술관이 갓파를 통해 표출되고 있다. 자살한 톳쿠의 마지막 詩가 괴테의 「미뇽의 노래」의 표절이라고 철학자는 설명하고 있다. 톳쿠의 자살 원인이 병만이 아닌 타인의 작품을 표절할 정도로 詩材가 고갈되어 있음을 말한다.

詩材고갈이 자살 원인 중 하나임을 아쿠타가와 스스로가 암시하고 있다. 『갓파』는 인간 아쿠타가와, 작가 아쿠타가와에 대해 기본적인 지식을 모르고 읽는 경우와 많은 지식을 갖고 읽을 때와는 이해에 큰 차이가 있다는 것을 알게 되었다. 이에 비해서 『겐카쿠 산방』은 세상에서 다소 성공했지만 죽음을 앞에 둔 노인의 외로운 말년의 이야기가 초점이다. 이 작품을 쓸 때 아쿠타가와는 이미 자기의 죽음에 대해서 또 사후에 대해서 거듭거듭 생각을 했다고 한다. 현재도 심각한 노인 문제를 시대를 앞서 1927년에 테마로 다룬 작품이라는데 의의가 크다고 할 수 있다.

이들 만년의 작품들은 작가의 내면세계·체험이 주된 소재이기 때문에 원전이 있는 위의 다른 작품에서처럼 차용한 부분이 적다고 생각한다.

한편, 원전이 있는 작품을 선택한 것은 소재 연구에 있어서 작가가 원전의 어떠한 점을 모방하고 변경 또는 재창작하고 있는지를 대조할 수 있기 때문이다. 그 예로 『杜子春』은 『杜子春傳』을 참조하여 거기에 자신의 상상력을 발휘하고, 해박한 옛 중국에 대한 지식을 첨삭해 재창작한 동화이다. 본 논문에서 작품의 수는 많지 않지만, 위의 작품들과 관련이 있는 다른 아쿠타가와 류노스케의 작품 등에 대해 언급하고, 밝은 아쿠타가와 像과 암울한 아쿠타가와 像을 작품을 통해 살펴보았다. 내면적인 소재의 비중이 클수록 작가론에 가까워지기 쉽다는 결론을 얻었다.

아쿠타가와 문학은 좌절, 패배, 에고이즘, 광기, 불안, 자살 등 인생의 어두운 면만 검토되는 경향이 있다. 확실히 아쿠타가와 문학에는 그런 요소가 있지만, 그것은 모두 인생을 밝게 하기 위한 격렬한 希求의 표현이었다. 그는 인간적 자각을 깨닫지 못해 사회저변에서 짓밟히면서도 항의조차 못하는 힘없는 사람들에 대한 사랑을 강조했다. 『겐카쿠 산방』의 오요시お芳나 『마죽芋粥』의 고이五位가 그들 중 하나이다.

그의 작품에는 인간의 존엄성을 구현했고, 인간애의 정신을 전파했다. 아쿠타가와 문학의 근원은 진실한 인간성 회복을 추구하는데 있었다.

/ 부록 /

아쿠타가와 류노스케芥川龍之介 문학에
나타난 소재활용 방법 연구

부록1 아쿠타가와文學의 소재 활용 방법
─「오카와 강물大川の水」을 중심으로─

1. 연구 대상과 방법

이미 전성기가 지난 자연주의파自然主義派, 새로 등장한 탐미파耽味派, 백화파白樺派의 세 파가 공존하고 있던 大正文壇에 소위 신사조파新思潮派 또는 주지파主知派라 불리는 일군의 작가들이 추가되었다.

아쿠타가와 류노스케(1892-1927)는 주지파를 대표하는 작가로, 또는 다이쇼大正 시대(1912-1926)의 정신을 구현한 문학자[1]로 평가되고 있다.

아쿠타가와는 제4차 『新思潮』의 창간호(1916.2)에 『코鼻』를 발표, 당시 문단의 최고봉인 나쓰메 소세키夏目漱石의 격찬을 받아, 문단에 화려하게 데뷔한다. 일반적으로 아쿠타가와의 습작기는 1915년의 『라쇼몬羅生門』[2], 『

---

1 臼井吉見, 『大正文学史』, 筑摩書房, 1984, p.241.
2 『日本文学史』, 市古貞次外7名, 1999, 明治書院, p.123. 1915年11月 『帝国文学』に発表。379) 作品の構成, 展開, そこに寓された問題など, 短編作家としての芥川の優れた才能をうかがわせる。関口安義, 『재조명 아쿠타가와 류노스케』, 제이앤씨, 2012, p.10. 夏目漱石와 森鴎外의 작품이 중학 국어 교과서에 사라졌다. 2004년 4월부터 고등학교 국어 교과서『國語總合』20種에 『라쇼몬』이 게재되었다. 일본의 고등학생

코』이전의 작품을 말한다. 一高시대 작가 지망이 아니었던 그가 창작에 관심을 갖기 시작한 것은 구메 마사오久米正雄 등의 영향이 컸다. 1914년 2월, 제3차『新思潮』에 야나가와 류노스케柳川隆之介라는 필명으로 아나톨 프랑스[3], 예이츠[4]의 번역 외에, 습작『오카와 강물』(집필, 1912.1 발표『마음의 꽃心の花』)을(4월), 처녀작『老年』(5월) 등을 발표했다. 7월 20일부터, 대학 선배의 고향인 치바현의 신사神社 이치노미야一の宮에 滯在중, 요시다 야요이吉田弥生와의 연애는 아쿠타가家의 반대로 파국으로 끝났다. 이를 통해 그는 인간의 추함, 에고이즘을 알았고, 현실에서 도피하기 위해 쓴 것이 『라쇼몬』, 『코』 등이었다.

다음은 『그 시절의 나あの頃の自分の事』에 실린 집필 동기이다.

그리고 내 두뇌의 상징과 같은 서재에서 당시 쓴 소설은, 『라쇼몬』과 『코』 등 두 작품이었다. 나는 반년 쯤 전부터 복잡하게 시달리고 있던 연애 문제 때문에 혼자 있으면 기분이 침울해져, 될 수 있는 한 현실을 떠나 유쾌한 소설을 쓰고 싶었다. 그래서 일단 먼저 곤자쿠모노가타리에서 재료를 얻어 두 개의 단편을 썼다.

それからこの自分の頭の象徴のやうな書斎で、当時書いた小説は、「羅生門」と「鼻」との二つだつた。自分は半年ばかり前から悪くこだわ

이 1학년 때 배우는 선택 필수 과목이다.

3 『芥川全集第一巻』 p.286. Anatole France(1844-1924). 프랑스의 소설가, 비평가, 풍자적이고, 회의적이며, 사회주의적 경향도 가졌다. 「타이스」(1890년)외. 그의 작품이 1909년경부터 일본에서 출판 붐이 일어나, 많이 번역되었다. 아쿠타가와가 평생 관심을 가졌든 작가이다.

4 위의 책, p.296. William Butler Yeats(1865-1939). 아일랜드의 시인·극작가. 신화와 마술과 꿈의 영역에서 詩를 추구하고, 켈트 민족 신화·전승에서 많이 취재하였다. 아쿠타가와는 예이츠의 「『켈트의 여명ケルトの薄明』より」, 「봄의 심장春の心臓」 2편의 번역 외, 草稿 「불과 그림자와의 저주火と影との呪」가 있다.

つた恋愛問題で、独りになると気が沈んだから、その反対になる可く
現象と掛け離れた、なる可く愉快な小説がかきたかつた。そこでとり
あえず先、今昔物語から材料を取つて、二つの短編を書いた。**5**

1915(大正4) 4월『혯토코탈ひょっとこ』(帝国文学)을 발표, 8월 마쓰에松江
체재 중,「松江인상기」(쇼요신보松陽新報)는 아쿠타가와 류노스케라고 署
名한 첫 문장이었다. 11월『라쇼몬』을 발표, 12월 초, 구메와「소세키 산방
漱石山房」의 木曜會에 출석, 이후 소세키의 문하생이 되었다. 나쓰메 소세
키와의 만남이 작가 아쿠타가와의 운명을 결정하게 된 계기가 된다.

아쿠타가와의 집필 기간은『코』를 발표, 자살하기까지의 12년간이다.
그러나 이 기간은 정치·經濟·民生·軍事 面에서 일본의 격동기이며,
관동대지진까지 발생한 시대상은 아쿠타가와의 암울한 인생과도 같았다.
이 기간에 아쿠타가와는 자신의 모든 것을 문장에 남겨 놓으려고, 경이적
인 분량을 저술하였다. 이 시기는 아쿠타가와의 정신적 변화가 심하여,
독자에게 작품마다 다른 시각으로 판단해야 하는 난제도 남기고 떠났다.

초기에는 신변잡사에서 소재를 구하는 자연주의소설에 비판적이어서,
예술지상주의에 철저한 소설을 계속 써내려갔다. 그러나 1918년 11월 20
일 니시무라 데이키치西村貞吉에게 소재 빈곤을 호소하게 된다. 이로 인한
작품의 신선함이 없어지자 논평 또한 비판적이었다. 그리고 서서히 신변
의 이야기를 소재로 삼을 수밖에 없게 되었는데, 이는 문단에 막 등장하였
을 때의 선언과 모순되는 것이었다. 건강과 작가로서의 능력에도 한계에
이른 그는 狂氣에 떨며 자살 유혹에 사로잡혀 죽음으로 향하는 심리를

5『芥川全集第四卷』, p.146.

작품 소재로 삼게 되었다. 그는 죽음을 앞두고 작품에 이를 반영하였지만, 말기의 작품에서는 망령에 사로잡힌 음산함마저 느껴진다.

그러므로 아쿠타가와 문학 전반을 조감하고, 그 본질을 탐구·분석하여 작가와 작품을 정확히 파악하는 것은 대단한 노력을 요한다.

아쿠타가와 문학은 다음과 같은 방향으로 연구되어 왔다.

(1) 집필 기간을 전기·중기·말기로 나누어 각 시기 작품의 특징이나 경향, 작가의 개인적인 내면세계의 변화 등에 초점을 맞춘다.

(2) 왕조물王朝物, 기리시탄물切支丹物, 야스키치물保吉物, 에도시대물江戸時代物, 명치개화기물明治開化期物, 동화童畵, 고백물告白物, 중국물支那物, 등 장르별로 연구한다.

(3) 傳記적인 측면에서 작품과 작가의 관계를 조명한다.

(4) 예술 활동에서의 사고 변화를 추적한다.(精神史的인 것).

(5) 작가의 자살 동기나 죽음의 의미에 대해 논한다.

이와 같이 다양한 연구 중, "두드러진 특징은 아쿠타가와의 인생의 관점에 대한 연구"[6]라고 한다. 아쿠타가와는 예술과 인생이라는 명제 앞에 무엇을 우선시하였는가? 사실과 허구가 표리表裏를 이루는 소설을 쓰고, 그것을 예술작품으로 여겼을까? "악마에게 영혼을 팔더라도 예술에 몰두하는 것"을 진정한 작가 정신이라 생각하였을까?

이러한 질문에 대한 답은 정설로서 어느 정도 형성되어 있다.

그럼에도 불구하고 지금도 아쿠타가와 연구가 계속되고 있다는 사실은

---

6 三好行雄·編, 『芥川龍之介必携』, 学燈社, 1993, p.35.

소위 정설이라는 것도 다분히 독자나 평론가의 취향, 주관에 좌우되기 쉽고, 반대 의견이 나올 소지가 있기 때문일 것이다. 예를 들어『투도偸盜』처럼 시대에 따라 평가가 바뀌거나, 또『갓파河童』처럼 호평과 혹평을 동시에 보이므로 어떤 것이 정확한 논평인지 의문을 가진다.

그래서 타인의 눈을 의식하기 전에 썼던 習作期의 소품『오카와 강물大川の水』의 素材源 有無 및 그의 고유한 作風을 다루어보고자 한다. 왜냐하면, 지극히 아쿠타가와적이라 여겨지는『오카와 강물』의 수필조차 기타하라 하쿠슈北原白秋의 「나의 성장わが生ひたち」의 영향이나 나가이 가후永井荷風의 「바다 여행海洋の旅」이 바탕이 되었다고 밝혀졌기 때문이다.[7] 극히 初期의 작품에서 조차 타인의 소재를 빌렸다면, 아쿠타가와는 작가로서의 한계가 출발부터 예고되었다고 볼 수 있다. 이 분석이 맞는다면 아쿠타가와의 자살은 필연적인 귀결이라 할 수 있으리라. 그러나『오카와 강물』이 다른 작가의 영향을 받았다 해도 그의 언어의 연금술사錬金術師로서의 재능은 타고났다.『오카와 강물』은 오카와 강[8]에 대한 애착을 그리고 있다.

2. 『오카와 강물』에 대해서

수필의 冒頭와 오카와 강의 찬미讚美부분을 다음과 같이 인용한다.

나는 오카와(스미다강 하류의 오른쪽) 강변 가까운 동네에서 태어났다.

---

7 『芥川全集第一卷』, p.290. 문장 전체가 나가이 가후 「해양의 여행海洋の旅」(『三田文学』1911.10)을 바탕으로 한 점이, 마쓰모토 쓰네히코松本常彦 『『大川の水』論』(1986)에 의해 밝혀졌다. 또한, 기타하라 하쿠슈의 영향도 종래부터 지적되어 왔다.
8 스미다강隅田川의 다른 이름. 스미다강의 下流를 오카와大川라고도 부른다.

집을 나서서 메밀잣밤나무의 어린잎으로 덮인 검은 울타리가 많았던 요코아미의 골목을 빠져 나가면 곧바로 예의 폭 넓은 강줄기를 죽 바라볼 수 있는, 햣폰구이百本杭의 강기슭으로 나오게 된다. 어릴 때부터 중학교를 졸업할 때까지 나는 거의 매일 같이 그 강물을 보았다. 물과 배와 다리와 모래톱과 물위에 태어나서 물위에서 살고 있는 분주한 사람들의 생활을 보았다. (중략) 나는 어째서 이렇게도 저 강을 사랑하는 것일까. 저렇게 그저 흙탕물로 흐려진 오카와 강의 미지근한 물에 한없는 그리움을 느끼는 것일까. 나 스스로도 그 설명에 약간 고심하지 않을 수 없다.

　自分は、大川端に近い町に生まれた。家を出て椎の若葉に掩はれた、黒塀の多い横網の小路をぬけると、直あの幅の広い川筋の見渡される、百本杭の河岸へ出るのである。幼い時から、中学を卒業するまで、自分は殆毎日のやうに、あの川を見た。水と船と橋と砂洲と、水の上に生まれて水の上に暮してゐるあわただしい人々の生活とを見た。(中略) 自分はどうして、かうもあの川を愛するのか。あの何方かと云へば、泥濁りのした大川の生暖い水に、限りない床しさを感じるのか。自分ながらも、少しく、其説明に苦しまずにはゐられない。

아쿠타가와는 애착의 대상으로 오카와 강에 대해 서술하고 있다. 그는 오카와 강가에서 자랐을 뿐, 그 곳에서 태어나지 않았다. 작품 『혼조 료고쿠本所両国』에서는 "나는 태어나서 20세 될 때까지 줄곧 혼조에서 살았다. 명치 2, 30년대의 혼조는 오늘날과 같은 공업지대는 아니었다. 에도江戸 200년의 문명에 지친 생활상의 낙오자가 비교적 많이 살았던 동네"로 묘사하고 있다. "나는 태어나서… 이 한 구절은 아쿠타가와의 일생과 표현을 꿰뚫는 미묘한 〈虛僞〉를 내포한다"[9] 아쿠타가와는 동경시 교바시구京橋區

이리후네쵸入船町에서 태어나 생후 8개월 때 生母의 發病 때문에 혼조 고이즈미쵸本所小泉町의 외가 아쿠타가와家에서 양육되었다. 『다이도지 신스케의 반생大導寺信輔の半生』의 모두에도 "다이도지 신스케가 태어난 곳은 혼조의 회향원回向院 근처"였다. 아쿠타가와는 이리후네쵸에서 태어나 혼조에서 자랐다. 그는 출생지를 은폐하고 있다.

혼조 고이즈미쵸는 에도시대부터 문인 묵객墨客의 풍아한 주거지로 알려져 있다. 스미다강 근방의 전형적인 시타마치下町로, 근대화된 동경에 최후로 남겨진 에도이다. 허약하고 신경질적인 소년은 우선 물의 흐름을 기억하고 있다. 『오카와 강물』은 소년시대의 추억이 되살아나는 회상으로, 글 전체가 오카와 강의 찬가로 되어 있다. 작가로 출발하기 전, 오카와 강에 대한 아쿠타가와의 정다운 시선이 느껴진다. 또한 그는 자기 주변의 분주한 사람들의 생활을 다정한 마음으로 바라보고 있다. 집에서 가까운 료고쿠 다리兩國橋에서 오카와 강을 바라보는 것은 특별한 정취로, 강기슭에 100개의 말뚝을 박은 오카와 강은 아쿠타가와에게 강한 인상을 남기었다. 그는 오카와 강물의 흐름을 바라보면서 혼조에서 초등학교, 중학교 졸업 때까지 살았다. 당시의 혼조는 다음과 같은 풍경이었다.

　　이 오카와의 물이 쓰다듬는 연안의 동네들은, 모두 나에게 잊기 힘든, 그리운 동네이다. 아즈마바시 하류라면 고마가타, 나미키, 구라마에, 다이치, 야나기바시, 또는 다다의 약사 앞, 우메보리, 요코아미의 냇가ㅡ어디라도 좋다. 이러한 거리들을 지나는 사람의 귀에는, 햇빛을 받은 토광의 하얀 벽과 벽 사이에서, 격자문으로 된 어두운 집과 집 사이에서, 혹은 은차

9 『芥川全集第十五卷』, p.296.

색의 움이 튼, 버드나무와 아카시아의 가로수 사이에서, 잘 닦은 유리판처럼, 파랗게 빛나는 오카와의 강물은 차가운 조수의 냄새와 함께 옛날 그대로 남쪽으로 흐르는 그리운 소리를 전해줄 것이다.

此大川の水に撫愛される沿岸の町々は皆自分にとって、忘れ難い、なつかしい町である。吾妻橋から川下ならば、駒形、並木、蔵前、代地、柳橋、或は多田の薬師前、うめ堀、横網の川岸——何処でもよい。是等の町々を通る人の耳には、日をうけた土蔵の白壁と白壁との間から、格子戸づくりの薄暗い家と家との間から、或は銀茶色の芽をふいた、柳とアカシアとの並樹の間から、磨いた硝子板のやうに、青く光る大川の水は、其、冷な潮の匂と共に、昔ながら南へ流れる、懐しいひびきをつたへてくれるだらう。

아쿠타가와가 자란 것은 明治 2, 30년대의 혼조이다. 그곳에는 "햇빛을 받은 토광의 하얀 벽"이나 "격자문으로 된 어두운 집"이 존재했었다고 한다. 사실 당시 혼조에는 이른바 풍류인·문인의 거주가 많고, 또 한편으로는 다이묘大名저택이나 하타모토旗本저택의 모습이 남아 있었다. 그래서 아쿠타가와가 따뜻한 눈으로 본 것은, 에도江戸적인 것을 유지하면서 오카와 강에서 살아간 사람들의 생활이었으리라고 생각된다. 그러나 이 에도적인 생활도 明治 2, 30년대에 이르자 근대화와 서구화의 영향으로 변화가 일어났다. 明治 표면에 번득이는 근대는 조용히 흐르는 오카와 강에도 살며시 다가왔던 것이다. 시나가와品川나 신바시新橋사이의 시내 전차가 개통된 것은 아쿠타가와 12세 때였다.

그는 유유히 흐르는 오카와 강물에 대해서 다음과 같이 설명했다.

지난 3년간 나는 야마노테 교외의, 잡목림 그늘이 드리운 서재에서, 조용히 독서 삼매경에 빠져있었지만, 그래도 한 달에 2, 3번은 오카와 강물 바라보는 일을 잊지 않았다. 움직이지 않는데 움직이고 흐르지 않는 것 같은데 흐르는 오카와의 강물 색은 조용한 서재의 공기가 쉴 새 없이 가져다주는 자극과 긴장과, 힘들 정도로 바삐 움직이고 있는 나의 마음도 마치 긴 여행을 떠난 순례가, 드디어 다시 고향 땅을 밟았을 때처럼 쓸쓸하고 자유로운 그리움에 잠기게 한다. 오카와 강물이 있어서 비로소 나는 다시 순수한 본래의 감정으로 살 수가 있는 것이다.

此三年間、自分は山の手の郊外に、雑木林のかげになっている書斎で、静平な読書三昧にふけっていたが、それでもなお、月に二三度は、あの大川の水をながめにゆくことを忘れなかった。動くともなく動き、流るるともなく流れる大川の水の色は、静寂な書斎の空気が休みなく与える刺戟と緊張とに、せつないほどあわただしく、動いてゐる自分の心をも、ちょうど、長旅に出た巡礼が、ようやくまた故郷の土を踏んだ時のやうな、さびしい、自由な、なつかしさにとかしてくれる。大川の水があつて、はじめて自分は再、純なる本来の感情に生きることができるのである。

아쿠타가와는 1910년 19세 가을부터 다음 해 봄 사이 혼조 고이즈미쵸에서 신주쿠新宿로 이사했다. 그는 '야마노테의 교외'에서 양부모養父母, 큰이모와 떨어져 3년간 독서에 몰두하게 된다.[10] 이 기간에 다시 오카와 강물에 대한 그리움이 재인식되고 있다. 아쿠타가와는 조용한 서재의 공기

10 『芥川全集第一巻』, p.291.

조차 참을 수가 없어, 바쁘게 요동치는 마음을 달래기 위해서 오카와 강을 보러가는 것이다. 아쿠타가와는 강물을 봄으로써 '순수한 본래의 감정'으로 살아갈 수 있다고 한다. 순수한 본래의 감정이란 무엇일까? 양부모인 외삼촌과 외숙모를 친부모라고 믿고 자유스럽게 살았던 유년시절일 것이리라. 그러나 눈앞의 오카와는 계속 흐르고 있었다. 그 때, 아쿠타가와의 뇌리를 스치는 것은 궁극의 존재인 죽음이다.

　　특히 밤 그물 치는 배의 뱃전에 기대어, 소리도 없이 흐르는 검은 강을 응시하며, 밤과 물 사이에 떠도는 '죽음'의 호흡을 느꼈을 때, 나는 얼마나 의지할 수 없는 쓸쓸함에 직면하였는지.

　　殊に夜網の船の舷に倚つて、音もなく流れる、黒い川を凝視めながら、夜と水との中に漂ふ「死」の呼吸を感じた時、如何に自分は、たよりのない淋しさに迫られたとであらう。

그는 『오카와 강물』을 집필할 때 죽음에 의한 해방감을 의식하였다. 생후 8개월에 외삼촌 아쿠타가와家로 간 류노스케는 13세 때 아쿠타가와가의 양자가 되었다. 그는 2명의 아버지와 4명의 어머니를 갖게 된다. 양자로 맡겨져서 양부모와 큰 이모 후키의 손에 자라야 했던 가정환경은 류노스케에게서 자연스러운 감정을 빼앗는 일이 많았을 것이다. 그러나 외가는 名家로 양부는 문학, 미술, 하이쿠俳句나 분재에 익숙함과 동시에 남화南畵를 애호하였고, 온 식구가 함께 잇추부시一中節를 배우고 가부키歌舞伎를 구경하는 등 에도 취미가 풍부한 가정이었다. 덕분에 아쿠타가와는 어린 시절부터 책이나 그림, 골동품을 친숙히 대할 수 있어 감수성 풍부한 소년으로 자라게 되었다. 특히 큰 이모 후키는 책을 많이 읽어 주어서,

훗날 창작의 소재를 책에서 얻게 된 것도 그 영향이라고 생각된다. 『애독서의 인상』에서 그 예를 볼 수 있다.

어렸을 때의 애독서는 『서유기』가 제일이었다. 이것들은 지금도 나의 애독서이다. 비유담比喩談 치고 이정도의 걸작은, 서양에는 없다고 생각한다. 유명한 버니언의 『천로역정』등도 도저히 이 『서유기』의 상대가 되지 않는다. 그리고 『수호전』도 애독서 중의 하나이다. 지금도 애독하고 있다. 한때는 『수호전』 속 호걸 108명의 이름을 모두 암기한 적이 있다.[11]

10세부터 근처의 책 대여점을 비롯해 제국도서관을 다니며 바킨馬琴, 치카마쓰近松 등의 에도문학이나 이즈미 교카泉鏡花, 도쿠토미 로카德富蘆花, 오자키 고요尾崎紅葉 등의 작품을 다독하였다고 한다.[12]

『오카와 강물』은 다음 구절로 마무리되고 있다.

"모든 도시는 그 도시 고유의 냄새를 가지고 있다. 플로렌스의 냄새는 이리스의 하얀 꽃과 먼지와 안개와 오래된 그림의 니스 냄새이다."(메레시 콥스키)[13] 만약 나에게 '동경'의 냄새를 묻는 사람이 있다면, 나는 오카와 강물 냄새라고 대답하는데 어떤 주저도 하지 않을 것이다. 냄새뿐만이 아니다. 오카와 강물의 색, 오카와 강물의 소리는 내가 사랑하는 '동경'의

---

11 『芥川全集第六巻』「愛讀書の印象」, 岩波書店, 1996, p.299.
12 桜田満, 『人と文学シリーズ 芥川龍之介』, 学習研究社, 1979, p.230.
13 『芥川全集第1巻』 p.296. Dmitriy Sergeevich Merezhkovshiy(1866-1941). 러시아의 시인, 작가, 비평가, 러시아 상징파의 중심인물이다. 시집 「상징」(1892) 등. 특유의 종교적 사상을 전개한 「그리스도와 반 그리스도」 3부작(1896-1905)이 있다. 위에서 인용된 「모든 도시……」는 제2부 「신들의 부활—레오나르도 다 빈치」에서의 주인공 레오나르도의 생각으로서 나타나는 문장이다. 이리스는 붓꽃과 비슷한 종류이다.

색이며, 소리여야만 된다. 나는 오카와 강이 있기 때문에 '동경'을 사랑하며, '동경'이 있기 때문에 생활을 사랑하는 것이다.

「すべての市は、其市に固有なにほひを持ってゐる。フロレンスのにほひは、イリスの白い花と埃と靄と古の絵画のニスとのにほひである」(メレジュコウフスキイ)もし自分に「東京」のにほひを問ふ人があるならば、自分は大川の水のにほひと答へるのに何の躊躇もしないであらう。独にほひのみではない。大川の水の色、大川の水のひびきは、我愛する「東京」の色であり、声でなければならない。自分は大川あるが故に、「東京」を愛し、「東京」あるが故に、生活を愛するのである。

(1912.1.)

아쿠타가와의 감성을 키운 것은 오카와 강물 색, 소리, 냄새일 것이다. 그는 오카와 강에 대한 자신의 감정을 메레시콥스키의 플로렌스의 정취와 비교하고 있다. 만약 "동경의 냄새를 묻는다면 나는 오카와 강물 냄새라고" 그는 대답한다. 그러나 그가 이런 답을 듣기 위해서는 "모든 도시는 그 도시 고유의 냄새를 가지고 있다"라는 메레시콥스키의 감성이 필요했다. 일본적인 것으로 서양과 同化를 실현하는 것에 그의 개성이 엿보인다.

『오카와 강물』이후, 아쿠타가와는 본격적으로 소설을 쓰기 시작한다. 현실에서 도피하여 스스로의 想念의 세계에서 살 것을 결의하게 된다. 양부모와 큰 이모로부터 따뜻한 애정과 기대를 받으면 받을수록 그러한 보호 속에서 살아가야 하는 부담과 회의를 느끼게 된다. 그래서 아쿠타가와는 홀로 서재에서 독서 삼매경으로 일상에서 맞서는 것을 피하고, 소설이라는 허구의 세계에 별도의 현실을 확보하려고 한 것이다. 아마도 거기에는 친아버지가 존재함에도 불구하고, 양아버지를 아버지라 불러야만 했던 그의 복잡한 성장과정이나 어머니의 문제가 깊게 관련 되어 있으리라. 이러한 배경에서 『오카와 강물』의 冒頭인 "나는 오카와 강 가까운 동네에서 태어났다"라고 자신의 출생지를 숨긴 의도가 짐작된다.

3. 『오카와 강물』· 나가이 가후永井荷風의 『바다 여행』

400자 원고지로 18장 분량인 『오카와 강물』은 아쿠타가와 류노스케의 故鄕意識이나 그 문학의 始原을 물을 때 자주 예로 드는 습작기의 작품이다. 왜냐하면 『오카와 강물』에는 전성기 작품에 넘치는 이지적인 표현과는 다른 서정적인 분위기가 감돌고 있기 때문이다. 따라서 『오카와 강물』 연구는 아쿠타가와가 본질적으로는 서정적인 작가인데 의식적으로 이지적인 자세로 작품을 쓴 것인지, 또는 그 두 가지 기질을 겸비한 작가였는지를 알기 위해 중요하다. 고바야시 히데오小林秀雄는 아쿠타가와에 대해 "그는 결코 남이 믿는 것처럼 이지적인 작가는 아니다(彼は決して人が信じる様に理知的作家ではないのである)"라고 했다.[14]

『오카와 강물』은 작자의 내면세계가 있는 그대로 표출되어 있다고 생각한다. 이 작품에 드러난 고향에의 鄕愁나 한밤중 오카와 강에서 죽음을 느끼는 주인공이 젊은 아쿠타가와의 모습 그대로라고 믿고 아쿠타가와論을 전개하는 경우가 많다. 아쿠타가와 인품은 '자상하고 친절하며 남을 잘 돌봐주는 사람', '소심하고 예의바른 사람'등이 정설이다.[15] 그러나 주목

---

14 小林秀雄, 「芥川龍之介の美神と宿命」(『大調和』, 1927.9), [『文芸読本芥川龍之介』河出書房新社, 1983, p.12] 재인용.
15 菊池寛, 「芥川の事ども」(「文芸読本芥川龍之介」), 河出書房新社, 1975, p.53 재인용.

할 점은, 아쿠타가와가 장난기가 있어, 감쪽같이 사람을 속이고 즐거워하는 면이 있다는 점이다. 이 성격이 문학에도 드러난다.

그는 여러 작품의 소재를 혼합하여, 원래의 형태가 보이지 않을 정도로 요리하는 기술이 뛰어나다. 이와 같은 기술이 『라쇼몬羅生門』이나 『코鼻』 등을 쓰기 이전의 습작기부터였다면, 서정적이라든가 또는 이지적이라는 표현은 수정되어야 한다. 아쿠타가와의 예술과는 무관한 타인의 서정성이나 理知 등을 독자는 그의 고유의 것으로 보는 것은 아닐까? 아쿠타가와의 작품에는 표현이 뛰어난 것이 많고 박식함과 문장력에 매우 감탄하게 된다. 그러나 예술가에게 가장 먼저 요구되는 고유성을 생각한다면, 아쿠타가와를 위대한 예술가라고 하기에는 주저된다.

마쓰모토 쓰네히코松本常彦는 「오카와 강물大川の水」론論이라는 題目 下에 나가이 가후의 『바다 여행海洋の旅』과 『오카와 강물』의 유사성을 치밀하게 분석하고 있다.[16] 나가이 가후는 1911(明治44)년 8월 나가사키를 유람했다. 다시 海路로 귀경한 후, 그 기행문을 정리하여 「三田文学」(1911. 10. 1)에 발표하였다. 이 작품은 同年 11월 25일에 단행본 『紅茶の後』(모미야마籾山書店)에 공개되어, 이 기행문을 읽고 바로 펜을 든 청년이 야나가와 류노스케柳川隆之介 즉, 아쿠타가와 류노스케이며 그것이 『오카와 강물』이라고 언급하고 있다. "원고 文末의 날짜 '1912.1'을 완성 일자로 보기에는 의문점이 있으며, 이를 일단 성립시점이라 본다고 하더라도 초출(1914. 4)까지의 기간 동안 많은 수정이 더해진 것으로 보인다"라고 한다. 마쓰모토 쓰네히코가 아쿠타가와와 나가이를 결부시킨 이유는 아쿠타가와 본인의 말을 근거로 하고 있다.[17]

16 松本常彦, 「大川の水」論(『日本文学研究資料新集20 芥川龍之介―作家とその時代』), 有精堂, 1987, pp.23-43.

내가 냉소를 즐기는 것은 말할 필요도 없다.

冷笑を僕が好むのは云ふ迄もない。　　　　　　　　(1910.6.22. 추정)[18]

요즈음 대부분 가후의 향락주의에 물들어버렸다.

此頃は大分荷風の享楽主義にかぶれちやつた。　　　(1912.4.13. 추정)[19]

이것은『오카와 강물』을 쓰기 前, 그 해에 아쿠타가와가 야마모토 기요시山本喜誉司에게 보낸 서간에서 나가이 가후의 소설『냉소』를 읽고 나가이 가후에게 경도되어 있음을 아쿠타가와 자신이 밝히고 있다. 그러나 이 단편적인 말보다도 마쓰모토 쓰네히코의『오카와 강물』과『바다 여행』의 비교가 나가이의 영향이 어느 정도였는지를 여실히 보여주고 있다. 이러한 점에 대해서 세키구치 야스요시關口安義도『芥川竜之介実像と虚像』에서『오카와 강물』이 나가이의『바다 여행』을 바탕으로 쓰였다는 것은 의심할 여지가 없다고 지적하고 있다.

다음은 아쿠타가와가『오카와 강물』을 사랑하게 된 내용이다.

　그저 나는 예전부터 저 물을 볼 때마다, 왠지 모르게 눈물이 날 듯한, 말로 표현하기 어려운 위안과 적요를 느꼈다. 정말이지 내가 살고 있는 세계에서 멀리 떨어져, 그리운 사모와 추억의 나라에 들어가는 것 같은 기분이 들었다. 이 기분 때문에, 이 위안과 적요를 맛볼 수 있기 때문에 나는 무엇보다도 오카와 강물을 사랑하는 것이다.

　唯、自分は、昔からあの水を見る毎に、何となく、涙を落としたい

17 松本常彦, 위의 책, p.23.
18 『芥川全集第十七巻』, p.29.
19 『芥川全集第十七巻』, p.77.

やうな、云ひ難い慰安と寂寥とを感じた。完く、自分の住んでゐる世界から遠ざかつて、なつかしい思慕と追憶との国にはいるやうな心もちがした。此心もちの為に、此慰安と寂寥とを味ひ得るが為自分は何よりも大川の水を愛するのである。[20]

다음은 나가이 가후의 『바다 여행』의 내용이다.

나는 그저 광활한 많은 경치를 보고 싶었다. 나는 가능한 한 자신이 살고 있는 세계에서 멀리 떨어졌다는 기분으로 있고 싶었다. 인간에게서 멀어지고 싶었다. 이 목적을 위해서는 기차로 가는 내륙지방의 산간보다도, 배를 타고 바다에 떠 있는 것만 한 게 없다. 바다는 실로 크고 자유롭다. 나는 도쿄 시내에서도, 스미다 강의 나룻배에 탔을 때조차, 물가를 벗어나 물 위에 뜨면 몸의 동요와 함께 뭐라 말할 수 없는 쾌감을 느껴, 육지 세계와는 완전히 절연한 것처럼 위안과 적막을 느낀다. 이 위안과 적요를 맛보기 위해 나는 목적 없이 요코하마의 부두를 떠나 바다에 떠돌아다녔던 것이다.

自分は唯だ広々した大きな景色が見たかつた。自分は出きるだけ遠く自分の住んでゐる世界から離れたやうな心持になりたかつた。人間から遠ざかりたかつた。この目的のためには、汽車で行く内地の山間よりも、船を以て海洋に浮ぶに如くはない。海は実に大きく自由である。自分は東京の市内に於ても、隅田川の渡船に乗つてさへ、岸を離れて水上に浮べば身体の動揺と共に何とも云へぬ快感を覚え、陸地の

20 『芥川全集第一巻』, pp. 25-26.

世界とは全く絶縁してしまつたやうな慰安と寂寥とを感ずる。この慰安と寂寥を味はんが為めに、自分は目的なく横浜の埠頭を離れて海に漂つたのである。[21]

나가이와 아쿠타가와의 두 작품에서 공통되는 포인트는 현실 세계로부터의 도피이며 이를 위해서는 육로의 여행이 아닌, 바다(나가이)나 오카와 강(아쿠타가와)이 더 위안을 주는 장소라고 한다. 그리고 그 곳은 적막寂寞(나가이)이나 적요寂寥(아쿠타가와)를 느끼게 하는 곳이기도 하다.

마쓰모토의 「오카와 강물」론의 지적을 읽고 나서, 『오카와 강물』이야말로 작자의 솔직한 심적 표현이 발휘되어 있다고 믿었던 필자는, 『바다여행』에서 유발되어 『오카와 강물』이 저술된 상황까지는 이해가 되었다. 그러나 「위안과 적막」이라는 나가이가 썼던 유사한 어휘까지 인용하고 있으니, 아쿠타가와의 독창성이 의심스러웠다. 그리고 이러한 경향이 『라쇼몬』, 『코』를 쓰기 이전부터였다면, 아쿠타가와 문학의 비극은 실로 『오카와 강물』에서부터 시작되었다고 할 수 있으리라.

그러나 이는 아쿠타가와에게 서정적인 면이 없다는 의미가 아니다. 그에게는 분명히 시적인 것을 즐기는 기질이 있다. 다만 주목해야할 것은 아쿠타가와가 그의 심경을 대변한 듯한, 타인의 작품을 접했을 때 아이디어를 얻어, 거기에 기교를 더해, 유사한 작품을 탄생시켰다는 점이다.

마쓰모토도 이 점에 대해 다음과 같이 논하고 있다.

『오카와 강물』이 『바다 여행』을 바탕으로 혹은 눈에 띄는 풍경을 혹은

---

21 松本常彦, 위의 책, p.24.

아쿠타와가 의도한 정서에 맞는 여러 작품의 장구나 발상을 채색하여 성립하고 있음을 추측할 수 있다. 이른바 아쿠타가와의 독창에 관한 부분은 의외로 적다. 게다가 "밤과 물 사이에 떠도는 '죽음'의 호흡을 느꼈다"라고 운운한 한 구절이나 동서 작가를 미의식의 차원에서 동등하게 간주한다는 발상처럼, 종래 지극히 아쿠타가와적인 개성 면에서만 논해졌던 아쿠타가와 적 개성의 발상으로 파악된 부분조차 가후의 그림자가 드리워져 있기 때문이다.

　『大川の水』が、『海洋の旅』を下地に、或は嘱目の景を、或は芥川の企圖した情緒に適う諸作品の章句や発想を彩色してゆくことで成立していることが推察せられる。芥川の所謂独創に係る部分は意外に少ない。しかも、「夜と水との中に漂ふ「死」の呼吸を感じた」云々の一節や、東西の作家を美意識の次元で等価に見做すという発想の如き、従来、きわめて芥川的な個性の面からのみ論じられ芥川的個性の発想として捉えられがちであった箇所にすら荷風の影は落ちているのである。[22]

　또한『오카와 강물』을 종래의 시각으로 보고 있는 것으로는 미요시 유키오三好幸雄의 다음과 같은 논평이 있다.

　오카와의 강물에서 더할 나위 없는 '위안과 적요'를 아쿠타가와가 느끼고 있는 것은, '부재의 풍경', '허구의 생'에의 향수이며, 그것이 작자가 선택한 심정의 자세이다.

　大川の水に限りない〈慰安と寂寥〉を芥川が感じているのは、〈不在

22 松本常彦, 위의 책, p.27.

の風景〉〈假構の生〉への郷愁であり、それが作者の選び取った心情の
姿勢である。[23]

또 『오카와 강물』에는 "동방과 서방의 문제든, 사상이나 논리의 문제든,
모든 것을 감수성이나 미의식의 모티브로 환원해가는 아쿠타가와적 특성
의 배아胚芽를 충분히 읽을 수 있을 것이다"라고 서술하고 있다.

세키구치 야스요시는 마쓰모토와 미요시의 중간 의견을 말하고 있다.

청년이 된 류노스케에게 오카와는 감상을 되살리는 강이며, 여기에는
허식도 있을 것이다. 가후의 문체를 모방할 수도 있을 것이다. 그러나 이
를 뛰어넘어 독자에게 다가오는 것은 오카와 강물이 그에게 '죽음'의 호흡
을 느끼게 하고, '의지할 곳 없는 쓸쓸함'에 내몰리게 한다는 것이다. 여기
에 오카와 강물의 흐름은 '위안'외에 '적요'를, 그리고 '죽음'의 호흡마저
느끼게 하는 곳, 말하자면 인생의 흐름에서 이제 스무 살이 되려는 그에게
그렇게 인식되고 있는 것이다.

大川は青年になった竜之介に感傷と共に甦っているのであり、そこ
には虚飾もあろう。荷風の文体の模倣もあろう。が、それらを越えて
読み手に迫るのは大川の水が彼に「死」の呼吸を感じさせ、「たよりな
い淋しさ」に迫られていることである。ここに大川の水の流れは「慰安」
のほかに「寂寥」を、そして「死」の呼吸も感じさせるもの、いうならば
人生の流れとして20才になろうとしている彼に認識されているので
ある。[24]

23 三好行雄・編, 『芥川龍之介必携』, 学燈社, 1993, p.77.
24 関口安義, 위의 책, p.31.

향후 본격적인 연구로『오카와 강물』의 서정성이 나가이 가후 자신의 것인지, 나가이가 쓴 것을 아쿠타가와가 공감한 것인지, 또 표현상의 유사성은 우연이었을까를 밝히고 싶은 것이 다음의 과제이다.

부록2 야나이이하라 타다오矢内原忠雄[1]의 『朝鮮統治의 方針』과 조선 민중의 실상

논문 『조선통치의 방침』의 概要

1919(大正8)년의 독립만세사건 이후, 총독부의 조선통치 방침은 무단정치에서 문치주의로 일대 변혁이 일어났다. 그러나 야나이하라 타다오는 그로부터 7년 후 1926(大正15)년 시점에서 문치주의를 비판하면서 문치주의의 총독정치도 조선인 민족주의자를 만족시키기에는 여전히 불충분하다는 의문을 제기했다. 문치주의의 총독 정치 하에 있는 조선인의 상태는 불안·절망·암흑이었다. 총독부는 내선일체內鮮一體·공존공영共存共榮이라고 했지만 조선인에게 일본인과 똑같은 사회적 지위는 주어지지 않았고 경제적 불안·정치적 불만이 심해졌다. 문화정치의 원칙을 따르자면 조선

---

1 矢内原忠雄(1893-1961) 경제학자. 에히메 현愛媛縣 출신. 1923년 동경대 교수로 식민정책을 강의했다. 1937년 중일전쟁이 시작될 무렵 반전사상 때문에 대학에서 물러났다. 고교 시절부터 우치무라 간조內村鑑三와 이토베 이나조新渡戶稻造의 영향을 받아 성서연구회와 잡지 『가신』을 통해 자신의 신념을 주장했다. 패전 후, 2번이나 동경대학 총장을 역임했다.

인이 참정권을 요구하는 것은 극히 당연한 것이다.

식민정책을 연구한 야나이하라의 이론에 의하면, 세계적으로 경험한 3종류의 식민지 통치정책은 종속정책·동화정책·자주정책이었다.

조선은 2천 년의 긴 역사와 1,800만 명의 많은 인구를 가진 나라로 철저한 종속정책을 취할 수 없다. 동화정책도 1919년의 독립만세사건 이후로는 어려워졌다. 조선인에 의한 조선 의회의 개설만이 조선통치 정책의 기반이 되어야 한다고 야나이하라는 주장했다.

1. 문치주의의 총독정치

(1) 무단정치의 패배

데라우치寺內·하세가와長谷川 총독시대의 조선 통치는 헌병에 의한 경찰 제도로 행정관리도 학교교원도 제복에다 칼을 차는 등 철저한 무단정치였다. 그러나 1919년 고종황제(1910년 식민지 이후 李太王으로 호칭)의 장례식 2일 전 3월 1일의 독립만세 사건은 파고다공원에서 시작해 4월 중순까지 조선 전역으로 확대되어 소요개소는 400곳 이상이었다. 군국주의 위력하의 조선 13도가 평온하다고 생각했던 관헌은 비밀리에 계획된 이 사건에 경악했다. 진압과정에서 각지에 유혈 참사가 있었지만 이는 조선 민중의 승리이며 조선총독부의 패배였다.

(2) 문치주의 등장과 파탄

독립만세사건 이후 총독부는 교육·위생 설비를 충실히 하고 사무의 간소화, 民意 창달에 힘쓰고 지방단체에 대한 공선公選과 임명의 자문기관을 설치했다. 1919년 9월 3대 총독 사이토齊藤의 통치표어는 일선동치日鮮同治, 일선융화, 공존공영 등이었다.

그러나 1926년 6월 10일 李王(순종)의 国葬을 계기로 전단이 뿌려지고 만세사건이 일어나 관계자 139명 체포, 260명이 종로 경찰서에 검거되었다. 1919년의 만세사건은 정치문제가 중심이었지만, 1926년은 경제문제가 중심이었다. 교통의 진보, 무역발달의 결과 조선인의 경제적 욕망은 매우 자극을 받아 그것을 만족시키기 위해 재산을 팔고 일본인 금융업자에게 돈을 융통했다. 이율은 낮지만 채무상환의 의무는 한층 엄했다. 병원이나 학교 기타 문화적 설비는 그들도 또한 수익을 받기 위해 비용을 부담해야만 했다. 조선 토지의 대부분은 일본인의 소유가 되었거나 담보로 제공되었다. 이렇게 많은 조선인이 토지를 잃는 과정에서 무산자가 생겼고, 그들은 조선에서 직업을 구할 수가 없었다. 왜냐하면 조선의 주요 산업은 농업이었고 공업 시설은 빈약하여 다수의 노동자를 수용할 수 없었기 때문이다. 많은 조선인이 시베리아나 만주로 이주했고, 또 일본에 갔지만 성공해서 돌아온 사람은 거의 없었다. 만주에서는 개척의 곤란, 조세문제, 마적의 약탈 등 궁지에 몰리는 자가 많았다고 한다. 조선인의 생활 수준은 진보하였지만 생활의 불안은 한층 더 가중되었다. 교통의 진보, 무역의 발전, 법치제도의 완비, 교육·위생 시설의 개선, 산업의 개발, 사업경영의 자본주의화 등의 문화적 정치의 실행이 조선인에게 미친 경제적 영향은 결코 양호한 것은 아니었다. 아니, 오히려 어떤 의미에서는 조선인의 경제적인 불안이 문화정치의 결과라고 할 수 있다. 문화적 교육으로 인해 조선인은 정치적 자유의 가치를 알게 되었지만 참정권은 주어지지 않았고, 교육은 장려되었어도 졸업생에게 사회활동은 열리지 않았다. 즉 총독정치 하에서 조선인의 경제적 욕구는 상승되었지만 욕구 충족의 수단은 주어지지 않았다. 총독부는 공존공영, 일선 동치라고 하지만 어떻게 조선인이 일본인과 똑같은 사회적 대우를 받을 수 있었겠는가?

2. 식민지 통치의 3가지 유형

(1) 종속주의 통치 정책

식민지주민의 이익은 고려하지 않고 본국의 이익에만 종속시키며, 여러 정책 결정에 전혀 주민을 참가시키지 않는다. 이 전제적 착취는 16~18세기 경 유럽 여러 나라가 그들의 식민지에게 취한 정책이다. 스페인 및 포르투갈이 자기들 식민지에, 영국이 인도에, 네덜란드가 자바에, 근대까지 실시한 정책이다. 이 종속정책의 결과는 2종류가 있는데, 하나는 원주민의 절멸이고, 또 하나는 원주민의 반항일 뿐이다.

(2) 동화정책

식민지를 본국의 일부로 취급하여 본국의 법제·언어·풍습을 보급시키고 본국인과의 결혼을 장려한 것이다. 말하자면, 식민지 사회 및 식민지인의 본국화이다. 프랑스는 주요 식민지에 동화정책을 시도했다. 알제리

각 주에서는 프랑스 본국에서와 똑같이 파리 의회에 의원을 선출하도록 했다. 그러나 성과는 좋지 않았다. 프랑스에서도 20세기 이래 동화정책 실패의 소리가 높아졌고 학자들이 이 정책을 비난했다. 알제리 토착민 반란의 주된 원인은 강제적인 프랑스어 교육에 있었다. 무엇 때문에 동화정책은 실패하였을까? 원주민이 기꺼이 복종하지 않기 때문이다. 강제적인 동화는 압박이다. 타인을 강제로 자기처럼 되라는 것은 인격 모욕이다. 외형생활상의 동화를 심적 동화로 동일시하는 것만큼 어리석은 일은 없다. 인도인이 양복을 입고 양식을 먹고 영어를 말하고 영문학을 배운다고 영국인으로 동화될 수는 없다. 환경의 영향은 현상형現象型의 변화에 머무르는 것이지 원인형原因型에는 미치지 못한다고 유전학자는 말했다고 한다. 정책은 현실의 사회적 관계와 장래를 예상하여 결정한다. 단기간의 성공을 목적으로 하는 동화정책은 식민지인에게 동화보다는 반항을 야기한다. 1916년 아일랜드의 독립적 반란은 영국 정치가를 놀라게 했다. 반란은 진압되었지만, 민중의 독립심은 진압되지 않았다. 아일랜드 공화국의 건설, 즉 완전한 독립은 영국에 의해 저지되었지만, 아일랜드는 이미 영본국 의회의 직접통치를 받지 않는다. 아일랜드는 자유국으로서 자기의 의회를 가진 자치령 적 지위로 영제국내에 남아 있다. 동화정책은 이처럼 이론적 모순 및 역사적 약점을 지닌다. 그런 이유로 자주 협동의 방침에 입각한 식민지 통치정책이 발달해 왔다.

(3) 자주 협동 정책

식민지의 역사적 특수성과 집단의 정체성을 인정하고 자주적 발달을 돕는 것이다. 캐나다, 호주, 뉴질랜드, 남아공, 그 밖에 영제국의 자치령이 그 전형이다. 즉 이들 자치령은 자국의 의회 및 내각이 있고, 영국과는 제국 의회로 결합되어 있다. 그들은 거의 독립국이다. 영국에 대해서는 자매관계로 영제국내에서는 대등한 지위를 요구한다. 영국은 식민지에게 자치를 허락하여 제국을 유지했다. 자치령을 실시한 영국은 엄격한 종속주의 식민제국보다도 오히려 공고한 결합을 갖는다. 이 성공을 보고 프랑스 식민지통치도 자주 정책에 접근하게 되었다. 인도도 점차 그 단계로 발전해가고 있다. 아프리카 서부, 중부 등의 흑인 지방에서도 재래의 법제·관습을 중요시하여 추장의 통치를 인정하는 자주적 정책이 시행되고 있다. 집단적 인격의 독립성, 사회생활의 역사적 특수성을 인정받는 식민지는 본국과 우호적으로 결속하게 된다. 우의에 의한 결합만큼 견고한 것은 없다. 근세 경제의 발달로 경제적인 소국주의는 불가능해졌다. 본국이 식민지의 원료나 식료품을 원하는 것처럼 식민지도 본국의 자본 및 상품을 필요로 한다. 많은 경제 지역을 지배하는 나라는 부강하지만, 결합관계에서 압박·강제·사기는 없어져야 한다. 우의는 결합이고 압박은 파괴다. 자주정책의 식민지 통치는 협동 결합이다.

3. 조선의회의 개설이 조선통치의 근본방침

(1) 조선은 2천 년의 역사(사실은 5천 년)와 당시 1,800만의 인구를 가지고 있었다. 한일합병조약을 체결한 1910년 전까지는 '한국 황제 폐하'를 받들던 독립국이었다. 조선에 대한 통치정책을 논의할 때 이 사실을 잊지 말아야 한다. 이와 같은 역사와 인구를 가진 조선에 대해 인구의 대부분을 절멸시키거나 국외로 추방하는 것도, 철저한 종속정책도 도저히 불가능하

다. 조선은 조선인이 중심이 되어야 한다는 사실을 확인하는 것이 통치 정책 결정의 제일 요건이다. 조선을 일본의 이익에만 복속시키는 종속정책은 결국 조선인의 반항심만 부를 뿐이다.

(2) 공존공영의 객관적 보장은 조선인의 참정이다. 공존공영을 목적으로 하는 문화정치가 말로만 끝나지 않기 위해서는 객관적 보장이 필요하다. 조선인의 경제적·사회적 불안을 완화하고 미래의 희망과 자신을 주는 유일한 수단은 경제생활·사회생활에 관한 정책과 이에 수반되는 재정적 부담의 문제 등에 대한 참정권이다. 현재 조선인이 정치에 참여 할 수 있는 것은 1920(大正9)년에 개설된 道, 府(지금의 市), 面의 협의회가 있지만 단순한 자문기관이므로 참정할 수 없다. 중추원은 유명무실한 명예적인 관제이고, 중앙행정은 총독의 독단적 전제이다.

(3) 조선의회를 특설해야 한다. 조선은 일본의 동일의회로 대표되는 사회적 기반을 갖고 있지 않다. 조선의 내정은 조선인을 중심으로 하는 의회에서 결정해야 한다. 조선은 일본과 다른 역사적인 사회로 취급해야 하며 정책에 의한 동화는 불가능하다. 또 조선의회 개설을 두려워 할 필요가 없다. 조선의 자주를 인정하면 조선은 일본에 저항을 멈춘다. 경제적이고 군사적인 공통의 이해관계는 그 결합이 유효하게 발휘될 때 성립된다. 자주 조선이 일본에 분리, 독립을 바라는 것이 일본으로서 매우 슬퍼해야 할 일일까? 조선이 일본 통치하에서 활력을 얻고 독립국가로 일어설 실력을 기를 수 있다면 그야말로 일본 식민정책의 성공이고 일본국민의 명예이다. 야나이하라는 조선을 분리, 독립해야 한다고 주장하였다

이상은 야나이하라 타다오의 「조선통치의 방침」이다. 1924년 조선을 시찰한 그는 2년 후 위 논문을 발표하였다. 이 글과 3·1 독립운동에 대한 일본의 『세계대백과사전』[2]을 인용하여 객관적으로 비교해 본다.

"일본의 통치하에 있는 조선민족의 독립운동은 1919년 3월1일부터 약 1년에 걸쳐 계속되었다. 1910년 이래 조선은 일본의 식민지로서 조선 총독부의 지배하에 극단적인 무단정치가 시행되어 민중은 모든 권리를 박탈당했고 '토지조사사업'에 의해 광대한 토지가 약탈당해 농민생활은 파탄상태였다. 또한 '회사령'하에 민중자본의 발달은 억압되어 원료수탈·상품판매의 식민시장이 되었다. 그 때문에 소작농, 농촌 프롤레타리아 계급, 실업자가 증대하고 100만이 넘는 해외 유랑민이 생겼다. 조선민족의 불만은 높아졌고 그 폭발은 불가피한 것이었다. 러시아 혁명 이후 각국의 식민지 혁명·독립운동은 조선민중에게 큰 영향을 주었다. 소비에트정권 및 미국 대통령 윌슨의 민족자결주의 성명은 중국·구소련 지역으로 망명한 독립 운동가들과 동경유학생에 의해 신속하게 조선에 전해졌다. 그 무렵 조선말기의 고종(李太王)이 일본인 시의에게 독살되었다는 풍문이 민간에 전해지자 민족적 격분을 일으켰다. (중략) 처음에는 당황하여 일시 기능을 잃었던 일본 관헌은 드디어 대대적인 군대와 헌병 소방대를 동원하여 무모한 검거·학살로 탄압을 시작했다. 이는 수원학살사건, 경성십자가학살사건을 비롯해 각지에서 전개되었다. 당초의 평화적 시위운동은 3월 하순부터 자연발생적 무장투쟁으로 발전해갔다. 당국 발표를 보아도 검거 52,770명, 사망자 7,909명, 부상자 15,961명이었다. (중략) 무단정치의 후퇴는 민중 사이에 항일투쟁과 민족의식을 고취시켜 노동자계급의 지도에 의한 민족해방운동에 획기적인 전환기를 이룩했다."

야나이하라의『조선통치의 방침』의 내용·역사적 사실은 45년 후 출판

2 시모나카 쿠니히코下中邦彦 編集,『世界大百科事典9』, 平凡社, 1971, pp.627-628.

된 『세계대백과사전』과 비교한 결과 제대로 된 분석이라고 판단된다.

4. 조선 민중의 실상

(1) 무단정치의 결과

경기도 화성지역 3·1독립운동의 특징은 만세운동의 준비단계에서 기독교와 천도교 지도자가 수원·화성 지역의 민족주의자들과 제휴하여 주로 5일장을 이용하여 독립운동을 전개했다는 점이다. 초기는 평화적인 운동이었지만 일본의 무력진압과 지도자의 검거로 흥분한 군중에 의해 폭력적인 운동이 되었다. 제암리 학살사건은 3·1운동의 과정에서 일어난 일제의 대표적인 만행이다. 1919년 4월 5일 화성군 향남면 장날에 있었던 만세시위에 대한 보복으로 4월15일 화요일 오후, 일본군 중위 아리타 다케오有田後夫는 헌병들을 데리고 제암리에 왔다. 순시할 일이 있으니 15세 이상 남자들은 교회로 모이라고 했다. 헌병들은 21명의 남자와 2명의 여자들을 제암리 교회에 모이게 하고, 아리타 중위는 훈계하는 척 하더니 밖으로 나가 사격 명령을 내렸다. 일경과 헌병들은 교회 창문마다 나무를 대고 못질을 한 후, 석유를 뿌리고 불을 질렀다. 헌병들은 창문을 열고 나오려는 사람들을 무차별 발포하였고, 교회 마당에서 통곡하는 2명의 여성도 살해했다. 또 제암리 가옥 30여 채를 방화한 후, 이웃 마을인 고주리의 천도교 신자 6명도 살해, 소각했다. 사건 후에도 일본 헌병의 심한 감시로 희생자의 장례조차 치르지 못했으나 이틀 후 캐나다의 의료 선교사 스코필드[3]가 유해를 향남면 공동묘지에 안장했다. 그는 사건 현장을 사진으로 찍어 이 만행을 해외에 알렸다. 3·1운동을 전 세계에 처음 보도한 AP통신의 서울 특파원 앨버트 테일러(1875~1948)는 제암리 학살 사건도 처음으로 보도(1919.4.23.)했다. 미국의 뉴욕 타임즈*NEWYORK TIMES*(1919.4. 24.)가 이를 보도했다.

초대 대통령 이승만도 자신의 영문 저서 『일본 내막기』에서 미국이 1882년에 조선과 체결한 조미수호통상조약을 무시하고 1905년부터 일본의 한국 병탄을 허용한 결과, 일제가 105인사건(1912)과 제암리사건(1919)을 일으켜 한국의 기독교도들을 무참하게 박해할 수 있었다며 양 사건의 진상을 폭로했다.[4] 또 영국과 프랑스 여행 후 일본귀국 중 한국에 온 동경대 교수 사이토 타케시斎藤勇[5]는 제암리 현장을 방문 한 후, 『복음신보』에 「어떤 살육사건」[6]이라는 長詩를 발표했다.

「어떤 살육사건」

그곳은 터키령 아르메니아의 만행[7]이 아니다.

300년 전 피에몬테[8]에 있었던 살육이 아니다.

아시아 대륙 동쪽 끝에서 벌어진 참사이다.

3 Frank W. Scofield(1889~1970), 한국명 석호필石虎弼. 4월 18일, 제암리 학살 사건을 미국과 캐나다 신문에 폭로해 큰 파문을 일으켰다. 그는 일제의 강압으로 1920년 추방당했다.

4 유영익, 『건국대통령 이승만』, 일조각, 2013, p.59.

5 사이토 타케시斎藤勇(1887~1982), 후쿠시마 현福島縣 출신. 영문학자로 일본 학사원學士院 회원. 1923부터 동경대학의 교수로 지내다 1947년에 정년퇴임하고 명예교수가 되다.

6 1919(大正8)년 5월 22일, 제1247호. 이 詩는 5월 6일에 쓰인 것으로 기록되어 있다.

7 터키領 아르메니아는 정치적으로 독립하지 못했다. 터키 정부가 자기 영토에 거주했던 소수 민족이자 변두리의 기독교계 아르메니아인을 잔인하게 학살한 사건.

8 피에몬테 학살Massacre in Piemont 사건은 1655년 로마 가톨릭교회가 이탈리아 북서부 피에몬테 지방에서 프로테스탄트인 신자들을 대량 학살한 사건이다.

영원한 평화를 기약하는 회의 중에 생긴 일이다.

우리들의 사랑하는 조국에서는,

인종차별을 철회해야 한다고,

소위 지사가 기염을 토하던 때다.

오대열강의 하나인 군자의 나라 지도자는,

그 점령당한 영토의 백성이 결속해 일어나,

군자의 나라 관헌의 압제를 외치며,

한 인간으로서 부여받아야 할 자유와 권리를

요구하기 위해 시위운동을 했을 때,

필경 서양에서 온 사교邪敎가 꼬드긴 것이라고,

칼자루를 들고 포고를 내렸다.

모월 모일 모 회당에 반드시 모여야 한다고.

그곳은 도시에서 떨어진 한적한 시골,

허술한 목조 교회당이 서있다.

흰 옷을 걸친 마을 사람들이,

어떤 이는 중병의 늙은 아버지를 두고,

어떤 이는 해산자리에 든 아내를 두고,

어떤 이는 괴로워도 삶을 지탱하는 생계를 버리고,

오늘은 일요일도 아닌데 왜 모이라고 하나

포고 때문이다, 엄한 헌병의 명령 때문이다.

모이는 사람 2, 30명, 그 중에는 예수를 믿지 않는 이도 있었다.

관헌이 따져 물었다. 왜 폭동에 가담했냐고.

아아, 내 조국이 멸망하는데 불평하지 않을 수 있겠는가.

게다가 지배자가 선정을 베풀어 따르게 하지 않는다면,

누가 기꺼이 굴욕과 모멸을 참을 것인가.

게다가 만일, 무력과 폭력으로,

백성이 두려움에 복종키를 바라는 위정자가 있다면…….

기독교도는 관헌을 향해,

신앙의 자유를 요구했을지도 모른다.

그 말이 격한 어조를 띄었다고 해도,

우상숭배를 강요당한 자에게,

그것은 안 된다, 불손하다고 어찌 말할 수 있겠는가.

갑자기 포성, 한발, 두발…….

순식간에 회당은 시체의 전당.

아직도 만족 못 해 불로 위문하는 자가 있었다.

불길의 혀는 벽을 핥았지만,

관헌의 마수에 쓰러진 망국의 백성을…

서양 사교를 믿는 자를…

꺼리듯이, 두려운 듯이, 지키는 듯이,

그들의 시체를 모조리 태워 버리지 않는다.

보란 듯이, 바람이 불어오는 민가에도 불을 붙였다.

불탄다, 불탄다. 40채의 부락은,

한 채도 타지 않은 것이 없다.

당신은 초가집 불탄 터에 서서,

아직도 타고 있는 냄새가 코를 찌르지 않는가.

젖먹이를 안고 숨진 젊은 엄마,

도망가다 넘어진 늙은이들의,

시커멓게 그을린 참상이 보이지 않는가.

뭐라고? 헤롯이 어린아이를 죽인 것보다 심하지 않다는 거야?

피에몬테나 아르메니아보다 사람 수가 적다는 거야?

시마바라島原나 나가사키長崎 주변의 옛날 사건도 있었다는 거야?

군자의 나라에는 그런 예가 드물지 않다는 거야?

만약 이를 부끄러워하지 않는다면,

화 있을진저, 동해東海 군자의 나라.

어떤 신문은 간단히 전하기를,

합병국의 기독교도는

무리 지어 소요를 일으키고,

해산을 명령한 관헌에게 반항했기 때문에

죽은 폭도의 수는 20, 소실가옥 십 수채라고.

또 어떤 신문은 일언반구도 이에 대해 쓰지 않았다.

그러면서 봄바람에 나부끼는 꽃잎을 보겠지.

それはトルコ領アルメニアの蠻行でない。

三百年前ピエドエントにあつた殺戮でない。

アジア大陸の東端に行はれた惨事である。

永遠の平和を期する会議中の出来事である。

我等の愛する祖国に於いては、人種差別を撤退すべしと、

所謂志士がいきまきどよめいた時だ。

五大列強の一たる君子国の方伯は、其託された領土の民が結束して起ち、

君子国官憲の圧制を唱へ、一個の一として与へらるべき自由と権利を
要求するため示威運動を行つた時、畢竟西洋から来た邪教の迷はす所と、
剣を按じて、布令をまはした。某月某日某会堂に集るべしと。

そこは都を離れた淋しいひな里、木造りの粗末な教会堂が立つている。
白い着物をつけた土地の人々、或る者は大病の老いたる父を離れて、
或る者は産褥に入りし妻を残して、或る者は辛くもその日を過すたづ
きを去つて、
今日は日曜でもないのになぜ集るか、お布令のためだ、厳めしい憲兵
のためだ。
集る者二十三十、中には基督を信ぜぬもいた。
憲兵は詰つた、なぜ暴動に加はつたかと。ある己れの母国が滅びて不
平なきを得ようか。
しかも当局者が善政を以て慕はしめずば、誰れが喜んで屈辱と侮蔑と
を忍べよう。
しかも若し、武断と暴力とを用いて、民の慴服をこれ計る為政者あり
とすれば…。
基督の徒は、官憲に対って、信教の自由を要求したかも知れない。
その言激越の調を帯びたとしても、偶像礼拝を強ひられる者に、
それはいけない、不柔順だとどうして言へよう。

忽ち砲声、一発、二発……。見るまに会堂は死骸の堂宇。
尚あきたらずして火を以て見舞ふ者があつた。
赤い炎の舌は壁を嘗めたが、官憲の毒手に斃れた亡国の民を— 西洋邪

教を信ずる者を…

憚る如く、恐るる如く、守る如く、彼等の死体を焼き払はない。

それと見て、風上の民家にも火をつけた、燃える、燃える。

四十軒の部落は、…として焼き尽されざるはない。

君は茅屋の焼跡に立つて、まだいぶり立つ臭気が鼻につかないか。

乳呑み児をだいた侭の若い母親、逃げまどうて倒れた年よりなどの

黒焦げになつた惨状が見えないか。

何、ヘロデの子殺しよりもひどくないよいふのか。

ビエドモントやアルメニアのより人数が少ないといふのか。

島原や長崎あたりの昔の事もあつたといふのか。

君子国にはそんな例が珍しくないといふのか。

もしこれをも恥とすることなくば、呪はれたるかな、東海君子の国。

ある新聞は簡単に伝へていふ、併合国土の基督教徒は

群り集まつて騒擾を起し、これが解散を命じた官憲に反抗したので、

暴徒の死者二十、焼失家屋十数戸と。

又或る新聞は一言半句之を記さない。さながら春風に吹きちらる花を

みるやう。   * 이 詩의 사진자료는 이하 부록에서 제시한다.

(2) 문화정치의 결과

  직접적인 효과는 민중의 문화적 욕구의 향상이다. 조선에 철도가 개통
했을 당시 이를 신기해한 많은 사람이 용건도 없이 기차를 타고 돌았다고
한다. 여행과 문명품의 유혹, 이 욕망을 한 끼의 식사 때문에 맏아들의

특권을 팔아버린 에서(구약: 히브리서 12:16)와 비유하면서 많은 조선인이 토지를 팔아 화폐를 구했다고 야나이하라는 말했다. 당시 조선 양반들의 터전이었던 진고개(충무로)에 일본인 상인들이 밀려들면서 조선 양반들은 물러가고 일본인 천지가 되었다. 정수일鄭秀日은『별건곤』의[9] 1929년 9월 '진고개'에서 "진고개라는 이름은 본정本町으로 변하고 소슬 대문 줄행랑이 변해 이층집 삼층집으로, '청사초롱'은 천백 촉의 전등으로 바뀌고 보니 그야말로 불야성不夜城의 별천지로 변하였다. 지금 그곳을 들어서면 조선을 떠나 일본에 여행을 온 느낌이 든다." 또 서울구경 온 시골 사람들이 "甲이나 乙을 막론하고 평생소원이 진고개 가서 그 좋은 물건이나 맛있는 것을 사 보았으면 죽어도 한이 없겠다"고 말할 정도였다. 본정 일대는 미쓰코시三越, 조지야丁子屋, 히라다平田 등 일본 최대의 백화점이 들어섰다.

아래의 〈자료1〉에서, 이상범李象範[10]은『별건곤』1930년 12월호 '세모가두歲暮街頭의 불경기 풍경不景気風景(2)'의 만평에서 흥청거리는 일본인과 비참한 조선인을 비교한 4곳의 상황을 묘사하고 있다.

(1)'아! 최후의 비명'은 망해서 경매에 부쳐진 조선 상점의 풍경이고 (2) '見而不食? (보고도 먹지 못함)은 차압당한 쌀 앞에서 굶고 있는 조선 농민들이고, (3)'폐허의 자취!'는 손님이 없어 거미줄 치고 있는 조선 상가의 모습이며 (4)'조선 사람들은 미쓰코시三越・죠지야丁子屋・히라다平田로만 연신 도라 든다. 헤─헤─亡헤야─'라며 大売出이란 큰 간판을 단 일본인

---

9 『별건곤別乾坤』; 월간 문학잡지. 1926년 11월 1일 창간. 1934년 3월1일 통권 101호를 끝으로 폐간되었다.
10 이상범(1897-1972) 동양화가. 충남 공주 출신. 호는 청전靑田. 이상범은 1922년 일본총독부에서 3・1운동 이후 문화 정책의 일환으로 개최한 조선미술전람회(선전)의 제1회 때 작품을 출품하여 입선했다. 그는 1926년『조선일보』에서, 1928년『동아일보』에서 삽화를 그렸다.

백화점 앞에 줄지어 서 있는 사람들의 풍경을 묘사했다.

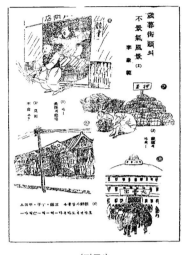 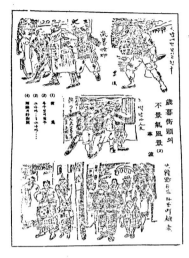

〈자료1〉   〈자료2〉

〈자료2〉는 혁파革波가 歲暮街頭의 不景気風景 (3)에서 (1)'債鬼'(채귀는
독촉이 심한 빚쟁이를 묘사)는 세모 괴물 형상으로, (2)'목구멍이 원수'는
밤에만 보이는 친구로, (3)'그나마…그나마…'는 떡방아 인부로, (4)両極의
好 対照는 종로 손님과 본정 고객을 그렸다. 본정 고객은 두툼한 망토를
걸치고 모자를 쓴 부유한 일본인 남녀와 뚱뚱한 어린이, 종로 손님은 보통
이를 겨드랑이에 끼고 찢어져 기운치마저고리를 입은 모녀와 두루마기를
입은 조선인 남자의 남루한 모습을 대조적으로 그리었다.

일본 상인들은 고객으로 일본인은 물론 조선인도 유혹했다. 언론인 鄭
秀日은 『별건곤』에서 "한번 그네들의 상점에 들어서면 사람의 간장까지
녹여 없앨 듯이 친절하고 정다운 일본인 점원의 태도에 다시 마음과 정신
이 끌리어"라며 일본인 특유의 친절한 상술에 대해 언급했다. 일본 상인들
은 본정으로, 조선상인들은 종로로 나뉘었다. 그러나 자본력이 우세한 일

본인들은 뛰어난 상술로 종로까지 잠식하여, 조선 상점은 쇠락하게 되었다. 가옥도 일본인들은 본정, 조선인들은 종로를 중심으로 모였다.

5. 결론

식민지 정책 학자인 야나이하라는 맹인이 맹인을 인도하는 것 같은 조선 통치를 묵과할 수 없어 논문 「조선 통치의 방침」에서 자기의 견해를 제시했다. 조선의회를 특설하는 근본 방책을 내놓지 않는 한 1920년대의 '문화정치'도 조선인의 정치적·경제적 불안을 제거할 수 없다는 것이다. 또한 조선 총독부가 조선인을 어떻게 인도해야 할지를 모르는 것 같다고 비판했다. 조선인에게는 아무런 참정권도 주어지지 않았고, 교육이 장려되었어도 활용할 수 없었다. 야나이하라는 조선사회의 저변에서 절망적인 불안을 느꼈으니, 조선 민중에게 참정을 실시해 보라고 했다. 표면적인 평안을 보고 '문화정치'가 성공했다고 생각하는 자와 평안하지 않는데 평안하다고 선전하는 자에게는 화가 있을 것이라고 했다. 또 사이토斎藤의 詩 「어떤 살육사건」에서도 '화 있을진저, 동해 군주의 나라' 등 그들은 성경구절을 인용하여 일본이 화禍를 면치 못할 것이라고 경고했다. 야나이하라와 사이토는 예언자적 신앙으로 시대를 예리하게 통찰했던 용기 있는 東京大學 교수들이었다. 야나이하라는 이 논문 발표 후 당국으로부터 강한 압력을 받았고. 1937년 중일전쟁 중, 논문 「국가의 이상」에서 전쟁을 비판하여 동경대 교수직도 물러났다.

무단통치는 3·1운동을 야기했고, 그 만행의 대표적인 것이 제암리교회 방화·학살사건이다. 당시의 일본교회는 이 상황을 보고 무엇을 했는가?

야나이하라는 조선에는 종속주의통치도, 동화 정책도 불가능하다고 했다. 영국만이 식민지에게 자주협동 정책인 자치를 허락하여 대제국을 유지했다고 말하면서 조선에도 이 자주정책을 시험해 보라고 했다. 이 자주정책이란 식민지와의 협동에 의해 결합을 공고히 하는 것이다.

필자는 야나이하라의 「조선통치의 방침」과 사이토의 제암리교회 만행

〈자료3〉 일본군이 교회를 불태우자 유리창을 부수고 밖으로 나오려는 사람들에게 발포하는 장면

에 대한 통분을 읊은 長詩 「어떤 살육사건」 등을 통해서, 그들이 당시의 조선 민중의 실상에 대해 정확한 지식을 갖고 옳은 판단을 내렸다는 것을 알 수 있었다. 식민지하에 있는 조선 민중의 항일운동을 탄압한 사건에 일본인으로서 반성을 하고 진실을 직시했다는 점을 높이 평가한다.

■ 참고문헌 ─────────────────────────────

[텍스트]
芥川龍之介, 『芥川龍之介全集』(全22卷), 岩波書店, 1995-1997.

[번역본]
『아쿠타가와 류노스케 전집』1권, 제이앤씨, 2009.
『아쿠타가와 류노스케 전집』2권, 제이앤씨, 2010.
『아쿠타가와 류노스케 전집』3권, 제이앤씨, 2011.
『아쿠타가와 류노스케 전집』4권, 제이앤씨, 2013.
『아쿠타가와 류노스케 전집』5권, 제이앤씨, 2014.
『아쿠타가와 류노스케 전집』6권, 제이앤씨, 2015.

[단행본]
韓國國立圖書館藏本, 『壬辰錄』(漢文)
國立中央圖書館藏本, 『壬辰錄』(朝鮮總督府印付, 漢字 筆寫本)
李能雨本 A, 『壬辰錄』
朝鮮研究会, 『平壤續志二』, 1911.
金丙淵編, 「平壤續志」(『平壤志』수록), 古堂傳, 平壤刊行會, 1964.
李能雨, 「李朝小說에 표출한 대일감정」, 『國語國文學叢書. 8 古小說研究』, 二友出版社, 1972.
李炯錫, 『壬辰戰亂史』上卷, 其刊行會, 1973.
李肯翊編, 「壬辰倭亂 大駕西狩」, 『燃藜室記述卷之十五』, 景文社, 1976.
李能雨編, 「壬辰錄」,(『韓国古典文学傳集』卷1), 普成社, 1978.
金起東編, 『筆寫本 古典小說全集』卷六, 서울亞細亞文化社, 1980.
蘇在英編, 『壬辰錄』, 螢雪出版社, 1982.
蘇在英 外1명, 『壬辰錄・朴氏傳』, 正音社, 1986.
李能和, 『朝鮮解語花史』, 東文選, 1992.
國立圖書館本, 『壬辰錄』(한글본), 高大民族文化研究所, 1993.
洪良浩, 『耳溪先生文集』, 景仁文化社, 1993.
유성룡, 『징비록懲毖錄』, 을유문화사, 1994.
이시준 외 2명 『전설의 조선』(영인본), 제이앤씨, 2013.
三輪環, 『傳説の朝鮮』, 博文館, 1919.
李進熙, 『倭館倭城を歩く』李朝のなかの日本, 六興出版, 1984.
金達寿 外 3名, 『教科書に書かれた朝鮮』, 講談社, 1979.
林屋辰三郎 外 4名, 『史料大系日本の歴史(卷4) 近世Ⅰ』, 大阪書籍, 1979.
日本史料集成編纂会, 『中国, 朝鮮の史籍における日本史料集成 李朝實錄之部(11)』, 國書刊行會,
　　　　1995.
송복, 『서애 류성룡 위대한 만남』, 지식마당, 2007.

나관중 지음·김구용 옮김, 『三國志演義』3, 6, 솔출판사, 2000.

鴻農映二編·譯, 『韓国古典文学選』, 第三文明社, 1990.

久保天隨翻案, 『두자춘』, 帝国文学 第七巻 第4~6, 日本図書.

『唐人説薈』권25(段成式「酉陽雜俎」)

『支那仙人列傳』(東海林辰三郎), 聚精堂, 1911.

李復言編, 『續玄怪錄』収録「杜子春」

鄭還古撰, 『五朝小説』(唐人白家小説傳奇, 「杜子春傳」)

鄭還古撰, 『古今説海』(説淵部別傳家, 「杜子春傳」)

鄭還古撰, 『龍威秘書』(晉唐小説暢觀第三冊, 「杜子春傳」)

韓國國立中央圖書館藏書 鄭還古撰『唐人説薈, 唐代叢書』(把秀軒藏板)

日本近代文學館藏書, 陳蓮塘編, 『唐代叢書』(初集天門渤海家藏原本) 1806.

李昉編『太平廣記』(道光丙午年鐫, 三讓睦記藏板), 1846.

馮夢龍編, 『醒世恆言』, 中華書局股份有限公司, 1958.

陳舜臣 감수, 『중국역사기행』, 제3권 隋·唐, 学研, 1996.

村山修一, 『本地垂迹』, 吉川弘文館, 1993.

葛兆光, 『道教と中国文化』, 東方書店, 1993.

褚亞丁·楊麗編, 『道教故事物語』, 青土社, 1994.

知切光歳, 『仙人の研究』, 大陸書房, 1976.

小尾郊一, 『中国の隱遁思想』, 中央公論社, 1988.

藤羅貫中 作, 立間祥介 譯, 『三国志演義』, 上·下, 平凡社, 1972.

增田涉·松枝茂夫·常石茂 譯, 『聊斎志異 上』, 平凡社, 1973.

前野直彬, 『六朝·唐·宋小説選』中国古典文学大系24, 平凡社, 1968.

鈴木修次, 『中国文学と日本文学』, 東書叢書, 1987.

吉田精一, 『芥川龍之介研究』, 筑摩書房, 1958.

渡辺修二郎, 『内政外教衝突史』, 民友社, 1896.

ジアン·クラセ 著, 大政官 譯, 『日本西教史』上巻, 1921.

奥山 実, 『芥川龍之介―愛と絶望の峡間で』, 東信社, 1995.

石割 透, 『芥川龍之介―初期作品の展開』, 有精堂, 1985.

柊 源一 外 1名, 『吉利支丹文学集 』1, 2, 平凡社, 1993.

新村 出著, 米井力也 解説, 『南蛮更紗』, 平凡社, 1995.

ピエール·ジュネル著, 十勝女子カルメル会譯, 『聖人略伝』, 三美印刷株式会社, 1978.

姉崎正治編著, 『切支丹宗教文學 1963』, 同文館, 1932.

吉田精一, 『芥川龍之介』, 三省堂, 1942.

室生犀星, 『芥川龍之介の人と作品』上巻, 三笠書房, 1943.

ペトロ·アルーペ著, 井上郁二 譯, 『聖フランシスコ·デ·サビエル書翰抄』下巻, 岩波書店, 1949.

中村真一郎, 『現代作家論全集 8 芥川龍之介』, 五月書房, 1958.

中村真一郎, 『大正作家論』, 構想社, 1977.

ルイス・フロイス 柳谷武夫訳, 『日本史1』キリシタン伝来のころ一, 平凡社, 1963.

竹内 実, 『中国の思想』, 日本放送出版協会, 1964.

『橘樸著作集』第一巻, 『中国研究』, 勁草書房, 1966.

森 鴎外, 『森 鴎外集(一)』, 現代日本文学大系7, 筑摩書房, 1969.

清田文武, 『鴎外文芸の研究 中年期篇』, 有精堂, 1991.

安田保雄, 『上田敏研究』一その生涯と業績 一, 有精堂, 1969.

安田保雄, 『比較文学論考』, 学友社, 1970.

矢野峰人 外7, 『上田敏全集 第六巻』, 教育出版センター, 1982.

駒尺喜美, 『芥川龍之介作品研究』, 八木書店, 1969.

G.H.Healy : Introduction : in Kappa by Ryunoske Akutaggawa, Charles, Tuttle Company, Rufland, 1970.

長野甞一, 『羅生門・地獄変』ポプラ社, 1971.

土井忠生, 『新版吉利支丹語学の研究』, 三省堂, 1971.

宮本顯治, 「背北の文学」, 新日本出版社, 1975.

松村剛, 『死の日本文学史』, 新潮社, 1975.

三好幸雄, 『芥川龍之介論』, 筑摩書房, 1976.

鹿野正直, 『日本の歴史27』, 大正デモクラシー, 小学館, 1976.

日本文学研究資料刊行会, 『芥川龍之介Ⅰ』日本文学研究資料叢書, 有精堂, 1970.

日本文学研究資料刊行会, 『芥川龍之介Ⅱ』日本文学研究資料叢書, 有精堂, 1977.

吉村 稠・中谷克己『芥川文芸の世界』, 明治書院, 1977.

森本修, 「新考・芥川龍之介傳」, 北沢図書出版, 1977.

福田恆存, 「芥川龍之介と太宰治」, 第三文明社, 1977.

吉田精一 外2名篇『芥川龍之介全集11巻』, 岩波書店, 1978.

進藤純孝, 『伝記 芥川龍之介』, 六興出版, 1978.

吉田精一著作集Ⅰ『芥川龍之介1』, 桜楓社, 1979.

이부영, 『분석심리학』, "콤플렉스論", 일조각, 서울, 1978.

岸野久・村井早苗, 『キリシタン史の新発見』, 雄山閣, 1996.

斯定筌, 『聖人傳』, 秀英舍, 1894.

池田敏雄, 『教会の聖人たち』上巻, 中央出版者, 1977.

堀米庸三, 『大系世界の美術12ゴジック美術』, 学習研究社, 1979.

吉田精一, 『近代文芸評論史 大正篇』, 至文堂, 1980.

芥川文・中野妙子, 『追想 芥川龍之介』, 中公文庫, 1981.

海老井英次編, 『芥川龍之介』鑑賞 日本現代文学 41, 角川書店, 1981.

木村博一 外5명, 『歴史基本用語集』, 吉野教育図書株式会社, 1981.

河合隼雄, 『コンプレックス』(もう一人の私), 岩波書店, 1982.

『一冊の講座』編集部, 『芥川龍之介』日本の近代文学2, 有精堂, 1982.

鈴木泰二, 『中国の古典32 六朝・唐小説集』, 学習研究社, 1982.

佐藤亮一, 『芥川龍之介』新潮日本文学アルバム 13, 新潮社, 1983.

中村光雄, 『日本の近代小説』, 岩波書店, 1984.

天草版『平家物語』上, 大英図書館蔵, 勉誠社文庫7, 勉誠社, 1976.

天草版『平家物語』下, 大英図書館蔵, 勉誠社文庫8, 勉誠社, 1976.

菊地 弘 外2名, 『芥川龍之介事典』, 明治書院, 1985.

Karl jaspers : Allegemeine Psychopathologie, Springer – Verlag, Berlin, 1959.

古屋哲夫, 『日中戦争』, 岩波書店, 1985.

石川純一郎, 新版『河童の世界』, 時事通信社, 1985.

松浪信三郎著, 『死の思考』, 岩波新書, 1990.

ドナルド・キーン 金関寿夫 譯, 『日本人の美意識』, 中央公論社, 1990.

笠井昌昭, 『日本の文化』, ぺりかん社, 1997.

平川祐弘・鶴田欣也, 『日本文学の特質』, 明治書院, 1991.

中村元, 『シナ人の思惟方法』中村元選集第二巻, 春秋社, 1992.

海老井英次, 『芥川龍之介論攷―自己覚醒から解体―』, 櫻楓社, 1988.

松岡洸司, 『コンテムツス・ムンヂ』, ゆまに書房, 1993.

堀江忠道・大地式編『研究資料漢文学(4)詩Ⅱ』明治書院, 1994.

ヤコブス・ア・ウォラギネ著, 藤代幸一訳『新版黄金傳説抄』, LEGENDA AUREA新泉社, 1994.

曺紗玉, 『芥川龍之介とキリスト教』, 翰林書房, 1995.

平岡敏夫, 『芥川龍之介抒情の美学』, 大修館書店, 1982.

姉崎正治, 『切支丹宗教文学』, 同文館, 1933.

平岡敏夫, 『芥川龍之介と現代』, 大修館書店, 1995.

由木康訳『キリストに倣いて―イミタチオ・クリスチー』, 角川書店, 1957.

李埰衍, 『壬辰倭乱 捕虜実記 研究』, 박이정출판사, 1995.

花立三郎, 『徳富蘇峰と大江義塾』, ぺリカン社, 1982.

新村 出, 『新編南蛮更紗』, 講談社, 1996.

新村 出, 『吉利支丹文学集』, 朝日新聞社, 1961.

新村 出・柊 源一, 『吉利支丹文学集1, 2』, 平凡社, 1993.

村岡典嗣, 『吉利支丹文学抄』, 改造社版, 1926.

太田雅男, 『中国歴史紀行』, 学習研究社, 1996.

河泰厚, 『芥川龍之介の基督教思想』, 翰林書房, 1998.

朝鮮日々記研究会編, 『朝鮮日々記を読む』, 法藏館, 2000.

川村邦光, 『すぐわかる日本の宗教』, 東京美術, 2000.

曺紗玉, 『芥川龍之介の遺書』, 新教出版社, 2001.

砺波護 外1名,『世界の歴史6 隋唐帝国と古代朝鮮』, 中公文庫, 2008.

関口安義,『재조명 아쿠타가와 류노스케』, 제이앤씨, 2012.

関口安義,『芥川龍之介の手紙』, 大修館書店, 1992.

유영익,『건국대통령 이승만』, 일조각, 2013.

関口安義 編,『生誕120年 芥川龍之介』, 翰林書房, 2012.

布野栄一,『芥川龍之介 その歴史小説と『今昔物語』』, 纓楓社, 1983.

조녀선 스위프트, 신현철 옮김,『걸리버 여행기』, 문학수첩, 1992.

渡辺正彦,『近代文学の分身像』, 角川書店, 1999.

中村幸彦 外1名,『秋成・馬琴』鑑賞日本古典文学 第35巻 角川書店, 1977.

平岡敏夫 外3,『大正の文学』近代文学史2, 有斐閣, 1972.

志賀直哉,『志賀直哉集』, 角川書店, 1954.

阿部謹也著,『日本人の歴史意識』, 岩波書店, 2004.

関口安義 編,『誕生120年 芥川龍之介』, 2012, 翰林書房, 2012.

[논문]

소재영,「임진록연구」(고려대학교 박사學位논문), 1980.

임철호,「임진록 연구」(연세대학교 박사학위논문), 정음사, 1986.

崔官,「芥川龍之介の『金将軍』と朝鮮との関わり」『比較文学』(第35巻), 日本比較文学会, 1993.

金靜姫,「芥川の『金將軍』と朝鮮軍談小説『壬辰錄』」―その素材の活用の仕方を中心に―、環日本
　　　海研究年報 第 3号, 1996 3月

西岡健治,「芥川龍之介作『金將軍』の出典について」,『福岡県立大学紀要』(第5巻 第二號), 福岡県
　　　立大学, 1997.

조사옥,「芥川龍之介の歴史認識」, 韓国日本学会, 2002.

関口安義,「『金将軍』の出典」,『芥川龍之介研究年誌』, 芥川龍之介研究年誌の会, 2008.

関口安義,『芥川龍之介の歴史認識』, 新日本出版社, 2004.

이시준,「芥川龍之介의『西方の人』의 奇蹟觀」,『일본문학 속의 기독교 6』, 한국일본기독교문학회,
　　　2008.

이시준,「芥川龍之介의『오가타 료사이 상신서』考」,『일본문학 속의 기독교 7』, 한국일본기독교문
　　　학회, 2009.

김정희,「『봉교인의 죽음』의 출전과 소재」,『일본문학 속의 기독교 8』, 한국일본기독교문학회,
　　　2011.

김정희,「芥川龍之介「오가타 료사이 상신서」論」,『일본문학 속의 기독교 10』, 한국일본기독교문
　　　학회, 2015.

原田淑人,「東と西(5) 唐代小説杜子春とゾロアスター教」,『聖心女子大学論叢』第22集, 1964. 3.

赤羽 学,「芥川龍之介の「杜子春」の自筆原稿の紹介」, 岡山大学文学部紀要, 1983.

山敷和男,「『杜子春』論考」, 早稲田大学『漢文学研究』, 1961.

村松定孝, 「唐代小説『杜子春傳』と芥川の童話『杜子春』の発想の相違点」, 『比較文學』8, 1965.

松岡純子, 「芥川『杜子春』考ー『杜子春傳』, 久保天随訳『杜子春』との関連をめぐってー」, 『方位』 10, 1986.

成瀬哲生, 「芥川龍之介の『杜子春』ー鐵冠子七絶考ー」, 徳島大学国語国文学 2号, 1989.

正宗白鳥, 「芥川龍之介を評す」, 『中央公論』, 1927.

近藤春雄, 「芥川の杜子春と杜子春伝」, 漢文教室三五, 1959.

大塚繁樹, 「「杜子春伝」と芥川の「杜子春」との史的関聯」, 愛媛大学, 1960.

大島真木, 「「芥川龍之介の嫌った兒童読物」ーセンチメンタリズムと『クオレ』」, 『比較研究』, 東北比較文学会, 1982.

石割 透, 「芥川龍之介について気付いた二、三のこと」, 『駒沢短期大学研究紀要』, 1999.

宮崎荘平, 「漱石と越後・新潟ー金力と品性ー」, 日本文学協会学会誌, 1984.

小松健一, 「民衆世界の三国志」, 岩波書店, 1995.

宮坂覚, 「芥川龍之介作品論集成」, 2001.

恩田逸夫, 「芥川龍之介の年少文学」, 『明治大正文学研究』, 1954.

坂本浩, 「きりしたん物」, 『国文学 解釈と鑑賞』, 至文堂, 1958.

三嶋譲, 「玄鶴山房再読」, 『作品論芥川龍之介』(海老井英次・宮坂覚著), 双文社出版, 1990.

志賀直哉, 「沓掛にてー芥川君のこと」, 『中央公論』, 1927.

芥川龍之介の文学その死一「国文学」(12月号、特集 芥川龍之介の魅力), 學燈社, 1968.

笹淵友一, 「奉教人の死」と「じゅりあの・吉助」ー「芥川龍之介の本朝聖人傳」ー(上智大学紀要, 「ソフィア」, 1968.

佐藤泰正, 「『奉教人の死』と『おぎん』ー切支丹物に関するー考察」, 『國文學研究』, 1969.

平岡敏夫, 「『奉教人の死』ー「この国のうら若い女」のイメージー」, 大修館, 1982.

三好行雄・編, 「芥川龍之介必携」, 学燈社, 1979.

溝部優実子, 「尾形了斎覚え書」, 『芥川龍之介』, 翰林書房, 2012.

長谷川秀記, 『中国の古典名著・総解説』, 株式会社自由国民社, 1994.

関口安義, 『この人を見よー芥川龍之介と聖書』, 小沢書店, 1995.

和田敏英, 「芥川龍之介の『河童』と『ガリバー旅行記』」, 山口大學文學會志 第13卷 第1号, 1962.

下沢勝井, 「志賀直哉」ー 芥川との比較において, 汐文社, 1975.

秦剛, 「芥川龍之介が観た一九二一年・郷愁の北京」, 人民中国, 2007.

金鵬九 外 9名, 『프랑스 文學史』, 一潮閣, 1983.

[사전]

李丙燾, 『韓國史大觀』, 普文閣, 1964.

李弘植編, 『完璧 國史大事典』, 東亞出版社, 1975.

フランク・B・ギブニー, 『ブリタニカ國際大百科事典4』, 株式会社ティビーエス・ブリタニカ, 1972.

諸橋轍次, 『大漢和辞典』, 大修館書店, 1956.
国史大辞典編集委員会, 『国史大辞典』5, 吉川弘文館, 1995.

[기타]
中村孤月, 「一月の文壇」(一)」, 「読売新聞」, 1917. 1.
江口渙, 「芥川君の作品(下)」, 「東京日日新聞」1917. 7.
山梨県立文学館所蔵의 『두자춘』원고「赤い鳥」1920년 7월호.
三木紀人, 「今昔物語集宇智拾遺物語必携」, 学燈社, 1988.
茂原輝史, 「国文学」芥川龍之介を読むための研究事典, 学燈社, 1994.
「芥川龍之介研究」第2号, 国際芥川龍之介学会, 2008.
「芥川龍之介研究」第3号, 国際芥川龍之介学会, 2009.
「芥川龍之介研究」第4号, 国際芥川龍之介学会, 2010.

김정희金静姬   충북 청주 출생
이화여자대학교 불어불문학과 졸업
상명여자대학교 일어일문학과 석사과정(문학석사)
일본 니가타新潟대학 대학원 연구생
니가타대학 대학원 현대사회문화연구과 박사과정 수료
숭실대학교 대학원 일어일본학과 박사과정 수료(문학박사)
숭실대학교 일어일본학과 겸임교수 역임
한일문화교류정책자문위원회 위원 역임(문화관광부)
한국일본기독교문학회 회장 역임
역서『아쿠타가와류노스케전집1~6권(공역)』(제이앤씨)

숭실대학교 동아시아 언어문화연구소 **문화총서**8

아쿠타가와 류노스케芥川龍之介 문학에 나타난
소재활용 방법 연구

초판인쇄 2016년 05월 03일
초판발행 2016년 05월 17일

저　　자 김정희
발 행 인 윤석현
책임편집 이신
표　　지 정원정
등록번호 제7-220호
발 행 처 제이앤씨
　　　　　서울시 도봉구 우이천로 353 성주빌딩 3F
　　　　　Tel: 02) 992-3253(대)　　Fax: 02) 991-1285
　　　　　jncbook@daum.net
　　　　　http://www.jncbms.co.kr

ⓒ 김정희, 2016. Printed in KOREA.

ISBN 979-11-5917-013-3 94830　　　정가 23,000원